증편 한국구비문학대계

8-15

경상남도 양산시

이 저서는 2008년도 정부(교육과학기술부)의 재원으로 한국학중앙연구원(한국학진흥사업단)의 지원을 받아 수행된 연구임(AKS-2008-AIA-3101)

증편 한국구비문학대계

8-15

경상남도 양산시

박경신·김구한·김옥숙·정아용

한국학중앙연구원

역락

발간사

  민간의 이야기와 백성들의 노래는 민족의 문화적 자산이다. 삶의 현장
에서 이러한 이야기와 노래를 창작하고 음미해 온 것은, 어떠한 권력이나
제도도, 넉넉한 금전적 자원도, 확실한 유통 체계도 가지지 못한 평범한
사람들이었다. 이야기와 노래들은 각각의 삶의 현장에서 공동체의 경험에
부합하였으며, 사람들의 정신과 기억 속에 각인되었다. 문자라는 기록 매
체를 사용하지 못하였지만, 그 이야기와 노래가 이처럼 면면히 전승될 수
있었던 것은 그것이 바로 우리 민족의 유전형질의 일부분이 되었기 때문
이며, 결국 이러한 이야기와 노래가 우리 민족을 하나의 공동체로 묶어
주고 있는 것이다.

  사회와 매체 환경의 급격한 변화 가운데서 이러한 민족 공동체의 DNA
는 날로 희석되어 가고 있다. 사랑방의 이야기들은 대중매체의 내러티브
로 대체되어 버렸고, 생활의 현장에서 구가되던 민요들은 기계화에 밀려
버리고 말았다. 기억에만 의존하여 구전되던 이야기와 노래는 점차 잊히
고 있다. 한국학중앙연구원이 1970년대 말에 개원함과 동시에, 시급하고
도 중요한 연구사업으로 한국구비문학대계의 편찬 사업을 채택한 것은
바로 이러한 시대적 상황에 대한 우려와 잊혀 가는 민족적 자산에 대한
안타까움 때문이었다.

  당시 전국의 거의 모든 구비문학 연구자들이 참여하였는데, 어려운 조
사 환경에서도 80여 권의 자료집과 3권의 분류집을 출판한 것은 그들의
헌신적 활동에 기인한다. 당초 10년을 계획하고 추진하였으나 여러 사정
으로 5년간만 추진되었으며, 결과적으로 한반도 남쪽의 삼분의 일에 해당

하는 부분만 조사하게 되었다. 그럼에도 불구하고 한국구비문학대계는 주관기관인 한국학중앙연구원의 대표 사업으로 각광 받았을 뿐 아니라, 해방 이후 한국의 국가적 문화 사업의 하나로 꼽히게 되었다.

21세기에 들어서면서 한국학중앙연구원에서는 미완성인 채로 남아 있는 구비문학대계의 마무리를 더 이상 미룰 수 없다는 생각으로 이를 증보하고 개정할 계획을 세웠다. 20년 전의 첫 조사 때보다 환경이 더 나빠졌고, 이야기와 노래를 기억하고 있는 제보자들이 점점 줄어들고 있었던 것이다. 때마침 한국학 진흥에 대한 한국 정부의 의지와 맞물려 구비문학대계의 개정·증보사업이 출범하게 되었다.

이번 조사사업에서도 전국의 구비문학 연구자들이 거의 다 참여하여 충분하지 않은 재정적 여건에서도 충실히 조사연구에 임해 주었다. 전국 각지의 제보자들은 우리의 취지에 동의하여 최선으로 조사에 응해 주었다. 그 결과로 조사사업의 결과물은 '구비누리'라는 이름의 데이터베이스에 탑재가 되었고, 또 조사자료의 텍스트와 음성 및 동영상까지 탑재 즉시 온라인으로 접근할 수 있는 시스템을 갖추었다. 특히 조사 단계부터 모든 과정을 디지털화함으로써 외국의 관련 학자와 기관의 선망의 대상이 되고 있다.

이제 조사사업의 결과물을 이처럼 책으로도 출판하게 된다. 당연히 1980년대의 일차 조사사업을 이어받음으로써 한편으로는 선배 연구자들의 업적을 계승하고, 한편으로는 민족문화사적으로 지고 있던 빚을 갚게 된 것이다. 이 사업의 연구책임자로서 현장조사단의 수고와 제보자의 고귀한 뜻에 감사를 표하지 않을 수 없다. 아울러 출판 기획과 편집을 담당한 한국학중앙연구원의 디지털편찬팀과 출판을 기꺼이 맡아준 역락출판사에 감사를 드린다.

2013년 10월 4일
한국구비문학대계 개정·증보사업 연구책임자 김병선

책머리에

　구비문학조사는 늦었다고 생각하는 지금이 가장 빠른 때이다. 왜냐하면 자료의 전승 환경이 나날이 달라지고 있기 때문이다. 전승 환경이 훨씬 좋은 시기에 구비문학 자료를 진작 조사하지 못한 것이 안타깝게 여겨질 수록, 지금 바로 현지조사에 착수하는 것이 최상의 대안이자 최선의 실천이다. 실제로 30여 년 전 제1차 한국구비문학대계 사업을 하면서 더 이른 시기에 조사를 했더라면 하는 아쉬움이 컸는데, 이번에 개정·증보를 위한 2차 현장조사를 다시 시작하면서 아직도 늦지 않았다는 사실을 실감했다.

　구비문학 자료는 구비문학 연구와 함께 간다. 자료의 양과 질이 연구의 수준을 결정하고 연구수준에 따라 자료조사의 과학성이 결정되기 때문이다. 실제로 1차 조사사업 결과로 구비문학 연구가 눈에 띠게 성장했고, 그에 따라 조사방법도 크게 발전되었다. 그러나 연구의 수명과 유용성은 서로 반비례 관계를 이룬다. 구비문학 연구의 수명은 짧고 갈수록 빛이 바래지만, 자료의 수명은 매우 길 뿐 아니라 갈수록 그 가치는 더 빛난다. 그러므로 연구활동 못지않게 자료를 수집하고 보고하는 일이 긴요하다.

　교육부에서 구비문학조사 2차 사업을 새로 시작한 것은 구비문학이 문학작품이자 전승지식으로서 귀중한 문화유산일 뿐 아니라, 미래의 문화산업 자원이라는 사실을 실감한 까닭이다. 따라서 학계뿐만 아니라 문화계의 폭넓은 구비문학 자료 활용을 위하여 조사와 보고 방법도 인터넷 체제와 디지털 방식에 맞게 전환하였다. 조사환경은 많이 나빠졌지만 조사보고는 더 바람직하게 체계화함으로써 누구든지 쉽게 접속하여 이용할 수 있는 데이터베이스를 구축했다. 그러느라 조사결과를 보고서로 간행하는 일은 상대적으로 늦어지게 되었다.

2차 조사는 1차 사업에서 조사되지 않은 시군지역과 교포들이 거주하는 외국지역까지 포함하는 중장기 계획(2008~2018년)으로 진행되고 있다. 한국학중앙연구원 어문생활연구소와 안동대학교 민속학연구소가 공동으로 조사사업을 추진하되, 현장조사 및 보고 작업은 민속학연구소에서 담당하고 데이터베이스 구축 작업은 한국학중앙연구원에서 담당한다. 가장 중요한 일은 현장에서 발품 팔며 땀내 나는 조사활동을 벌인 조사자들의 몫이다. 마을에서 주민들과 날밤을 새우면서 자료를 조사하고 채록하여 보고서를 작성한 조사위원들과 조사원 여러분들의 수고를 기리지 않을 수 없다. 조사의 중요성을 알아차리고 적극 협력해 준 이야기꾼과 소리꾼 여러분께도 고마운 말씀을 올린다.

구비문학 조사를 전국적으로 실시하여 체계적으로 갈무리하고 방대한 분량으로 보고서를 간행한 업적은 아시아에서 유일하며 세계적으로도 그 보기를 찾기 힘든 일이다. 특히 2차 사업결과는 '구비누리'로 채록한 자료와 함께 원음도 청취할 수 있는 데이터베이스를 구축해서 세계에서 처음으로 인터넷과 스마트폰으로 이용할 수 있는 디지털 체계를 마련했다. '구슬이 서 말이라도 꿰어야 보배'인 것처럼, 아무리 귀한 자료를 모아두어도 이용하지 않으면 소용이 없다. 그러므로 이 보고서가 새로운 상상력과 문화적 창조력을 발휘하는 문화자산으로 널리 활용되기를 바란다. 한류의 신바람을 부추기는 노래방이자, 문화창조의 발상을 제공하는 이야기 주머니가 바로 한국구비문학대계이다.

2013년 10월 4일
한국구비문학대계 개정·증보사업 현장조사단장 임재해

한국구비문학대계 개정·증보사업 참여자 (참여자 명단은 가나다 순)

연구책임자

김병선

공동연구원

강등학   강진옥   김익두   김헌선   나경수   박경수   박경신   송진한   신동흔
이건식   이인경   이창식   임재해   임철호   임치균   조현설   천혜숙   허남춘
황인덕   황루시

전임연구원

장노현   최원오

박사급연구원

강정식   권은영   김구한   김기옥   김월덕   노영근   서해숙   유명희   이균옥
이영식   이윤선   조정현   최명환   최자운   황경숙

연구보조원

강소전   김미라   구미진   김보라   김성식   김영선   김옥숙   김유경   김은희
김자현   문세미나   박동철   박은영   박현숙   박혜영   백계현   백은철   변남섭
서은경   서정매   송기태   송정희   시지은   신정아   안범준   오세란   오정아
유태웅   이선호   이옥희   이원영   이진영   이홍우   이화영   임세경   임 주
장호순   정아용   정혜란   조민정   편성철   편해문   한유진   허정주   황진현

주관 연구기관 : 한국학중앙연구원 어문생활사연구소
공동 연구기관 : 안동대학교 민속학연구소

일러두기

■ 『증편 한국구비문학대계』는 한국학중앙연구원과 안동대학교에서 3단계 10개년 계획으로 진행하는 "한국구비문학대계 개정·증보사업"의 조사 보고서이다.

■ 『증편 한국구비문학대계』는 시군별 조사자료를 각각 별권으로 간행하는 것을 원칙으로 한다. 서울 및 경기는 1-, 강원은 2-, 충북은 3-, 충남은 4-, 전북은 5-, 전남은 6-, 경북은 7-, 경남은 8-, 제주는 9-으로 고유번호를 정하고, -선 다음에는 1980년대 출판된 『한국구비문학대계』의 지역 번호를 이어서 일련번호를 붙인다. 이에 따라 『증편 한국구비문학대계』는 서울 및 경기는 1-10, 강원은 2-10, 충북은 3-5, 충남은 4-6, 전북은 5-8, 전남은 6-13, 경북은 7-19, 경남은 8-15, 제주는 9-4권부터 시작한다.

■ 각 권 서두에는 시군 개관을 수록해서, 해당 시·군의 역사적 유래, 사회·문화적 상황, 민속 및 구비 문학상의 특징 등을 제시한다.

■ 조사마을에 대한 설명은 읍면동 별로 모아서 가나다 순으로 수록한다. 행정상의 위치, 조사일시, 조사자 등을 밝힌 후, 마을의 역사적 유래, 사회·문화적 상황, 민속 및 구비문학상의 특징 등을 중심으로 설명하고, 마을 전경 사진을 첨부한다.

■ 제보자에 관한 설명은 읍면동 단위로 모아서 가나다 순으로 수록한다. 각 제보자의 성별, 태어난 해, 주소지, 제보일시, 조사자 등을 밝힌 후, 생애와 직업, 성격, 태도 등을 중심으로 서술하고, 제공 자료 목록과 사진을 함께 제시한다.

■ 조사자료는 읍면동 단위로 모은 후 설화(FOT), 현대 구전설화(MPN), 민요(FOS), 근현대 구전민요(MFS), 무가(SRS), 기타(ETC) 순으로 수록한다. 각 조사자료는 제목, 자료코드, 조사장소, 조사일시, 조사자, 제보자, 구연상황, 줄거리(설화일 경우) 등을 먼저 밝히고, 본문을 제시한다. 자료코드는 대지역 번호, 소지역 번호, 자료 종류, 조사 연월일, 조사자 영문 이니셜, 제보자 영문 이니셜, 일련번호 등을 '_'로 구분하여 순서대로 나열한다.

■ 자료 본문은 방언을 그대로 표기하되, 어려운 어휘나 구절은 ( ) 안에 풀이말을 넣고 복잡한 설명이 필요할 경우는 각주로 처리한다. 한자 병기나 조사자와 청중의 말 등도 ( ) 안에 기록한다.

■ 구연이 시작된 다음에 일어난 상황 변화, 제보자의 동작과 태도, 억양 변화, 웃음 등은 [ ] 안에 기록한다.

■ 잘 알아들을 수 없는 내용이 있을 경우, 청취 불능 음절수만큼 '○○○'와 같이 표시한다. 제보자의 이름 일부를 밝힐 수 없는 경우도 '홍길○'과 같이 표시한다.

■ 『증편 한국구비문학대계』에 수록된 모든 자료는 웹(gubi.aks.ac.kr/web)과 모바일(mgubi.aks.ac.kr)에서 텍스트와 동기화된 실제 구연 음성파일을 들을 수 있다.

차례

양산시 개관 ● 23

1. 덕계동

▋조사마을
경상남도 양산시 덕계동 외산마을 ······························· 35

▋제보자
서진기, 남, 1937년생 ··· 37

● 설화
서장군 ··· 서진기 39
제석당 ··· 서진기 42

2. 매곡동

▋조사마을
경상남도 양산시 매곡동 매곡마을 ······························· 49

▋제보자
김순연, 여, 1931년생 ··· 51
김홍순, 여, 1929년생 ··· 52
서차득, 남, 1929년생 ··· 53

● 설화
제석당 ··· 서차득 55

● 민요
화늘 올라 황상금아 ·································· 김순연 58
장가가는 노래 ····································· 김순연 59
시집살이 노래 ····································· 김순연 61

모찌기 노래 ··· 김흥순 외 63
모심기 노래 (1) ·· 김흥순 외 64
모심기 노래 (2) ··· 김흥순 65
쌍금 쌍금 쌍가락지 ······································ 김흥순 66
김선달네 맏딸애기 ·· 김흥순 67
시집살이 노래 (1) ·· 김흥순 68
시집살이 노래 (2) ·· 김흥순 71

● **근현대 구전민요**
해방가 ··· 서차득 75

3. 명동

▌**조사마을**
경상남도 양산시 명동 명동마을 ··························· 79

▌**제보자**
김복만, 여, 1937년생 ······································· 82
김필년, 여, 1934년생 ······································· 83
이경수, 남, 1946년생 ······································· 84
이자무, 남, 1957년생 ······································· 85

● **민요**
모찌기 노래 ··· 김필년 외 86
모심기 노래 (1) ·· 김필년 외 87
모심기 노래 (2) ·· 김필년 외 90

쌍금 쌍금 쌍가락지 …………………………………………… 김필년 92

베틀 노래 (1) ………………………………………………… 김필년 93

베틀 노래 (2) ………………………………………………… 김필년 95

진주 난봉가 …………………………………………………… 김필년 96

창부 타령 ……………………………………………………… 김필년 97

양산도 ………………………………………………………… 김필년 외 98

논 매기 노래 ………………………………………………… 이경수 외 99

쌈 싸는 노래 ………………………………………………… 이경수 외 101

● **근현대 구전민요**

달 노래 ………………………………………………………… 김복만 102

● **기타**

불경 천수경 …………………………………………………… 김필년 103

시방삼세 부처님 ……………………………………………… 김필년 104

4. 상북면

▌**조사마을**

경상남도 양산시 상북면 대석리 대석(大石)마을 …………………………… 107

경상남도 양산시 상북면 석계리 석계마을 …………………………………… 108

▌**제보자**

김덕련, 여, 1927년생 ……………………………………………………… 113

김도순, 여, 1924년생 ……………………………………………………… 113

류장열, 남, 1932년생 ……………………………………………………… 115

박봉임, 여, 1929년생 ……………………………………………………… 116

배금석, 남, 1925년생 ……………………………………………………… 117

전순이, 여, 1929년생 ……………………………………………………… 119

황문길, 남, 1932년생 ……………………………………………………… 120

● **설화**

원효암과 용왕당 ……………………………………………… 김도순 122

회나무샘 ……………………………………………………… 김도순 125

천진암 진묵대사의 도술 …………………………………… 류장렬 127

사명당 …………………………………………………… 류장렬 135
고상춘 할머니 ………………………………………… 박봉임 138
담배설대 그림의 유래 ………………………………… 박봉임 141
처녀의 보은으로 만석꾼이 된 천갑부 ……………… 배금석 145
장자와 자라바위 ……………………………………… 배금석 152
칡넝쿨을 없앤 원효대사 ……………………………… 배금석 158
석능 …………………………………………………… 배금석 159
좌삼 서씨 열녀각 ……………………………………… 배금석 163
시아버지 구한 현풍 곽씨 며느리 …………………… 배금석 164
산막과 요석공주 ……………………………………… 배금석 166
원효대사 ……………………………………………… 황문길 167
장자와 자라바위 ……………………………………… 황문길 170
심동내굴 ……………………………………………… 황문길 173

현대 구전설화

홍룡폭포 뱀장어 ……………………………………… 김도순 176
홍룡폭포 뱀장어 ……………………………………… 류장렬 181
왜적을 무찌른 황장군 ………………………………… 류장렬 183
쟁기로 왜적을 무찌른 농부 ………………………… 배금석 186
홍룡폭포 뱀장어 ……………………………………… 황문길 191

민요

모심기 노래 …………………………………………… 김덕련 193
창부 타령 ……………………………………………… 김도순 194
초한가 ………………………………………………… 류장렬 195
과부 자탄가 …………………………………………… 류장렬 198
백발가 ………………………………………………… 류장렬 202
배례회심곡 …………………………………………… 류장렬 206
태평가 ………………………………………………… 류장렬 212
화투 뒤풀이 …………………………………………… 류장렬 212
청춘가 ………………………………………………… 류장렬 213
모심기 노래 ………………………………………… 박봉임 외 214
진주 난봉가 …………………………………………… 박봉임 217
각설이 타령 …………………………………………… 박봉임 220
청춘가 ………………………………………………… 배금석 222

진주 난봉가 ··· 전순이 223
창부 타령 ··· 전순이 225
과부 자탄가 ··· 전순이 227

● 근현대 구전민요
청산은 나를 보고 ······································· 김도순 233
해방가 ··· 류장렬 233
해방가 ··· 박봉임 236
베틀 노래 ··· 배금석 238

5. 용당동

▌조사마을
경상남도 양산시 용당동 용당마을 ······························· 241

▌제보자
김순남, 여, 1930년생 ··· 243
김판희, 여, 1936년생 ··· 244
성봉주, 여, 1938년생 ··· 245
손두조, 여, 1930년생 ··· 246
이옥녀, 여, 1930년생 ··· 246
이진식, 여, 1934년생 ··· 247

● 민요
창부 타령 ··· 김판희 249
꽃아 꽃아 방실꽃아 ····································· 성봉주 250
모심기 노래 ··· 성봉주 외 251
시집살이 노래 ··· 손두조 253
흘러가는 박조가래 ······································· 손두조 255
창부 타령 ··· 이옥녀 257

● 근현대 구전민요
어머니 노래 ··· 김순남 260
실푸도다 구길 같은 ····································· 김순남 262
하늘에라 금송아지 ······································· 김순남 263

6. 원동면

■ 조사마을
경상남도 양산시 원동면 서룡리 ································· 267

■ 제보자
김진규, 남, 1931년생 ····································· 270

● 설화
원동 주변 지역 유래 ························· 김진규 272
통도사 오룡곡과 지킴이 용 ··············· 김진규 273
가야신사의 삼용신 ····························· 김진규 274
개아바위 ··· 김진규 276

7. 주진동

■ 조사마을
경상남도 양산시 주진동 주진마을 ························· 281

■ 제보자
김말남, 여, 1938년생 ····································· 284
김병두, 남, 1926년생 ····································· 284
김복련, 여, 1932년생 ····································· 286
서원자, 여, 1942년생 ····································· 286
이가필, 여, 1940년생 ····································· 287
정도자, 여, 1944년생 ····································· 288

● 설화
원효대사의 도술 ····························· 김병두 290
저승 갔다 돌아와 남의 집 빚 해결해 준 사람 ············· 김병두 292
씨앗으로 진짜 아버지 가린 아들 ············· 김병두 295
장수를 퇴치한 부자(父子) ··················· 김병두 299
양산 통도사가 생긴 유래 ··················· 김병두 301
원효대사의 도술 ····························· 이가필 304
전생편 후생편 ······························· 이가필 305
지성(至誠)이와 감천(感天)이 ··············· 이가필 309

김도령과 참빗장수 ·· 이가필 314

● 현대 구전설화
당산제 지내고 동티나서 죽은 사람 ··························· 김말남 319
사람 잡아먹은 호랑이 ··· 김병두 321
하늘도 감동시킨 부부 ··· 김병두 323
공들여 낳은 아기의 죽음 ··· 김복련 325
미타암 부처님의 영험 ··· 이가필 326

● 민요
모심기 노래 ··· 김복련 외 336

8. 평산동

▌조사마을
경상남도 양산시 평산동 평산마을 · 장흥마을 ······························· 347

▌제보자
김부연, 여, 1938년생 ·· 350
김수남, 여, 1923년생 ·· 351
김정택, 여, 1926년생 ·· 352
박말순, 여, 1933년생 ·· 353
안복동, 여, 1923년생 ·· 354
이금수, 여, 1924년생 ·· 356
이기연, 여, 1932년생 ·· 357
이임순, 여, 1922년생 ·· 357
이차순, 여, 1931년생 ·· 359

● 설화
새털로 만든 옷 ·· 김정택 361
심청전 ··· 이임순 365

● 현대 구전설화
장님 영감과 벙어리 할머니의 의사소통 ······················· 이차순 373

● 민요

각설이 타령 ······································ 김부연 376
화투 뒤풀이 ······································ 김부연 379
쌍금 쌍금 쌍가락지 ······················ 김수남 380
시집살이 노래 ································· 김수남 381
진주 난봉가 ····································· 김정택 382
꽃 노래 ··· 김정택 384
달 노래 ··· 김정택 385
창부 타령 (1) ································· 김정택 385
쌍금 쌍금 쌍가락지 ····················· 김정택 387
창부 타령 (2) ································· 김정택 388
애우단 ··· 김정택 389
청춘가 (1) ······································ 박말순 394
화투 뒤풀이 ···································· 박말순 395
청춘가 (2) ······································ 박말순 396
창부 타령 ·· 박말순 396
쌍금 쌍금 쌍가락지 ···················· 안복동 397
모심기 노래 ····························· 안복동 외 399
자장가 ··· 안복동 408
과부 자탄가 ···································· 안복동 409
화투 뒤풀이 ···································· 안복동 411
창부 타령 (1) ································· 안복동 412
창부 타령 (2) ································· 안복동 412
진주 난봉가 ···································· 안복동 413
왈강달강 서울 가서 ····················· 안복동 415
환갑 노래 ·· 안복동 416
창부 타령 (3) ································· 안복동 417
나비야 청산 가자 ·························· 이기연 418
베틀 노래 ·· 이임순 419
춘향가(십장가) ······························ 이임순 421
모찌기 노래 ···································· 이임순 426
모심기 노래 ···································· 이임순 427
창부 타령 (1) ································· 이차순 428
창부 타령 (2) ································· 이차순 428

모심기 노래 ……………………………………………… 이차순 외 431

● 근현대 구전민요
징거미 타령 …………………………………………… 김부연 외 433
새 노래 ……………………………………………………… 김수남 441
달아 달아 밝은 달아 …………………………………………… 안복동 442

9. 하북면

▌조시마을
경상남도 양산시 하북면 지산리 지산·서리·대원마을 …………… 447

▌제보자
김백수, 여, 1922년생 ……………………………………………… 451
박계생, 여, 1923년생 ……………………………………………… 452
서순자, 여, 1924년생 ……………………………………………… 454
이동수, 여, 1930년생 ……………………………………………… 455

● 현대 구전설화
김백수의 경험담 …………………………………………… 김백수 457
서순자의 생애담 …………………………………………… 서순자 458

● 민요
모심기 노래 (1) …………………………………………… 김백수 464
모심기 노래 (2) …………………………………………… 김백수 465
모심기 노래 (3) …………………………………………… 김백수 465
모심기 노래 (4) …………………………………………… 김백수 466
모심기 노래 (5) …………………………………………… 김백수 467
모심기 노래 (6) …………………………………………… 김백수 467
모심기 노래 (7) …………………………………………… 김백수 468
모찌기 노래 ………………………………………………… 박계생 468
모심기 노래 ………………………………………………… 박계생 470
청춘가 (1) ………………………………………………… 박계생 484
노랫가락 …………………………………………………… 박계생 485
청춘가 (2) ………………………………………………… 박계생 485

모심기 노래 (1) ·· 이동수 486

모심기 노래 (2) ·· 이동수 487

모심기 노래 (3) ·· 이동수 487

모심기 노래 (4) ·· 이동수 488

모심기 노래 (5) ·· 이동수 489

모심기 노래 (6) ·· 이동수 489

모심기 노래 (7) ·· 이동수 490

● **근현대 구전민요**
창부 타령 ··· 박계생 492

양산시 개관

양산시는 한반도의 동남부에 위치하며, 북으로는 울산광역시 울주군, 서쪽은 낙동강을 끼고 밀양시와 김해시, 동쪽과 남쪽으로는 부산광역시 기장군과 금정구에 각각 접하고 있다.

본래 신라 19대 눌지왕시대부터 삽량주로 불리어 왔으나 제30대 문무왕이 상주와 하주의 땅을 떼어서 삽량주를 두었는데, 제35대 경덕왕이 양주(良州)로 고쳐 9주의 하나가 되었다. 고려 태조 23년(940)에 이름을 양주(梁州)로 고치고, 제8대 현종 9년(1018)에 방어사를 두었다가 그 후에 원나라 중서성에서 고려에 관청이 너무 많아서 백성의 피해가 많다는 말에 의하여 밀성에 병합되었으나, 관원들이 결재받으러 다니는 폐단이 도리어 더 크므로 제25대 충렬왕 32년(1306)에 복구되었다.

조선 3대 태종 13년(1413)에 양산군으로 고치고, 제14대 선조 25년(1592)임진왜란 후에 동래부에 편입되었다가 선조 36년(1603)에 복구되었다. 제26대 고종 34년(1897)에 지방관제 개정에 의하여 읍내, 상서, 하서, 상북, 하북, 구포, 대저의 9개 면을 관할하였는데, 1906년에 구포 대저면을 동래군과 김해군에 넘겨주는 동시에 울산군의 외남면과 웅상면을 양산군에 편입하였으며 1910년 외남면을 울산군에 환부하였다.

1914년 행정구역 개편에 따라 양산, 물금, 원동, 상북, 하북, 웅상의 7

개면 58개 리로 개편 관할하다가, 1973년 법률 제2597호에 의하여 동래군 기장, 장안, 일광, 정관, 철마, 서생의 6개 면 전역을 양산군에 편입하여 13개 면이 되었으며, 1979년 4월 7일 법률 제9409호에 의하여 양산면을 양산읍으로 승격시켰다.

1985년 10월 1일 대통령령 제11772호에 의하여 장안면을 장안읍으로 승격하여 3읍 9개 면 120개 리 234개 행정리동이 되고 1986년 7월 1일 양산군 조례 제980호에 의하여 행정리동 구역 변경으로 1출장소 3읍 9개 면으로서 120개 리 244개 행정리동이 되었고, 같은 해 11월 1일 양산군 조례 제987호에 의하여 동부 출장소 설치(동부 출장소 2읍 3개 면)하여 기장, 장안, 일광, 정관, 철마면을 관할케 하고, 1991년 11월 20일 군조례 제1288호에 의하여 웅상면을 웅상읍으로 승격하여 4읍 8면 1출장소, 120개 리 266개 행정리동이 되었다.

1996년 3월 1일 도농복합형태의 시로 승격되면서, 물금면이 물금읍으로 승격되고 양산읍이 3개동(중앙, 삼성, 강서)으로 분동되었고 다시 웅상읍이 4개동(서창, 소주, 평산, 덕계)으로 분동되어 1읍 4면 7동으로 인구 25만에 가까운 도시로 현재에 이르고 있다. 메기들이 신도시로 조성되고, 부산대학교 일부가 유치되고, 전철이 건설되어 문화·교통·교육이 고루 발전하고 있다.

양산시의 면적은 484.55km²로 경상남도 면적 10,515,36km²의 4.6%를 차지하고 있다. 이를 읍·면·동별로 보면, 원동면이 가장 넓어 전체면적의 30.6%를 차지하고 있으며, 다음으로 하북면이 14.2%이고 최근 양산의 신도시로 떠오르고 있는 물금읍은 4.1%에 불과하다. 양산시의 도심에 해당하는 중앙동은 13.78km²로 전체면적의 2.8%에 지나지 않는다.

1949년 이후 양산시의 인구 변화를 살펴보면 다음과 같다. 양산시의 인구는 1949년에 54,937명이었고, 이후 1950년대까지 전반적으로 감소 추세를 보였고, 1950년대 중반 이후 1960년대 전반까지는 증가 추세를 보이다가, 1960년대 중반 이후 1970년대 초반까지 다시 감소 추세를 보였다. 그리고 1973년에 행정구역 개편으로 당시의 동래군 전역이 양산군으로 편입되면서 크게 증가하여 10만 명이 넘은 후, 1990년대 전반까지 증가 추세를 보여 1994년에 217,332명으로 증가하였다. 그러나 1995년 행정구역 개편으로 기장읍·장안읍·정관면·일광면·철마면 등 동부지역의 5개 읍·면이 부산광역시에 편입되면서 161,953명으로 다시 크게 감소한 이후 지금까지 꾸준히 증가하는 추세를 보여주고 있다. 2009년 현재 양산시 인구는 250,387명이다.

양산시는 한반도의 동남부에 위치하며, 북으로는 울산광역시 울주군, 서쪽은 낙동강을 끼고 밀양시와 김해시, 동쪽과 남쪽으로는 부산광역시 기장군과 금정구에 각각 접하고 있다. 관계적 위치를 살펴보면 양산시는 우리나라 제2의 세력권인 동남임해공업벨트의 신흥공업도시로 우리나라 제1의 공업지역인 울산권과 우리나라 해외 무역의 물류 거점 항구인 부산권의 영향을 직·간접으로 받고 있다.

따라서 양산은 부산과 울산을 단시간 내 교류가 가능하며, 우리나라 중심지인 수도권과는 김해공항과 울산공항을 통한 항공은 물론 경부고속도로로 연결되는 국내 제1의 동맥선으로 신속하게 왕래 가능한 위치에 놓여 있다.

양산시의 중앙을 북북동에서 남남서로 관류하는 양산천을 사이에 두고, 2개의 늪은 산지가 서부와 동부에 양산천과 나란히 뻗어 있어 경상남도 동부에서 가장 산지가 많은 고장에 속한다.

동으로는 태백산맥과 서로는 소백산맥이 감싸고 있는 경상남도의 동남부에 위치하며 북으로는 정족산맥이 드리워져 있으며 영축산을 중심으로 한 가지산 도립공원에는 통도사, 내원사가 있고, 동남으로는 부산광역시, 서로는 밀양, 김해시와 경계를 이루고 있다. 교통망은 서쪽으로 경부선철도, 동으로는 국도 7호선, 가운데로는 경부고속도로와 35호 국도가 가로지르고 있어 남북으로는 교통이 발달하여 부산과 울산의 내왕이 용이하다.

양산시는 평균 기온이 15.1도이며, 강우량은 소백산맥 동쪽 기슭에 해당하는 북동기류의 영향을 많이 받아 대체적으로 타 시도에 비해 강우량이 많은 편이며 적설량이 적어 생활하기에 매우 좋은 곳이라 할 수 있다. 첫 서리는 10월말에서 11월초 사이에 내리고 눈은 12월 하순경에 내리나 다른 지방에 비해서 눈 오는 날이 극히 적으며 연간 5일에 불과하다.

양산은 1960년대까지만 해도 전형적인 농촌지역으로 광공업의 발달은 극히 미약하였다. 그러다가 1970년 이후, 특히 1978년에 양산공업단지가 조성되면서 인접한 부산으로부터 많은 중·소 제조업체가 이전해 오면서부터 급속한 공업발달을 이루게 되었다.

양산은 통도사를 비롯하여 많은 사찰들과 향교, 서원 등 많은 교육기관이 있어 이 지역의 사상과 문화적 기반을 튼튼히 이룩하였을 뿐만 아니라 풍부한 민간신앙과 좋은 풍속을 지니고 있는 곳이다.

양산의 불교문화는 선덕여왕 15년(646)에 자장율사가 인도에서 전해온 석가여래의 사리를 당으로부터 가져와서 봉안하고 통도사를 세웠다는 기록에서 출발하여 양산을 비롯한 주변 지역에 사상적 문화적인 영향을 미쳤다.

유교문화는 조선 건국 후 숭유정책의 기본방침에 의해 향교와 서원을 중심으로 유교적 실천생활을 정립하는 가운데 발전하여 융성한 문화유산을 남겼다. 송담서원(松潭書院)은 조선 인조 때의 충신인 백수회선생을 봉향하기 위하여 숙종 22년(1696)에 세워진 것으로 숙종 43년(1717)에 사액을 받았는데, 그의 호를 따서 송담서원이라 하였다. 그 뒤 대원군때 서원철폐령에 의해 철폐되면서 당시의 건물은 없어지고 빈터만 남았는데 최근에 유림에서 백씨 문중과 함께 사우(祠宇)를 다시 세워 예전과 같이 1년에 한 차례 유림에서 제사를 올리고 있다. 소노서원(小魯書院)은 임진왜란 때 의병장으로 활약한 정호인(鄭好仁)·호의(好義) 형제를 기려, 헌종 원년(1835)에 사림의 공의로 사당을 짓고 매년 가을에 제사를 지내고 있다.

양산의 도자기문화는 11세기경 녹청자(綠靑磁)를 비롯하여 19세기 백자까지 오랜 기간 지속되었다. 현재까지 확인된 각 도요지별 유물을 살펴보면, 청자, 분청사기, 백자 등이 제작되었고 기형과 굽는 방법 등이 매우 다양하게 나타나고 있다. 생산되는 그릇들은 일반 백성의 생활과 직접적인 연관을 맺는 반상기가 대다수를 이루고 있다.

양산은 고대로부터 온갖 풍상을 겪어왔다. 삼한시대에는 왜에 대륙문화를 전달하는 전초기지가 되었으며 신라시대에는 국제무역기지로서 각광을 받기도 하였으며 고려조에 와서는 많은 왜침에 백성들의 시달림이 극심하였다.

조선조에 들어서도 임진년 왜란으로 왜인들의 대륙 침략 전쟁 보급기지로서 시달림을 많이 받아 왔으며, 그 유명한 송전봉산(松田封山)으로 이 고장 백성들의 고초가 극에 달해 한때는 가난에 겨워 보리매를 맞아야 하는 그런 고장이 되기도 했다.

이와 같이 어려운 역사를 경험해 온 양산은 양산만이 가지고 있는 독립된 구비문학의 형성이 미흡한 반면, 부산을 포함한 주위 시·도·군 등과 유사한 민속문학을 가지고 있다. 양산은 특히, 박제상, 통도사, 원효대사 관련 설화가 많다.

양산시의 구비문학 가운데 무가, 판소리, 민속극에 있어서는 그 저변이 매우 미미하여 이렇다 할 자료가 수집되지 않고 있다. 민요에 있어서는 역사적 지역적 배경이 일반 구비문학에서 오는 영향과 거의 같아서 양산시에서 수집되는 모를 찌고 모를 심는 노래는 인접한 타 시·군과 대동소이하나 양산지역에서 부르는 노래가 경상도의 교창식(交唱式) 모노래의 본 고장 노래라 할 수 있다. 이와 같은 유형의 모심는 소리는 후렴구가 없으며 두 패로 나뉘어 서로 대구(對句)관계에 있는 노래가사를 교창식으로 부른다.

이 지역의 민요는 이소라가 1987년부터 1991년까지 5년에 걸쳐 양산시의 협조를 받아『구전민요개관』으로 편찬하였다. 여기에는 민요를 농요, 동요, 일반민요로 나누고 농요에 대해서 상세하게 서술하고 있다.

이중에서 특징적인 것은 '웅상농청장원놀이'이다. 이 놀이는 경상남도 양산시 웅상읍 명곡마을 농청에서 일년 중 봄부터 가을까지 농사일을 행하던 농가의 협동작업, 농경의례, 민속놀이 등을 시간대 순으로 구성하여 일관된 하나의 연희를 놀이화한 것이다.

구비문학 중 속담이나 수수께끼는 다른 지방에서 전승되는 것과 대동소이하며 무가는 거의 조사되지 않은 것으로 나타났다.

양산시의 문화재로는 국가지정문화재와 도지정문화재, 기타 중요문화재로 나눌 수 있다. 국가지정문화재로는 국보 290호 통도사 대웅전 및 금강계단이 있고 보물로는 통도사 국장생석표 외 20점이 있다. 사적으로는 양산시 북정리에 위치하고 있는 북정리 고분군 외에 5곳이 있다. 천연기념물로는 신전리 이팝나무가 천연기념물 234호로 지정되었다. 도지정문화재로는 우선 유형문화재는 통도사 3층 석탑 외 53종이 있다. 무형문화재는 우리나라에서 유일한 풍농기원제인 가야진용신제가 도지정문화재 19호로 지정되었으며, 양산시 서창동 명곡마을에 전승되는 웅상농청놀이가 도지정문화재 23호로 지정되었다. 기타 중요문화재로는 강서동 교리 춘추원 내에 있는 비문이다. 이 비문은 양산 출신 박제상을 추모하여 기록한 내용이다. 그 외 금석문 및 고문서 등이 있다.

양산의 세시풍속은 대보름에 가장 큰 의미를 둔다. 정월 15일을 상원 또는 대보름이라 하며 설에 시작되었던 세수명절(歲首名節)의 끝이기도 하다. 보름행사는 15일에 시작되는 것이 아니고 14일에 시작된다. 보름은 새해 농사의 시점이라 하여 농사일과 관계 있는 일들을 하지마는, 15일은 보름 명절이고 16일은 귀신날로 일손을 놓게 되어 있으므로 농사의 시발 행사는 14일에 한다. 14일 새벽닭이 울면 일어나서 자기 집 퇴비장에서 퇴비 한 짐을 져다 자기네 논에 갖다 붓는다. 이것은 금년 농사가 이미 시작되었다는 신호이며, 한편 금년도 이렇게 부지런히 농사를 시작하였으 니 금년 농사가 풍년이 되어 달라는 기원의 뜻도 있다.

14일 낮에는 남자는 나무를 아홉 짐 해야 하고 부인들은 삼베를 아홉 광주리 삼아야 한다는 것이다. 농촌에서는 이렇게 14일 하루를 분주하게 일을 하므로 이 날을 여름날이라고도 한다.

상원날 밤에 뒷동산에 올라가서 달맞이를 했고 아침에는 부럼이라 해 서 단단한 과실을 깨물어 마당에 버렸다. 귀밝이술을 마시고 약식을 먹 으며 오곡밥을 지어 아홉 번 먹었다. 복쌈이나 솔떡을 만들어 먹었다. 이 러한 음식들은 배불리 먹기 위한 것이 아니고 민속적인 의미를 지니고 있었다.

달밤에 사람들이 모여 줄다리기, 석전, 차전놀이, 답교, 달집태우기, 지 신밟기, 놋다리밟기 등을 했다. 많은 사람들이 모여 새해 첫 만월을 반기 며 여러 가지 놀이를 즐기고 흥겨워했다. 그러나 지금 전승되는 것은 달 집태우기와 지신밟기 정도이다.

대보름은 설 명절의 마지막이자 이날 이후부터 본격적으로 농사일을 하게 되므로 이방·점복·금기 등이 유난히 많다.

봄철에 흔히 하는 놀이로는 널뛰기, 풀각시놀이, 놋다리밟기(이상 소녀 놀이), 윷놀이, 승경도놀이, 답교놀이(이상 남녀 공통 놀이), 연날리기, 팽 이치기, 석전, 쥐불놀이, 횃불싸움, 줄다리기, 고싸움, 지신밟기, 원놀음(남 자놀이) 등이 있다. 그러나 지금은 상당 부분이 잘 이루어지지 않거나 대 중적으로 널리 알려지지 못한 실정이다. 지금도 행해지는 놀이는 쥐불놀 이, 널뛰기, 그네뛰기, 윷놀이, 지신밟기 등이다.

본 조사에 앞서 사전 조사를 실시하였다. 울산과 양산은 거리적으로 가까운 관계로 하루 일정으로 움직일 수 있는 곳이다. 1차 예비답사는 1월 9일에 실시하였다. 우선 서창동 사무소에 들러 동장님을 통해 많은 정보를 얻었다. 서창동 동장인 신현묵은 웅상읍지 편찬에도 관여하였고 이 지역에서 전승되고 있는 웅상농청장원놀이를 도지정문화재로 지정받는데 많은 공헌을 했다고 한다. 이 지역은 원래 웅상읍이었지만 행정구역 개편으로 4개동(서창동, 소주동, 평산동, 덕계동)으로 나뉘었다. 동장 신현묵을 통해 웅상읍지와 지역과 관련된 자료 일부를 수집하였고, 각 동에서 구연할 수 있는 제보자에 대한 정보도 함께 수집하였다. 그리고 웅상농청장원놀이 보존회 회장인 이자무를 만나 좋은 정보와 참고 자료를 수집하였다.

2차 예비조사는 2월 3일에 실시하였다. 덕계동 주민센터를 방문하여 외산마을과 매곡마을을 추천받았다. 2월 9일이 정월 대보름이라 마을 전체가 준비로 분주하였다. 각 마을 회관을 찾아 제보자 정보를 듣고 자료를 수집하였다. 평상동 주민센터를 통해 구연할만한 제보자를 추천받았다.

3차는 2월 20일과 23일에 이루어졌다. 2월 20일에는 양산시청과 양산문화원을 방문하여 양산시의 일반적인 자료와 각종 통계자료, 기타 참고 자료를 수집하였다. 양산문화원에서는 문화원장님을 통해 양산시의 전반적인 현황을 안내받았다. 특히 양산시에서 편찬한 각종 자료들을 흔쾌히 기증해 주셨다. 또 지역 전문가인 최천수에게서 양산지역에서 전승되는 대표적인 설화와 민요의 개관에 대해서 설명을 해주었으며, 각 지역에서 구연할 만한 제보자에 대한 안내도 해주었다. 그러한 정보를 바탕으로 2월 23일 상북면 사무소와 하북면 사무소를 찾아 직원들의 안내로 조사마을과 제보자를 추천받아 조사 진행 계획서를 작성하였다.

이러한 몇 차례의 예비조사를 통해 본 조사는 2월 10일과 11일 그리고 26일에 걸쳐 이루어졌다. 조사자는 박경신, 김구한, 김옥숙, 정아용 등이다.

1차적으로 조사한 마을은 외산마을, 매곡마을, 장흥마을, 주진마을 이었다. 이 지역은 행정구역 개편 이전 웅상읍 지역으로 아직 농사가 이루어지고 있는 지역이 많은 관계로 설화와 민요의 편린들을 비교적 발견하기가 쉬운 지역이었다.

  2차 조사지역은 1차 조사지역과는 정반대 지역인 상북면이다. 웅상읍과 상북면은 산을 경계로 하여 생활권이 완전히 나뉘는 지역이다. 상북면도 전형적인 촌락을 형성하고 있으나 급격한 산업화의 여파로 공장과 아파트가 많이 들어서 변화의 과정에 있는 지역이다. 하지만 아직도 반촌을 형성하고 농사를 많이 짓고 있는 관계로 구비문학의 흔적들을 여러 군데서 발견할 수 있다. 주 조사는 석계리와 대석리에서 이루어졌다.

  3차 조사는 5월 29일과 30일에 걸쳐 이루어졌다. 5월 29일은 양산문화원에서 황문길을 대상으로 이루어졌다. 황문길은 이 지역에서 유명한 풍수로 양산지역 전반에 관한 지명 유래에 관한 이야기를 들을 수 있었다. 오후에는 양산시에서 가장 큰 면적을 차지하고 있는 원동면 일대를 조사하였다. 원동면은 산악지역과 낙동강 지류를 따라 형성된 마을로 구분할 수 있다. 작은 마을들이 드문드문 형성되어 있고 인구는 많지 않은 편이다. 몇 군데 마을회관을 방문했지만 구연 능력을 지닌 사람을 찾을 수가 없었다. 면사무소 직원을 도움을 얻어 서룡리 김진규를 만나 이 지역에서 전승되는 설화를 채록하였다. 5월 30일에는 상북면에서 류장열씨를 대상으로 민요와 설화를 조사하였다. 류장열 씨는 이 마을에서 창을 잘하는 사람으로 소문이 나 있었다. 어렵게 허락을 받아 채록을 시작했지만 예전과 같이 뜻대로 잘 안 되는지 자꾸 거절을 하였다. 목청이 옛날과는 다르다면서 많이 아쉬워했다.

  4차조사는 7월 29일 양산시 명곡동에서 웅상농청장원놀이와 기타 민요와 설화를 조사하였다. 웅상농청장원놀이는 도지정 문화재로 지정되어 있어 많이 알려져 있는 놀이다. 조사자들은 편한 상태에서 자연스러운 구연을 부탁했지만 구연자들은 형식을 갖추어야 한다며 녹음기를 의식하면서 구연을 했다. 웅상농청장원놀이 외에 기타 민요를 채록했다.

5차조사는 9월 25일 양산시 하북면 서리, 지산, 대원 마을에서 조사가 이루어졌다. 하북면은 통도사를 중심으로 매우 광범위하게 펼쳐져 있는 곳이다. 우선 하북면 사무소를 찾아 이 지역 사정에 밝은 직원을 만나 여러 가지 정보를 얻었다. 그 직원이 추천해준 곳이 지산리였다. 하지만 구비문학의 자료가 많이 남아 있을 것으로 믿고 현지로 갔으나 아쉽게도 구연할 만한 사람들은 몇 년 사이에 다 돌아가셨다는 것이다.

이외에도 조사지역을 넓혀 동면, 물금읍 지역으로 예비조사를 실시하였으나 구비문학의 편린을 찾기가 힘들었다. 양산시는 급격한 산업화와 도시화로 인해 그 어느 지역보다도 구전자료의 소실이 빠르게 진행되고 있는 곳이다.

채록 자료를 살펴보면 설화는 사찰과 관련한 인물 전설이나 지명 전설이 풍부하였다. 특히 원효대사와 관련된 설화가 압도적으로 많았다. 민요는 농산노동요가 중심을 이루며 유희요도 일부 채록되었다. 자료의 양상이 다양하지 못해 아쉬운 점은 있으나 이 지역 구비문학만의 독자적 특성을 파악할 수 있었던 것은 매우 의미 있는 일이다. 설화와 민요를 살펴보면 전국적인 양상을 보이는 자료도 많이 있지만 이 지역만의 특징을 지닌 자료가 발견되기 때문이다.

1. 덕계동

증편 한국구비문학대계 ● 경상남도 양산시

경상남도 양산시 덕계동 외산마을

조사일시 : 2009.2.10

조 사 자 : 박경신, 김구한, 김옥숙, 정아용

　덕계동은 조선시대에는 울산군 서면이던 것을 웅촌면으로 명명했다가 한말에 와서 웅촌면을 웅하면과 웅상면으로 분할할 때에 양산군 웅상면으로 편입했고 1917년 행정구역 폐합에 따라 덕계마을(구덕계마을을 포함), 외산마을, 조평마을, 월라마을을 병합하여 덕계리라 하고 외산마을, 조평마을을 분동하였다. 1986년에 월라마을, 덕계마을이 분동되었으며, 대승아파트가 건립됨에 따라 1994년 대승마을로 분동되었다. 그 후 2007년 4월 1일 덕계동으로 분동하였다.

7호선 국도를 따라 울산방향의 도로변에 위치하며 웅상농공단지가 있다. 천마봉과 천룡봉으로 들러쌓여 있으며, 마을 앞으로 회야강이 흐른다. 근처에 천불사와 골프장이 있으며 읍내가 발달한 배산임수형의 마을이다. 자연마을로는 덕계, 구덕계, 다라골(월라), 볼강소, 새버든(쌔버등, 조평), 외산(산하, 이천) 등이 있다. 다라골은 구덕계 서남쪽에 있는 마을로 지형이 달처럼 생겼다고 하여 붙여진 이름이다.

조사자들이 찾은 외산 마을은 덕계 동쪽 바깥 산 아래 위치한 마을이다. 전해지는 말에 의하면 매곡을 내산으로 하고 산 밖에 있다고 하여 외산이라 칭했다고 한다. 부산에서 울산에 이르는 국도에서 안쪽으로 1km 정도 들어가면 있다. 산을 등지고 있어 구비전승물의 흔적을 많이 찾을 수 있을 것이라 생각했으나 마을 동남쪽으로 이미 외산 농공단지가 조성되어 있었다. 공단조성과 함께 많은 사람들이 고향을 등지게 되고 마을은 자연히 규모가 줄어들 수밖에 없었다고 한다.

조사자들은 마을 어귀에 있는 마을회관을 먼저 방문하였다. 이른 시간이라 마을 어르신들은 아직 나오지 않았고 정월 대보름 행사가 끝나고 뒤풀이를 준비 중인 할머니 몇 분과 할아버지 두 분이 계셨다. 일하시는 서진기 할아버지께 부탁을 드려 어렵게 자리를 마련했다. 조사 나온 취지를 말씀 드리자 옛날 노래나 이야기를 구연할 수 있는 사람은 벌써 다 돌아가셨다면서 아쉬워했다. 마을의 민속에 대해서 몇 가지 여쭈어 보았다. 옛날에는 대보름이나 한식, 단오, 추석 등 다양한 행사가 있었으나 지금은 거의 하지 않는다고 했다. 지금은 대보름날 웅상읍 전체에서 하는 달집 태우기가 유일하게 하는 행사라 했다.

제보자는 이 마을과 관련된 몇 가지 설화를 구연했다. 옛날부터 외산 마을은 달성 서씨들이 많이 살고 있었다. 제보자 서진기는 달성 서씨로 자기 가문에 대한 대단한 자부심을 가지고 있었다. 당연히 조상 중에서 유명한 서장군 이야기를 들려 주었다. 그리고 마을 제석당에 관한 이야기를 구연해 주었다.

▌제보자

서진기, 남, 1937년생

주 소 지 : 경상남도 양산시 덕계동 154-2번지 외산마을회관
제보일시 : 2009.2.10
조 사 자 : 박경신, 김구한, 김옥숙, 정아용

　미리 약속한 날짜에 외산 마을회관을 방
문하였고, 회관 마당에서 일하고 있는 사람
들에게 방문목적을 설명하다가 제보자를 만
나게 되었다. 조사자로부터 조사목적을 들
은 제보자가 입담은 없으나 "서장군 이야
기"를 제보하겠다고 흔쾌히 나섰다. 제보자
가 구연하는 도중에, 대동제 뒤풀이를 위해
청중들이 모여들고 음식상이 차려졌으나 자
료를 제공하는 사람은 제보자뿐이었다.

　구연 중간 중간에 서씨 가문에 대한 자부심을 드러내면서 진지한 자세
로 최대한 자세히 설명하려고 애썼다. 종이 만 것을 들고 손짓을 하며, 조
사자들을 번갈아 보면서 구연하였다. 양반 다리를 하고 앉아 방바닥에 그
림을 그리면서 열심히 구연하였다. 조사자의 방문을 미리 알았더라면 족
보를 보고 햇수나 이름 등을 정확히 제공했을 것이라며, 그러지 못한 것
에 대해 아쉬움을 드러내기도 했다.

　키가 큰 편이고, 마른 체형에 얼굴이 좁고 긴 편으로 나이보다 젊어보
였다. 시종 꼿꼿한 자세와 분명한 발음으로 조사에 적극적으로 임했다.
제보자는 달성 서씨 18대 손으로, 조상들이 이 마을에 정착해서 산지는
사오백년 쯤 되었다고 하였다.

제공한 자료는 서장군과 마을 제석당에 관한 전설이다.

제공 자료 목록
04_09_FOT_20090210_PKS_SJG_0001 서장군
04_09_FOT_20090210_PKS_SJG_0002 제석당

서장군

자료코드 : 04_09_FOT_20090210_PKS_SJG_0001
조사장소 : 경상남도 양산시 덕계동 442번지 외산마을회관
조사일시 : 2009.2.10
조 사 자 : 박경신, 김구한, 김옥숙, 정아용
제 보 자 : 서진기, 남, 73세
구연상황 : 조사자에게 조사취지를 들은 제보자는 입담은 없으나 '서장군' 이야기 하나는 구연해 주겠다고 하였다. 조사자 일행은 제보자를 따라 방으로 들어갔다. 이 이야기를 제보자는 선조에게 듣고 알게 된 것이라고 하였는데, 힘이 세기로 유명한 서씨 조상과 가문에 대한 대단한 자부심을 내보이며 최대한 자세하게 구연하려 애썼다. 종이 만 것을 들고 손짓을 하고, 조사자들을 번갈아 보면서 이야기를 했다. 양반다리를 하고 앉아 방바닥에 디딜방아의 모습을 그리기도 하며 진지하게 구연하였다.
줄 거 리 : 달성 서씨 조상 중에 서장군이라는 사람이 났는데 날아다니는 힘이 아주 셌다. 금방 만든 말랑말랑한 논두렁을 걸어가도 발자국 표시가 없었으며, 울산에 있는 첩의 집에도 짚단 한 단에 불을 붙여서 갔는데, 그 짚단이 다 타지 않는 시간에 갔다가 돌아올 정도로 날아다녔다고 한다. 하루는 서장군이 "매고(둔갑여우)" 하나를 죽였는데, 그 매고의 가족이 보복을 하려고 했다. 매고가 서장군의 부모에게 서장군이 어디 있는지를 묻자 거짓으로 죽었다고 대답했다. 서장군의 부모가 디딜방앗간에서 거짓으로 곡을 하고 있자 매고가 보복한다고 디딜방아를 부수었다. 그러나 매고는 쇠로 된 방아공이를 발견하고는 서장군의 힘이 그 방아공이에서 나온 것임을 알게 되었다고 한다.

내가 이 고장에, 지금 녹음 됩니까?

(조사자 : 예.)

이 고장에 한 우리가 임란을 피했으니까 그 입항조(入鄕祖)가 여게(여기에) 온 제가(지가) 아마 한 사백년, 임란 한 사백년 됐제(되었지)?

(청중 : 사백 년 넘었지.)

응, 사오백 년 되는데 그래 우리 그 조상이 그때 그 장군이라고 하나 났는데, 서장군이라고 우리 조상이 하나 났는데, 응 고(그) 연도는 내가 족보를 봐야 확실히 모르고, 족보에 돼가 있는데, 족보를 가져올 수는 없고,

내 아는 데까지는 그래 인자, 열여덟 살 무, 무(먹어) 가주고, 어 이 얼추(어림잡아) 날품이(날으는 힘이) 어늘 대기(아주) 신(센) 기라(것이라). 이 날라 댕기는(다니는) 한가지라('같다'는 뜻임). 그래 인자 그 때부턴 인자 그 장군 활동을 하는데, 그래 인자,

열대여섯 살 무니까네(먹으니까) 인자 부친이 인자 그 농사를 짓기 따물에(때문에) 그 논두렁을 이래 좍(죽) 해 놨는데, 논두렁을 해 놨는데, 그래 인자 논두렁을 진작 해 놓으면 몰랑몰랑 이러커든. 발이 빠지거든.

근데 그래 좍 걸어 나가도 자죽이(자국이) 없는 기라. 그래 보면 날품이 시가(세서) 바리(바로) 나는 기라.

사램이 그래 날고 저 울산에 인자 그때는 그 그때가 그 우리 여가(여기가) 울주군이라. 울주군이 돼 있어. 양산이 아니고 울주군 돼 있을 때, 인자 그 서장군이 말이지 그 우리 웃대 조상이 그 인자 성인이 되니까, 인자 여자도 알고 이러이까네, 울산에 첩을 얻어놓고, 그래서 결혼하고 첩을 얻어 놓고, 첩에 댕길 때, 그 옛날 그 그 타작하면 짚단, 짚단에 불을 딱 하 한번 댕기 가지고, 갔다가 올 때까지, 그 인자 첩 집에 갔다 올 때까지, 그 짚단 하나도 안 상했다 하이까네, 완전 나는 기라. 사람이 날라 댕긴 기라.

그라고 은자 한 날은 은자 그 어데 갔다가 둘오다가(들어오다가), 요 가른 매곡 사이에, 그 이 고부질(모퉁이길) 있는데, 바위가 아주 큰 바위가 있었는데, 그 옛날에 뭐 호랑이도 많이 나오고,

옛날에 뭐 매고[1]도 나오고, 뭐 야시 같은 기 나온다고 그런 게 있어 가지고,

그래 떡 가이까네, 이 장군이 인자 울산 그 외출 첩에 갔다가 떡 첩 집에 갔다 둘오이까네 딱 잡거든. 잡으이(잡으니) 거 장수힘이 들 리가 왠만한 거 뭐 막 날라 가는 기라. 그래가, 그 매고 있는데 걸맀는데, 매고는 거서 쥑이뺐는(죽여버렸는) 기라. 쥑이뿌고, 매고도 거 사람 겉으면 안 죽이는데, 짐승이나 사나운 거 맹수 그 이런 거 은자 그 뭐 죽이뿌는데,

그래 그 인자 매고의 그 뭐 남편이라 카는 그 가족이 보복을 할라꼬, 그래 인자 여 매곡에 서장군 집에 그 떡 들와가 부모들 있는데 물으이까네,

"그래 서장군은 말고 그래가 아 이 죽었다. 오다가 죽어 가지고 지금 그 그 염불해 놓고 말이야 있다." 이래 됐는 기라.

"그래, 어데 있노?"

그러이까네, 그래 그 인자 서장군이라 카는 그 뭐 뭐 부모들이나 서장군이 뭐, 서장군 자기가 뭐 내인데(나한테) 무신 보복이 오겠다 커는 거는 거 대충 알거든. 영웅이라.

그래가, 그 옛날 디딜방아 방앗간, 그 그다 말이지, 이리 염불 해가 있시이, 고마 한쪽에 죽었다 갖다 놓고 곡을 하고 이래 쌌거든(이렇게 하고 있거든).

요기(요것이) 가끔시나(가끔씩) 보복한다꼬, 요 싹싹 주물러 올리는데, 나무가 바싹바싹 빠지고(부러지고), 빠지는데, 우에 방아 방아찧으면 디딜방아 밑에 고기(공이가) 안 있잖아.

고 고 그 쇠 고기(그것이) 인자 야물거든. 고고로(그것을) 딱 집어가 '응 요기 요기 힘이 들어가 응 날아댕겼구나!' 싶어 그런 전설이 있어요.

그래가 이 이 서장군이 전에 여 우리 여 웅상읍 저저 동 되기 전에 윤정원이 읍장이라꼬, 그 읍장 있을 때, 그래 그때 전설 겉은 거 이 뭐 각

---

1) 둔갑 여우에 해당하는 방언이다. 지역에 따라서 매구, 미구, 애수, 야시라고 하기도 한다.

마을에 이래 가면서, 인제 윤읍장이 인데 우리 하문(한 번) 그때 이야기를 해 줘 가지고, 책자에 이래 뭐 문화재 한 번 올라간 게 있어.

그때.

(조사자 : 그 아까 디딜방아 뭐 어디를……)

이 이 옛날에는 이거 방아로 말이지, 이래 이래 다리를 본데(원래) 사람이 쿡쿡 눌리가 났다가 났다가, 요게 인제 돌호박을 이래가, 근데 요기 인자 이래 칵칵 찍는(찧는) 겉으면 여게 다(모두) 인자 그 고 쇠로가 쇠로까 올똑올똑 하이 그거 방아고라.

이기 고래 인자 탁탁 찍어주는 그 그래 인자 그 매고 그 저 그 이쪽에 와가 인자 그 보복하러 왔는데,

그래 인자 서장군이

"죽어가 염불해 났다."

이래 됐는 기라. 부러(일부러) 거짓말을 하거든. 그래

"그 어데 있노?"

가가(그 아이가) 말이지, 이래 만치(이렇게 만져서) 올리다가 나무가 파삭파삭 다 빠지는 기라. 빠지는데, 마지막에 그 인자 방아고 쇠 그 밑에 쇠는 나무 그 연목(椽木) 아니요? 그래 요 몬치기(만지기) 시작하이 안 날라 가거든. 거 '여 힘이 들었구나!', '요 매물에(때문에) 요 날라댕기구나!' 하믄시로(하면서) 그런 전설이 있어요.

제석당

자료코드 : 04_09_FOT_20090210_PKS_SJG_0002
조사장소 : 경상남도 양산시 덕계동 442번지 외산마을회관
조사일시 : 2009.2.10
조 사 자 : 박경신, 김구한, 김옥숙, 정아용

제 보 자 : 서진기, 남, 73세

구연상황 : 당산제 뒤풀이를 위해 사람들이 모여들고 음식상이 차려지고, 제보자가 이 이
　　　　야기를 하였다. 이야기가 끝나자 청중 한 명이 제석당에 항아리가 있었고, 그
　　　　속에 옷이 들어 있었다고 하면서 제보자가 빠트린 부분을 추가로 설명하였다.
　　　　다른 청중들은 마을의 당산제와 관련된 내용이라 진지한 자세로 경청하였다.

줄 거 리 : 은진사가 들어서기 전 마을 사람들은 농사를 짓거나 나무 하는 사람이 많았
　　　　는데, 한 나무꾼이 낮에 양지쪽에서 자다가 산신령으로부터 "동이가 묻혀있
　　　　다."는 현몽(現夢)을 받았다. 나무꾼이 꿈에서 깬 뒤, 땅을 파보자 진짜로 항
　　　　아리가 나왔다. 그 항아리 속에는 옷이 들어 있었다고 한다. 사람들이 그 자
　　　　리가 예사롭지 않음을 깨달아 제석당을 지어서 정월대보름에 제를 지내고,
　　　　나중에는 은진사라는 작은 암자까지 짓게 되었다. 그리고 은진사가 생긴 뒤
　　　　에는 내외산과 매곡의 당산제를 은진사에서 일 년에 두 번 위임해서 지낸다
　　　　고 한다.

　아 요기 요 요 요 은진사라꼬, 천불사는 들어온 제가(지가) 마 한 이십
년 가도 요래 밖에 안 되고, 은진사는 저거는 상당히 오래 됐는데, 이, 이
이상 은진사라고 그래 됐는데,

　그 절 되기 전에 그때는 그 농촌에서 인자 나무하고 나무꾼들이 많이
댕기거든. 댕기는데, 그래가 양지가(양지쪽이) 돼가 잠이 싹 들었는데, 꿈
에 선몽(現夢을 말함.)을 하기로 말이지.

　"니 자는 그 밑에 그 동이가 묻어져 있다." 이래 됐는 기라.

　그래 잠을 깨보니 이상하거든. 그래 거 파이까네, 그 이 단지가 나오네.
단지가 안에 뭐가 들었나, 그거는 전설 우리 거 잘 모르고, 어른들께 들은
얘긴데, 그래가 고기서 인자 제석당 이래가 아 이이 무슨 조상이 이상한
기다.

　인자 제석당을 지아가(지어서) 제를 지내고 있고, 제사를 일 년에 한 번
씩, 이래 외산 매곡이 지내고 인자 당산, 우리 어제 인자 그 행사로 했지
만은, 정월 대보름날 유월 달에, 이래가 육 월 보름날에 이래가 일 년에
두 번씩, 그 은자 당산 기제를 지내가 당산제를 지내는데, 어제 우리는 제

를 지냈고.

그래 은진사에 고 가면은 그 제석당 이래 고 제사지내고, 이래가 지금도 제석당 이래가 인자 그 사당이 하나 있고. 그래가 인자 그 절이 지어졌고, 은진사라고 쪼그만한 암자가 그래 뭐 어느 정도 오래됐고, 몇 백년 오래됐고.

(조사자 : 제석당에서는 뭐 해마다 제를 올립니까?)

예, 예, 지내죠.

당산제 지내면서 그래 그 인자 고 제사지낼 때, 그 이 이 이력거리고 ('마을의 안녕을 기원하는 말들을 언급하고'의 뜻임.), 할매(할머니) 할배(할아버지) 이래 돼 가지고 할매인데,

"동네 편안히 해주소." 커는,

동네 편안히……

(조사자 : 여기가 할매네요?)

예. 할매고. 인제 당산 할매가 할배고).

(조사자 : 할배고.)

(청중 : 제석당은 뭐 옛날에 듣기로는 항아리가 뭐 이렇게)

아 내가 봤어.

(청중 : 아 그래요?)

그 뭐, 뭐, 뭐 옷하고 뭐 들어 있던데, 누가 뭐 나무를 하러 가 가지고, 나무를 한 짐 해 가지고, 지게를 일바들라 카이(일으키려고 하니), 지게가 안 일반아져(일으켜져) 가지고 '이상하다!' 생각해서 그걸 파 봤다. 케 파 보이, 그는(그것은) 신라 때 그랬는지, 언제 그랬는지 그기 모르는 거라요. 그게 물론 이거이 저, 저, 이조 말엽이겠지.

그 그 뭐 제석당 지은 거는, 근데 이 지역 사람이 인자 그 어 제석당 카는 거를 그래 지어 가주고, 그걸 인자 '이상하다.' 싶어 가지고 매년 제사를 모셨는 거라.

거다가 그래 가지고, 지금까지 그 계속 제사를 모시다가 그 인자 응 암자절을 짓고 나서는, 절에서 위임을 해가 절에서 인제 제사를 모시고 우리 마을에서는 제사를 안 모시는 거죠. 여 여 여 당산 여기서만 제사를 모시고, 정월 정월 유월 이래 두 번을, 일 년에 두 번씩 제사를 모시다가, 유월 달은 마 안 지내고, 인자 어제 인자 정월 열나흘 날은 인자 열두시 되면 항상 제사를 모시고 그렇게 했어요.

2. 매곡동

증편 한국구비문학대계 ● 경상남도 양산시

▌조사마을

경상남도 양산시 매곡동 매곡마을

조사일시 : 2009.2.10

조 사 자 : 박경신, 김구한, 김옥숙, 정아용

　매곡동은 웅촌면을 웅하면과 웅상면으로 분할할 때 매곡(매실·매일)이라 하였는데 1906년 양산군에 편입되고, 1914년 행정구역 폐합에 따라 매곡리라 하였다. 2007년 4월 1일부로 매곡리에서 매곡동으로 행정구역 명칭이 바뀌었다. 한편으로는 산의 안쪽에 위치한다고 하여 내산(內山)으로도 불렀다. 산이 깊어 다른 마을로 이동하는 재(고개)가 많았다. 대표적인 고개로 매일재(밀밭재, 하밋재)와 박칭이 고개가 있다. 매일재는 매곡마을 남동쪽에 있는 고개로 부산광역시 기장군 정관면 병산리로 넘어가는 고개이다. 주변에 밀밭이 많아서 밀밭재라고도 부른다. 박칭이 고개는 매곡마을 동북쪽에서 부산광역시 기장군 장안읍 장안리에 있는 박창이골로 넘어가는 고개를 말한다.

이 마을에 있는 대표적인 절은 불선암과 은진사이다. 매곡마을 북쪽에 있는 불선바우(岩)는 불을 켜고 소원을 비는 바위라고 한다. 옛날 세대수는 170여 세대를 넘었으나 지금은 많이 줄어들어 젊은 사람들은 거의 없다고 한다.

마을 진입로에 천불사가 있어 사람 왕래가 많은 편이다. 매곡 마을은 양 옆으로 산을 끼고 있는 전형적인 농촌 마을이다. 교통은 외산 마을을 거쳐 들어오는 곳으로 정기적으로 버스가 다니고 있다. 하지만 이 마을도 산업화의 영향으로 마을 어귀에 수많은 공장들이 들어서 있다. 또한 젊은 이들이 부산 등 인근 대도시로 나가 버려 마을 구성원들은 대부분 노인들이다. 마을에 거주하는 노인들은 마을회관에 나와 소일하고 있었다.

이곳 역시 공동체 문화가 사라져 버린 지 오래되어서 구비문학의 편린을 찾기에는 많은 어려움이 있었다. 마을 입구에 있는 마을회관에 들러 마을 민속에 관한 기초 조사를 실시하였다. 여느 마을과 마찬가지로 마을 자체의 행사보다는 웅상읍에서 행하는 정월 대보름 행사에 참여한다고 했다. 아직 이른 시간이라 많은 사람들이 나오지 않았지만 몇몇 제보자들을 대상으로 모심기 노래와 일반 민요 다수를 채록했다.

▌제보자

김순연, 여, 1931년생

주 소 지 : 경상남도 양산시 매곡동 642번지 매곡마을회관
제보일시 : 2009.2.10
조 사 자 : 박경신, 김구한, 김옥숙, 정아용

　다른 제보자에게 "이거 한 번 해라."라고 모심기 노래를 권하거나, 노래의 첫머리를 가르쳐 주거나, 또는 잘못 구연하는 부분은 틀렸다고 지적하였다. 이런 점으로 보아 제보자가 자료조사에 관심이 많으며 협조적임을 알 수 있었다. 제보자는 완벽하게 아는 자료만 자신 있게 구연하였는데, 이런 자세들로 미루어 완결성을 지닌 자료의 가치를 중시하는 듯 했다.

　큰 목소리와 분명한 발음으로 더듬지 않고 매끄럽게 구연하였다. 구연을 시작할 때는 "내 한 번 할게."라거나, "장가가는 노래 하나 하겠다."라는 등 확실한 말과 태도로 나섰다. 양반 다리를 하고 앉아 차분하고 분명한 목소리로 진지하게 구연하였다. 구연 중간이나 끝에 노랫말의 이해를 돕기 위해 말로 설명을 덧붙이기도 하였다. 보유하고 있는 자료에 대한 자부심도 있어 보이고 구연 능력도 양호하나, 제보한 자료는 많지 않았다.

　키가 크고 체격이 좋은 편이며, 건강해 보였다. 단정한 파마머리에 안경을 끼고 스카프를 하고, 비교적 깔끔한 이미지를 지니고 있었으며, 자기 주장이 무척 강해 보였다. 사진을 찍으려 하자 "나는 바보다."라며 찍지 않으려고 돌아앉아 있었으며, 주소를 물어보았을 때 집 번지는 끝내

가르쳐 주지 않는 등 얼굴이 공개되거나 정보를 제공하는 것을 꺼려하였다. 인근 고장인 울주군 웅촌 마을에서 20세에 이 마을로 시집와서 살고 있다고 한다.

제공 자료 목록

04_09_FOS_20090210_PKS_KSY_0005 화늘올라 황상금아
04_09_FOS_20090210_PKS_KSY_0010 장가가는 노래
04_09_FOS_20090210_PKS_KSY_0011 시집살이 노래
04_09_FOS_20090210_PKS_KHS_0001 모찌기 노래
04_09_FOS_20090210_PKS_KHS_0012 모심기 노래 (1)

김흥순, 여, 1929년생

주 소 지 : 경상남도 양산시 매곡동 373번지 매곡마을회관
제보일시 : 2009.2.10
조 사 자 : 박경신, 김구한, 김옥숙, 정아용

조사자들이 매곡 마을회관을 찾아가서 만났다. 매곡 마을회관을 방문하였을 때 방 안에는 할아버지 한 분과 할머니 일곱 분이 앉아서 대동제 겸 당산제를 지내고 남은 음식을 데워서 먹으며 이야기를 나누고 있었다.

조사목적을 알리고 조사를 시작하기 위해 분위기를 조성하자 제일 먼저 자료를 제공하였다. 청중 중에서 누구보다도 적극적으로 자료를 제공하려고 노력하고, 알고 있는 자료를 기억해내려고 무척 애쓰는 모습을 보였으나 실제로 구연한 자료는 많지 않다. 그리고 구연한 자료도 불완전한 것들이 많았으며, 기억이 희미한 듯 "다 잊어버렸다."는 말을 자주하였다. 귀가 어두워

조사자의 말을 빨리 알아듣지 못해 옆 사람이 대신 전달하기도 하였다.

통통한 몸집에 파마머리를 하고, 나이보다 훨씬 젊어보였으나 건강이 좋지 않아 보였다. 기본적으로 성량이 풍부하여 목소리가 크고 발음이 분명하였으며, 느린 속도로 구연하였다. 성격이 유순해 보였으며, 시종 웃으며 차분하게 구연하였다. 노래에 관련된 설명을 덧붙이기도 하고, 옆 할머니의 무릎을 두드리거나, 손을 합장하는 등 구연에 적극적이었다.

제보자의 택호는 송연댁으로, 기장군 자청리에서 28세 때 매곡으로 시집을 왔으며, 제공한 노래들은 모두 처녀 시절에 배운 것이라고 하였다.

제공한 자료는 모찌기와 모심기 노래, 김선달네 맏딸애기, 시집살이노래 등이다.

제공 자료 목록

04_09_FOS_20090210_PKS_KHS_0001 모찌기 노래
04_09_FOS_20090210_PKS_KHS_0002 모심기 노래 (1)
04_09_FOS_20090210_PKS_KHS_0003 모심기 노래 (2)
04_09_FOS_20090210_PKS_KHS_0006 쌍금 쌍금 쌍가락지
04_09_FOS_20090210_PKS_KHS_0007 김선달네 맏딸애기
04_09_FOS_20090210_PKS_KHS_0008 시집살이 노래 (1)
04_09_FOS_20090210_PKS_KHS_0009 시집살이 노래 (2)

서차득, 남, 1929년생

주 소 지 : 경상남도 양산시 매곡동 816번지 매곡마을회관
제보일시 : 2009.2.10
조 사 자 : 박경신, 김구한, 김옥숙, 정아용

김홍순 제보자의 모심기 노래에 후창을 하면서 조사에 임하게 되었다. 이어 조사자의 권유로 제석당에 관한 이야기를 구연하게 되었으나 "다 잊어버렸다."며 미흡한 제보를 하였는데, 나이가 더 많은 분이 계시면 잘 할 것이라며 아쉬워하였다. 그러나 "영험이 있다."며 마을 당신을 모시게 된

은진사에 대한 믿음은 강해 보였다.

제대로 구연하지 못할 것 같으면 아예 처음부터 구연에 임하지 않는 것이 낫다고 말하고, 쉽사리 나서지 않는 것으로 보아 확실히 알고 있는 자료를 제공해야 한다는 의식을 지니고 있었다. 녹음기를 의식하여 구연 시 매우 긴장하였다.

머리카락 숱이 적고, 키가 작으며, 안경을 끼고 있어 나이가 들어 보이는 외모를 지니고 있었다. 귀가 어두워서 조사자의 말을 잘 못 알아들어 제보자의 아내 되는 할머니가 통역을 해주었다. 매곡에서 태어나 지금까지 매곡에서 살고 있다.

구연한 자료는 모심기 노래 몇 편과 해방가, 제석당에 관한 이야기이다.

제공 자료 목록

04_09_FOT_20090210_PKS_SCD_0012 제석당
04_09_MFS_20090210_PKS_SCD_0004 해방가

제석당

자료코드 : 04_09_FOT_20090210_PKS_SCD_0012
조사장소 : 경상남도 양산시 매곡동 894-3번지 매곡마을회관
조사일시 : 2009.2.10
조 사 자 : 박경신, 김구한, 김옥숙, 정아용
제 보 자 : 서차득, 남, 81세
구연상황 : 예전에 "신가 아지매"가 잘했다는 이야기라며, 다 잊어버려서 제대로 하지
않으려면 안 하는 게 낫다는 제보자를 설득하여 구연한 자료이다. 듣고 있던
마을 사람들의 반응을 보아 여러 번 들어서 모두 잘 알고 있는 이야기임을
알 수 있었다.
줄 거 리 : 옛날에 어떤 일꾼이 제석암 뒤에 나무하러 갔는데 나뭇짐이 붙어서 일어 설
수가 없었다. 이에 나뭇짐 아래를 파보니 단지가 하나 들어 있었고, 그 단지
안에는 큰 옷이 들어 있었다. 이후 그 옷으로 제사지냈는데, 제석이 매우 영
험했다. 그러자 도둑이 단지를 훔쳐갔으며, 쓰는 법을 알지 못해 못에 버려
그 못의 이름이 제석이 되었다. 사람들은 아직도 정월 대보름날 저녁에 제석
할아버지의 제사를 지낸다.

제석당 이야기는 나는 듣기(들으니) 그러타꼬(그렇더라고).

(청중 : 신가 아지매 잘하더라).

옛날에 어떤 그 저 일꾼이 나마러(나무하러) 가가 제석암 뒤에 거게(거
기에) 나무를 한 짐 딱 해가서러(해서), 암만 끌박, 일바치도(일으켜도) 마
암만 안 일나는(일어나는) 기라.

[청중 손뼉을 치며]

(청중 : 붙어가?)

아 붙어서 암만 일반치도 나뭇짐이 안 일나는 기라. 그래 가지고 거 낸
주 그 보이까네 거 멋이 멋이 들었다카는 그마 잊어뺐다꼬. 뭣이 들었더

라 큰다꼬(하더라고).

(청중 : 단지가 들었지.)

(청중 : 단지가 들어 있지.)

그래 뭣이 들었는데,

(청중 : 단지가 들었더라 크대. 크다는 옷이 들었다꼬 카고, 신가 아지매 그라대. 옷을 깊이 옇났더라 쿠대.)

(청중 : 영감 할매이 옷이 있더라꼬.)

그, 그거로 갖다가 제사를 모시(모셔) 가지고 저 이 원래 예전에는 내외 산이 합동으로 인자 그 제석을 제사를 모셨는데 모실 적에.

그때 보믄 인자 들으면 그렇거든. 그 제사를 모실라꼬 곡석을 갖다가 나락을 널어 놓으머 뭐 새가 와 그 나락을 주아무(주워 먹어). 탁 그 자 빠져.

(청중 : 그 자리에서 죽어뿐다.)

새가 죽어뻐리고,

(청중 : 덕시기[2] 우리하이 죽어뿐다.)

그 제사를 지내라 칼라보이 핑경을(풍경) 달아 이래 세아 놓으면 핑경 을 달아놓으머 머하면 그 인자 그 핑경 소리가 난다 카는 기라.

그래가 아이 그 뭐 근데, 그래가 그 제석을 그 재석을 모시가,

(청중 : 그게 인자 몇 백 년 더 내려오는 기라.)

그래났는데, 그거를 또 어떤 놈이 그 재석 그게 효엄이(효험이) 있다케 가 도둑케(훔쳐) 가뻤는(가버렸는) 기라.

그 단진가 뭔가 그걸 도둑케 갔는 기라.

(청중 : 단지하고 바하고 있었다 쿠대.)

그래 그거를 도둑케 갔는데, 그 놈이

---

2) 멍석.

(청중 : 그 전에 ○○○○ 계실 때)

그거를 듣고서를 도둑케 갔는데, 거가 지녁에(저녁에) 가가 거를 암만 (아무리) 해봐도 안 되거든.

(청중 : 안 되지.)

안 되이까네 그거를 인자 떤질 자리 없어가 저 지석을 못에 거 마 떤지 뿠거든. 그래놓이 지석의 못이, 그래가 지석을 못이 이름이 됐고.

그래가 거 저 기기 우리 저 거 뭐꼬 제석 할매가 그마이 인자 영엄(영험) 있었고.

(청중 : 할매 할배)

또 옛날에 인자 우리 덤틱이(언덕에) 요두로 고게 방구 안 있나 그제?

조게 인제 옛날에는 그 외인이 말로 타고 오머 고와 안 내리고 그냥 오 말자죽(말걸음)이 안 떨어져. 딱 붙어뿌리고.

(청중 : 시직(시집) 갈 때도 고 가면 걸어오는 사람도 걸어오고, 장개(장가) 가는 사람도 걸어오고.)

그래 그래 가지고 넘어올 적에는 내리 가지고 걸어야 넘어와지는 기라.

(청중 : 오는 사람도 걸어오고 했다 하대.)

그래 그거는 그만이 영검이(영험이) 있는 인자 할매라고 우리가 그래서 오늘날까지도 그 인자 제석할매를 모시고 있는 기지예.

(청중 : 똑 보름날 지녁에.)

화늘 올라 황상금아

자료코드 : 04_09_FOS_20090210_PKS_KSY_0005
조사장소 : 경상남도 양산시 매곡동 894-3번지 매곡마을회관
조사일시 : 2009.2.10
조 사 자 : 박경신, 김구한, 김옥숙, 정아용
제 보 자 : 김순연, 여, 79세
구연상황 : 주로 다른 사람들에게 노래를 권하거나, 첫머리를 가르쳐주던 제보자가 선뜻
나서 "내 하나 할게."라며 이 노래를 구연하였다. 총각이 어여쁜 처녀를 보고
담장을 뛰어넘다가 새옷을 찢게 되자, 처녀가 뒷동산에 꽃 따러 가다가 가시
에 찔렸다고 부모님께 거짓말을 하고 찢어진 옷을 실로 감쪽같이 꿰매어 준
다는 내용의 노래이다. 차분한 음성으로 자신 있게 구연하였다.

화늘(하늘) 올라 황상금아
땅에 내린 문상금아
아저녁달 봉상금아
천양판 처자 보고
높은 단장 뛰넘다가
어제 아래 입은 자시
치답본을 찔러뿠네(찔러버렸네)
엄마인데 머라 하꼬(뭐라고 할꼬)
아버지인데 머라 하꼬
훈자되고 대장보아(대장부야)
그만 말도 못하겠나
뒷동산 치치 달러
동백꽃이 허 잘라서(하도 잘나서)

그 꽃 따러 가셨다가

까시(가시) 전에 밀다 해라

그리 해도 안 들거든

훗날 지녁(저녁) 돌아온나

전자지야 목당실을

기자 옷에 새겨줄게

니 아만땅(너 아무리) 잘 새긴들

본살 만땅(본래 만큼) 새길쏘냥

장가가는 노래

자료코드 : 04_09_FOS_20090210_PKS_KSY_0010

조사장소 : 경상남도 양산시 매곡동 894-3번지 매곡마을회관

조사일시 : 2009.2.10

조 사 자 : 박경신, 김구한, 김옥숙, 정아용

제 보 자 : 김순연, 여, 79세

구연상황 : 조사자가 조사를 끝내고 마무리하려고 할 무렵 제보자가 '장가가는 노래'를 하겠다며 구연한 노래이다. 제보자는 몸을 앞뒤로 흔들면서 양반다리를 하고 무릎을 두 손으로 감싸고 앉아 차분하나 큰 목소리로 진지하게 구연하였다. 중간에 신부가 첫날밤에 아이를 낳은 일을 강조한 후 구연을 계속하였다. 청중들은 잘 모르는 노래인지 가만히 듣고 있었다. 그러나 장가간 첫날밤에 각시가 애를 낳았다는 부분에서는 처녀를 비난하고 총각의 처지를 불쌍히 여기고, 총각이 두 번 장가가게 된 것이 당연하다는 반응을 보였다.

○○곳에 장가가니 어떻터노

앞산에는 높은 산이

뒷산에는 낮인 산이

앞문에는 용 기리고(그리고)

뒷문에는 범 거리고
앞문에는 낮인(낮은) 팽풍(병풍)
뒷문에는 높은 팽풍
장가라고 가니까네
팽풍 너매(너머에) 봉두각시
젖 줄라꼬 울으신다

[설명하는 말로]
참 그 놈 가시나 첫날밤에 무슨 아를 놓노?
(청중 : 글래 그 참 몬됐다.)

이왕지사 주는 저돌
주낭 말고 주어시소
아릿방을 내려가서
장인 장모 자는 기요(자는 가요)
갈라오더 갈라오더
이 몸으는 갈라오더
사오(사위) 사오 맏사오야
대골청천 깊은 골에
이 밤중에 어이 갈래
대골청천 깊은 골도
밤중에도 갈 수 있소
사오 사오 맏사오야
대골청천 깊은 골에
이시러이 어이 갈래
설수갱변 후아잡어

덜먼달먼 갈라오더

팽풍 너매 봉두각시

해복강달 잘 시기소

사오 사오 맏사오야

이왕지사 가는 걸음

이름이나 지아주소

꽃타 꽃타 잘 있거라

맹년 삼월 춘삼월에

돌아오먼 하나 끊고

다시 끙차

시집살이 노래

자료코드 : 04_09_FOS_20090210_PKS_KSY_0011

조사장소 : 경상남도 양산시 매곡동 894-3번지 매곡마을회관

조사일시 : 2009.2.10

조 사 자 : 박경신, 김구한, 김옥숙, 정아용

제 보 자 : 김순연, 여, 79세

구연상황 : 이 노래는 서사민요조로 읊조리듯이 구연하였는데, 생각이 잘 안 나는 부분
은 말로 설명하듯이 하였다. 청중들은 잘 모르는 노래인 듯 조용히 감상하면
서 가사가 슬프고 공감되는 부분이 있는지 다들 제보자의 구연에 집중하였다.
구연이 끝나자 시집살이 노래에 나오는 여성의 삶을 안타깝게 생각하는 얘기
가 오갔다.

불같이도 더븐(더운) 날에

미겉이도 지즌(짙은) 밭틀

(청중 : 한 골 매고 두 골 매고)

한 골 매고 돌아오니

담배참이 지어오고

두 골 매고 돌아오니

점슴참에 지어온데

부고 왔네 부고 왔네

엄마 죽은 부고 왔네

머리 풀어 삭발하고

신은 뜩 벗어 손에 들고

엄마라꼬 찾아가이

서른 서이 담재군이

행상이 떠나오네

서른서이 담재군아

행상 조끔 낳에 두고

엄마 얼굴 보고 싶다

엄마 얼굴 보고 싶으믄

이삼일 전에 오지

왜 인자사 인자사 오느냐고

그래 구박하고

그래 엄마를 떨야뿌고(놓쳐버리고)

집에라꼬 돌아오이

올케가 밥도 안 해 주고

그래 엄마 찾아가이까네

청개산 깊은 골에

엄마라꼬 불러보이

청산이 돌아앉아

수만석이 대답하고

[설명하는 말로]

그거도 참 억수로 슬프거던. 그기 그래가 올케가 밥도 안 해주고 그걸 구박을 하더란다. 그거로

(청중 : 그 초상 땐 안 오고 가고 난 뒤에 왔으이······.)

아 부고를 받고 그 질(길)로 왔는데, 여름에 밭매다가 부고 받고 그 질로 왔는데도 글터란다.

모찌기 노래

자료코드 : 04_09_FOS_20090210_PKS_KHS_0001
조사장소 : 경상남도 양산시 매곡동 894-3번지 매곡마을회관
조사일시 : 2009.2.10
조 사 자 : 박경신, 김구한, 김옥숙, 정아용
제보자 1 : 김홍순, 여, 81세
제보자 2 : 김순연, 여, 79세
구연상황 : 모심기 노래에 이어 김홍순 제보자가 차분하나 큰 목소리로 앞소리를 하자, 김순연 제보자가 뒷소리를 받았다. 김홍순 제보자는 모심기 노래가 앞뒷소리가 있음에 주목하여 뒷소리 또는 좌우 짝을 이룬다는 설명을 하였다.

한강에다 모를 부아

이 모찌기가 난감하다

[제보자 2가 받아 부른다.]

하늘에다 목화 심어

(제보자 1 : 고게 인자 뒷모두3))

---

3) 뒷소리.

목화 따기가 난감하다

(제보자 1 : 고 좌오다.)

모심기 노래 (1)

자료코드 : 04_09_FOS_20090210_PKS_KHS_0002
조사장소 : 경상남도 양산시 매곡동 894-3번지 매곡마을회관
조사일시 : 2009.2.10
조 사 자 : 박경신, 김구한, 김옥숙, 정아용
제보자 1 : 김홍순, 여, 81세
제보자 2 : 김순연, 여, 79세
구연상황 : 마을 사람들은 당산제를 지내고 남은 음식을 데워 먹으면서 조사자 일행을
맞았다. 조사목적을 설명하며 기억을 유도하기 하기 위해 모심기 노래를 부탁
하자 제보자들이 불러준 노래이다. 김홍순 제보자가 앞소리를 하고, 뒷소리는
김순연 제보자와 함께 구연하였다.

임이 죽어 연자가 되어

(청중 : 그래 천천히 해라.)

춘향(추녀) 끝에다 집을 지아

그 온자(이제) 답이가4)
[제보자 1과 제보자 2가 함께 불렀다.]

임인 주로(줄을) 알아시면
날맨(날면) 보고 들맨(들면) 보제

---

4) '답은'이라는 말로, 이어서 뒷소리를 하겠다는 뜻임.

모심기 노래 (2)

자료코드 : 04_09_FOS_20090210_PKS_KHS_0003
조사장소 : 경상남도 양산시 매곡동 894-3번지 매곡마을회관
조사일시 : 2009.2.10
조 사 자 : 박경신, 김구한, 김옥숙, 정아용
제 보 자 : 김홍순, 여, 81세
구연상황 : 청중이 "그것도 하나 해라."며 노래의 내용을 설명하자 앞 노래에 이어 구연
　　　　　하였다. 제보자가 생각이 나지 않는 부분은 청중들이 조금씩 거들었으며, 또
　　　　　한 청중들은 노래에 얽힌 사연도 노래가 끝나지 않은데 설명하는 등 조금은
　　　　　산만한 분위기에서 조사가 진행되었다.

(청중 : 그기 와 안 생객키노?)

　　남창 남창 베리(벼랑) 끝에
　　무정하다 울 오라바(우리 오빠)

(청중 : 신랑, 저거 한 어마이캉 저 여동생캉 떠내려가는데, 여자만 껀지
뿌리고……)

　　답이('뒷소리는'의 말임.)

　　나도 죽어 남자 되어

(청중 : 나도 죽어)
(청중 : 나도 죽어 남자 되어 처자권속 생각할래.)

　　처자부터 껀5) 껀져(건져) 볼래

이러쿠더라(이렇게 하더라).

---

5) "껀"을 발음하려다가 잘못 발음한 것임.

쌍금 쌍금 쌍가락지

자료코드 : 04_09_FOS_20090210_PKS_KHS_0006
조사장소 : 경상남도 양산시 매곡동 894-3번지 매곡마을회관
조사일시 : 2009.2.10
조 사 자 : 박경신, 김구한, 김옥숙, 정아용
제 보 자 : 김홍순, 여, 81세
구연상황 : 조사자의 유도로 제보자가 이 노래를 구연하였다. 제보자가 기억이 온전치
못하여 빠트린 부분의 일부를 구연이 끝난 후 청중이 보충해 주었다.

쌍금 쌍금 쌍가락지

채수질로 놋가락지

먼 데 보니 달일레라

앞에 보니 처잘레라(처녀구나)

그 처자가 자는 방에

숨소리가 둘일레라

천두복숭(천도복숭아) 오라버님

그만 말씀 말아 주소

내 죽거든 앞산에도 묻지 말고

뒷산에도 묻지 말고

연대 밑에 묻어 주소

연꽃이가 패거들랑(피거들랑)

날 본듯이 이기주고(여겨주고)

눈물 한 상 흘리 주소

(청중 : 거서 또 "죽고 접다 죽고 접다 댓닢겉은 칼을 물고 석자 수건
목에 걸고 자는듯이 죽고 접다" 안 카나.)

김선달네 맏딸애기

자료코드 : 04_09_FOS_20090210_PKS_KHS_0007
조사장소 : 경상남도 양산시 매곡동 894-3번지 매곡마을회관
조사일시 : 2009.2.10
조 사 자 : 박경신, 김구한, 김옥숙, 정아용
제 보 자 : 김흥순, 여, 81세
구연상황 : 제보자가 '쌍금 쌍금 쌍가락지'에 이어 연달아 구연한 노래다. 제보자는 노래
제목을 '풍이풍이'라고 밝히고 노래를 시작하였다. 그러나 구연이 끝나자 청
중들은 '짐승달네(김선달네) 맏딸애기'가 노래제목이라고 하였다. 제보자는 옆
할머니의 무릎을 두드리거나, 신랑각시가 다시 좋아진 부분에서는 합장을 하
기도 하면서 구연했다. 청중들은 신랑의 무덤이 갈라지고 신랑신부가 나비가
되어 날아가면서 시댁이 쑥대밭이 되어달라고 하는 부분에서 놀라운 반응을
보였다.

그 제목이 풍이풍인데

풍이 풍이 봄풍이요
봄풍인들 맹할쏜가
어른인들 맹할송아
이실밭에(이슬밭에) 감나무는
지 와 그래(저 왜 그리) 늙었던공
이내 나도 죽어서러
강남국에 제비 되여
날맨 보고 들맨 볼래

[말로 설명하며]
신랑을 갖다가 시어마씨가 쫓아내노이께네

날맨 보고 들맨 볼래
내 죽거든 날면 보고 들맨 볼래

[제보자가 "뭐 말하다보이 잊아뿠다."고 하자, 청중들이 끼어들면서 잠시 쉬었다.]

(조사자 : 천천히 하세요. 천천히.)

(청중 : 그래 쪼깨 아는 거는 말로 몬 해주겠다.)

(청중 : 그래도 형님은 총기가 참 많이 있다.)

　　　들맨볼래

[다시 말로 설명하며]

그래 인제 그래놓고는 마 이 사람이 마 죽어뿠거든. 죽어 가지고서는 어데 산에다가 묻 질가 신랑 댕기는 질목에다가 딱 묻어놓으이께네, 고기 탁 갈라져 가지고 나비가 돼 가이고, 신랑도 나비가 되고, 각시도 나비가 되고, 폴 날라 가이고, 저 그 집에 내 내 나고 난 그 집엘랑 쑥대밭이 돼 주소.

(청중 : 우야꼬(어떻게 할꼬)!)

(청중 : 짐성달네6) 맏딸애기 아이가(아니가) 그거는?)

(청중 : 아이구야꼬 숙대밭이 되라꼬.)

(청중 : 그게 짐성달네 맏딸애기라.)

　　　숙대밭이 되어 주소

시집살이 노래 (1)

자료코드 : 04_09_FOS_20090210_PKS_KHS_0008

조사장소 : 경상남도 양산시 매곡동 894-3번지 매곡마을회관

조사일시 : 2009.2.10

---

6) 김선달네.

조 사 자 : 박경신, 김구한, 김옥숙, 정아용
제 보 자 : 김흥순, 여, 81세
구연상황 : 제보자가 노래의 첫 구절이 생각나지 않아 시작하지 못하자 청중 중에서 한 명이 일러주어 구연이 시작되었다. 세 살 먹는 아기를 둔 엄마인 '애운애기(액 운애기)'를 저승사자가 잡으러 오자 식구 중에 누구도 대신 갈 수 없다고 하 는 주인공의 박복한 사연을 내용으로 하고 있다. 청중이 제보자가 구연하는 부분은 노래의 끝부분이라고 해도 제보자는 아랑곳 하지 않고 계속 노래했다. 몇 부분만 서사조로 읊조리고 대부분은 설명하는 식으로 구연했다. 구연 후에 한 청중이 '애운애기'가 길다고 하자, 제보자도 생각난 듯이 이 노래의 제목이 '애운애기'라고 하였다.

(청중 : 살기, 가기 싫은 시집가서, 가시 "가기 싫은 시집가고, 가기 싫 은 대감집에 가기 싫은 시집가고", 그래 그게 대가리다. 그기.)

[말로 설명하며]

그래, 가 가가에고서는(가서는) 시 살(세 살), 시 살 묵는 어린애기 젖 띠 놓고, 앞사 앞동 앞거랑에(앞개울에) 안가고 뒷거랑에 물 질러(길러) 가 이깨네, 그래 저승체사가 잡으로 오거든. 잡으로 오이깨네

(청중 : 아이구 그건 다 한 뒤에 끝티⁷⁾다.)

(청중 : 저 그거는 끝티다.)

그래, 그질로 뛰와(뛰어와) 가이고서는 시아, 시할매가 있었어. 시할매 잩에(시할매에게는)

[사설조로 읊조리며]

　　　내 대신을 가실라오
　　　내 대신을 가실라오

커이께네,

　　　으라 야야 그 말 마라

---

7) 끝트머리.

너 대신에 니가 가지
내 갈 땐 내가 가고
니 갈 때는 니가 가지
대신으로 와 가야

(청중 : 그래 요새 죽으모 대신 가기 없다 안 카나 애운애기 때문에.)
　그래 시아바시한테도 그래하이 그래 채박(타박)을 하지. 시어마씨한테
도 그라제(그렇게 하지). 그래 신랑이 대신을 갈라커거든. 신랑이 대신을
갈라쿠고 내띠서이깨네(나서니까), 꼴방(골방)에 있는 할마이가 일나 가이
고서는(일어나서)

[목소리를 높이고 힘을 주며 다시 사설조로]

야야 그 말마라
니 갈 때는 니 니가가고
지 갈 때는 지가가지
와 대신을 가야

　커모(하며) 과함(고함을)을 질라 놓이(질러 놓으니), 그래 할 수 없이 마
저승질이 있었다 카데.
　(청중 : 대신이 없었다.)
　(청중 : 그 대신 없어졌단다.)
　(청중 : 그것 또 많다.)
　(청중 : 그기 얼마나 긴데.)
　(청중 : 쪼잘쪼잘 우는 애기 젖 줄라고 울거들랑 새별겉은 동지 간
에⋯⋯.)
　(청중 : 살간[8) 밑에 묻은 밤이 삯 나거든 내 오꾸마. 그것도 말이 많다.)

길지. 거 그래 가지고서는 그저 시집 살면서를 시할마시, 시어마시, 시 아바시한테는 놋대에 세숫물로 떠주고, 또 시할매잩에는(시할머니에게는) 은대 세숫물 떠주고, 그래 저 대문 앞에 종년들으는 뭇끼에9) 낯을 씻고, 오시랖(오지랖)으까 낯을 딲고 그래 밥을 무라 케도

"아침밥을 묵우라." 이래 안 쿠고,

그 하인들 한테는

"처묵으라 [웃음] 처묵으라." 쿠고,

어른잩에는 똑

"잡수시오." 쿠고,

인자 다 일일이 다 말이 다 안 틀리나?

(조사자 : 시금 시금 시아버지 애수 같은 시누이)

(청중 : 그래 이전에는 애운애기 얼마나 지노.)

애운애기다. 애운애기, 그 제목이 애운애기다.

시집살이 노래 (2)

자료코드 : 04_09_FOS_20090210_PKS_KHS_0009

조사장소 : 경상남도 양산시 매곡동 894-3번지 매곡마을회관

조사일시 : 2009.2.10

조 사 자 : 박경신, 김구한, 김옥숙, 정아용

제 보 자 : 김홍순, 여, 81세

구연상황 : 이 자료 역시 서사민요인데, 제보자가 기억의 미숙으로 거의 설명조로 구연하였다. 남편과 자신을 갈라놓으려는 시어머니의 간계를 열 살 먹은 시누이 덕분에 모면하고, 백년해로 한다는 내용이다. 청중들은 시어머니와 시누이가 원래 얄미운 존재라며, 고된 시집살이에 대해서 서로 이야기를 나누었다. 노래

---

8) 살강. 그릇 따위를 얹어 놓기 위해 부엌의 벽 중턱에 드린 선반.

9) 내용상 "뭇끼"는 앞뒤 내용으로 보아 "나무대야"가 아닌가 한다.

속에 나오는 '풍이풍이'는 이미 제보자가 앞에서 따로 부른 노래의 제목으로 따라서 이 노래는 그와 관련된 노래일 가능성이 있다.

[노래 내용을 말로 설명한다.]

글 때(그 때) 저저 오새는(요새는) 마 참 시집가믄, 머 짜드러(많이) 해 가는 게, 해 가는 게 없지만은 그 중년에는 마이 해갔거든. 많이 받고 많이 해 가고 이랬는데,

그 열 살 묵는 시너부가(시누이가) 있았는데, 이 신랑 각시 시어마시가 안 좋다 캐노이깨네(해 놓으니까), 떨어지가(떨어져서) 나가는 판에 시니부가 그,

"서울 갔던 오빠가 내리 모래 오시거들랑 그래 말해 줄라."꼬

열 살 먹는 시너부가 올깨(올캐)로 달개거든(달래거든). 가지마라꼬 그래 가지 말고,

"아이구 너그 밥 무섭더라 너그 밥이 무섭더라." 커면,

인자 갈라꼬 이라이깨네, 한사라꼬(한사코),

"오빠가 오거들랑 그래 주꾸마꼬, 붙이주꾸마."꼬,

그라하는데, 그래러 그렇차 저렇자 한사날(한 사나흘) 돼가, 저그 오빠가 서울서 내려 왔거던. 내려,

"오빠오빠 오빠시오 노래 한 상 불러 보꼬?" 이러커거든.

그래

"무슨 노래 부를라노?" 이러커이까네,

저거 올깨가 부르는 노래가

[사설조로]

　　풍이 풍이 봄풍이요
　　봄풍인들 맹할쏜가

어른인들 맹할쏜가
　　　이실 맞은 감나무는
　　　지 와 그래 늙었던고
　　　이내 나도 죽어서러
　　　감남국에 제비 되여
　　　날맨 보고 들면 볼래

[다시 내용을 설명한다.]
　이래 이래컨할꼬, 이래커거든. 지 올애배잩에(자기 오라버니에게) 그 노래를 똑 비아(배워서) 가지고 그래 하거든. 하이끼네, 그래 저그 오래비가, 창문을 열고서는 각시방 드가거든.
　각시방 드가(들어가) 가이고서는(가지고서는) 이래 옷을 잡으니깨네.

　　　놓으시오 놓으시오
　　　이손을 이손 이웃을 놓으시오

이에 놔 줄라 커거든.

　　　당신 부모 무섭더라
　　　당신 부모 무섭더라
　　　당신 밥이 무섭더라

　이러커면서러, "나오라." 커니까네, 하는 하는 말이가, 저, 각시가, "처마꼬리 째어진다"
　안커나 놔 줄라꼬. "째지 째지이 놔 주소"코 놔 줄라꼬. "째지 째지이 놔 주소." 코 이라이까네,

　　　처마꼬리 째어지믄

서울이라 포목전에
양사실로 걸어다가
본살겉이 집아입지.

이래커거든, 그래,

놔여 주소 놔여 주소
처마꼬리 놔여 주소
처마꼬리 군때 묻는다.

커거던. 군때 묻는다꼬. 처마꼬리 놔 줄라커거든 그라이깨네,

처마꼬리 군때 묻으믄
서울이라 포목전에
양잿물로 걸어다가
백옥겉이 씩가(씻어) 입지

커거든. 그래 그 인자 그래그래 합의가 되 가지고서는 신랑각시가 인자
좋아졌는데 그래 하는 말이 그래,

무섭더라 무섭더라
너그(너의) 부모 무섭더라.
붙이(붙여) 주네 붙이 주네
열 살 묵는 시너부가
백 년 해로 붙이주네

커드란다. 열 살 먹는 시너부가 그 인자 백년해로 붙이 주더란다.

해방가

자료코드 : 04_09_MFS_20090210_PKS_SCD_0004
조사장소 : 경상남도 양산시 매곡동 894-3번지 매곡마을회관
조사일시 : 2009.2.10
조 사 자 : 박경신, 김구한, 김옥숙, 정아용
제 보 자 : 서차득, 남, 81세
구연상황 : 조사자가 각설이타령이나 한글뒤풀이 등의 노래를 아느냐고 물어보자, 제보
자는 예전에는 알았지만 지금은 모른다고 하면서 옛날에 불렀다는 노래 중에
하나를 불렀다. 제보자는 생각이 잘 안 난다고 하면서도 끝까지 잘 구연하였
다. 녹음기를 의식한 듯 많이 긴장하여 떨리고 숨 차는 목소리로 구연하였다.
청중이 잘한다고 하자 떨린다고 하면서 몹시 부끄러워하였다. 청중들은 금강
산이 평지 되고, 삶은 강아지가 살아나서 짖는다는 가사를 두고 "그게 참 짚
은(깊은) 얘긴데"라고 하며 감탄하였다.

제국이라 외종아실에10)
징병 징병을 다 나가고
다시야 못 올 줄 알았더니
일천 구백 사십 오년
팔월 십오일 해방되어

(청중 : 아이고 잘한데이!)

이내 몸을

[갑자기 노래하게 되어 긴장되는지 노래하다 말고 "아이고 설레라"
고 함.]

---

10) "대동아전쟁 때"라는 뜻으로 말함.

[청중 웃음]

　　연락에(연락선에) 실어 한국 땅을 들어오니

(청중 : 잘한다!)

　　거리 거리는 만세소리
　　문전 문전이 태극기라
　　낭군님 낭군님 다오 아

[다시 고쳐서]

　　나머지 낭군님 다 오시는데
　　우리집 낭군 왜 안 오나

(청중 : 죽었구나!)

　　원자폭격에 맞어셨나
　　외국 나라를 구경 갔나
　　금강산을 비롯하여
　　평리 되면 오시는야
　　가마솥에 삶는 강아지
　　곰방 각 짖으면(금방 곧 짖으면) 오시느냐

3. 명동

▌조사마을

경상남도 양산시 명동 명동마을

조사일시 : 2009.7.29
조 사 자 : 박경신, 김구한, 김옥숙, 정아용

명동은 웅촌면을 웅하면과 웅상면으로 분할할 때에 양산군 웅상면으로 편입되고 1917년 행정구역 폐합에 따라 명곡마을, 외홈마을, 소정마을, 남천동을 병합하여 명곡리라 하였다. 1986년에 외홈마을이 분동되었다. 2007. 4. 1. 행정구역 개편으로 웅상읍이 서창동, 소주동, 평산동, 덕계동으로 분동되면서 명곡리는 행정동은 서창동, 법정동은 명동으로 변경되었다.

마을 사람들은 신라 때부터 마을이 형성되었을 것이라고 하며 지금처럼 마을이 이루어진 것은 약 400년 정도 되었다고 한다. 박씨, 이씨 등이

제일 오래된 성씨이며 지금은 다양하다. 명동 마을 사람들은 뒤에 큰 산이 많아 물을 대는 논농사가 용이했으므로 주로 논농사를 했으며 나무하기도 쉬웠다고 한다.

그리고 명동 마을은 할배당, 할매당, 아들당 이렇게 당제를 3개나 지내는데, 정월보름날 마을 사람들이 제관이 되어 지낸다. 옛날에는 보름달 저녁에 행수라는 마을 책임자가 유교식으로 굿을 하고 자시에 제사를 지냈으나 요즘은 굿은 하지 않고 당제만 지낸다. 이밖에 풍속에는 정월 보름에 까마귀밥을 주는 것이 있는데 예전에는 많이 했으나 요즘은 잘 하지 않는다고 한다.

명동마을에는 웅상농청장원놀이라는 것이 있는데, 이것은 장정들이 모두 두레에 들어 농사를 같이 지었으므로 한해 농사를 지으면서 즐기기 위한 놀이였다. 특히 상머슴, 상일꾼은 주먹다재비라 하여 새경으로 쌀 여덟 가마를 받기도 했다.

최근에 이 지역이 공장용지, 택지용지 조성 등으로 급속히 도시화되면서 노인들이 일손을 놓고 마을 회관에 모여 농요를 부르고 옛 일을 회상하는 과정에서 우리도 한번 즐기며 후대에 남기고자하는 뜻이 모아져 60~80대 노인들이 주축이 되어 농청원의 공동작업과 농경의례를 놀이화하여 웅상농청장원놀이라 하였다. 이 놀이는 경상남도 무형문화재 23호로 지정되었다.

웅상농청장원놀이는 명동마을 농청에서 일 년 중 봄부터 가을까지 농사일을 행하던 농가의 협동작업, 농경의례, 민속놀이 등을 시간대 순으로 구성하여 일관된 하나의 연희를 놀이화한 것이다.

조사자들은 1차 예비 조사시 서창동 사무소를 찾아서 이 지역 현황을 신현묵 동장을 통해 들었다. 이 자리에서 명동에 거주하는 이자무씨를 만나서 마을 현황과 웅상농청장원놀이에 대해 간략히 이야기를 들었다. 2월 조사 때 다시 오겠다는 말을 남기고 헤어졌다. 2월 웅상읍 조사시 몇 차

레 연락을 시도했으나 마을의 여러 가지 사정으로 바쁘다하여 차일피일 미루다 7월에 다시 방문하게 되었다. 먼저 마을회관에 들러 구비전승 자료를 채록하려 했으나 전수관에 가면 이야기 해 줄 사람이 많다고 하며 다들 거절했다. 전수관에서 하면 너무 짜인 대로 할 것 같아 몇 몇 할아버지들께 부탁을 드렸으나 모두 못한다고 하며 자리에서 일어나 전수관으로 이동했다. 조사자들은 이미 약속되어 있는 이자무씨를 만나 전수관으로 갔다. 전수관에는 농청장원놀이에 참여하는 사람과 일반 마을 사람들이 모여 채록에 협조를 해 주었다. 가급적 옛날부터 해오던 대로 해줄 것을 부탁하여 민요와 설화를 채록하였다.

김복만, 여, 1937년생

주 소 지 : 경상남도 양산시 명동 437-2번지 웅상농청장원놀이 전수관
제보일시 : 2009.7.29
조 사 자 : 박경신, 김구한, 김옥숙, 정아용

김필년 제보자와 함께 웅상 농청장원놀이
보유자이다. 웅상 농청장원놀이를 전수받아
모심기 노래를 체계적으로 구연하였다. 주
로 모심기 노래의 뒷소리를 담당하였다. 원
래는 많은 노래를 잘 불렀을 것으로 예상되
나, 웅상 농청장원놀이의 공연 체제에 맞추
어 연습하다보니 많이 잊어버린 듯하였다.
그리고 다른 노래들은 수준이 낮다고 생각
하여 구연하려 하지 않았다.

목청이 아주 좋고 조사에도 적극적으로 참여하였다. 특히 웅상 농청장
원놀이와 그 노래들에 대한 자부심이 대단하여 다른 조사 지역과 그 수준
을 비교 평가해 달라는 말을 하기도 했다.

친정은 울산 온양면 중광이며 스물한 살에 명동으로 시집왔다고 한다.
구연한 노래들은 시집와서 젊었을 때 농사를 지으며 소리를 배웠다고
한다.

제공한 자료는 모심기 노래 다수와 양산도, 달 노래 등이다.

제공 자료 목록

04_09_FOS_20090729_PKS_KPN_0001 모찌기 노래
04_09_FOS_20090729_PKS_KPN_0002 모심기 노래 (1)

04_09_FOS_20090729_PKS_KPN_0003 모찌기 노래 (2)
04_09_FOS_20090729_PKS_KPN_0011 양산도
04_09_MFS_20090729_PKS_KBM_0010 달 노래

김필년, 여, 1934년생

주 소 지 : 경상남도 양산시 명동 437-2번지 웅상농청장원놀이 전수관
제보일시 : 2009.7.29
조 사 자 : 박경신, 김구한, 김옥숙, 정아용

웅상 농청장원놀이의 전수자로 활동하고
있는 분이다. 주로 모심기 노래의 앞소리를
하며, 주위의 여러 사람으로부터 목청이 좋
고 노래를 잘한다는 칭찬을 듣고 있었다.
활달한 성격에 끼가 많아 북을 치면서 불
경을 외는 등 노래를 즐기는 모습을 보였
다. 조사에도 매우 적극적이었다. 어렸을
때 하던 노래는 웅상 농청장원놀이를 하면
서 많이 잊어버리기도 하고, 수준이 떨어지는 노래라는 인식 때문에 잘
부르려 하지 않았다. 가사를 잊어버려 부르지 못하는 노래가 나오자 다시
배우고 싶다며, 조사자 일행에게 테이프를 갖다 줄 것을 부탁하기도 했다.
기억력이 좋고 무엇보다 목청이 아주 좋았으며, 자신이 부른 노래에 대한
자부심이 강했다.

고향은 부산 볍계동이고, 반계에서 살았으며 어릴 때부터 노래를 좋아
해 많이 배우고 불렀다고 한다. 스무 살에 명동으로 시집와서 자갈을 이
는 일까지 안 해 본 노동이 없을 정도로 고생을 많이 했다. 구연한 자료
들은 고된 노동을 하던 시기에 배운 것이라고 한다. 어릴 때 배웠던 노래
들은 자연히 부르지 않게 되면서 많이 잊어버렸다고 한다.

제공한 자료에는 모심기 노래 다수와 쌍금 쌍금 쌍가락지, 진주 난봉가, 불경천수경 등이 있다.

제공 자료 목록

04_09_FOS_20090729_PKS_KPN_0001 모찌기 노래
04_09_FOS_20090729_PKS_KPN_0002 모심기 노래 (1)
04_09_FOS_20090729_PKS_KPN_0003 모심기 노래 (2)
04_09_FOS_20090729_PKS_KPN_0005 쌍금 쌍금 쌍가락지
04_09_FOS_20090729_PKS_KPN_0006 베틀 노래 (1)
04_09_FOS_20090729_PKS_KPN_0007 베틀 노래 (2)
04_09_FOS_20090729_PKS_KPN_0008 진주 난봉가
04_09_FOS_20090729_PKS_KPN_0009 창부 타령
04_09_FOS_20090729_PKS_KPN_0011 양산도
04_09_ETC_20090729_PKS_KPN_0012 불경 천수경
04_09_ETC_20090729_PKS_KPN_0013 시방삼세 부처님

이경수, 남, 1946년생

주 소 지 : 경상남도 양산시 명동 437-2번지 웅상농청장원놀이 전수관
제보일시 : 2009.7.29
조 사 자 : 박경신, 김구한, 김옥숙, 정아용

요즘 듣기 힘든 논 매기 소리를 들려준 제보자이다. 조사자의 요청에 그동안 청중의 역할만 하던 제보자는 다소 긴장한 듯 보였으나 목청 좋게 노래를 불렀다. 주변 할머니들보다 내성적이고 조용해 보였으나 노래를 할 때는 거침없이 긴 소리를 내었다.

논 매기 노래와 같은 노래는 고된 일을 하면서 자연스럽게 불러야 하는데, 일도 안

하고 부르면 쉽게 나오지 않아 잘 못 부른다고 말했다. 힘들 때 자연스럽게 나오는 소리를 "심해탈"이라고 설명하였다.

어릴 때부터 지금까지 명동에서 살아온 토박이다. 단정한 외모에 겸손한 자세를 보였다.

제공 자료 목록
04_09_FOS_20090729_PKS_LKS_0003 논 매기 노래
04_09_FOS_20090729_PKS_LKS_0004 쌈 싸는 노래

이자무, 남, 1957년생

주 소 지 : 경상남도 양산시 명동 437-2번지 웅상농청장원놀이 전수관
제보일시 : 2009.7.29
조 사 자 : 박경신, 김구한, 김옥숙, 정아용

조사지역을 선정하고 자료를 채록할 만한 동네를 소개해 주는 등 조사에 적극적으로 협조해 주었다. 명곡동에서 거주한 지는 윗대부터 150년 정도 되었다고 한다. 단정한 옷차림과 외모를 지니고 있었으며, 이 마을에 오래 거주하며 마을통장의 직위에 있어서 아는 사람도 많았다.

제보자가 구연한 자료는 이경수 제보자가 부른 논 매기 노래와 쌈 싸는 노래의 후렴구이다. 듣기 좋은 목청으로 시원하게 노래를 불렀다.

제공 자료 목록
04_09_FOS_20090729_PKS_LKS_0003 논 매기 노래
04_09_FOS_20090729_PKS_LKS_0004 쌈 싸는 노래

모찌기 노래

자료코드 : 04_09_FOS_20090729_PKS_KPN_0001
조사장소 : 경상남도 양산시 명동 437-2번지 웅상농청장원놀이 전수관
조사일시 : 2009.7.29
조 사 자 : 박경신, 김구한, 김옥숙, 정아용
제보자 1 : 심필년, 여, 76세
제보자 2 : 김복만, 여, 73세
구연상황 : 제보자들은 이 모찌기 노래로 구연을 시작했다. 목청이 아주 좋고, 막힘없이
시원하게 쉼 없이 구연했다. 평소에도 자주 이 노래를 구연 하는지 앞소리와
뒷소리의 호흡이 잘 맞았으며 구연의 완결성이 높았다. 김필년 제보자가 선창
을 하면 김복만 제보자가 후창을 하였다.

제보자 1 한강에 모를 부아

　　　　그 모찌기도 난감하~네

제보자 2 하늘에다 목화심어~

　　　　목화 따기가 난감~하네

제보자 1 만장 같은 이 못자리~

　　　　장기판 만치(만큼) 남었구나

제보자 2 장기야 판이사 좋다마는~

　　　　장기둘 이가 그 누~군공

제보자 1 밀치라 닥치라

　　　　모도 잡어소 훌치소

제보자 2 영해 영덕 초목아

　　　　호미야 손도 놀리소

제보자 1 조루자 조루자

　　　　　이 모깡을 조루자

제보자 2 조루자 조루자

　　　　　각시의 빗집을 조루자

제보자 1 조루자 조루자

　　　　　영감쌈지 조루자

제보자 2 조루자 조루자

　　　　　시어마이 메느리를 조루자

　　　　　이후후후후~

모심기 노래 (1)

자료코드 : 04_09_FOS_20090729_PKS_KPN_0002
조사장소 : 경상남도 양산시 명동 437-2번지 웅상농청장원놀이 전수관
조사일시 : 2009.7.29
조 사 자 : 박경신, 김구한, 김옥숙, 정아용
제보자 1 : 김필년, 여, 76세
제보자 2 : 김복만, 여, 73세
구연상황 : 조사자가 모심기 노래를 더 청하자 기억이 잘 안 난다고 머뭇거리다가 구연
　　　　　한 것이다. 앞소리 제보자가 가사를 좀더 잘 기억하고 있어 뒷소리 제보자에
　　　　　게 뒷소리 가사를 일러주어 노래를 불렀다.

제보자 1 임이~ 죽어 연자 되여~

　　　　　처마 끝에 집을 지아

제보자 2 임인 주로(줄을) 알었다면~

　　　　　날면~ 보고도 들면 봤제

제보자 1 초롱초롱 영사초롱~

임우 방에 불 밝혀레이

[여기서 제보자 2가 기억이 안 나는지 "그 뭐고?"라고 하자, 제보자 1이 "임도 눕고 나도 눕고"라고 알려 준다.]

제보자 2 임도야 눕고 나도 눕고~
　　　　초롱불은 누가 끄꼬(끌꼬)

제보자 1 주천당 모랭이 돌아가니~
　　　　아니 묵어도 향내 나네
제보자 2 임우야(임의) 적삼(저고리) 안적삼에~
　　　　향내

　모리겠디이 그거는
　임우야 적삼 안적삼에 안고름 고름이 향내 난데이

　　　임으야 적삼 안적삼에
　　　고름 고름 향내 난데이

제보자 1 해 다 지고 저문 날에~
　　　　어떤 행상 떠나 가노

[제보자 2의 뒷소리가 바로 나오지 않자, 제보자 1이 "이태백이 본댁죽고"라고 알려 주었다.]

제보자 2 이태백이 본댁 죽고
　　　　이별 행상이 떠나가네

제보자 1 주천당

[여기서 제보자 2에게 "또 그 하세이"라고 한 후 계속함.]

    모랭이 돌아가니~

    아니 묵어도 향내 나네

제보자 2 임우야 적삼 안적삼에~

    고름 고름 향내가 난다

[제보자 1은 앞소리가 생각나지 않은지 다 잊어버렸다고 하고, 제보자 2도 안 해 버릇해서 그렇다며 맞장구를 쳤다. 그러자 제보자 2가 "찔레 꽃"이라고 앞머리를 꺼냈다. 제보자 1이 앞소리를 완전히 구연하지 못하자, 제보자 2가 도와 다음 노래를 구연했다.]

제보자 1·2 찔레야~꽃은 장가로 가고~

    석노야 꽃은(석류꽃은) 노각 간다

    만인~간아 웃지 말어~

    씨종자 바래 내가 간다/간데이

[제보자 1이 이제 그만하자고 하자 조사자는 "남창 남창 베리 끝에"를 청하였다. 그러자 제보자는 "상추 산간 흐른 물에 상추 씻는 저 큰 아가" 도 있으며, 모심기 노래는 아주 많다고 했다. 그러나 제보자 2는 뒷소리를 다 잊어버렸다고 말했다. 제보자 1이 "남창 남창 한강물에"라고 말하자, 제보자 2와 청중이 "베리 끝에"라고 고쳐 주며, 이를 노래하라고 했다. 이런 대화 끝에 다음 노래를 부르게 되었다.]

제보자 1 남창 남창 베루 끝에 무정하데이 울 오라바
제보자 2 난도여 죽어 남자가 되어

[제보자 1이 "좋다~ 그 그 다음에 뭐고?"라고 하였다.]

제보자 1 나도 죽어 남자 되여

[이어서 구연하지 못하자 제보자 2가 "응. 죽은 님을 껀질라네"라고 알려 주었다. 이어 제보자 2가 이 구절을 다시 불렀으나 마무리 하지 못하고 두 제보자 모두 이제 다 잊어버렸다고 했다. 계속해서 제보자 2가 뒷소리를 불렀다.]

제보자 2 난도야 죽어

[말로]

제보자 1 남자 남정 남정 되여
제보자 2 남자 되여

[이때 제보자 1이 "남자"가 아니라 "남정"이라고 고쳐 주었다. 그러자 다시 말로]

제보자 2 아 처자권속 생각하네
제보자 1 남정 되여 처자 권속 생각하네

그란다.

모심기 노래 (2)

자료코드 : 04_09_FOS_20090729_PKS_KPN_0003
조사장소 : 경상남도 양산시 명동 437-2번지 웅상농청장원놀이 전수관
조사일시 : 2009.7.29
조 사 자 : 박경신, 김구한, 김옥숙, 정아용
제보자 1 : 김필년, 여, 76세
제보자 2 : 김복만, 여, 73세

구연상황 : 모찌기 노래에 달아서 구연하였다. 구연이 끝나고 제보자는 조사자들에게 구연 능력이 어떠했는지를 물어보며 자신들의 노래 실력에 대한 평가에 관심을 보였다. 특히 다른 마을과 비교하여 잘 하는지 궁금해 하였는데, "잘한다."는 조사자 일행의 칭찬에 기뻐했다.

제보자 1 늦어온다 늦어온데~

　　　　이 모심기가 늦어온다

제보자 2 늦어~온다~ 늦어온다

　　　　모심기가 늦어오네

제보자 1 이 물끼 저 물끼 헐어 놓고~

　　　　쥔네 양반 어데 갔노

제보자 2 문에야~대전복 손에다 들고~

　　　　첩우야(첩의) 방에 놀러 갔다

제보자 1 농사야~법은 있건마는~

　　　　신롱씨가 없을쏘냐

제보자 2 태고 때 시절이 언제라꼬

　　　　신농씨로 이제 찾노

제보자 1 모야모야 노랑모여~

　　　　니 언제 커서 환성할래

제보자 2 이 달 커고 훗달 커서~

　　　　내 훗달에 열매 연다

제보자 1 새별 같은 저 밥고래~

　　　　반달각시 떠나온데이

제보자 2 지가야~무슨 반달이고~

　　　　초승달이 반달이지

제보자 1 소주 곳고 약주 뜨고~

국화~정자로 놀러가자

제보자 2 우리도~언제 신선 되여~

국화~정자로 놀러가꼬

제보자 1 오늘~해가 요만되면~

골목 골목 연개난데이

제보자 2 우리야~임은 어데로 가고~

연개낼 줄 모리던공

제보자 1 해 다 졌네~ 해 다 졌네

양산 땅에 해 다 졌네

제보자 2 빵실빵실 웃는 애기~

몬다(못다)~ 보고도 해 다 졌네

제보자 1 설설이는 어데 갔노

제보자 2 설설이는 산에 갔다

제보자 1 있는 데로 알었으니

제보자 2 오거들랑 보고 가소

제보자 1·2 이~후후후~

쌍금 쌍금 쌍가락지

자료코드 : 04_09_FOS_20090729_PKS_KPN_0005
조사장소 : 경상남도 양산시 명동 437-2번지 웅상농청장원놀이 전수관
조사일시 : 2009.7.29
조 사 자 : 박경신, 김구한, 김옥숙, 정아용
제 보 자 : 김필년, 여, 76세

구연상황 : 조사자가 권하는 여러 노래 중에서 제보자는 가장 먼저 이 노래를 구연하였다. 제보자가 노래를 읊조리자 주위의 청중들이 가창하기를 요청하였다. 그러자 제보자는 이 노래는 원래 부르는 노래가 아니고 읊는 노래라고 설명했다.

옛날이 인자

쌍금 쌍금 쌍가락지

호작질로 딲아내여

먼데 보이 달일레라(달이더라)

잩에(곁에, 가까이에서) 보이 처널레라

저 처녀야 자는 방에

숨소리도 둘올레라(둘이더라)

천도복숭 오라바시

거짓말도 말아주소

남펭이(남풍이) 들이부이

풍지 떠는 소릴레라

베틀 노래 (1)

자료코드 : 04_09_FOS_20090729_PKS_KPN_0006
조사장소 : 경상남도 양산시 명동 437-2번지 웅상농청장원놀이 전수관
조사일시 : 2009.7.29
조 사 자 : 박경신, 김구한, 김옥숙, 정아용
제 보 자 : 김필년, 여, 76세
구연상황 : 앞 노래에 이어서 불렀다. 제보자는 손으로 베틀의 모양을 설명하며 열심히 불렀으나 더 이상 가사가 기억나지 않는다며 얼마 못가서 부르기를 그만 두었다. 한 청중이 베틀가도 가창하는 것이 있다고 말하자, 제보자는 베틀가는 읊는 것이지 가창하는 것은 없다고 설명하며 다시 불렀다.

부테라 감은 건

[여기서 부테는 베틀의 허리에 해당하는 것이라고 설명하였다.]

　　　부테라 감은 것은
　　　뒷동산에 궂은 날에 허리 안개 둘른 듯고

또

　　　신나무야 노는 거는
　　　무신 못에다가 무지개야 섰는 것고(섰는 것과 같고)
　　　무신 못에 무지개가 섰다칸다꼬.

[베틀의 다리를 당기는 것의 이름이 신나무라고 설명하였다.]
그래

　　　뱁대라 흐린 소리는
　　　뱁대라 흐린 소리는
　　　구시월 시단풍에 낙엽지는 소리로다

인자 또 그거

　　　부테야 놓는 거는
　　　쪼그만한 손골짝에 벼락치는 소리구나

인자

　　　지질개는 우중충 궂인 날에
　　　비우 한 쌍 뿌린 듯고
　　　눌림대는 호부래비
　　　이에대는 삼형제고
　　　북 나드는 흔적으는

하늘에 옥황선녀 알을 잃고 알 찾는 흥국이요(형국이요)

[가사가 많이 있다고 하면서 끝냄.]

베틀 노래 (2)

자료코드 : 04_09_FOS_20090729_PKS_KPN_0007
조사장소 : 경상남도 양산시 명동 437-2번지 웅상농청장원놀이 전수관
조사일시 : 2009.7.29
조 사 자 : 박경신, 김구한, 김옥숙, 정아용
제 보 자 : 김필년, 여, 76세
구연상황 : 조사자가 베틀 노래를 부탁하자 베틀 노래도 여러 종류가 있다고 하고는
이 노래를 불렀다. 제보자는 조사자 일행에게 원래 노동요인 베틀 노래가
담긴 테이프를 가져다 달라고 부탁하면서 잊어버린 노래를 배우려는 의지
를 보였다.

하도 심심하여서 베틀 노래나 불러 보자
왈강단 짤강단 짜는 베는
아침에 짜며는 월광단이요[11]
지녁에 짜며는 왈광단이요[12]
왈광단 월광단 다 짜 갖고
도련님 와이사츠나 절여 보자

이라고 인자 그거 또 뭣이 많이 있었다.

---

11) "일광단"의 잘못된 구연임.
12) "월광단"의 잘못된 구연임.

진주 난봉가

자료코드 : 04_09_FOS_20090729_PKS_KPN_0008
조사장소 : 경상남도 양산시 명동 437-2번지 웅상농청장원놀이 전수관
조사일시 : 2009.7.29
조 사 자 : 박경신, 김구한, 김옥숙, 정아용
제 보 자 : 김필년, 여, 76세
구연상황 : 앞 노래에 이어서 구연했다. 먼저 가사를 한번 읊조리고 나서 다시 가창하였
다. 그러나 중간에 또 기억이 안 나는지 말로 구연하였다. 청중은 박수를 치
며 박자를 맞추었다.

울도 담도 없는 집에

시집 삼 년 살고 나니

시어머니 하시는 말씀

야야 아가 며늘 아가

진주 난간 빨래 가라

난 데 없는 자죽 소리

하늘 같은 갓을 씨고(쓰고)

구름 같은 말을 타고

진주낭군님 오시는데

[이후 말로 설명함.]

그래가 마, 자기가 인자 또 저 보내뿌고(보내버리고) 난 뒤에 마,
흰 빨래는 희기(희게) 씻고 검은 빨래는 검기 씻고
집에라 나러오니 진주낭군님

[다시 고쳐서 설명하듯이]

아 인자 사랑방에 진주낭군님이 집에 와 가지고(와서)
사랑방에 사랑방에 인자 자기가 드가 보이(들어가 보니)

진주낭군님이 기생의 첩으로 옆에다 두고 농군가를 부리는구나
(부르는구나)

그래서러 자기가 맹주 수건 석자 수건 목을 매여 죽었구나

그래 인자 진주낭군님이 버선발로 버선을 신고 버선발로 뛰어나와

왜 죽었노 왜 죽었노 신통횡통 왜 죽었노

기생첩은 석 달이요 본댁으는(본댁은) 백년인데

굴쿠더란다(그렇게 말하더란다).

창부 타령

자료코드 : 04_09_FOS_20090729_PKS_KPN_0009
조사장소 : 경상남도 양산시 명동 437-2번지 웅상농청장원놀이 전수관
조사일시 : 2009.7.29
조 사 자 : 박경신, 김구한, 김옥숙, 정아용
제 보 자 : 김필년, 여, 76세
구연상황 : 처음에는 여럿이 같이 불렀으나, 김필년 제보자가 가사가 이상하다며 다시 불
렀다. 제보자는 양손을 들어 흔들기도 하면서 흥겹게 불렀다. 청중 한 명이
박수를 치며 장단을 맞추었다.

수양버들 크는 나무 밑에 고기 낚는 강태공아

당신도 때 못 만나 곧은 낚시 낚을 삼고

요내야 난도(나도) 때 못 만나 농부에 종사를 하고 산다

(청중 : 좋다~)

고래하고 인자

산은 높고 골 짚은데

초생달이 반달일망정

세계야 각국을 다 비추네

요내야 몸은 눈 두나(두 개)라도

세계의 각국을 못 비춘다

바람은 손 없어도

온갖 낭글(나무를) 흔드는데

요내야 몸은 손 두나라도

오만(온갖) 낭글 못 흔든다

양산도

자료코드 : 04_09_FOS_20090729_PKS_KPN_0011

조사장소 : 경상남도 양산시 명동 437-2번지 웅상농청장원놀이 전수관

조사일시 : 2009.7.29

조 사 자 : 박경신, 김구한, 김옥숙, 정아용

제보자 1 : 김필년, 여, 76세

제보자 2 : 김복만, 여, 73세

구연상황 : 제보자는 양반다리로 앉아 무릎장단을 치면서 구연하였다. 청중들도 박수를 치며 박자를 맞추었다. 신나는 노래가락에 노래판의 즐거운 분위기가 고조되었다.

제보자 1 에헤 이요~

제보자 1·2 물 한 동우 여다 놓고 물 사신 보니

촌살림 살기가 영 글렀구나

에라차차차 둥기디어라 아니 못 노리 어허~

너그(너의) 누님을/너그 누부를 나를 주어도

나는 못 노리라~

제보자 1 술으는 술술이 잘 넘어 가고

참물아 냉수는 입안에 뱅뱅뱅 돈다

에라차차차 ~

제보자 2 어이~ 둥기디어라

나는 못 노리 어허~

너그 누님 안기조도(안겨 주어도) 나는 못 노리라

(청중 : 인자 목이 조깨 텄다. [웃음])

제보자 2 산이 높아야 골도나 깊지

쪼그만은 여자 속이 얼마나 깊을쏘냐

에헤헤주여~

논 매기 노래

자료코드 : 04_09_FOS_20090729_PKS_LKS_0003
조사장소 : 경상남도 양산시 명동 437-2번지 웅상농청장원놀이 전수관
조사일시 : 2009.7.29
조 사 자 : 박경신, 김구한, 김옥숙, 정아용
제보자 1 : 이경수, 남, 64세
제보자 2 : 이자무, 남, 63세
구연상황 : 그동안 조용히 다른 제보자의 구연을 듣고 있던 제보자는 본인의 차례가 되
자 다소 긴장한 듯 보였지만 좋은 목청으로 가사를 아주 길게 빼서 구슬프게
소리를 하였다. 그러나 제보자는 고된 일을 하면서 자연스럽게 나오는 것이
소리여서, 이렇게 하면 소리가 잘 안 나온다며 아쉬워했다. 그리고 힘들 때
자연스럽게 나오는 소리를 "심해탈"이라고 설명했다. 이경수 제보자의 앞소
리에 이자무 제보자는 "오하~ 저리여~"라는 후렴구를 잘 불러주었다.

제보자 1 오~하~ 저리요~

(청중 : 이후후후~)

제보자 2 오하~ 저리어~

[이후 앞소리는 제보자 1이 뒷소리 후렴은 제보자 2가 부름.]
[제보자 1이 청중에게 "좀 맞차주라."고 말하면서 웃음.]
(청중 : 좀 맞차 주소.)

　　불같이도~ 더번(더운) 날에~
　　미같이도~ 짖슨(짙은) 논을~
　　오하~ 저리어~

[웃음]

　　논 매기도~ 대다(힘들다)한데~
　　소리조차~ 웬말인고~
　　오하~ 저리어~
　　명사십리~ 해당화야~
　　꽃 진다고~ 설워 마라~
　　오하~ 저리어~
　　명년 삼월~ 돌아오면~
　　너는 다시~ 피건 만은~
　　오하~ 저리어~
　　우리 인생은~ 한 번 가면~
　　돌아올 줄~ 모리더라~
　　오하~ 저리어~
　　산천에~ 붙은 불은~
　　만인간이~ 끄건만은~
　　오하~ 저리어~

요내 속에~ 붙은 불은~

어느 누가~ 끄여 주~노~

오하~ 저리여~

쌈 싸는 노래

자료코드 : 04_09_FOS_20090729_PKS_LKS_0004
조사장소 : 경상남도 양산시 명동 437-2번지 웅상농청장원놀이 전수관
조사일시 : 2009.7.29
조 사 자 : 박경신, 김구한, 김옥숙, 정아용
제보자 1 : 이경수, 남, 64세
제보자 2 : 이자무, 남, 63세
구연상황 : 앞 노래에 바로 이어서 구연하였다.

제보자1 오하 쌈 싸자 ~

제보자2 오하 쌈 싸자~

[이후 앞소리는 제보자 1이 뒷소리 후렴은 제보자 2가 부름.]

기장 원님은 미역쌈 싸고

오하 쌈 싸자~

동래 원님은 곤피쌈 싸고

오하 쌈 싸자~

양산 원님은 나물쌈 싼다

오하 쌈 싸자~

씨아~ 으흠~ 이여~

오하 쌈 싸자 위이히~

달 노래

자료코드 : 04_09_MFS_20090729_PKS_KBM_0010
조사장소 : 경상남도 양산시 명동 437-2번지 웅상농청장원놀이 전수관
조사일시 : 2009.7.29
조 사 자 : 박경신, 김구한, 김옥숙, 정아용
제 보 자 : 김복만, 여, 73세
구연상황 : 김필년 제보자와 함께 뒷소리를 주로 하던 제보자가 혼자 부른 노래이다. 처음에는 목이 안 좋다고 가창을 하지 않고 읊조리다가 청중들의 요구에 못 이겨 다시 가창을 하게 되었다. 청중들은 제보자가 목청이 워낙 좋아서 하루 종일 불러도 목이 쉬지 않고 오히려 목이 트인다고 했다. 구연이 끝 난 후 청중들은 이제야 제보자의 목청이 트였다고 하면서 계속 다른 노래를 부를 것을 요구했다.

달아 달아 밝은 달아
이태백 밝은 달던 달아
저기 저기 저 달 속에
계수나무 박헸어요
금도끼를 다듬어요
옥도끼를 깎어내요
초가삼칸 집을 지야
양친부모 모시다가
천 년 만년 살고지라

불경 천수경

자료코드 : 04_09_ETC_20090729_PKS_KPN_0012
조사장소 : 경상남도 양산시 명동 437-2번지 웅상농청장원놀이 전수관
조사일시 : 2009.7.29
조 사 자 : 박경신, 김구한, 김옥숙, 정아용
제 보 자 : 김필년, 여, 76세
구연상황 : 이 자료는 평소에 절에 다니는 제보자가 불경 소리가 좋아서 듣다보니 저절로 익혀진 것이라고 한다. 예전에 '여수제'를 할 때, 스님들과 함께 공연하면서 제보자가 북을 치고 '천수경'을 왼 적도 있다고 한다. 제보자가 전수관에 있던 북을 직접 치면서 시범을 보인 것이 이 자료이다. 청중 중 한 사람이 이렇게 염불을 잘 외는 줄 알았으면 진작에 당집을 하나 차렸으면 좋았겠다고 하며 제보자를 칭찬하였다. 그러나 자료의 앞부분을 조금 구연하는데 그쳤다.

정구업진언 수리수리 마하수리 수수리

(청중 : 어이~ 사바하)

수리수리 마하수리 수수리 사바하
오방내 안이지신진언 나무삼만다 못다나
오옴도로도로 지미사바하
개경에 무상심신 미묘법 백천낭군 낭보호

(청중 : 어이~)

아금문전 덕수지 원해여래 진실언 개법장진언

시방삼세 부처님

자료코드 : 04_09_ETC_20090729_PKS_KPN_0013
조사장소 : 경상남도 양산시 명동 437-2번지 웅상농청장원놀이 전수관
조사일시 : 2009.7.29
조 사 자 : 박경신, 김구한, 김옥숙, 정아용
제 보 자 : 김필년, 여, 76세
구연상황 : 앞에 구연한 천수경이 좋은 반응을 얻자 다른 염불을 외겠다며 구연한 것이
다. 제보자가 진지한 자세로 북으로 장단을 맞추며 구연하였다. 청중 한 사람
은 "이런 염불은 처음 들어본다."며 제보자의 구연 능력을 칭찬했다.

아~ 시방 삼세 부처님 그거는 노래 불러가메 하는 기거던(것이거든).

시방 삼세 부처님은
팔 만 사 천 큰 법당에
보살 성분 선님네게
지성이로 하혼하니
자비하신 원력으로
굽어 살펴 주옵소서

(청중 : 어이~)

저희들은 참된 성불 등지옵고
문병 속에 뛰어 들고
나고 죽는 물결 따라
빛과 소리 물이 들고
심술 궂고 욕심 내여
온갖 법문을 다 듣고서
잘못 된 거는 갈팔질팔(갈팡질팡)
생사고에다 헤매네요

4. 상북면

증편 한국구비문학대계 ● 경상남도 양산시

▌조사마을

경상남도 양산시 상북면 대석리 대석(大石)마을

조사일시 : 2009.2.26
조 사 자 : 박경신, 김구한, 김옥숙, 정아용

　　상북면 대석 마을은 1592년 임진왜란 당시 나주정씨인 정득(丁得)이라
는 사람이 모친을 등에 업고 김해에서 낙동강을 건너 홍룡폭포(虹龍暴布)
갯들 밑에서 와서 피난생활을 했다. 그 후 현재의 대석(大石)마을로 내려
와서 정착을 했으며 당시 마을 이름을 돌실이라 하였다고 한다. 대석마을
이 이때부터 생기게 되었는데 그 후 담양 전씨, 김해 허씨 등 3씨족이 와
서 살았다. 그 이후에 김해김씨, 영일 정씨, 밀양 박씨, 안동 권씨, 동래
정씨, 김영 김씨 등이 입주하여 마을을 형성하여 오늘에 이르렀다.

돌실 마을이라고 부르는 이유는 마을 입구에 큰 바위가 있기 때문이다. 이 바위는 마을 사람들이 옛날부터 소원 성취와 마을 재난이 없기를 비는 곳이었다. 이런 연유로 하여 마을에서는 이곳을 제당으로 정하여 해마다 제사를 지냈다. 여름에는 나무 그늘이 있어 마을 사람들이 놀기도 하고 관광객들이 쉬어가기도 한다. 하지만 지금은 제사를 지낼 사람도 없고 하여 제를 잘 지내지 않는다.

또 마을 한 가운데에는 회나무 샘이라는 우물이 있는데 가뭄에도 마르지 않아 마을 사람들의 생명수 역할을 했다고 한다. 지금은 식수로 사용하지 많고 그냥 보존만 하고 있는 상황이다.

대석마을 인근에는 홍룡폭포(虹龍暴布), 홍룡사(虹龍寺) 등 계곡의 물이 맑고 원효산(元曉山) 기슭의 원효암이 자리잡고 있어 사계절 관광객이 붐비는 곳이다.

구비문학적 자료는 천성산과 원효산이라는 불교와 관련된 산이 있어 원효대사와 관련된 설화가 많이 생성된 곳이다.

배금석 씨의 도움으로 대석 마을회관에 갔을 때는 많은 사람들이 모여 있었다. 다른 마을 보다는 구연에 적극적이었으며 청중들도 매우 흥겨워했다. 하지만 대부분의 마을에서 공통적으로 느끼는 바와 같이 구연 능력이 뛰어난 화자들은 벌써 세상을 떠났다는 것이다. 노동요 및 단편 민요와 설화를 채록하였다.

경상남도 양산시 상북면 석계리 석계마을

조사일시 : 2009.2.26
조 사 자 : 박경신, 김구한, 김옥숙, 정아용

상북면은 양산의 북쪽에 접하고 있으며, 면 소재지는 양산시청으로부터 10Km 지점인 석계리 삼계마을에 있다. 면소재지에서 남으로는 양산시

강서동 중앙동, 동으로는 천성산이 가로막아 웅상읍과 접해있으며, 북쪽
으로는 병풍처럼 둘러진 영취산 줄기로 원동면과 접하고 있으며 북쪽은
하북면과 접하고 있다.

신라 신문왕 5년(685) 전국의 행정구역을 9주 5소경으로 개편하였을
때 상북면은 삽양주의 일부였다. 신라 경덕왕 16년에는 삽양주는 양주로
개명되었다.

조선조 태종13년(1413)부터 지방행정조직으로 현재의 면을 향(鄕) 또는
방(坊)으로 칭해오다가 연도는 알 수 없으나 조선조 말엽에 면으로 개칭
되었으며, 이때에 팔도로 나누어져 상북면은 경상도의 양산군에 속해 있
었으며, 그 후, 건양 1년(1896) 전국이 13도로 나눌 때는 양산군은 경상남
도에 속하게 되고, 상북면도 역시 양산군에 속하게 된다. 문헌을 통해 보
면 상북면은 철종 13년(1862)에 나온 『대동지도』에 그 이름이 처음 나타
난다.

상북면이 현 행정체제에 이르기까지를 요약하면 다음과 같다. 상북방은 소토리, 대석리, 남양리, 구창리, 사개리를 상북방이라 하였고, 하북방의 상삼리, 좌삼리, 신전리, 석장리, 삼감리, 용연리, 말응리, 답곡리, 삼수리, 초산리, 순지리, 11개리를 하북면이라 칭해 왔다. 1914년 중북면을 상북면에 병합하여 9개리 18개마을을 이루었다. 상북면 구역은, 소토리, 대석리, 석계리, 소석리, 상삼리, 좌삼리, 외석리, 내석리, 신전리 등이다. 상북면 청사는 소토리 어전(현 내전마을)에 있었으며, 중북면 청사는 상삼리 일부인 황신(현상삼)에 있었고, 싱북면과 중북면이 합병하여 상북면 청사는 1914년에 현재 구 청사인 석계리 28-3(삼계)에 있었다. 그 이후 1982년 9월 1일부로 행정 개편에 따라 소토리 효감 마을에서 효충과 감결마을이, 석계리 양주마을과 위천마을이었던 꽃동네가 분리되어 양주마을과 꽃동네가 병합하여 양주마을로 행정 마을이 되어 법정리가 9개리 행정마을이 20개 마을이 되었으며, 그 후 1992년 1월 1일부 행정 개편에 따라 석계리 삼계마을이 삼계1,2마을로 분리되고 석계리 반회마을이 윗반회, 아랫반회, 신반회로 석계리 구소석마을에서 분리되어 모래불마을로 소석리에서 장제편과 제리골이 분리되어 장제마을로, 소토리 와곡마을이 와곡1,2마을로 분리 개편되어 법정 마을(9개리), 행정 마을이 26개로서 현재에 이르고 있다.

제보자가 거주하는 곳은 석계리 중에서도 삼계 1마을이다. 삼계 1마을은 면 소재지 마을로서 면 소재지로 된 것은 1914년 행정구역의 개편으로 중북면과 상북면이 합하여 상북면으로 행정개편 시 면 소재지로 되었다. 약 200년 전 이곳은 한양에서 부산으로 왕래하는 좁은 오솔길 옆에 나그네가 쉬여가는 봉래망과 말을 매는 마구간이 있고 주막이 몇 채 있었으며 황산마을이 번성하였을 때는 주막이 많아서 주막거리라고도 불렀다.

삼계라는 이름을 지은 연대는 알 수 없으나 통도사 뒷산이 영취산에서 흘러 내리는 양산천과 천성산 계곡(지금의 지푸내골)에서 흘러내리는 냇

물과 내석(內石)마을에서 내려오는 하천과 합쳐져서 삼합천(三合川)을 이루므로 삼계(三溪)마을이라 하였다고 한다. 1992년 1월 1일 행정(行政) 이동개편(里洞改編)으로 삼계(三溪) 1, 2마을로 분동되었다.

제보자의 증언에 의하면 조선시대에는 사람이 많이 살지 않았고 주막이 많아서 주막거리였다고 한다. 제보자가 14세 때 이곳으로 이사 왔는데 그때는 몇 집 살지 않았다고 한다. 마을 호수는 약 200호 정도이다.

옛날에는 농업과 임업을 하였고 현재는 반상반농이다. 문중조직은 자삼은 서씨이며 석장은 홍씨, 오씨이고 내석은 박씨이다. 구소석 소호는 동래 정씨이다. 대석은 정씨들이 많이 산다고 한다.

동제, 서낭제는 새마을 사업을 하기 전까지 지내다가 산업도로가 나면서 면사무소 앞 당산나무를 옮기면서 없어졌다. 삼월 삼짇날과 구월 구일날 밤에 제주를 정해서 지냈고 지금은 이장이 집에서 지낸다.

보름에는 농악을 치면서 마을 기금을 모았다. 지금은 그때보다 열기는 많이 식었지만 부분적으로 행하고 있다. 농협부녀대학에서 농악단을 양성하여 해맞이도 하고, 관공서에 가서 장구도 치고 북도 치고 한다. 예전에는 정월 초하루에서 닷새까지 집집이 다니며 지신밟기를 하였으나 하지 않은 지가 20년이 넘었다고 했다. 지금은 시늉만내고 달집도 짓지 않는다고 했다.

설날 다음으로 큰 명절은 추석인데 동네에서는 줄다리기를 했다. 일제 시대에는 양산을 기점으로 양산 위, 양산 아래로 패를 나누어 시장에서 당겼다. 새끼 종줄은 줄이 한 아름이나 되며 인원제한 없이 하였으며 그 열기는 굉장히 뜨거웠다고 한다. 해마다 동네 줄다리기는 두 번 정도 했다.

이웃 마을과 경쟁하는 큰 놀이로는 절에 다니는 사람들이 했던 백중놀이가 있었으며, 지금은 양산 대한노인회, 양산 생활체육회 등에서 여러 가지 체육 문화 행사를 주관하고 있다고 했다. 삼계 1마을은 상북면 소재지이기 때문에 비교적 민속문화가 알차게 전승되었지만 아쉽게도 점차 사라져 가는 과정에 있다.

　배금석 제보자는 마을에 대한 애정이 남달랐으며 마을 보존을 위한 사회 활동도 많이 하고 있었다. 또한 옛날 것을 기록에 남긴다는 것에 대해서 많은 관심을 표명했다. 구비전승물의 중요성을 잘 알고 있었으며 구연에도 적극적으로 임해 주었다. 지역과 관련되는 설화를 채록하였다.

제보자

김덕련, 여, 1927년생

주 소 지 : 경상남도 양산시 상북면 대석리 331번지 대석리 마을회관
제보일시 : 2009.2.26
조 사 자 : 박경신, 김구한, 김옥숙, 정아용

　얼굴은 다소 젊어보이기는 했으나 그리 건강해 보이지는 않아 보였다. 좀 통통한 체구에 파마머리를 하고 얼굴과 눈이 큰 편이었다. 양산국민학교 29회 졸업생이라고 했는데, 말투로 보아 상대적으로 지적 수준이 느껴졌다. 자료는 별로 제공한 게 없으나 조사자에게 다른 제보자를 적극 추천하거나, 제보자에게 어떤 자료를 제공하라고 유도하는 일을 열심히 하였다. 고향은 동면 내송이고, 택호는 내송댁이다.

　제공한 자료는 박봉임 제보자와 교환창한 모심기 노래이다.

제공 자료 목록
04_09_FOS_20090226_PKS_KDL_0001 모심기 노래
04_09_FOS_20090226_PKS_PBI_0002 모심기 노래

김도순, 여, 1924년생

주 소 지 : 경상남도 양산시 상북면 대석리 268번지 대석리 마을회관
제보일시 : 2009.2.26
조 사 자 : 박경신, 김구한, 김옥숙, 정아용

　조사장소에 도착한 후 조사자들은 자료를 채록하기 위한 준비 작업을

하고, 조사취지를 설명하였다. 이어 조사자
를 이곳으로 인도한 석계리의 배금석 제보
자가 추가설명을 하고, 이윽고 조사자가 청
중에게 설화를 구연해 줄 것을 요청하였다.
그러자 제보자가 선뜻 "이 동네에서 생긴
이야기"를 하겠다며 구연에 참여하였다.

절에 다니는 보살들이 흔히 입는 회색 몸
빼 바지와 회색 누비저고리를 입고 있었다.
파마머리에 염주팔찌와 반지, 시계 등의 장신구를 착용하고, 나이보다 정
정한 모습을 보였다. 보통학교를 졸업했기 때문인지 말씨가 조리 있고,
표준말을 많이 썼으며, 발음도 분명하고, 기억력도 좋았다. 무엇보다 자
신 있는 태도로 구연에 임했으며, 조사자들에게 친절하게 대했다. 다른
사람에게 자료제공을 권하기도 하고, 다른 제보자가 구연하는 동안 호응
하는 말을 하는 등 조사에 협조적이었고, 좌중을 주도하는 말과 행동을
취하였다.

동네혼사를 한 후, 부산에서 30년을 살다가 도로 고향에 돌아와 살고
있다고 한다. 8년 동안 근처에 있는 통도사 절에 다니고 있으며, "김보련
화"라는 법명도 가지고 있다.

제공한 자료는 이 마을과 관련된 전설 몇 편과 유행민요 등이다.

제공 자료 목록

04_09_FOT_20090226_PKS_KDS_0016 원효암과 용왕당
04_09_FOT_20090226_PKS_KDS_0017 회나무샘
04_09_MPN_20090226_PKS_KDS_0013 홍룡폭포 뱀장어
04_09_FOS_20090226_PKS_KDS_0003 창부 타령
04_09_MFS_20090226_PKS_KDS_0004 청산은 나를 보고

류장열, 남, 1932년생

주 소 지 : 경상남도 양산시 석계리 90번지 상북면 마을회관
제보일시 : 2009.5.30
조 사 자 : 박경신, 김구한, 김옥숙, 정아용

배금석 제보자의 추천으로 만나게 된 분이다. 고향은 상북면 삼막리인데 석계리에와서 산지는 50년이 되었다. 슬하에 2남 3녀가 있다. 농사를 지으며 살아왔고 술을 안드시기 때문인지 연세에 비해 깨끗하고 풍채가 좋고 건강해 보인다. 차분한 성격에 초성이 좋아 노래를 잘 불렀다. 그러나 후창을받아주거나 교대로 부를 사람이 없어서인지기억이 잘 안 나고 흥도 덜 나는 것 같았다.

'초한가' 같은 노래를 가치가 있다고 생각하고 있었으며, 모심기 노래나 상여 노래 같은 것은 누구나 다 하는 것이라며 부르기를 꺼려하였다. 어떤 노래든지 순서대로 빠트리지 않고 부르고 싶어 하는 것으로 보아 곡의 완성도를 중요시함을 알 수 있었다. 백발가나 회심곡은 중간에 생각이나지 않자 오래도록 생각하여 더 구연하려고 애를 썼다. 장편민요 부르기를 좋아하였으나, 가벼운 유행민요도 조사자의 요청에 응하여 아는 것은불러주었다.

제공한 자료는 초한가, 과부 자탄가, 백발가, 배례회심곡, 해방가, 태평가, 화투 뒤풀이, 청춘가 등의 민요와 천진암 진묵대사의 도술, 사명당,왜적을 무찌른 황장군 등의 전설이다.

제공 자료 목록
04_09_FOT_20090530_PKS_RJY_0010 천진암 진묵대사의 도술
04_09_FOT_20090530_PKS_RJY_0011 사명당

04_09_MFS_20090530_PKS_RJY_0005 해방가
04_09_FOS_20090530_PKS_RJY_0001 초한가
04_09_FOS_20090530_PKS_RJY_0002 과부 자탄가
04_09_FOS_20090530_PKS_RJY_0003 백발가
04_09_FOS_20090530_PKS_RJY_0004 배례회심곡
04_09_FOS_20090530_PKS_RJY_0006 태평가
04_09_FOS_20090530_PKS_RJY_0007 화투 뒤풀이
04_09_FOS_20090530_PKS_RJY_0008 청춘가
04_09_MPN_20090530_PKS_RJY_0009 홍룡폭포 뱀장어
04_09_MPN_20090530_PKS_RJY_0013 왜적을 무찌른 황장군

박봉임, 여, 1929년생

주 소 지 : 경상남도 양산시 상북면 대석리 389번지 대석리 마을회관
제보일시 : 2009.2.26
조 사 자 : 박경신, 김구한, 김옥숙, 정아용

　　김도순 제보자가 제보자에게 구연을 권하
자 "이 동네에서 자라 본 것도 들은 것도
없다."고 겸손해 하다가 이야기를 하면서
구연에 참여하였다. 제보자의 택호는 범서
댁이며, 이웃 마을 원동이 친정으로 원동에
서 소학교를 졸업하였다.

　　좀 통통한 체구에 둥근 얼굴, 파마머리를
하고 있었다. 꽃무늬 블라우스에 몸빼 바지
차림으로 발음도 분명하고 노래도 잘 부르는 편이었다. 기억력도 좋고 조
리 있게 이야기 하였으나 노래하다가 자주 숨이 찼다. 매우 겸손하고 점
잖은 성품으로 아는 자료는 적극 제공하였다. 조사자가 요청하는 노래를
부르기도 하고, 요청하는 노래 대신 다른 노래를 부르기도 하였다. 다른

제보자에게 청한 노래가 생각나서 구연하기도 하였다.

　제공한 자료는 이야기 2편과 해방가, 진주 난봉가, 각설이타령 등 노래 몇 편이다.

제공 자료 목록
04_09_FOT_20090226_PKS_PBI_0014 고상춘 할머니
04_09_FOT_20090226_PKS_PBI_0015 담배설대 그림의 유래
04_09_FOS_20090226_PKS_PBI_0002 모심기 노래
04_09_FOS_20090226_PKS_PBI_0005 진주 난봉가
04_09_FOS_20090226_PKS_PBI_0010 각설이 타령
04_09_MFS_20090226_PKS_PBI_0006 해방가

배금석, 남, 1925년생

주 소 지 : 경상남도 양산시 상북면 석계리 28-1
제보일시 : 2009.2.26.
조 사 자 : 박경신, 김구한, 김옥숙, 정아용

　미리 약속하고 찾아가서 만났다. 제보자는 조사자를 맞이하기 위해 깨끗하게 청소된 집에서 사방 문을 열어놓고, 부엌에서 차를 준비하고 있었다. 조사자가 적을 두고 있는 대학을 졸업한 손자의 졸업앨범을 비롯하여, 손자의 결혼식 사진첩을 보여주면서 가족을 소개하고, 가족에 대한 애정을 드러내었다.

　옆 동네인 상북면 구소석이 고향으로 20세 무렵 이 동네로 이사와 지금의 집을 지어 줄곧 살았다고 한다. 17세 무렵 양복 기술을 배우기도 하고, 대한조선(현 한진조선)에서 조선공으로 근무한 적도 있다고 한다. 지

금의 자택은 25세 때 손수 지은 것이라고 했다. 손재주도 있고 체력도 나이에 비해 아주 좋아보였다. 상북보통학교 6년을 수학하였고, 한문 실력도 꽤 있어 보였다. 외동아들인 자신에게 베풀었던 어머니의 지극한 사랑과 교육열에 존경과 감사의 마음을 강하게 내비쳤다.

6·25참전 경험을 눈물을 글썽이며 이야기하고, 자식들과 손자들의 근황도 애정과 자부심을 담아 들려주었다. 지금도 팔각회니 6·25참전 용사회, 양산 아동위원 등의 사회적 단체에 소속이 되어 고령에도 불구하고 활발한 사회활동을 하고 있다. 운동도 열심히 하고 긍정적인 삶의 자세를 지니고 사는 모습이 존경스러웠다.

시지(市誌)나 읍지(邑誌)에는 실려 있지 않는 자료만 구연한다고 하였는데, 실제로 제공한 자료의 대부분이 사실담 차원의 것이었다. 이것은 조사자들이 오기 전 시지나 읍지를 확인해 보았다는 말로도 확인된다. 고담이나 우스개 이야기는 입담 좋은 사람이 잘 한다며 애초 구연할 시도조차 하지 않았고, 이는 순수설화를 구연할 의향이 없는 것으로 보였다. 또한 재미있는 옛날이야기 좀 해달라고 하자 "고정(固定)된 것"이 없다고 하였다. 실제로 제보자는 조금이라도 사실에 바탕을 둔 이야기를 주로 구연하였다.

제보자가 구연한 자료는 주로 양산지역에 관한 이야기와 전설들이 대부분이다.

제공 자료 목록
04_09_FOT_20090226_PKS_BGS_0002 처녀의 보은으로 만석꾼이 된 천갑부
04_09_FOT_20090226_PKS_BGS_0003 장자와 자라바위
04_09_FOT_20090226_PKS_BGS_0005 칡넝쿨을 없앤 원효대사
04_09_FOT_20090226_PKS_BGS_0006 석능
04_09_FOT_20090226_PKS_BGS_0007 좌삼 서씨 열녀각
04_09_FOT_20090226_PKS_BGS_0008 시아버지 구한 현풍 곽씨 며느리
04_09_FOT_20090530_PKS_BGS_0012 산막과 요석공주
04_09_MPN_20090226_PKS_BGS_0001 쟁기로 왜적을 무찌른 농부

04_09_FOS_20090226_PKS_PBI_0002 모심기 노래
04_09_FOS_20090226_PKS_BGS_0012 청춘가
04_09_MFS_20090226_PKS_BGS_0011 베틀 노래

전순이, 여, 1929년생

주 소 지 : 경상남도 양산시 상북면 대석리 268번지 대석리 마을회관
제보일시 : 2009.2.26
조 사 자 : 박경신, 김구한, 김옥숙, 정아용

제보자는 조사 도중 청중 중에 한 명이 모셔와 자료조사에 참여하게 된 분이다. 조사자가 박봉임 제보자에게 '과부 노래'를 권하자 청중들이 이구동성으로 과부 노래 잘 하는 사람은 따로 있다고 하여 조사자가 모셔 오게 된 것이다. 제보자가 도착함으로써 좌중이 다시 어수선해지자 배금석 제보자가 다시 한번 조사목적을 설명하고, 제보자를 소개하였다. 제보자는 중간에 와서 민망한지 두 번이나 신식 유행가를 부르고 나서야 잘한다는 '과부 자탄가'를 구연하였다.

양반 다리를 하다가, 다리 하나를 세워 두 손을 그 앞에다 모으고, 먼 곳을 응시하는 듯 지긋한 시선으로 눈을 감기도 하면서 구연하였다. 구절의 마지막 음마다 힘주어 구연하여 청중의 웃음을 유발하였다. 청중들의 호응도 좋았다. 청중들은 제보자의 노래에 눈물이 나려한다거나, "좋다." 는 추임새를 넣거나, 손바닥으로 장단을 맞추고, 박수를 치고 웃기도 하고, 한 팔로 춤추는 시늉을 하기도 하였다.

갸름한 얼굴에 호리호리한 체구로, 말이 매우 빠르고 발음은 분명하였다. 성격이 급하고 민첩해 보였으며, 노래 부르는 것을 좋아하고 끼가 넘

처 보였다. 고향은 울주군 범서로 20세에 대석리로 출가하였다.

제공한 자료는 과부 자탄가, 진주 난봉가, 창부 타령 세 곡이다.

제공 자료 목록

04_09_FOS_20090226_PKS_JSI_0007 진주 난봉가
04_09_FOS_20090226_PKS_JSI_0008 창부 타령
04_09_FOS_20090226_PKS_JSI_0009 과부 자탄가

황문길, 남, 1932년생

주 소 지 : 경상남도 양산시 상북면 외석리 247-1번지
제보일시 : 2009.5.9
조 사 자 : 박경신, 김구한, 김옥숙, 정아용

양산 문화원에서 제보자를 만났다. 제보
자는 80년대에는 이장을 하였으며, 그 외
새마을 지사장, 향교장 등을 역임하였다고
한다. 요즈음은 풍수공부를 독학하는데, 지
금도 산에 가서 풍수도면을 그려와 공부를
하며 소일하는데, 양산시 전체에 관한 풍수
공부를 하고 있다고 한다.

선조대부터 이 마을에 거주했으며, 소학
교를 졸업하였다. 깔끔한 옷차림과 외모에 마르고 작은 체구였지만 눈매
가 힘이 있었다. 구연을 부탁하자 시지(市誌)와 같은 자료에 있는 내용을
찾아보는 듯하였다. 자신이 그린 풍수 지도를 꺼내어 보여 주며, 다른 사
람에게 풍수를 봐 준 이야기도 많이 하였다. 주로 조사자가 구연을 유도
하고 제보자가 그에 해당하는 이야기를 함으로써 자료조사가 진행되었다.

제공한 자료는 원효대사 일화와 자라바위, 심동내굴에 얽힌 이야기 등
전설 4편이다.

제공 자료 목록

04_09_FOT_20090529_PKS_HMG_0002 원효대사
04_09_FOT_20090529_PKS_HMG_0003 장자와 자라바위
04_09_FOT_20090529_PKS_HMG_0004 심동내굴
04_09_MPN_20090529_PKS_HMG_0001 홍룡폭포 뱀장어

원효암과 용왕당

자료코드 : 04_09_FOT_20090226_PKS_KDS_0016
조사장소 : 경상남도 양산시 상북면 대석리 268번지 대석마을회관
조사일시 : 2009.2.26
조 사 자 : 박경신, 김구한, 김옥숙, 정아용
제 보 자 : 김도순, 여, 86세
구연상황 : 박봉임 제보자의 앞 이야기 구연후, 제보자에게도 이야기를 들려달라고 청했
다. 제보자는 주변 전설에 해당하는 이 이야기를 구연하였다. 유머 감각을 발
휘해서 조리 있는 말솜씨로 이야기를 이끌어 나갔으며, 구연하는 어조와 태도
에서 이 고장 전설에 대한 강한 믿음과 자부심을 내비쳤다.
줄 거 리 : 천성산 정상은 아주 널찍한데 이를 사관 또는 화엄벌이라고 한다. 홍룡사 위
에 올라가면 원효암이 있는데, 그곳에는 일찍이 원효대사가 와서 공부한 곳이
다. 그 원효암은 굴처럼 되어 있고, 위에는 바위가 덮여 있으며, 굴 가운데 돌
이 하나 있고, 바닥에는 자갈이 깔려 있다. 원효암을 짓고 수도를 하던 원효
대사는 물이 없어 천상공양을 받아먹었다고 한다. 중국에 가서 화엄경을 가지
고 온 의상대사가 관음조의 도움으로 원효대사를 찾아와서, 물이 없다는 소리
를 듣고 지렛대로 원효암 뒤의 바위를 쳐서 물이 쏟아져 나오게 하였다. 이
물은 용왕당이라 불리어지고 있으며, 지금까지도 잘 먹고 있다고 한다.
또한 원효대사는 절 앞에다 축대를 높이 쌓고 축대의 돌이 하나 빠지면 당신
이빨 하나 빠진 줄 알고, 축대가 무너지면 당신이 죽은 줄 알라고 일렀는데,
그 축대가 딱 한 번 무너진 적이 있었다고 한다. 그러나 원효대사의 죽음의
표적은 어디에서도 찾을 수 없었다고 한다.

　요 뒷산이 천성산입더. 천성산. 여 홍룡사, 거 저저 통도사 거 뒷산 거
는 영취산이고, 여게는 천성, (조사자 : 천성산?) 천성산이고.
　여어 와 천성산이라고 이름을 지았는고 하이(하니) 천명대전이 득도했
다고 그래 청선산이라 커거든요. 저 우에 만댕이(평평한 산꼭대기를 말
함.) 올라가 보머 사관이라 카는 데가 있는데, 올라가 보머 비행기가 여러

수십 대 대게 돼 있습니더. 만경장판 만경장판 우리 그 나물 캐러 늘 가 가이고(가서) 거 있제? 사관 알제? 그.

(청중 : 화엄벌이라 안 커나. 화엄벌.)

화엄벌판이다. 화엄벌판. 그래 참 유명한 저저게(저기) 그 산이라꼬.

옛날에 원효 대사가 여 와가이고,

(청중 : 어서 이야기 하소. 모두 일 보시고 바쁜 시간인데…….)

해라, 누가 저저 함 해 보소. 보자, 여 저저게,

(조사자 : 원효대사가 거기서 그러이까…….)

예, 요 원효암이 있거든요. 원효암이 있고, 밑에는 홍룡사가 있는데, 저 만당에(꼭대기) 올라가면 원효암이 있습니다. 그 원효대사님이 그게 와가 이고(와서) 공부핸(공부한) 자리에 우리 나물 캐러 가 가지고 보이, 바위로 이 쪽 저 짝 딱 그거 해 났는데,

옛날에는 어째 돼가 그렇는고 모르지만 굴겉이 돼가 있고, 우에는 바위 로가 덮어 났는데, 요맨한 돌로 가운데다 갖다놓고, 밑에는 보이껀데 자 갈 자갈이 돼가 있는데, 거여러(거기서) 오시디미로(오시자마자) 거여로(거 기서) 공부를 했다 캅디더. 하고,

그래가 은자 그 여로 원효암을 지아 가지고, 늘 그래가 옛날에 참 뭐 거 올라가보이, 물도 없고, 이래 가지고 밥 해 묵을라 카이, 그거 돼가이 고(돼서) 천상공양을 받아 자셨다고(잡수었다고) 하거든요. 제일 처음에 와가.

그랬는데, 그래 원효 대사 거(거기) 계신다 커는 소리로 의상대사님이 알았거든예. 의상대사님이 은자, 중국 갈 때도 이 시님이(스님이) 먼처 은 자 도중에서러 깨치(깨쳐) 가지고 원효대사님은 돌아오시고, 의상대사님 은 중국을 가가 화엄경을 배아(배워) 가주고 나오싰거든요. 화엄경.

그래 나왔는데, 여 은자 여 원효대사님 간 곳이 많습니다. 여기뿐 아이 라, 이래 저 그 여 앉아 가지고, 그래가 천상공양을 떡 받아 잡숩고 이래

있는데, 의상대사님 은자 원효대사님 있는 데로 찾아왔어요. 막상 이 골짝에 딱 들어서이껀데(들어서니) 뭐 뒷산이 하도 높으이 어데 가 가지고 계시는지 모르겠거든예. 관음조(觀音鳥)가 한 바리 딱 나와 가지고, 새 관음조가 한 바리 나와 가지고, 질로(길을) 인도를 하거든요. 그래가 관음조를 따라 자꾸 올라 가이, 원효대사님 있는 곳들 인도로 딱 해줘가, 그 자리 드디어 가시 가지고, 어떻게 자시고 있는가꼬 물어보이,

"아 여 물도 없어 가주고 내가 천상공양을 받아먹고 있습니다."

"그래요?"

"시님 계시는 곳데 물이 없다 케가(해서) 되느냐?"고,

그래 물이 없다 커이까네 지렛대(지래대) 하나 가오라 커거든. 지렛대, 이 저 저게 철로가 맹근(만든) 그 쫍비단(좁다란) 거 지렛대를 가지고 뒤에 바위 있는데, 딱 가디만은(가더니만) 힘대로,

[힘주어 말하며]

"탁" 떨고 세리(때려) 주이 막 물이 풍풍 나오거든요.

그 은자 용왕당이 있습니다. 원효암 가면 용왕당이 있는데, 용왕당에 거여러 나오는 그 물로 오늘꺼정 묵고 있거든예. 묵고 있는데, 그 인자 의상대사님이 그 다 지렛대로가 때리가 물구영을 내줘가, 그 물로 오늘꺼정 받아잡숩고 있다 커는 그런 전설이 있고.

여게 있다가 원효대사님이 은자 앞에 거 절 앞에 보면 돌로 가지고, 축대로 아주 높으그로(높게) 지아 놓거든예. 여 법당 앞에 거 마당 있는 그 건텅에(끄터머리에) 축대로 이래 큰 돌로 가지고 이래,

옛날에는 뭐 장군들만 살았는강, 그 굵은 돌로 가지고 축대를 모아 놨는데, 나가먼시는(나가면서) 뭐라 카는고 하이,

"내가 여여로(여기서) 질로 뜨는데, 여 앞에 돌이 하나 축대 돌이 하나 빠지거든 내 이빨 하나 빠진 줄 알고, 이 축대가 만일에 무너지거든 내가 죽은 줄 아라."

그 함 무너졌거든요. 무너졌는데, 원효대사님 가가이고 돌아가신 표적
은 아직까지도 없다 캅니더. 어디 가여 돌아가싰는고.

그런 전설이 있습니더. 그 원효대사님 어데 여수골로 갔는가 어데로 갔
는고 없어요.

[청중 웃음]

회나무샘

자료코드 : 04_09_FOT_20090226_PKS_KDS_0017
조사장소 : 경상남도 양산시 상북면 대석리 268번지 대석마을회관
조사일시 : 2009.2.26
조 사 자 : 박경신, 김구한, 김옥숙, 정아용
제 보 자 : 김도순, 여, 86세
구연상황 : 조사자는 제보자가 언급한 '새미전설'을 구연하기를 청하였다. 제보자가 구연
           을 시작하고 얼마 안 되어 청중이 배금석 제보자에게 이 이야기를 알지 않느
           냐고 물었다. 그러자 박봉임 제보자가 그 샘을 방송국에서 촬영해 갔는데 며
           칠 전에 티브이에도 나왔다는 사실을 강조하여 이야기의 흐름이 끊어지려 하
           였다. 이에 청중들이 '새미 이야기'는 보살이 잘 안다며 김도순 제보자에게
           계속 구연할 것을 요청했다. 동네 가운데 있는 이 우물에 대해서는 마을 사람
           들 모두가 알고 있는 이야기이지만 아마 제보자가 조리 있게 말을 잘 하기
           때문에 제보자를 추천한 것 같았다. 구연하는 내내 청중들이 제보자에게 궁금
           한 점을 질문하며 우물에 대해 관심을 보였으며, 제보자는 질문에 대답하면서
           이야기를 이끌어 나갔다. 제보와 청중들은 이 회나무 우물에 대해 대단한
           자부심을 드러냈으며, 조사를 마치고 돌아갈 때 꼭 보고 갈 것을 조사자들에
           게 당부하였다.
줄 거 리 : 대석리 동네 가운데 있는 우물은 몇 백 년 된 회나무가 우물 바로 위의 산 입
           구에 드리우고 있는 샘이다. 이로 인해 "회나무샘"으로 불린다. 이 고목나무
           덕분에 아무리 가물어도 이 우물물은 마르지 않고 있으며, 온 동네사람들이
           모두 먹어도 계속해서 물이 나는 유명한 샘이라고 한다. 이 동네를 장수마을
           이라고 하는 이유도 바로 이 회나무에서 나오는 우물물을 먹어서 오래 살기

때문이라고 한다.

(조사자 : 방금 한 새미전설.)

(조사자 : 예 새미전설이나 뭐.)

아, 뒤에 우리 저 여

(청중 : 회나무 밑에.)

저 저 마실 뒤에 가면은 산 밑에 아주 지금도 한 번 가보시소.

카기는(하기는),

[이때 청중이 배금석 제보자가 회나무에 대해서 알 것이라고 하자, 제
보자는 살기는 살았으나 가보지 않아 모를 것이라 핀잔을 주었다.]

(청중 : 이 뭐시고, 그 사람 집 앞에 거 있던 이주사 집에 있던 회나무.
회나무.)

와(왜) 아이라(아니라). 와 아이라.

회나무. 회나무가 아주 고목나무가 이건 몇 백 년 된 고목나무가 있거
든요.

(청중 : 어제 아래 또 테리비 나왔심더. 또 새미물 다 나왔심더. 아—
래[13] 촬영해 가 가주고. 아래 메칠 됐다. 팔 번에 나왔심더.)

(청중 : 거 새미 이야기 좀 하소. 보살이 안다 아이가.)

(청중 : 보살이 함 하소. 여 또.)

그래 거 새미가 유명한 기가(것이) 옛날버텅(옛날부터) 마 참 안 할 말
로 칠년 대한 가물음이(가뭄이) 들어도 그 새미에는 물이 나고 있었거든
요. 있었는데, 그 물로 오늘날꺼징 이 동네 사람이 은자는 수도를 옇어가
이고(넣어서) 저 꼴짝 물로 받아먹고 있지만은, 그 새미는 암만 퍼 먹어도
물이 그대로 나옵니다.

(청중 : 거 우물 안이 사용하는교?[14] 있는교?)

---

13) '그저께'의 경상도 방언.

아이고 있지요. 유명합니더. 유명합니더.

(청중 : 좋다고 부산 사람들 다 가 감더.)

(청중 : 육십삼 년 돼도 안주 아 아무리 가물어도 거기 물 작은 거로 몬 보거든요.)

그래 전에는 이래 돌로 가지고 이래 와꾸로(곽을) 저저 돌러가며 이래 짜 가지고, 이래 그로 바가치로 가 퍼 묵는데, 부산대학교 댕기는 사람들이 와가이고, 그 새미로 정수를 해가이고, 그 안죽꺼정(아직까지) 부산대학 아무꺼이라고 그 써 놓은 기 있습니더. 글이. 그래 있는데,

(청중 : 고 한 이삼십 년 됐습니더.)

고 은자 네모가 반듯하구로(반듯하게) 해 가주고 잘해 놓습니더.

(청중 : 갈 때 한 번 가보고 가이소.)

함 가보소.

그 물을 그거 자시고 이 동네가 장수마을이라고 합니더. 그 물로 무머(먹으면) 오래 산답니더. 좀 잡숩고 가이소.

[한 청중이 회나무 뿌리에서 나온 물이 아주 좋다고 하고, 또 다른 청중은 텔레비전에 방영된 이와 관련된 프로를 대견스러운 듯 다시 언급하였다. 제보자는 직접 가보면 된다고 거듭 말하였다.]

천진암 진묵대사의 도술

자료코드 : 04_09_FOT_20090530_PKS_RJY_0010
조사장소 : 경상남도 양산시 상북면 석계리 846번지 상북면마을회관
제보일시 : 2009.5.30
조 사 자 : 박경신, 김구한, 김옥숙, 정아용
제 보 자 : 류장렬, 남, 78세

---

14) 우물 아직 사용합니까?

구연상황 : 앞 이야기 구연이 끝나고 그런 이야기 좀 더 해달라고 요청하였다. 제보자는 꼭 양산고장에 있는 이야기를 해야 되느냐고 물었다. 어떤 이야기라도 좋다고 하자 그런 이야기라면 한정이 없다고 하고는 이 이야기를 해 주었다. 제보자는 나이 오십이 되어서 전라남도 백양사에 이년을 있었는데(그 전에 동화사에도 일 년 있었다고 하였다.), 그 때 노스님에게 들은 이야기라고 한다. 진묵대사에 관해 두 개의 일화를 연달아 들려주었다. 어휘들을 자주 크고 길게 빼는 식으로 강조하면서 실감나게 구연하여 청중들을 이야기 속으로 빠져들게 했다.

줄 거 리 : 옛날에 백양사 위에 암자가 아홉 개 있었다. 그 중 천진암에 진묵대사라는 큰 스님이 상좌중과 함께 기거하고 있었다. 그런데 매일 겨우 끼니를 해결할 수 있을 정도의 공양이 들어왔다. 상좌중은 봄이 되면 배고픔을 참기 어려워 나물 캐러 간다며 이웃 절로 가서 밥을 얻어먹고 오곤 했다. 상좌중의 불평을 들은 스님은 상좌 중에게 시키기를 이웃 절에 가서 부처님도 배가 고프다고 하여 밥을 한 솥 해달라고 해서 그 밥을 부처님 전에다가 주먹밥을 만들어 던지고 오라고 한다. 진묵대사는 상좌 중이 던진 그 주먹밥을 자신들의 암자로 오게 도술을 부리고, 그 밥을 말려 비축해 두고서 부족한 식량을 해결한다.

또 한 번은 진묵대사가 속가에 내려왔다가 절로 돌아가던 중에 고라니 고기를 구워 먹는 청년들을 만난다. 진묵대사는 청년들에게 고라니 고기를 먹고 싶다고 했지만 스님이 어떻게 고기를 먹느냐고 한다. 진묵대사는 자신이 먹은 고기만큼 고라니를 살아가게 하겠다는 조건을 걸고 고라니 고기를 얻어먹는다. 고라니 고기를 여섯 점 먹은 대사는 똥을 여섯 덩이 누고, 그 똥이 고라니로 화해 산으로 돌아가게 하는 도술을 부린다.

옛날에 그 그 백양사 우에 거게 암자가 아홉 낱이(개가) 있는데, 천진암이라 카는 암자 암자가 하나 있었는데, 그 암자에 주지가 누고 하니 진묵대사라.

옛날에 진묵대사 진묵대사 그 큰 스님인데, 만날, 만날 여 상제가 진묵대사 상제하고 그 인자 저 두 분만 절에 계셨는데, 암자에 계시는데, 만날(매일) 양색이(양식이) 요놈이 따름따름(달랑달랑) 하거든. 만날 묵을 끼없고, 만날 양색이 따름따름 해. 마 근근히 요 상제 요거는 지 배고픈 허기만 면할 만치 고래 만날 쌀이 둘오고, 쌀이 없는 기라. 배가 고파 몬 전

지고(몬 견디고) 한데,

　이제 여르 봄이 늦은 봄인데, 나물 캘 때가 됐는데, 저 짝에 그 인자 한 등만 하나 넘으면 거도 절이 암자가 있는데, 그 인자 상제가 배가 고프면 나물 캐러 간다 카고,

　"스님 나물 좀 캐가 올 것이요." 카이 마,

　"캐러 가라." 커고,

　보내고, 그래서 지가 나물 캐러 가 가지고 거 가이, 막 가는 날이 장날이라 카디만은, 불공을 짜더러(많이) 해 가주고, 마 밥을 해 가주고 허연 쌀밥을 해가 짜다라 퍼 얹어놓다. 실컨 마 줄라 소리도 안하고, 마 이기(이것이) 가 가주고, 마 껄지(집어) 묵고 마 먹는 대로 실컨(실컷) 배부르게 왔다. 먹고 은자 돌아왔다. 돌아와 가지고,

　"스님요, 스님요, 나는 만날 우리 절에는 아무 것도 물(먹을) 것도 없는데, 그 짜(쪽) 그 등 너머에 가이까네, 무슨 암자 거 가이 마 밥이 천지빼깔이고(엄청나게 많고),[15] 마 내 실컨 밥을 껄지이 묵고, 실컨 많이 묵고 왔는데, 우리는 와 이래가 사는교? 우리도 좀 저 가가 저 매로(처럼) 저래(저렇게) 살고, 와 이래 사는교?"

　"야, 이놈아, 그 사람들은 복을 많이 진 사람이고, 우리는 마 복이 없는 사람 아이가(아니가)?"

　그래 답답어(답답해) 몬 전제가(견디어), '내가 여 이래 있어봐야 저 스님 밑에 있어봐야 생전에 얻어먹지도 몬 할 기고. 마 에라이- 마 나도 나도 마 저리 가든지, 어더로 가든지 마 앵겨야(옮겨야) 되겠다.' 카는 마음을 먹고 있다가 한 문은(번은) 또 그러 카거든.

　"스님요. 마 내 저 저 짝 절에 가 가지고 좀 얻어 묵고, 나물도 캐고 그래 올 것이요." 커거든.

---

15) 너무 많아서 그 수를 다 헤아릴 수 없을 때 쓰는 말.

"응 그래 가마(가만히) 있가라 보자."

그 카디만은 그 법당에 들어가가 뭐 우짜(어찌) 쪼금 있다가 스님이 나오디만 상제로,

"오야(오냐), 가거라. 거 가 가지고 다른 건 하지 말고 내 시기는 대로만 해라."

"예."

"밥을 그 스님들한테 밥을 좀 많이 하라 캐라. 한 통 하라 캐라. 한 통 하라 캐 가지고, 그 부치님이 밥을 자샀는가(잡수셨는가), 안 지샀는기 모르이, 부처님이 밥을 좀 실컨 니가 좀 드리고 오느라. 자시 자시는 것 만치 배가 부르도록 자시는 것 만치 드리고 오느라." 이러 카이,

"우째(어떻게) 드리는교?" 이러 카이,

"내 시기는 대로 해라. 거 가거들랑

[이때 청중이 제보자에게 한잔 하라고 권하자, 있으니 거기 두라고 말한다.]

밥을 손에 물로 묻히(묻혀) 가지고 주묵주묵 주묵밥을 맨들어 가지고 마 법당 서 가지고 부처님 계시는데, 훌쩍 떤지라." 이러 카거든.

"훌쩍 떤지 떤지거들랑 마 떤지 놓고는, 뭐 우짜든지(어떻게 하든지) 그거는 니가 우짜라 소리하는 게 아이고 부처님이 지아(지어) 자시든지, 부처님 자시든지, 누가 자시든지, 처리할 모양이니까네, 니는 자꾸 밥만 주무리(주물러) 뭉치 가지고 부처님한테 떤지라(던져라)." 이러 카거든.

"떤지면 된다. 마 그라고 다 다 주고 밥이 없거들랑 돌아오너라." 이러 카거든.

"예. 그래 하지요." 카고, 갔다.

그 절에 가 가지고 그래 이 상제가 하는 말이,

"아이고 스님요! 스님요! 우리 절에는 우리 스님은 만날 밥을 해 가주고, 부처님을 주묵밥을 해 가주고 만날 떤지가 드리놔놓이, 생전 내가 묵

을 게 없심더. 만날 나는 밥을 굶고 쪼매이 뺴에(조금 밖에) 근근히 기갈을 민할(면할) 만치(만큼) 밖에 몬 묵는데, 우째 여 저, 이 절에는 스님이 부처님에 밥을 우예 드리는공 만날 밥이 저래 많이 남아가 저래 있는교?"

"에이 이놈우 자석아. 우째 부처님이 무슨 밥을 자신단 말이고 음감하지." 이러 커거든.

"어언제요(아니요). 우리 우리 우리 스님은 부처님을 밥을 자시도록 드립니더." 이러 카거든.

"우예 드리더노?"

"내 시긴 대로 할라 카면 밥을 한 솥 해 보소 내가 그래 할 것이요." 이러 카거든.

"이놈아 니 참말로 그래 하겠나?"

"예 그래 하지요."

"니 이놈아 니 그래 못하면 우얄(어떻게 할) 꺼고(것이고)?"

"그래 못하면 내 마 내 모가지 바치지요." 이러 카거든,

"오야."

그래, 밥을 한 솥 했거든. 한 솥 해 가지고 법당 떡 퍼다 들라놓고는 스님 말씀대로 마 손에 물로 이래 찍어가, 찍어 가지고 마 우물쭈물 거머쥐고 쭉 쭈무자(주무려),

"자 부처님 밥 밥 잡수세이(잡수소). 이때까지 배가 수십 년 수백 년 배로 곯았는데 음감만 하고 배로 곯았는데, 오늘은 직접으로 밥을 밥을 잡수소." 카고,

한 덤빅이(덩어리) 해 가지고 홀떡 떤지이, 부처님 손 이래 있던 손이 넙죽 받거든. 이래 받아 가주고, 마 받아 가주고 옇어뿌는지(넣어버리는지) 묵어뿌는지 우예 마 없애이,

"자 스님들 봤지요. 밥 내가 떤지이 부처님 밥 자시는 거 봤지요?" 이러 카이,

탄복하겠거든. 희한하단 말이다.

그라다 또 이래 또 주무리 가주고 또 홀쩍 떤지이 또 넙죽 받아가 자시는지, 무삐리는지(먹어버리는지), 우짜는지(어떻게 하는지) 마 없고, 그 통 안에 있는 밥을 말키다16) 다 주무리 가지고 부처님 다 드리뿌고, 다 드리이 다 받아뿌고,

"우리는 이래놓이, 우리 절에는 만날 스님이 밥을, 부처님 밥을 드리놓이 내 물(먹을) 끼(것이) 없심더. 만날 따름따름 하이 요래 양식도 없고 이렇는데, 하 어게는 우째 만날 이래 마 밥을 옳키(옳게) 드리지는 안 하고, 헛돈만 딜이고(들이고), 음감만 시깄지 뭐, 아무 그래 가지고는 부처님 배고파 몬 전딥니다(견딥니다). 인자 앞으로 이라지 말고 한 문썩(번씩) 밥을 많이 해 가지고, 주면은 내가 부처님 실컨 배 부리도록 디릴끼까네(드릴 것이니까) 그래 하도록 하소." 카고,

마 인마 돌아왔거든. 떡 돌아 와가 보이, 지도 인자 밥을 얻어 묵지. 얻어 묵고 인자 그 이야기를 하고 왔다. 돌아오이, 저그 스님이 진묵대사 스님이 크다는 방구에(바위에) 초시기로(돗자리로) 깔아놓고 하 인덜(이런 들) 거,

"스님 그게 뭡니까?" 카이,

"야 이놈아야 뭐시라 밥이지. 밥도 보면 모르겠나?"

그 지(자기) 떤진 밥이 거게 와 가지고 초시기에 다 깔리가(깔려져) 있는 기라. 그래 그 인자,

"니캉 내캉 이놈아, 이 밥을 우에 다 먹을 꺼고? 말라 가지고 꼬두밥을 (술밥으로)17) 바짝 말라 가지고 난중에 인자 배고플 때 먹을라꼬 이래 말쿰(모두) 젖서가(저어) 안 말루나." 이러 카이,

그래, 그 진묵대사가 술로(도술로) 그 인제 그 그 짝 부처님한테 밥 준

---

16) '말키'는 '말끔(조금도 남김없이 모두 다)'의 경상도 방언.
17) '꼬두밥'은 술밥의 경상도 방언.

그 밥이 부처님이 자시는 기 아이고.

[웃으면서]

진묵대사가 이 절로 가져 와뿌리(와버리니),

그래 그 그 상제가 하는 말이, '참 과연 우리 우리 스님이 큰 스님 같구나! 응 이때까지 밥을 근근히 쪼롬쪼롬 하이,[18] 쌀은 그것도 우리 우리 스님이 이래 이래서 이태까지 우리가 이래 먹고 살았구나! 아이고, 그 그 짝 그 그 서로 불공하고 하는 그것도, 밥 많이 남아 남가(남겨) 놓은 그 그 스님들은 옳은 스님들이 아이구나!'카는, 거를 알고, 그 상제가 인자 그 스님 밑에 공부를 많이 해가 큰 큰 중이 됐답더. 큰 중이 되고.

진묵대사는 옛날에 이거 술로, 곡주라 카면은 자시도, 소주기나(소주이거나) 탁주기나 머시기나 곡주라카믄 자시고, 술이라 카믄 안 자시시거든.

(청중 : 곡차라 카믄 곡차라.)

예, 곡차 곡차라 카믄 자시고 이라는데, 그래 한 문은 그 인자 속가로 내려왔다가, 인제 절로 올라가는데, 절로 올라가는데, 이 젊은 청년들이 그 동네 청년들이 마 많이 모이(모여) 가지고, 인제 옛날에는 노루라 카지만 고라이(고라니)로 한 바리 잡아 가지고,

그 넘 불고 고라이 불고기 맛있어요. 참 맛있어. 그 우리 무(먹어) 보면 맛있더라고. 그거로 마 불고기로 해가 짜들(많이) 무싸이(먹고 있으니) 진묵대사 가마이(가만히) 가다 보이 고기 생각이 나거든.

그래 그래 떡 젙에(곁에) 갔다. 젙에 가 가지고,

"아이구, 요 모두 참 샌님들 이래 요 인제 노는데, 이 소승도 고기 생각이 나서 이 고기라 카믄 또 물버섯이라 카고, 물버섯 생각이 나서 이래 왔는데, 소승도 한 입 줄 수 없느냐."

이래 물으이꺼네, 허 마 저 청년들 하는 말이,

18) 겨우 입에 풀칠한다는 뜻으로 한 말임.

"중이 무슨 고기를 먹는다." 카고,

전부 마 구타를 주고 마 하거든.

"아이구 그런 기 아이고 소승은 먹으믄, 그양(그냥) 마 전부 먹는 고기 그거를 전부 살리 살리(살려) 가지고, 저 산으로 보낼끼까네(보낼테니), 거 한 접 줄 수 없나." 이러 카이,

그 젊은 사람들이,

"참말로 니가 그런 술이 있나?" 커이까네,

"예 그래 하지요."

그래 인자 묵으라꼬 인자 고기를 상글어(썰어) 가지고 꿉어(구워) 가지고 준다.

모타리(덩어리) 얻어 묵고,

"내 멫 모타리 묵는고 세아리나(세어나) 보이소." 카고,

인자 자꾸 댕기며 주워 묵다. 한참 조(주워) 묵고는,

"천상(天生, '어쩔 수 없이'라는 뜻임.) 내 인자 무을 만치 먹었시-까네, 먹은 인제 그 밑으로 밑으로 내- 가주고 짐승을 맨들어 가지고, 산에 올려 보내야 될낀데 거 단디(단단히, 똑바로) 구경이나 하이소."

이러 카고 인자 도랑 껀티로(끄터머리로) 나갔다. 도랑 껀티이로 나가 가지고, 은자 중우로(바지를) 까가(벗어), 인자 이래 들고 인자 인자 배설로 하지.

"자 인제 배설을 한 덤비기(덩어리) 합니데이 보이소." 이카이까네,

한 덤비기 톡딱 널찌이(떨어지니), 고 놈이 동글동글 구부러쌌디마는(구르더니만) 마 마 놀갱이(노루) 돼가 마 쫓아 산에 올라가거든.

"자 인제 한 바리 올라 갔심데이(올라갔습니다)." 카디만,

또 쪼매(조금) 있시이 또 한 덤배기 똑 널쭈거든. 톡 널쩌(떨어져). 아 고것도 또 또글또글 구부러 샀디만 또 놀갱이 돼가 또 올라가거든.

"내가 여섯 모타리 무시이까네, 여섯 바리는(마리는) 내가 살리 올려 보

내야 안 되겠는교?"

그래 거 또 쪼매 있시이, 또 한 덤배기 요래 누고 나이까네, 고기 또 올러 가지고, 눈에 어르치기(헛것이) 다 그래 거 술책 술책이지. 인제 그래 그 말키 먹은 먹은 거를 전부 밑에 배설로 해 가지고, 살리-(살려) 그 고라이, 고라이로 맨들어 가지고 살리 가지고, 산으로 올리더라 카는 소리를, 그래 그 우리가 거 백양사 거 있을 때 그 이야기를 합디다.

그 어느 노스님이, 노스님이 그 이야기 하는 소리를 내가 들었지예.

[웃음]

사명당

자료코드 : 04_09_FOT_20090530_PKS_RJY_0011
조사장소 : 경상남도 양산시 상북면 석계리 846번지 상북면마을회관
제보일시 : 2009.5.30
조 사 자 : 박경신, 김구한, 김옥숙, 정아용
제 보 자 : 류장렬, 남, 78세
구연상황 : 앞 이야기가 끝나고 제보자는 이야기판 청중들과 함께 과자를 먹고 음료수를 마시며 쉬었다. 이윽고 조사자는 그런 이야기 몇 개만 더 해달라고 하면서 이 고장의 원효대사 이야기를 부탁하자 절에 관한 이야기는 아주 많다며 이야기를 시작하였다. 사명당 이야기를 진지하게 경청하던 조사자와 청중들은 처음 듣는 이야기라며 반겼다. 그러자 제보자는 다시 한번 이야기를 되풀이하였고, 이 이야기는 틀림없는 이야기라고 강조했다.
줄 거 리 : 불가에 입문하기 전 사명당에게는 첩이 있었다. 장가보낸 사명당의 아들을 계모가 첫날밤에 목을 끊어 항아리에 넣어 벽장 안에 넣어놓았는데, 그것이 일년 동안 방치되어 있었다. 아들을 죽인 범인으로 며느리가 지목되어 누명을 쓰게 된다. 며느리는 방물장사를 하러 다니다가 그 항아리를 발견하고 누명을 벗게 된다. 이 사실을 알게 된 사명당은 온 집안 식구를 묶어 방에다 넣고 불을 지른 후 불가에 입문한다. 그때 사명당의 나이는 오십이 넘었다. 이후 사명당의 일본에서의 도술 등 뛰어난 활약은 모두 서산대사의 도술에 의해 이

루어진 것이라 한다.

절 절에 뭐 그런 그런 기야 많이 있죠. 많이.

이전에 사명당 그런 어른, 사명당이 나이 오십 넘어 가지고, 불문에 입문했지요. 밀양 밀양 사람이거든. 임 임씨고 성은 임씨고, 이름은 유정이고, 사명당 이름이 유정 임유정이죠. 그 그래 다 했을 깁니다. 그다 다 받았을 겁니다. 예. 서산대사 제잔데 뭐.

[조사자가 사명당 얘기를 해달라고 청했다.]

사명당 그 분은 다 머 밀양 사람이라 카는 건 다 알고, 성은 임씨고, 이름은 유정이고. 그 저그(자기) 마너, 그 각시가 한 씨, 한 씨 부인, 한 씨 부인이 그 장개, 그 계모가 그 사명당 그저 계모가 있었대. 있었는데,

그 계모가 그마 몬 되게 해 가지고 그 사명당 아들 장개 장개 보낸 장개 보낸 거를 첫날 지녁에 목을 끊어 가지고, 그 저 다랑 안에 넣어났대요.

다랑 안에 옇어(넣어) 놔(놓아) 가지고, 그 그냥 그거로 일 년이나 거 방치로 해 놔 놓이까네, 그 사명당 마너라가 사명당 마너라가 마너라가 그 바늘장사 바늘장사 하러 돌아댕기다가, 결국 그거를 발각 사명당 아들로 그래 했대.

참 그 그 사명당 마너라가 그런 짓을 했는갑더만은(했는가 보더만), 본처가 죽고, 그래 그 말키(모두) 다 그 그 여자에 난 그 자식 둘이가 있었는데, 그 본처 난 자식을 그 첫날 지녁에 장개 간 넘을(놈을) 갖다가 그 종놈을 시기(시켜) 가지고, 목을 끊어 가지고 그 백장(벽장) 안에 옇어 났대요. 옇어 났는데,

그래 옇어 난 걸 그 누가 그 은자 애민을(누명이라는 의미로 쓰임.) 그 누가 애민을 덮어 썼노 하면은 그 사명당 그라면 그 메느리죠. 결국 인자 메느리 덮어씨고 있었는데, 고거를 은자 찾을라고 바늘장사를 하러 가 가

지고 결국 그거를 알아져 가지고,

인제 그 백장 안에 와 그래 오래 놓-됐던지, 진작 처리해뿠으믄(처리해 버렸으면) 몰랐을 낀데, 백장 안에 그 겉투루 옇-놓는 걸 찾아내 가지고, 결국 그 알아 가지고 사명당 알아 가지고, 전부 그 식구들로 전부 묶아 가지고 방안에 전부 옇어 놓고 불 고양(그냥) 질러뿌리고, 불가에 입문을 했는갑데.

그래가 사명대사가 됐다 하데요.

(청중 : 아, 자기 집에 그런 일이 있었능가?)

예. 예.

그 따물에(때문에) 그 인제 마 다 전부 다 죽이뿌리고, 다 죽이뿌리고 메느리는 인제 그거를 찾았으니까네 애민때(누명을) 벗었고, 그래가 입문 했다 카데.

(조사자 : 그 새로운 이야기네요.)

(청중 : 그렇네예.)

거, 거 다 거 다 있습니다.

(청중 : 그래 그래가 인자 속세가 하도 인심이 험악하이 속세를 버리고.)

그 다 죽이뿠다 카네.

그 인제 그 마누라하고, 그 놓은 자식 자식 둘이 하고, 본 본 전처의 자식을, 그 여자가 그 여자가 장개 간 첫날 지녁에 둑을 끊어 가지고, 맹지(명주) 맹지 맹지수건에 감아 가지고, 벽장 안에 옇-논 거, 항아리에 옇논 거로, 그거를 마 진작 그 사람들이 진작 치아뿠으면 모를 낀데, 안 치우고 오래 놔뚜나(놔둬) 놓이,

결국 인자 메느리가 그 애민 덮어 씨고 있다가 바늘 바늘장사 와 이전에 실하고 바늘하고 이런 거 와, 가주 댕기머 파는 그 장사를 시작어 가지고 결국 그 찾아냈대. 찾아내 가지고, 그래 마 사명당이 그거를 알고 마너라 하고.

(청중 : 그 금시초문이다.)

[웃음]

　마녀라 하고, 아들 아들 둘이 하고, 그 여자가 낳은 아들 둘이 하고, 마녀라 하고, 전부 한테(한 곳에) 엏가 불 질러뺐다 아인교? 불질러뿌고 절에 입문했습니다. 그 틀림없습니더.

　이름은 성은 임가고, 이름은 유정이고, 임유정이고, 사명대삽니다. 사명대사가 그래 알은 것도 사명대사가 그 뭐 곽제[19] 그 뭐 오십이 넘어 가지고, 입문해 가주고 언제 그 공부해가 그래 알아지는교?

　서산대사 땜에 그래 됐지. 서산대사 전부 그다 저 저 일본 드가 가지고 뭐 꾸리 방석 앉고, 그 저 저 저 불 불속에 들어 가주고나 쇠미(수염) 고드름 얼고, 하는 그것도 사명대사가 핸(한) 게 아이고, 서산대사가 핸 깁니다. 전부 다. 전부 서산대사가 그 사명대사 명을 해 가지고 저

　(청중 : 아, 서산대사는 일본 안 갔다. 서산대사는 일본 안 갔다.)

　안 갔지. 안가고 사명대사한테 일넘(一任)을 했는 기지. 서산, 사명당은 그런 그 그 기술이 없었어요. 예. 그 은자 서산대사가 사명당을 시기 가지고 일본 보냈고, 그 아까 내가 이야기하던 저 밥 밥 주무리 가지고 저 날린 그것도, 그 저 저 상제 그기 핸 게 아니고 연에 진묵대사가 핸 기거든.

　그거 매로(처럼) 서산대사가 사명당한테 그 시기 가지고, 인제 그 일본 일본 드간 것도 서산대사가 보낸 기라요. 드가기는 사명당이 드갔지만은.

고상춘 할머니

자료코드 : 04_09_FOT_20090226_PKS_PBI_0014
조사장소 : 경상남도 양산시 상북면 대석리 268번지 대석마을회관

---

19) '곽제'는 '각중에'로 '갑자기, 느닷없이'라는 의미의 경상도 방언.

조사일시 : 2009.2.26
조 사 자 : 박경신, 김구한, 김옥숙, 정아용
제 보 자 : 박봉임, 여, 81세
구연상황 : 김도순 할머니가 제보자에게 자료 제보를 권했다. 제보자는 "이 동네에 자라
            본 것도 들은 것도 없다."며 겸손한 태도를 보이다가, 들은 이야기라며 이 이
            야기를 구연하였다. 이 이야기는 제보자가 다니는 절의 스님이 법문할 때 들
            었다고 한다. 제보자는 어떻게 해서든 먹을 만큼만 두고 남은 재물은 보시를
            하라는 이야기라고 마무리하였다. 양반다리를 하고 앉아 두 손을 맞잡아 다리
            위에 얹은 얌전한 모습으로 구연에 임했다. 막힘없이 시원스럽게, 반복하는
            말도 없이 분명한 어조로 진지하게 구연하였다.
줄 거 리 : 옛날에 고상춘이라는 사람이 가난하게 살다가 평생 먹을 만큼의 전답을 장만
            하나, 자식이 없었다. 그러자 고상춘이 아내에게 우리 둘이 평생 먹을 만큼
            벌어놓았으니, 남은 인생을 보시하면서 살면 저세상에 가서 자식을 보지 않겠
            느냐고 하였다. 부부는 네거리에 있는 밭에다 참외와 수박농사를 지어 오고가
            는 사람들에게 삼년을 나누어주고, 그 다음 삼년은 네거리에 앉아 짚신을 삼
            아 어른 아이 할 것 없이 짚신을 나누어주고, 또 그 다음 삼년은 우물을 파서
            오가는 사람들에게 물을 준다. 이렇게 석삼년을 보시를 하고 난 바로 그날 고
            상춘이 죽는다. 혼자 남은 할머니가 살길이 막연하여 대성통곡하기를 "춘아
            춘아 고상춘아 짚신 삼아 삼년 보시, 우물 파서 삼년 보시, 외를 심어 삼년
            보시, 삼년삼년 석삼년을 마쳐 놓고 나를 두고 어디 가노."라고 하며 실성한
            다. 어디 가서 할머니가 이 소리만 하면 아프던 사람이 금방 몸이 낫는다. 그
            소식이 당나라에까지 전해진다. 당나라 임금은 자식의 병을 고치기 위해 고상
            춘 할머니를 꽃가마로 모셔간다. 할머니는 왕자를 보고 울면서 또 그 소리를
            하자 왕자는 오금을 펴고 말도 한다. 이 이야기는 자기 먹을 만큼만 두고 보
            시를 하고 살라는 뜻을 담고 있는 이야기라고 한다.

옛날 옛적에 뭐 어는 도엔지(도에서인지) 어는 머 군엔지(군에서인지)
거는(그거는) 모르겠고요. 고상춘이, 성으는 고씨고 이름은 상춘이라 카는
사람이 살았답니다.

(청중 : 고상춘이?)

고상춘이가 살았는데, 그 고상춘이라 카는 사람이 부부지간에 이참 만
내 가지고, 한평생 없는 사람이 노력을 해가 짱마지기나(땅마지기나) 장만

해가(하여), 내 생전에 묵고 살만치 장만 해 놓이, 자식이 없는 기라요. 아들도 딸도 없어서러,

"아 은자는 우리가 이 세상에 우리 둘이 묵고 살만치 벌이났이이(벌어 놓으니) 더 노력을 하지 마고 보시로 하자. 보시로 하며는 후세상 가서 다시 만내 가지고 우리가 자식을 안 보겠나."

이래 돼가 뭐로 하느냐 하면, 처음에 은자 그 삼대 네거리 삼대 네거리가 가지고 쟅에(곁에) 밭이 있는데, 밭을 밭 서 마지기로 외(참외) 수박을 낳(놓아) 가지고 삼년을 보시를 했어요.

오는 사람 가는 사람 목 적시고 가라꼬 하고, 또 다음에는 뭐로 했느냐하며, 짚신을 짚을 많이 추아(추려) 놔. 영감 할마이 앉아가 삼대거리에 앉아가 짚신을 삼아가, 옛날에는 아도 짚신을 신고 어른도 짚신을 신으이(신으니) 신고 가고. 또 그 다음에는 뭐로 했냐 하믄 우물로 파서, 거서 둘이서 우물로 파고 오는 사람 가는 사람 물로 떠가 시주로 하고.

그 시주로 삼 년 삼 년 석삼년을 마치고 나이 구연(구년) 보시를 마쳤뿠어요. 구연 보시를 마치고, 그날 저녁에 철수 해가 와가, 그 고상춘이라 카시는 분이 마 돌아가싰뿠구마(돌아가셨어요). 돌아가시고 나이, 나이, 인자 뭐 이 할마시가 할매가 혼자 살 일이 막연하다 아인교? 그래 한단 말이

[노래하듯이 읊조리며]

"춘아 춘아 고상춘아 짚신 삼아 삼년 보시, 우물 파서 삼년 보시, 외를 심어 삼년 보시, 삼년 삼년 석삼년을 마쳐 놓고 나를 두고 어디 가노."꼬.

울고 탄복을 해서 대성통곡을 울었어요. 울고 나이, 마 그라고 나이, 마 그래가 이 할매가 마 정신이 내 정신을 몬(못) 가(가지고) 있고, 자꾸 어데 가서 마 그 소리만 하믄, 암만 환자가 옛날에 머 병원도 모르고 아픈 바아(방에) 드가 가주고 그 환자보고, 그 소리마 하고 나면 일나(일어나) 낫아뿌고(나아버리고), 낫아뿌고, 이래 됐답니더.

그 스님 법문이 그렇습디더. 그래가 그때 법문에는 당나라라 카드마는, 지금은 어느 나란지 모르지만은 당나라서 왕의 자슥이 열여섯 살로 묵는데 오금이 붙어가 안 떨어져. 안 떨어져가, 왕의 자슥이 그래 돼가 있으이 왕,

"그래, 조선나라 가서러 고상춘 고상춘이 할마이로 싣고 오라."

그 짝 왕이 인자 지령을 내리 놓이, 참 이런 마 미친걸이 댕기는 할매로갖다가(할매를) 꽃가매로 가(가져) 와가 싣고 가이, 어덴 지 모르고 따라 갔어요.

가보이 참 그 당나라라 카는 나라 임금 아들이 참 그리 앉아 있는데, 그 가서 이 할매는 그거를 환자만 보믄, 그 소리하고 우는 기라요. 그래하고 나이 마 다리가 탁 패지고(펴지고), 마 말도 하고 마 그렇더라고.

그래 인자 스님, 그 오야(우두머리) 스님 말씀으로는 우야든지 내 물만치(먹을 만큼) 묵고 나믄 보시를 하라, 이 뜻이라요. 그런 이야기를 우리가 들었심더.

담배설대 그림의 유래

자료코드 : 04_09_FOT_20090226_PKS_PBI_0015
조사장소 : 경상남도 양산시 상북면 대석리 268번지 대석마을회관
조사일시 : 2009.2.26
조 사 자 : 박경신, 김구한, 김옥숙, 정아용
제 보 자 : 박봉임, 여, 81세
구연상황 : 앞 이야기가 끝나고, 계속해서 이야기를 더 할 것을 청하는 조사자의 청에
 "한 마디 더 하지요." 하고는 이 이야기를 구연하였다. 제보자는 이 이야기를
 어릴 때 늘 글을 읽던 친정아버지에게서 들었다고 한다. 워낙 어릴 때 들은
 거라 많이 잊어버렸다고 미안해 하였다. 공주들이 고국으로 돌아오다가 소상
 강에 빠져 죽을 때 부르는 노래와 딸들의 노래에 대한 화답인 아버지의 노래
 를 정확하게 구연하지 못했다. 이 노래가 바로 담뱃대를 만드는 대설대에 얽

힌 사연이 되고, 그것이 대설대의 그림으로 그려지게 되었다고 한다.

줄 거 리 : 옛날에 우리나라에 왕이 딸을 셋 키우고 있었다. 그런데 당나라와의 전쟁에
져서 영토를 빼앗기게 되었다. 당나라 왕은 땅 대신 공주 세 명을 하루 밤씩
데리고 자게 보내라고 한다. 왕은 땅을 주자니 백성들에게 원망을 들을 것이
분명하고, 딸을 내놓자니 원통하여 고민한다. 약속한 날이 다가오자 공주들은
자기들이 대신 가겠다고 하여 소상강에 배를 띄워 타고 그 나라에 간다. 그
나라 임금이 공주들을 하룻밤씩 데리고 자고 나서 도로 공주의 나라로 돌아
가라고 한다. 공주들은 다시 소상강에 배를 띄워 타고 고국으로 돌아오다가,
자신들의 처지가 기구하여 소상강의 반죽을 소재로 자신들의 처지를 빗댄 노
래를 한 마디 하고 죽는다. 이 소식을 들은 우리나라 왕이 원통하고 아타까워
딸들의 노래에 화답하는 노래를 부른다.

옛날 옛적에 뭐시고, 처음에 뭐시라 카노? 뭐 그때는 뭐 에릴 때 들어
놓이 나라가 어느 나라라 카는 거는 몰라요. 모르는데, 어느 우리나라라
그 마 우리나라라 카지요.

나라의 왕이 딸이 셋이 뿌인(뿐인) 기라요. 아들은 없고 딸이 셋인데,
우리 클 직(때)에 그래 우리 아버지가 이약(이야기)을 해사 들은 말이라요.

딸을 키우고 있으이 요즘매로(요즘처럼) 마 전쟁이 났어요. 전쟁이 붙
어 가지고 이래 마, 우리나라 이 땅덩거리로(땅덩이를) 마 어는 지금 마
말하자면 쉽게 우리꺼정(우리까지) 우리 마음 겉엤으면 이북 저거인가 모
르지만은, 그래 전쟁이 나가 마 졌뿠어요.(졌어요.)

딸을 서이 가진 왕이, 임금이 땅을 지고 나이(나니) 저 당나라 카는 그
나라에서러 느그(너의) 딸로 날로(나에게) 서이로(셋으로) 하리(하루) 저녁
썩만 데꼬(데리고) 자도록 줄라나.

(청중 : 그 임금 그거 몬 됐다.)

그 땅덩거리 요만침(요만큼) 잃어버린 고만침 땅을 내놓을라나 이라이
(이렇게 하니), 마 기한은 다 됐다. 땅덩거리로 내 놓을라 카이 우리나라
백성들 그 원망을 듣겠고, 딸을 내 줄라 카이 원통하고,

이래 가지고 마 탄복을 하고 있다가 있다가, 마 날짜가 되이 딸 서이가,

"아부지요 우리 서이가 가서 몸을 떼에고(떼하고) 올 것이요. 이 땅덩거리 비잡은(비좁은) 땅덩거리로 반틈(반쯤) 띠주고(떼 주고) 나면, 아버지 원망이 자자해가(자자해서) 사지를(살지) 못 할 테이꺼네, 그래 마 우리 서이가 가서 몸을 떼에고 오머 안 되겠는교?" 카고,

거 참 소상강에 배를 갖다 놓고 인제 타고 갔어요. 타고 가이, 이 임금 저 쪽(쪽) 나라 임금이 큰 딸로 하루 쭘(쯤) 데꼬(데리고) 자고, 그 다음 딸로 하루 쭘 데꼬 자고, 또 딸 서이를 쭉 데꼬 자고는,

"인자 오늘 너거(너희) 나라로 너거 국으로 돌아가라." 이기야.

그래 참 그 또 소상강에서 배를 띄아가 타고 오는 기라요. 오이(오니), 은자 우리나라 다 와가다가 보이, 인자 참 저그가 가이 공준데 공주 대접도 몬 받고, 옹주 대접밲에 더 받겠는교? 옹주도 몬 받지 그래 되믄.

이래 마 오다가 서이가 마, 물에 처메로(치마를) 덮어 씨고 죽어뿄어요. 물에 빠져 죽어뿄어요. 죽어놓이 아부지가 그 아부지가 원통해서 한단 말이,

[노래하듯 읊조리며]
"소상강 저 반주는(반죽은) 마디마디 아 소상강 저 반주는"
뭣이고 잊어뿠노.
"혼탁세상 소우강을"
(청중 : 마디 마디.)
아 "혼탁세상 소우강을 길을 잃고 가는 배야"
이 딸 서이가 유서로 그리 남겨 놓고 갔어요. 딸을 아 아부지가 그렇게 했는가 모리겠다.
"혼탁세상 혼탁세상 소우강을 길을 잃고 가는 배야 창해만리 넓은 바다 노를 잃고 가는 배야"
노가 없시이 배가 어두로 가는교? 배 안 글는교?
"노를 잃고 가는 배야 혼탁 세상 소우강을 길을 잃고 가는 배야"

뭐, 저 저 옛날에 그거 대설대 지단은(길다란) 대설 담대 대설대 안 있습니꺼? 그 이래 기림(그림)이 그리져가 안 그런교? 대이파리가(대잎이) 기리져가(그려져) 있고 안 그런교?

(청중 : 그래.)

그래 "잎잎이도 화통화통" 카는 말으는, 그 임금이 눈에서 피눈물이 나가지고, 그 대설대 대 대설대 오죽대 그 기림이 대이파리도 있고 안 있는교? 임금 눈에 피눈물이 흘러 거기 적신 그기랍더(그것이라고 합니다.)

그래 머 노도 엄이 배는 못 가는 거 뭐뭐 마 참 가고 나이, 임금님이 한단 말이,

"무청산(無靑山)에 저 무덤은"

마 이런 청산 겉으면 팼다가, 꽃이 잎이 팼다가 지고 하지마는, 무청산이라 저거 딸 둘이 서이가 죽고나이 머 머 움이 돋나 싹이 돋나 그러이,

"무청산에 저 무덤은 무덤마다 원혼이라"

원혼 원혼이고 또 뭐꼬, 마 좌우간에 마 그렇습디더. 그러이까네 옛날 옛적에도 뭣이 저저 그 하던 갑데요. 옛날 옛적에도 마 뭣이 참 소원이 되는 기 많습디더.

많고 마 그런 이약도 더러 우리가 들은 얘긴데, 그것도 머 멫 십 년이 흘러 가놓으이 마.

[청중 웃음]

(조사자 : 그 그 저 뭐꼬 친정아버지 되시는 분은 본래 고향이 여기십니까?)

우리는 저 원동면에서 왔십더. 경상남도 양산시 원동면에서 왔십, 우리가 시집을 왔십더. 우리 아부지가 옛날에 이래 지게 지고 일을 안 했고, 장상(항상) 글을 들다보고(들여다보고) 있으이,

"무청산에 저 무덤은 무덤마다 원혼이고 소상강 소상강 저반주는 머마디마디 원혼이고"

그 말 말이 많습디더. 그러이 옛날에는 그런 일이 있었던 갑데요.

(청중 : 소상반죽이다.)

소상반죽.

(조사자 : 소상, 소상강에서 나는 그 대나무가 거기 원혼이 실렸다는 거죠? 딸의 원혼이?)

대나무 그기 인자 마 산적(산죽) 오죽대로가 대설대로 안 하는교? 담뱃대로 맨드는데 그 기림이 써져가 있는 기,

(청중 : 대오죽에 불긋불긋한 기, 잠까이 눈물을 흘리이 피눈물이 맺히가지고,)

피눈물이 맺히가 대이파리가 됐답더.

(청중 : 수숫대 피 맺혔다 카듯이 그런 얘기라.)

이 대에 기림을(그림) 우리가 여사로(보통으로) 이기는데(여기는데) 안 그렇답더. 그래가 그 기림이 있담더.

(조사자 : 왕이 아버지가 그래 불렀을 것 같네요.)

야, 옛날에 우리 쪼매꿈(조그만) 할 때 그래 이약을 해쌌데요(하곤 했어요.)

처녀의 보은으로 만석꾼이 된 천갑부

자료코드 : 04_09_FOT_20090226_PKS_BGS_0002
조사장소 : 경상남도 양산시 상북면 석계리 28-1번지 제보자의 집
조사일시 : 2009.2.26
조 사 자 : 박경신, 김구한, 김옥숙, 정아용
제 보 자 : 배금석, 남, 85세
구연상황 : 앞 이야기에 이어 "용소" 지명에 대해 물어보았지만 제보자도 확실히 알지
         못했다. 재미난 이야기를 해달라는 조사자의 요청에 이 이야기를 구연하였다.
         이 자료 역시 제보자가 미리 써 놓은 종이에서 찾아 기억을 회상시키는 듯하

였다. 그 종이에는 "제 2안"이라고 쓰여 있었다. 이 이야기를 정리한 것은 양산의 만석꾼을 정확하게 밝히기 위한 것이라고 한다. 제보자는 이야기 속 사람들을 실명으로 거론하면서 확실성을 보였다. 또 양산 통도사는 개인 재산이 아니라 불교사찰의 재산이므로 만석꾼의 명단에서 제외시켜야 함을 거듭 강조하였다. 제보자는 이 이야기를 아랫집에 사는 제보자보다 7~8세 많은 차승환이라는 사람에게서 들었다고 했다.

줄 거 리 : 예전에 양산에는 만석꾼이 세 사람이 있었는데, 그 중 한 사람이 "천갑부"다. 그는 원래 나이 삼십이 되도록 장가를 못 간 노총각이었다. 그는 낙동강에서 소금배를 끄는 인부였는데, 어느 날 한 처녀가 홍수로 떠 내려와 죽어 있는 것을 발견하고 장례를 치러주게 된다. 자신의 시신을 수습해 준 것에 대한 보은으로 처녀는 총각의 꿈에 나타나 총각에게 부를 축적할 수 있는 방법을 일러주고, 총각은 처녀가 시키는 대로 하여 상당한 재산을 모으게 된다. 하지만 이 총각이 부를 축적한 것을 수상하게 여긴 부사들이 백 칸 집을 지었다고 모함하는 상소를 올려 이 사람의 재산을 몰수당하게 한다. 이로 인해 총각은 잠깐 동안만 만석꾼을 유지한 사람이 된다.

양산에 예전 이조 말엽에 이조 말엽에 에, 양산 재산을 평하기로 아까 그거는 은자, 임란 때 고 거는 일안이고, 둘채로 은자 "양산 재산이 삼만 칠천 석이다." 이카거던.

(조사자 : 음. 삼만 칠천 석.)

그는 무슨 말이냐면은 만석꾼이 셋 집, 천석꾼이 일곱 집이다. 이래서 삼만 칠천 석이다. 다른 사람 재산은 안 하고 거부, 그땐 거부 아입니까?

(조사자 : 그럼요. 지금은 뭐.)

거부를 대상으로 통틀어 양산을 대표하는 부자가 삼만 칠천석이다 이랬는데, 그 단위가 우째(어떻게) 돼나믄 천석이면 천석에 한 사천 석까지는 모두 천석꾼이라. 삼천 석을 했기나 사천 석을 했기나 천석꾼이라. 오천 석을, 오천을 단위로 해 여 사사오입 하듯이. 그래 해서 오천 석이 넘으면 육천 석 칠천 석은 만석이라. 고는(그것은) 구분이 고래(그렇게) 돼 있어.

고래 돼가 있어서, 만석을 어디를 누를 잡느냐 하믄, 통도 지금이라도 나눠 묵고, 양산 통 양산 재산이 옛날에 얼매라 캤냐믄 삼만 칠천석이다.

그럼 만석이 누구냐고 하면 저저 통도사로 꼽십더. 통도 만석, 상사매 카는데, 여 김정군네라고 하는 자손이 살아 있십더. 김중경씨라고 있어요. 지금 상북면에 이거 양계 설립한 사람임더. 유명함더. 그 집 집안이 김정군네 만석.

양산에 가면 엄기정네라꼬, 지금은 엄정행씨라고 대한민국에 음악가 대표 거 안 있습니까? 엄정행이 그 집 조상임더. 엄기정네 만석.

이래 가지고 삼만 치거든. 근데 양산 통도사는 개인의 재산이 아임더 (아닙니다). 불교 재단인 때문에 거 양산 재산에 드갈(들어갈) 수 없는 깁니더(것입니다).

그 잘못 전한 기라. 내가 얘기를 드릴라 카는 거는 인제 그기라.

그라믄 양산 재산 삼 만석꾼이 어데 있었느냐 하면은 요기 이조 말엽입더. 한참 이거 뭐 그때 가믄 은자 뭐 매관매직하고 허 행편(형편) 없을 때 아인교? 이럴 당시에 그 삼산 카면은 석산, 가산, 금산 동면입더.

양산 동면, 구포로 가는 쪽에 그 어데 살았다 하는데, 그 분은 삼산, 금산, 가산, 석산 카는 그 삼산 비알에(비탈에) 그 살았는데, 나이가 한 삼십이 가까이 되도록 장가를 못 갔어요. 장가를 못 갔어. 그 엄두리(어리숙한의 뜻인 듯함.) 총각이지.

그 사람이 은자 그 생업을 뭐로 했느냐 하면은 낙동강에 은자 그 장사하는 배가, 뭘 했냐 하믄, 김해 염전에서 소금을 가지고 낙동강 상류로 밀양을 저 우에까지 갈꺼 아인교?

(조사자 : 음. 그렇죠.)

서 저 저 저 뭐고 성산군가 저 그까지 가거든.

(조사자 : 상주 그 쪽으로.)

가는데, 그 때는 저 통통배가 아이거든. 그 기관 기관이 없거든. 없고. 아이믄 바다는 돛대배고. 거게는 인제 돛대도 달아가 바람이 치올라가이

못 가고, 배 앞줄에다가 양쪽을 발을 디라가(드리워), 김해 쪽에서 하고, 양산 쪽에서 하고, 인부를 대가 십 명 이십 명 해가 끌고 올라가는 기라.

그 배 닻줄을 끊는 인부라. 일 한 삼십이 되도록 그거를 하는데, 하루는 인자 그 물봉쯤 되는데, 그 가다보면 전부 갈밭이거든. 우리 옛날엔 전부 낙동강 시골엔 전부 갈밭이거든.

뒤가 마려워서 그 앞에 사람한테

"내가 뒤보고 오께." 카고,

주고, 은자 밭에가 저 급하게 가가 은자 새밭에(억새밭에) 들어가 뒤를 봤단 말이야. 뒤를 보고, 인제 급하이 사방 모르고 뒤를 봤는데, 뒤를 보고 딱 돌아서니, 갈밭에 소복을 한 사람이 눕었단 말이야.

그래서 가보이 말이야 여자라. 입고 눕었다. 그러니 그 죽은, 산 사람이 아이라 죽은 사람이라.

그기 인자 어찌됐냐 하믄, 그 낙동강 그 치달어가 큰 비가 오고 홍수가 지이까네(지니), 집에서 물에 떠내려가 익사한 사람이 떠밀리가 갈밭에 가가(가서) 있나. 떠 밀리가, 그래가 이 묻히도 못하고 그냥 있는 기라.

그래서 그 사람이 똥을 누시이까네(누었으니) 가야 될 꺼 아이냐 말이야. 가서, 저녁에 일을 마치고 선주한테 얘기를 했어요. 선주한테.

"내가 이러쿠 해다, 아 며칠 전에 이래 뒤를 보고 나오이까네, 어떤 여인이 하얗이 소복을 한 여인이 갈밭에 밀리(밀려) 있더라. 죽었더라."

그러이 옛날에 지금도 배에 사람이 가믄, 바다 가믄 익사하기나 하믄, 그건 관언다기('반드시'라는 뜻인 듯함.) 껀지주야 저그가 무사하지. 아이면 안 된다 카는 철축이라요(철칙이라요).

그래서 선주가,

"그거를 봤으면 우리가 그냥 있어가 안 된다. 장례를 해 주야 된다. 매묻어 주야 안 되겠느냐?"

그래서 그 사람에게 돈을 주(주어) 가지고 조이(종이) 멫 권 사고, 탁주

마련하고, 그 노발돈을 주 가지고 주과포 장만해가, 그 일꾼을 보내 가주고 그 처녀를 묻어줬어. 처녀라. 머리 땋깄시이 처녀 아잉교? 묻어줬다.

묻어주고 나서는 이 총각에게 가끔은 은자 꿈에 처녀가 나타나는 기라.

"내가 내 몸을 간수를 해 줬시이(주었으니) 얼매나 고마우냐? 내가 봉은을 하겠다. 내 시긴 대로만 하면 당신 묵고 살끼다(살 것이다)."

이래가 시키준 기 인자 배에 가믄, 배에 그 일하는 사람들이 말이지, 지녁에 저 숙소에 가 자머 할 일이 있나, 그때는 마 일당을 받아가 투전을 하는 기라. 노름 요새 고스톱 어데 투전이라꼬 안 있나?이거를 하는데, 지는 뭐 뭐 총각이 되놓이 솜씨도 없고 뒷전에 있지. 하믄 새복녘에 은자 돈 딴 사람이 개평을 주는 기라. 이익을 봤이까네 마 한 푼을 주기나, 한 돈을 주기나, 요새 말로 백 원을 주기나, 개평을 주는 기라.

그 개평을 모아 가지고, 인자 한 열 냥이나 이래 뜩 있으믄, 그럼 또 함 여러지기 여남이(열 명 남짓) 하다가 돈을 잃그믄,

"야 이 사람아, 그거 니(너), 살쩍이 니 그 돈 좀 나 좀 빌리(빌려) 도가(주가)?"

빌리 주거든. 안 빌려줄 수 있나? 빌려 주믄 총각의 돈을 빌리 간 사람은 반다시 다 따는 기라. 거 처녀 도술인지 어떤지 이바구가 그렇지. 따이까네, 그 뭐 돈 있나? 열 냥 빌려 스무 냥 줄끼고, 그 뭐 지 따문에 땄시이까네 안 갈라 주겠나?

그러구러 해가 돈이 자꾸 모이까네 말이지 처녀가 뒤에는,

"서방님, 그만 하거든 은자 말이지, 당신이 저 몇 해를 그래 하이까네, 김해 그 염전에 소금을 사가 당신 때로다가 장사를 하라."

고래하니, 그 돈이 될 만 하이 말이지 해가 하이까네, 한 섬 짓다가, 두 섬 짓다가, 열 섬 짓다가, 자꾸 가니, 자꾸 인자 전부 집에 어데고(어디에고) 장사가 되는 기라. 그러구로 모아 가지고 얼매 만치나 수없이 모았는데,

그 사람이 영남 일대에서 울산이다, 저쪽에 인자, 이 일대에서 나오는

국가에 바치는 조공 그러믄 어데 살이다(쌀이다), 삼배다, 강목이다, 그 저 본목이다. 이런 생산품 이런 거를 그때 현물로가(현물로써) 바치든갑데(바치든가 보데).

서울 중앙에서 한양부에 인자 그 하는데, 그으를 수송하는 수송관이 됐는 기라. 이 사람이 수송관이 됐어. 수송관이 돼 가지고, 인자 서울에 가믄 인자 전부 이 영남에서 나오는 곡물로 보다(모아) 가지고시느 서울로 올라가.

올라가이, 인천 가 가지고 서울 갖다 대 놓고, 은자 정부에가 보고를 하는 기라. 요새 말로 보고를 하면, 그 때믄 재무장 요새 재무계 통해서 안 받겠나 세금 받는다. 그 뭐 육부에서 전부 받으이까네, 어떤 사람이 받는지 모리지.

그래가니 그 재무 담당자, 그 인자 창고, 물건 가진 창고가 서울에 다 있을까 아니야 말이야. 이런데,

"아무 꺼, 아무 꺼는,

[손으로 방바닥을 치며]

이 창고에 옇고, 아무 꺼는 이 창고가 옇어라."

지시를 해 주는 기라. 밑에 사람 시기 가지고 따라와 가지고. 가만히 이 사람이 멫 해 해보이까네, 이 쭉에 옇는 거는 정부창고고, 이 쭉에 드는 거는 재무장 자기 사창고라. 사창고라.

[조사자 웃음]

그때 매관마직 하면 그래 안 하겠냐 말이야. 이 사람이 딱 생각 한편에 '옳다. 이거는 손 못 대고, 사창고에 드가는 이거는 내가 묵어도 개안타(괜찮다).' 이 말이지.

그러이 인자 그기 반 가르는 기라. 여게다(여기에다) 반, 여게다 반, 이래 놓고 말이야. 고 누가 알겠느냐? 그거 사창고 드가는 거는 저거 조사도 안하거든.

요새 안 글켔느냐? 우리 들어봐도.

그래서 모안 돈이 수없이 모을 거 아이냐? 영남에서 조공 가는 게 일 년에 몇 년 댕깄노? 그래 모으니까네 베락부자가 된 기라. 말하자면 벼락 부자가 된 기라.

그래서 이 사람이 뭐를 했느냐믄, 삼산 비알에다가 큰 은자 저택을 지 안(지었는) 기라. 집을 지안 기라. 집을 지았는데, 옛날에는 민가는 암만 돈이 많아도 백 칸은 못 짓거든. 구십 아홉 칸의 집을 지았디야. 구십 아 홉 칸을. 우리 만석꾼이 만석이 됐다.

만석이 되어 구십 아홉 칸의 집을 짓고 요새 말로 집들이로 하는데, 영 남 일대에 부사다, 누구다, 전부 고관대작이 자기가 뭐 수송관이 되면 뭐 요새 누구 뭐 오야 아이겠나? 돈을 뭐 마이 카이까네, 그래가 그 사람들 청하고, 기생을 청하고, 몇 날 메칠로 집들이를 하고 나이,

저 동래에 앉아 있는 부사들이나 뭐를 보이까네, 그 이상하거든. 저 저 거부러(저것 가지고) 아무것도 아닌 그 요서 뭐 십년이 되고, 이십 년이 됐기나 벨(별) 것도 아인 놈이 이 만큼 돈을 늘려가 이래하이, 뭐를 해가 돈을 벌었겠느냐? 이것을 조사를 하겠느냐?

그래 돈 버는데 그래 벌었으이 도독질은 안 했거든. 그때 도독질 하는 거는 상관 없는 기라. 역적질은 안 했거든.

그리 되니까네. 다른 혐의를 덮어씌울 수도 없고, 양 그 삼산 비알에 아무부에다가 요새 정부에다가 저거를 하기로 말이지, '이러한 거대한 집 을 짓는데 백 칸 집을 지았다.' 소위 말하자면 '천갑부라 카는 사람이, 천 갑부, 천갑부가 삼산 비알에 백 칸 집을 지았다.'

요새 말로 송사로 올맀는 기라. 여 뭐 그 저 옇는 거 안 있나 와. 옇어 놓이 정부가 들어보니, 민간인이 말이야 백 칸 지었다 카니 역적이거든. 그땐 백 칸 지았다 카믄, 역적으로 몰리거든.

그래서 그 사람이 역적을 몰리가 일시에 그 재산을 전부 몰수당한 기

라. 그래서 그거이 몇 년 아인(아닌) 잠깐 동안에 천갑부가 만석을 했다. 그래서 양산 재산 만석꾼 중에 김정군네 만석, 엄기장네 만석, 천갑부 만석, 그래서 만석이 그 사람이 만석이라.

장자와 자라바위

자료코드 : 04_09_FOT_20090226_PKS_BGS_0003
조사장소 : 경상남도 양산시 상북면 석계리 28-1번지 제보자의 집
조사일시 : 2009.2.26
조 사 자 : 박경신, 김구한, 김옥숙, 정아용
제 보 자 : 배금석, 남, 85세
구연상황 : 앞서 제보자가 구연한 만석꾼의 후손 중 아직 살아 있는 분의 이야기를 잠깐 언급하였다. 제보자는 조사들에게 그 분이 자신의 이름이나 집안의 이야기가 세간에 밝혀지는 것을 좋아하지 않을 수도 있으니, 기록하지 않았으면 한다고 당부하였다. 염려하지 않아도 된다고 했지만 기록하지 말아 줄 것을 거듭 부탁하였다. 이어 이 장자평 이야기를 구연하였다. 제보자는 장자평과 자라바위 이야기를 원효대사가 도술로 구해준 중국 절의 승려와 그 승려들이 원효대사를 찾아온 이야기와 연결시켜서 이야기 하였다. 원효대사를 찾아온 중국 승려들을 먹여 살린 사람이 장자일 거라고 스스로 해석하여 이야기를 전개시킨 점이 특이하다. 진지하게 구연하였으나 이야기 내용은 믿지 못하겠다는 말투를 보이기도 했다.
줄 거 리 : 장자가 부자이다 보니 쌀을 얻으러 오는 손님이 아주 많았다. 손님이 많이 찾아오는 것을 장자 부인이 무척 싫어하였다. 하루는 중 한 사람이 장자의 집에 권신을 얻으러 왔다. 종을 시켜 나가보게 하였다. 중의 모습이 범상치 않다는 말을 듣고 나가보니 과연 보통 중 같지는 않아 보였다. 안주인이 중에게 권신을 주는 조건으로 자신의 집에 손님이 오지 않도록 해 달라고 부탁했다. 중은 바랑에 쌀만 채워주면 이 집에 손님이 찾아오는 것을 막아주겠다고 했다. 그러나 스님의 바랑은 쌀을 아무리 부어도 차지 않았다. 스님이 자라바위의 목을 자르자 장자는 망해 버렸다고 한다.

고담에 요 은자 밑에 가머, 장지평 카는 게 있다. 장자평이라, 장자평.

(조사자 : 장자평?) 들 들 이름이라. 장자평. (조사자 : 장자평.) 긴 장자, 들 안자 아 흙토 변에 이거 한 거 몇 평 몇 평 안 카나? 장자평도, 들 이름이거든.

장자평인데, 왜 그러냐 하믄 옛날에 아 신라 때라. 신라 때 장자가 살았다.

(조사자 : 응 장자가 살았어요.)

장자가, 장자가 마, 몇 백석과 몇 천석이 됐는지?

(조사자 : 음. 부자죠? 부자.)

모르지?

그를 옛날에는 그래 들었는데, 지금은 그리 풀이를 해 보니 그것이 신라 때 여게 앞에 천성산이거든. 원효산, 원효산, 원효산, 원적산이라 카고, 천성산이라고 하는데, 원효대사가 수도해서 그 자리에 화엄경을 설파했다 카는 화엄벌이 산 이름이라, 산벌이.

(조사자 : 음. 산비탈에, 산비탈에.)

원적산 원적산 밑에 주욱 지금은 새밭입더(억새밭입니다).

(조사자 : 화엄벌이요? 새밭이요?)

(조사자 : 아, 새밭입니까?)

예. 여러 수 만 평 새밭입더.

거게에서 어 옛날에 우리 에릴 때 들을 때는 화엄경 책을 펴 놓고, 천 명 제자가 숨기(쉽게) 어뜻(언뜻) 말하면 원효대사가 저 중국에 어떤 절에 일시에 무너져가, 대승이 숨이 다 죽기 된 거를,

이 원효대사가 저 기장 쪽이다. 척판, 척판암 거게서 이건 다 나와 있는 김더(것입니다). 역사 나와 있는 김더. 거서 이 현판에다가 말이지, 절에 대승을 피하라고 하는 현판을 날린 기, 그거 지금 거서 떤지가(던져서) 중국까지 가겠나?

[웃음]

그 말이 되도 안하지. 도술로 갔다 카이 그래 있는 기.

그래가 그 승려들이 그 보은을 하기 위해서 이 찾아왔어요. 찾아와 가지고, 내원사를 갔는데, 지금도 내원사 산신각이지만 내원사 산신령이 나타나가 어들로 가라 케가 갈주가(가르쳐 줘서) 거 있는데,

그 승려들이 에 산에 가서 천 명인데, 뭐 백 명 왔는지 오십 명이 왔는지 온 사람이 뭐로 먹고 살겠느냐 말이야. 금상(금방) 농사를 짓나, 오른 함때(한 때) 오늘 지녁부터 묵어야 되는데 뭐를 먹겠느냐, 그래서 장자평가는 얘기가 나오는데, 우리가 생각을 할 때느 그 부자가 그런데 시주를 안 했겠나 이런 건데,

장자가 집에 사는 살았는데, 그 안주인이 부자로 사이까, 마 나날이 이 자꾸 얼으로 와사가(와서) 손님이 안 떨어지네. 사랑에 손님이 안 떨어져. 그래, 살(쌀)도 살이지만은 얼마나 귀찮겠노? 이 양반이. 장자집 부잣집인데 마누라가 제일 소원인 게 마 엉그리(진절머리) 나는 기라.

그런 생각을 하고 있는 중에, 에 한날 중이 중이 권신하러 왔는 기라. 얼으러 왔는 기라. 얼으러 왔는데, 삽적걸에서(사립문 앞에서) 은자 집안 종을 내(내어) 시기고 보이까네,

그 중이 아마 좀 모습이 좀 달랐던 모양이지. 하는 거동이. 그래서 그 종이 들어가가 마나님한테

"밖에 중이 그, 저 얼으러 왔는데, 다른 때 보던, 보던 중캉(중과) 좀 달라 보인다." 이러 캤겠지.

그라이 이 안 주인이,

"그라믄 뭐 뭐 재주가 있는 긴지(건지), 어쩐 긴지 함 보자."고 이래 갔어.

나가보이 범상치 않다고 봤겠지. 그래서 안주인 하는 말이

"그럼 스님 내가 주기는 주되, 쌀을 내가 권신 주되 조건이 있다." 카거든.

뭐냐하면은,

"내가 우리 집에 자꾸 손이(손님이) 와사서(와서) 할 짓이 아이까네, 이 손 안 오두룩 방수를(방비를) 해주겠느냐."

"그 해주지요." 해준다 커이,

그래서 그러면 손님이 나도 조건이 있십니더. 뭐냐하면 자기 든 바랑, 중 바랑, 중 바랑을 짊어지고,

"여게 마 살 한 자루만 주면 됐다꼬."

아 부자가 그 살 한 자루 주는 기 에럽겠느냐(어렵겠느냐)? 딱 조건을 걸고.

"'내가 이거 손 안 오두룩 맹근다(만든다)'고 대신 한 바랑만 주라."

"금(그러면) 자리(자루) 대라."

그래 자리 대니, 이놈 대(되) 부아도, 한 바가지 부아도 그만, 뭐 두 바가지 부라, 한 말 부아도, 한 단지 부라. 아이 금상 자라에 췄는데, 아무리 해도 안 차는 기라.

그래가 은자, '아, 이기 좀 다르다.' 해서 자기 인자 소원대로,

"그러면 누(누구) 집에 손을 막아 돌라."

그래서 거 지금 자래방우(자라바위) 자라는 있심더. 저 가믄 장자평 앞에 자래방우가 있어요.

걸에(시내에, 강가에) 자래바우라 카는.

(조사자 : 음. 자라바위!)

자래바우에.

(조사자 : 자라바위!)

모가지를 딱 잘라가 자기 이 철쭉 짝지로 모가지를 딱 잘라 가. 그래 속설에는 자르이까네, 자래가 피가 흘렀다. 그런 얘기가 있는데, 그 질로 (길로) 그 장자가 망했어요.

그래서, 거 지금 자래바우는 있심더. 저 가믄 장자평 앞에 자래방우가 있어요. 걸에 자래바우라 카는.

자라바위 1

자라바위 2

(조사자 : 음. 자라바위!)

자래바우에.

(조사자 : 자라바위.)

모가지를 딱 잘라가 자기 이 철쭉짝지로 모가지를 딱 잘라 가.

그래, 속설에는 자르이까네 자래가 피가 흘렀다. 그런 얘기가 있는데, 그 질로 그 장자가 망했어요.

장자가 망했는데, 그것을 뒤에 몇 년 전에 왜놈이 말이 나가, 자래방에 목을 이우면은(이으면) 다시 영험이 있다 케가, 그 '산쟁이'라 카는 놈이 말이지, 여 와 가지고 한국 와가 그 거랑을(시내를, 강가를) 보로 막아 가지고, 물레방아를 끌어심더.

우리 에릴(어릴) 때, 물레방아를 돌리가 요새 다빙, 다빙을 돌리 가지고, 보리방아도 찧고 밀가루도 뽀고(빻고) 했다 카데. 몇 십 년을 했심더.

근데 그 산쟁이가 그 목을 갖다가 떠내러 가 있는 거로 갖다가 붙이가 세멘을(시멘트를) 떼았심더(떼웠습니다).

세멘, 우리 그 다 눈에 빔더(보입니다). 지금도.

(조사자 : 아! 지금도 그 자라바위가 있어요?)

예. 예. 있심더. 있심더. 그에 기기 있다 카네.

그 장자평. 그래서 우리가 풀이할 때 '아 이것이 중이 그래 도술로 그런 기 있겠나? 그러이 장자 집에서 그 통 저저 원효산에 음 수도하는 승들에 권신을 많이 안 주었겠느냐? 살을 안 실어 줬겠냐? 그래가 묵고, 그 중들이 열이고 스물이고 묵고 살지, 글치 않으면 우째 묵고 살겠느냐? 그런 부자들이 안 도와주었겠나?' 이래 되고.

칡넝쿨을 없앤 원효대사

자료코드 : 04_09_FOT_20090226_PKS_BGS_0005
조사장소 : 경상남도 양산시 상북면 석계리 28-1번지 제보자의 집
조사일시 : 2009.2.26
조 사 자 : 박경신, 김구한, 김옥숙, 정아용
제 보 자 : 배금석, 남, 85세

구연상황 : 앞에서 이야기했던 '장자와 자라바위' 이야기에서 원효대사가 나왔고, 자라바위 이야기에도 원효산이라는 지명이 언급되었다. 원효산(천성산)이 원효대사가 수도하던 곳과 관련이 있기 때문이다. 제보자는 원효대사에 얽힌 이 일화를 간단히 구연하면서, 마지막에는 수도승들의 식량공급 문제를 또다시 장자와 연관시켜 마무리하였다.

줄 거 리 : 원효대사가 의상대사와 같이 절에서 수도할 때이다. 마을로 원효대사의 밥을 얻으러 간 사람이 늦게 된다. 밥 얻으러 간 사람에게서 오는 길에 칡이 너무 많아서 칡넝쿨에 걸려서 빨리 오지 못했다는 말을 들은 원효대사는 원효산 부근의 칡넝쿨을 모두 '한덤'이라는 곳으로 던져 버린다. 그 이후 지금까지 원효산에는 칡이 전혀 없고, 한덤에는 온 천지에 칡넝쿨이 가득하다고 한다.

거 보믄 거 또 은자 원효대사가 이상조사랑(의상대사와) 같이 공부를 하는데, 원효대사는 밥을 먹고 의상조사는 화식을[20] 했다 카네. 밥을 안 묵었다 하네.

그런데 원효대사의 밥을 그 화엄벌에, 그 양산에, 그 때는 지금 말로 그 근방에 절이 많이 있었다 가라(하더라). 몇 십 대가 있었다 가라.

절로 댕기믄 밥을 얻어다가 원효대사를 밥을 먹있다 이런 말이 있어. 이런 말이 있었는데, 그래 하루는 하도 늦게 오거든.

"우쨌나(어찌 되었느냐)?" 카이까네,

"오는데 칡이 칡넝쿨이 걸리서러(걸려서), 이리 자빠지고, 이리 걸리고, 저리 걸리서 못 왔노라." 카이,

그 원효도사가 나가서 철쭉 짝지를 이거 지금 중들 와 큰 짝지 안 있

---

20) '생식'이라고 해야 하는데 잘못 구연한 것임.

나, 가져가가 그 잩에(곁에) 칠기를 한 보따리 저 '한덤' 카는데 있어.

그 쭉을 떤지뺐는데(던져버렸는데), 용하게도 지금도 가믄 그 원효산 근방에는 칠기가(칡이) 없고, 한덤엔 전신만신(온 천지) 칠기라(칡이라). 칠기 덩쿨이라.

그런 일화가 있심더.

[웃음]

그럴 때 보믄 '장자가 그 원효산에 그 저 수도하는 승려들인데 식량을 안 댔겠나.' 그래서, 그게서 파생된 얘기다. 우리 생각하기 그래 들고.

석능

자료코드 : 04_09_FOT_20090226_PKS_BGS_0006
조사장소 : 경상남도 양산시 상북면 석계리 28-1번지 제보자의 집
조사일시 : 2009.2.26
조 사 자 : 박경신, 김구한, 김옥숙, 정아용
제 보 자 : 배금석, 남, 85세

구연상황 : 원효산의 '칡넝쿨을 없앤 원효대사' 이야기에 이어 '석능'에 관한 이야기를 구연하였다. 석능은 석탈해왕의 후손인지 확실히는 모르지만 석씨의 무덤이라고 했다. 제보자는 손짓을 곁들여 석능에 관해 자신이 아는 내용을 모두 이야기했다.

줄 거 리 : 대석에 석능이 있었고, 석능이 있는 그 골짜기는 석능골로 불렸다. 논 가운데 반도같이 나온 소나무 벌이 있고, 구소석 입구에는 어른 키를 넘는 돌탑이 있었다. 그러나 해방 후 왜놈들이 도굴하여 석능의 부장품을 모두 가져갔다. 훗날 석씨 후손들이 도면을 들고 찾아와 그 돌탑이 자기 조상들의 무덤이 있었던 곳이라는 표석이라고 하였다. 제보자가 어릴 때는 석능 근방의 논을 갈면 돌멩이 걸리는 소리가 들렸으며, 지금도 그 근방에서 밭을 갈면 그 소리가 들린다고 한다. 이것은 석능이 있던 산을 개간해서 논을 만든 산주가 무덤 임자에게 논을 빼앗길까봐 무덤을 없애고 그 비석을 모두 논에 묻었기 때문이라고 한다.

석능골

　대석 카는데 가믄 그 그 석능이 있심더. 옛석자 석씨. 박석씨, 박석금 (朴昔金) 아이가? 석씨 능이 있다카이(있다니까).

　(조사자 : 예. 예. 석씨 능이 있어요.)

　그래서 거 석능골 석능골 이렇게 함더(합니다).

　골짜기 석능골 캤는데, 우리 고 대석 들어가는 머래(머리에) 고 고 이래 논가, 지금 사방에 은자 논을 쩌서, 논 가운데 쭉 이래 나와가 이래 반도 겉이 나와가 있는 그 들이 있심더. 골이 있다고.

　거게 은자 석씨들이 이 왕릉이 그 쭈 그, 그때 이 양 그 그 삽양주거든. 양주가 삽양주거든. 양산이. 글때 그 경주서 말이지, 여꺼지(여기까지) 와 가지고 묘로 쓴 모양이라.

　그런데 우리 에릴 때 보믄 구소석에 드가는 입구에 이거 저 돌탑이, 돌로 일부러 요새 돌 뭐 많이 안 살았나(쌓았나)? 돌탑이 큰 기(것이) 있다고.

구소석 돌탑

　우리 장고리(丈夫) 한 질 넘어요. 그런 돌로 우리 에릴 때, 그머 아들(아이들) 올라가기도 힘들지.

　이 뼁 둘러 돌탑이 있었는데,

　"그거를 있느냐?" 이랬더만은,

　해방되고 나서 그 은자 묘를 왜놈들이 다 도굴해서 파 갔어요. 파가 부장품이 많이 나왔담더. 거게서 석능에도 많이 나왔담더. 나와 가지고 왜놈들이 다 가 가고. 양산 북정에 북정에 고분은 왜놈들이 파 가지고, 부장품이 엄청나게 나와. 팔찌도 나오고 다 나오고, 관만 안 나오지요, 여러가지 나왔다 캐. 말이 그래.

　그래 석능에다 그 파와(파서) 가뿠는데(가버렸는데), 그 뒤에 딴 사람이 그 김씨라 카는 부이(분이) 묘로 거 썼어요. 그 자래다가(자리에다가) 묘를 썼는데, 그기 잘 되도 안하고 이랬는데,

그 석능이라 카는 게 있은 줄만 알았는데, 그 해방되고 다 얼마 안 돼서 경주서 말이야, 석씨 후손들이 찾아 왔더래요. 그 자기들이 옛날에 그 묘가 있시믄 도면이 안 있겠나?

(조사자 : 예, 그렇겠죠.)

그것들도 지도같이 그리가(그려서) 가 왔는데, 그 돌탑을 와 가 그 동네 돌탑을 와 가,

"이것이 우리 석능에 들어가는 길 표석이다. 그거를 찾아오라, 찾아가라꼬 그러한 표석돌이다." 이러 카더라라.

그래서 옛날에 확실히 그 석능이란 게 있은 기 사실인데, 그래 은자 어떤 이야기가 들오냐 하믄 그 근방에 논을 갈면은 그 은자 능을 파해칬뿟이(파해쳐 버렸으니), 그땐 다 비가(비어) 있었을까 아니가? 비거든 흔적을 없애 뿔라고(버릴려고) 땅아다 묻어뽰거든.

그 뒤에 그 근방에 사람들 그 사람은 석능이 있었시믄, 산주가 석능에 그 임잴끼다(임자일 것이다). 숩게 말하면 이런데,

"그 비석을 살리 놓으믄 자기들이 개간해 가지고 논을 가는데 논 뺏기까봐, 속설에 논 뺏길까방, 그 비석을 땅에 묻어뽰다."

이런 소문이 나가 그 중간에 우리 에릴 때 들으믄,

"논을 갈믄(갈면) 밑에 말이지, 비석 돌이 갈리(갈리니) 뜨르륵 뜨르륵 하니 걸린다."

이런 말이 있었어. 이런 말이 전해 오는 말이 있어.

석능이라 카는 것도,

(조사자 : 그러니까, 그 석능은 그러니까, 그 석탈해왕 무덤이리라 지금 생각이 드는 거지요?)

그래 으 와(왜) 탈해왕 무덤은 저 저게 계능에 따로 있고, 이 거 뒤에,

(조사자 : 석씨들 후손 후손들 가운데?)

뒤에 왕손인지, 왕 왕이 인자 왕묘는 왕손인지, 하여튼 석능이라 이렇갰어.

좌삼 서씨 열녀각

자료코드 : 04_09_FOT_20090226_PKS_BGS_0007
조사장소 : 경상남도 양산시 상북면 석계리 28-1번지 제보자의 집
조사일시 : 2009.2.26
조 사 자 : 박경신, 김구한, 김옥숙, 정아용
제 보 자 : 배금석, 남, 85세
구연상황 : 조사자가 재미있는 이야기나 우스개 이야기의 구연을 청하면서 호랑이, 용,
　　　　　이무기에 관련된 이야기를 유도했다. 그런 이야기들이 별로 없다고 하더니 이
　　　　　이야기를 구연하였다. 그런데 제보자는 열녀각이 있다는 사실에 중점을 두고,
　　　　　열녀각이 서게 된 내력을 추측하는 식으로 이야기를 풀어 나갔다.
줄 거 리 : 좌삼리 서씨 묘 밑에 종녀각이 있는데, 이를 열녀각이라고 불렀다. 옛날에 호
　　　　　식 당하던 시절, 이 문중에서도 어른이 호식을 당하자 그 집 며느리가 호랑이
　　　　　에게 물려간 어른을 목숨을 걸고 구해냈을 것이라고 한다. 그런 까닭에 열녀
　　　　　각이 세워지게 되었을 것이다.

　옛날에는 그 호석(虎食)을 당했지. 호석을. (조사자 : 네 호식.) 호석을.
　호식을 당했는데 좌삼 서씨라는 문중이 있어. 좌삼 서씨 문중이 좌삼리
가 있다꼬. 좌삼리에 좌삼 서씨가 살았는데, 요 우에 가면은 서씨들 묘가
큰 묘가 있었어. 묘가 있는데,
　고게 보믄 밑에 종녀각이 있었어. 뭐 효자각이니, 이제 이 열녀각이니
안 캐샀나(하지 않았나)? 순전히 열녀각 그럭(그렇게) 캤거든. 말이 열녀각
그럭 캤는데.
　(조사자 : 예. 열녀각.)
　그 서씨 집안에서 그 며느리 되는 사람이, 에 호석을 어른이 당하갔다
커는가, 누가 당하갔는데, 여자가 그 가가, 한번 살아 시엄마씨기나 시아
바지나 호석 났는데, 밤중에 따라가 가지고 구했기나 했게 여자가 열녀가
안 되겠나?
　그래가 열녀각이라 카는 데가 있었어요. 있었는데, 지금은 다 없어졌고
한데,

(조사자 : 호식, 호식당한 당한 그 뭐 시아버지를 그러니까 찾아갔다?)

시아버진지 시할마신지,

(조사자 : 음. 집안 어른들이었다.)

옛날에 들었지만 다 잊아뿌리고, 그러니까네 여자가 자기가 물리갔시믄 머 열녀각이 설 택이(턱이) 있나? 그러이까네 아마 시어른이 물리가(물려서) 당을 낚는데, 목숨을 걸고 구했기에 열녀각이라는 그걸 세아(세워) 줬게나 안했나?

뭐 그런 얘기가 있어.

시아버지 구한 현풍 곽씨 며느리

자료코드 : 04_09_FOT_20090226_PKS_BGS_0008
조사장소 : 경상남도 양산시 상북면 석계리 28-1번지 제보자의 집
조사일시 : 2009.2.26
조 사 자 : 박경신, 김구한, 김옥숙, 정아용
제 보 자 : 배금석, 남, 85세

구연상황 : 앞 이야기가 끝나자 조사자가 호랑이와 관련된 이야기를 하면서 구연을 유도했다. 그러자 제보자는 생각난 듯 곧바로 현풍 곽씨 며느리 이야기를 구연하였다. 이야기 말미에서 여러 번 웃으면서 이야기를 마무리했다.

줄 거 리 : 현풍 곽씨 며느리는 시아버지가 병이 나자, 호랑이가 사람을 잡아먹는다는 재를 넘어 의원을 찾아갔다. 아니나 다를까 재에는 호랑이가 입을 벌리고 있었다. 며느리는 어떻게 하면 호랑이를 따돌리고 산을 넘을 수 있을까를 고심하다가, 치마를 덮어 쓰고 속옷을 벗고는 거꾸로 기어 호랑이 앞으로 다가간다. 호랑이가 그 모습을 보고 자신보다 무서운 짐승이라 생각하여 도망가 버린다. 며느리는 무사히 약을 지어와 시아버지를 살렸다고 한다.

요 현풍 카면은 현풍, 현풍은 경상북도거든.

(조사자 : 열녀 많이 난다는.)

경상북도 현풍이 있어. 현풍에 그 곽씨가 살았다. 현풍 곽씨, 곽씨, 하

하고 입구하고 아들자 하자하고 이 곽씨.

현풍 곽씨가 아 그 열녀라 카거든. 열녀 났거든. 현풍 곽씨 열년데, 그 집에는 어째 됐냐면, 이 시아버지가 참 병이 나가 있는데, 그 등너메 이원이(의원이) 있단 말이야. 이원이 있는데, 그 재를 넘어가야 되거든.

재로 가믄 재만디에(재의 정상에) 호랑이가 있어가, 밤으론 절대로 혼차서 넘지를 못하는 기라. 뭐 내(언제나) 가는 족족 자(잡아) 묵는 거는 아니지만은, 한 사람만 자 멕히도(먹혀도) 그거는 전체에 뭐 이름이 날 꺼 아이가?

그 재는 못 넘는다. 그 재는 못 넘는다. 그래서 그 메느리가 밤중에 그 시아버지가 다 죽어 가이, 아무래도 의원을 찾아 가야 될 꺼 아이가? 의원을 찾아가야 되이, 찾아가야 되이까네,

하, 이 이바구가(이야기가) 우습심더(우습습니다).

그런데 호랭이가 살아가 입을 떡 벌리고 있거든. 입을 벌리고 있단 말이야. 입을 벌리고 있시이(있으니), 여자가 가만 생각하이, 이 뭐 뭐 죽기 아니면 살기거든.

'저 놈을 우째끼나 놀래구로 해가 달아나야 될 낀데, 저 놈을 우,

[웃으면서]

우째야 되겠느냐?' 해가, 여자가 그래 치마를 폭 덮어 씨고, 속곳을(속옷을) 벗고 말이야, 거꿀로(거꾸로) 기가(기어서) 호랑이 앞에 기이(기어) 갔단 말이야.

[조사자 웃음]

호랭이가 입을 떡 벌리고 보이까네,

[웃으면서]

이 놈의 호래이 그기 참 우스운 소리지. 기기(그것이) 인자 이바구거든.

[조사자 웃음]

아, 호래이 지는 입이 하낱인데(하나인데), 입이 두 개거든. 여자가 은자 거꿀로(거꾸로) 이리 기(기어) 놓이 짐승인줄 알지, 사람인 줄 아나? 치

매로(치마로) 들고 몸은 숨키뿌고(숨기고) 오이까네, 아래 우로 입이 있시 이까네, 입이 두 개거든.

"야, 아이고, 내카마(나보다)

[웃으면서]

더 큰놈이다." 캐가,

호랭이 달아나.

[조사자 웃음]

그래서 약을 지이(지어) 와가 시어른 살렸다.

[웃으면서]

그런 얘기지.

산막과 요석공주

자료코드 : 04_09_FOT_20090530_PKS_BGS_0012
조사장소 : 경상남도 양산시 상북면 석계리 846번지 상북면마을회관
제보일시 : 2009.5.30
조 사 자 : 박경신, 김구한, 김옥숙, 정아용
제 보 자 : 배금석, 남, 85세
구연상황 : 한 청중이 양산은 통도사 때문에 알려졌다고 하면서 양산이라고 하면 모르는 데 통도사라고 하면 위쪽 지방 사람들이 알고 있었다는 이야기를 나누었다. 그러자 배금석 제보자가 자신들이 스무 살 되는 무렵에는 사월초파일날 절에 등을 달던 풍습이 없었다고 하였다. 삼십 대를 넘을 때까지도 보통 사찰에서 는 등을 달던 풍습이 없었다고 한다. 류장렬 제보자도 절에다가 등을 달지 않 고 집에다가 달았다고 덧붙였다. 이에 대해 또 다른 청중은 동네 가운데 암자 가 하나 있었는데, 거기에도 등을 달았다며 통도사만 단 것이 아니고 절마다 달았다고 말하였다. 또한 그 당시는 사월 초하룻날부터 통도사로 가는 길에 할머니들의 행렬이 끊이지 않았다고 한다. 통도사 입구부터 소나무 밑마다 가 게를 열었으며, 이 무렵 신평 사람들은 장사꾼으로 나서 열흘 동안 벌어서 일 년을 먹고 살았다고 한다. 가게마다 술 먹고 장구 치고, 술 먹고 놀던 모습이

어린 마음에 '우리는 언제 커서 저렇게 놀아볼꼬!'라며 아주 부러워했다고 한다. 이어 제보자에게 지난 번 헤어질 때 차속에서 조사자가 언급한 적 있는 요석 공주 이야기를 청하자, 제보자는 그런 이야기는 믿을 수 없는 이야기라며 요석공주에 관한 짧은 지명전설을 구연하였다.

줄 거 리 : 양산 여기에 산막이라고 하는 동네가 있다. 그 동네에 원효대사가 수도하고 있었는데, 요석공주가 원효대사를 찾아왔다. 요석공주는 절까지는 찾아가지 못하고 산막을 매놓고 거기서 원효대사를 기다렸다고 한다. 이때 원효대사는 대사가 되기 이전이라고 한다. 이러한 이유로 그 동네 이름이 산막이 되었다고 한다.

지금 여게 양산에 은자 '산막' 하는 데가 있거든. 산막, 산막 하는 데거 있는데, 보면 왜 산막이냐 하면은 아 지금 동네 이름이 인자 산막으로 부르는데, 거게의(거기의) 소문이 나기는

"원효대사가 수도를 하고 하다, 원효암에 그 가가 있는데, 요석공주 그 꺼이 찾아와 가주고, 설마 절에는 못 가고 사람을 시기서 만낼라고, 통고를 보내놓고 막을 내 놓고 그서 기다리고 있었다, 요석공주가 와서 기다리고 있었다." 카는 그 얘긴데,

이 유래가 돼 가지고 산막을 매놓고 원효대사를 기다렸다, 이래가 그 동네 이름이 산막으로 돼가 있다꼬. 산막으로. 이이 그 산막 카는 이기 양산에 그래 있어. 이거 은자 양산면 이제 그전에 양산면인데, 그 산막 동네가 그 있었다고.

그이깨네 요석공주가 여그서 와 가지고 대사를 만낼라꼬 대사되기 전이지. 만낼라꼬 기다리고 있은 데가 산막, 막을 매놓고 있었다, 이래가 산막, 이런 말이 있는데, 거다 양산 저 다 나와 있는 얘기라요.

원효대사

자료코드 : 04_09_FOT_20090529_PKS_HMG_0002
조사장소 : 경상남도 양산시 북부동 327-2번지 양산시문화원

조사일시 : 2009.5.29
조 사 자 : 박경신, 김구한, 김옥숙, 정아용
제 보 자 : 황문길, 남, 78세
구연상황 : 홍룡폭포 장어 이야기에 이어 계속 구연하였다.
줄 거 리 : 원효대사는 아직 죽지 않았다고 한다. 원효대사가 원효절 앞에 큰 축대를 쌓
고 돌 한 개가 빠지면 대사의 이가 하나 빠진 줄 알라고 하였는데, 돌 한 개
빠진 지가 삼십 년이 됐다고 한다. 또한 원효대사는 생식을 하였으나, 아랫
사람들의 끼니를 위해 산을 넘어 내운사 절에 가서 밥을 얻어오게 하였다. 그
런데 중이 밥을 얻어오다가 칡넝쿨에 걸려 넘어져 밥을 모두 쏟아버리고 빈
손으로 돌아오자, 원효대사는 원효절에서 내운사 가는 길에 있던 칡넝쿨을 짝
지로 모두 걷어 없애버려 지금도 그 내운사와 원효절 사이 길에는 칡이 하나
도 없다고 한다.
그리고 지금으로부터 20년 전에 원효 절 옆에 큰 바위가 벼락에 맞아 한 조각
이 낭떠러지로 떨어졌는데, 그 돌 조각이 부처의 모습을 닮아 있어 많은 사람들
이 그 부처를 보러 간 적이 있으며, 지금도 그 부처는 절에 모셔져 있다고 한다.

아니, 그거는 그 내가 그 넘한테(남한테) 들은 다 이바구거든. 넘한테
들어도 머 언팡(염팡, 정확하게) 그 실력자한테 들은 것도 아이고, 뭐 나
만(나이 많은) 할무이들이나 또 나만 사람들이나 뭐 이런 사람들한테, 마
이바구 삼아 들은 긴데(것인데), 뭐냐 하면은

은자 원효도사가 으 나가(나이가) 몇 살 되는 줄도 모르고, 안까지(아직
까지) 안 돌아가싰다 카거든(하거든). 돌아, 그기 뭐 몇 백년 됐을 낀데(것
인데), 안 돌아가싰다.

그 은자 내가 듣기로는, 와글로(왜 그러나) 카면, 그 원효 절 절 앞에
축이 대기 높이 사랐어요(쌓았어요.). 높이 사랐는데, 축이 하나 빠지거들
랑 내 앞니 하나 빠진 줄 알아라 컨다 커거든.

그 앞니 빠진 제가(지가) 한 삼십 년 됐어요 인제 축 빠진 제가 한 삼십
년 됐고.

은자 그래서 은자 그 어른이 저 대사님이 거 있을 때, 은자 밥을 은자
은자 무아(먹어야) 살 거 아이가. 암만(아무리) 그래싸도(그렇게 해도) 뭐

뭐 생석(生食)을 했다 말이 있고.

생석도 했고, 혼차 있은 건 아이(아닐) 끼고(것이고), 몇 키가(사람이) 있시믄 또 생석을 하는, 대사님은 생석을 하더라도 딴 사람은 밥을 무야(먹어야) 될 꺼 아이가. 밥 얻으러 보내믄, 어둘(어디로) 보내냐 하면은, 내운사를 보낸다고 하네.

거서 내운사로 절 산을 넘어가믄 내운사로 넘어가구마는. 그래 보내믄마 한 문은(번은) 가가 마 생연(생전) 안 오더라 이기라. 생연 안 와서 이그래 인자 기다리다 기다리다 보이 인자 와서,

"우쨌노?" 카이,

"칠기(칡) 덩쿨에 걸려 가지고 마 밥을 가오다 다 쏟았뿌고, 그래 두 분채(번째) 얻으러 가 가지고 그러고 글타(그렇다)."

이래 됐는데,

"아, 그래?" 카고,

원효대사가 짝지로 가지고 칠기로 다 걷어 던지뿠어. 그라이까네 거서 내운사에서 원효대 절까지 오는 그 순간에는 지끔도 칠기라곤 없는 기라. 지금도 칠기가 없어.

그래 와글로 카이, 그때 원효도사가 칠기로 갖다가 다 걷어 내빼리뿌나(내버려) 노이까네(놓으니), 칠기가 없어졌다. 말이 인자 그런 말이 있고.

이렇고 인자 또, 이십 년 전에는 그 절 저 짝 옆에 들어가는데, 큰 벼락이 쳤어. 큰 벼락이 마 비가 오고 이러니 벼락이 때렸는데, 돌이 마 큰 칭더미(낭떠러지) 하나 갈라져가 널쩌 널찌고(떨어지고) 나이(나니), 거 마 부채님이 마 그 형용이(형용이) 똑 부채 겉은 형용이 그래 마 떨어지고 나이 생깄어. 생기놓이, 그 부처님이라고 마 양산 사람이나 부산 사람이나, 그 대기(아주) 그 사람이 많이, 하문(한 번) 분접시리(분답스럽게) 갔지? 지금도 은자 걸어 놓고 있어. 있어요. 그 부처님이라 카고 그래 있어요.

마 그것뱄이 난 모른다.

장자와 자라바위

자료코드 : 04_09_FOT_20090529_PKS_HMG_0003
조사장소 : 경상남도 양산시 북부동 327-2번지 양산시문화원
조사일시 : 2009.5.29
조 사 자 : 박경신, 김구한, 김옥숙, 정아용
제 보 자 : 황문길, 남, 78세

구연상황 : 조사자가 "자라바위"에 얽힌 전설 같은 이야기를 해달라고 요청하자, 제보자
　　　　　는 웃으며 "엉뚱 소리도 묻네,"라며 욕심 많은 장자 이야기를 구연하였다.

줄 거 리 : 상북면 석계리에 산에서 내려온 자라 모양의 큰 바위가 있다. "말바위"라고도
　　　　　하는 이 바위 안쪽에 장자가 살았는데, 부자어서 집안은 늘 과객들로 넘쳐났
　　　　　다. 장자는 자기 집에 과객들이 와서 양식을 축내는 일을 싫어하는데, 장자의
　　　　　욕심을 알게 된 스님이 장자를 찾아온다. 장자에게 스님은 동냥을 달라고 하
　　　　　고는 이미 받은 쌀을 도술로 보이지 않게 한다. 장자가 쌀을 한 말을 주어도
　　　　　스님은 쌀이 없다고 하고, 장자에게 더 달라고 하면서 하는 말이 집에 손님이
　　　　　오는 것이 싫으면 저 산봉우리에 가서 집을 짓고 살면 손님이 오지 않을 것
　　　　　이라고 일러준다. 또한 저 자라바위의 자라의 목을 잘라버리면 소원대로 될
　　　　　것이라고 하고, 자라바위의 목을 잘라 주고 가겠다고 한다. 스님은 장자의 집
　　　　　에서 나와 돌아가던 길에 자라바위의 목을 붓으로 자르고 간다. 그 후 장자는
　　　　　스님의 말대로 산 정상에 이사가서 살다가 쫄딱 망해버린다. 지금도 산 정상
　　　　　에는 장자가 살던 집터와 기와 조각이 남아 있으며, 그 이후 자라의 목은 시
　　　　　멘트로 이어붙였다고 한다.

　그기 우리 연에(마찬가지로) 상북면인데,

　[웃으면서]

　참 자꾸 그 엉뚱(엉뚱한) 소리도 묻네. 그게 장자가 그 자래바우(자라바
위) 안에 고 저 지금 뭐 뭐 공장 겉은 거 있죠. 그 저 방구가 큰 큰 방구
하나 산에서 이래 떡 걷어 나온 게 있는데, 그거를 말방우라(말바위라) 캅
니다. 말방우 안에 고게 큰 장자가 살았어요.

　큰 장자가 살았는데, 마 성은 김씬지 박씬지 마 염팡21) 마 모르고, 마

---

21) '틀림없이 같다'고 할 때의 경상도 방언.

이바구가 그래요. 그래 살았는데, 장자가 사이(사니), 이전에는 얻어먹는 과객이 온캉(워낙) 마이(많이) 둘오거든(들어오거든). 과객이 마 한없이 둘온단 말이다.

둘오믄 마 하루 열 키도(명도) 둘오고, 마 스무 키도 둘오고, 다섯 이도 둘오고, 마 내(계속해서) 사랑방으는 마 내 있꼬마. 그 마 그거로 믹이(먹여) 살리야 된다 말이다. 내 마 그래 가지고 어떤 거는 마, 사흘 나흘 안 가는 것도 있고, 마 또 자고 가는 것도 있고, 오는 것도 있고, 마 내 마 그 모양이깨네,

주인이 마 그 자꾸 은자 그기 마 싫다 말이다. 싫고, 이런데 그러쌓는 (그러는) 차에 어는 스님이 왔어. 어는 스님이 와 가지고 동녕을(동냥을) 줄라 이러 카거든. 그래가 동녕을 이래 주니, 동녕을 갖다가 주이, 스님한테 줘 나놓이까네, 마 마 어데 드가삤지 없고. 마.

"요래뺵에(이것밖에) 안 주요? 더 두가(주가), 더 두가."

자꾸 부채인단(보챈단) 말이야, 살로(쌀로) 한 말로 줘도, 마 줜(준) 사람이 보이 없어지뿌는 기라.

"그 줬는데 와 없어져."

"언제 줬노?"

은자 이런 식이 났던 모양이라. 나이(나니), 그라믄서러 은자,

"그래 당신들이 우리 오는 거로 싫기 생각하거들랑, 여 말고 지금 저저 거 콜프장 닦은 우에 산만디이(산봉우리)[22] 거 지금 살은 흔적이 있거마는, 요로(요기로) 집을 이사로 거가 집을 지아가 살면 손님이 아(안) 온다.

"아온다."

인자 이래 됐어. 이라이까네,

"아, 그래요." 이카고,

---

22) 산의 정상이나 언덕의 정상을 나타내는 경상도 방언.

이래 그래

"자래바우 저기 저거로 마 저 목을 마 쳤뿌믄 끊어뿌믄 된다."

그래가

"자래바우를 갖다가 내가 마 가믄서 마 그래뿐다." 카고,

마 자래바우를 마, 중이 가면서는 마, 목을 마, 붓을가(붓으로) 끊어뿌고 마, 끊어뿌고 가뺐어. 그기 인자 유래가 돼 가지고 죽 그래 되는데, 그래 그 양반들이 그 그 산만댕이 올라가 호빡(홀딱) 망해뿌고.

망했뺐는데, 지금 거 가믄 안직까지(아직까지) '뭐 개와하고(기와하고) 집터가 있다.' 이래 컵니더. 그 만디이에 가믄, 마 그뺐이는(그것 밖에는) 모름더.

(조사자 : 그러면 이 스님의 말을 안 들었다는 건, 말 듣고 이사를 갔잖아요?)

그렇지 말 듣고 갔는데, 스님이 나가면서러(나가면서) 마 마 저 자래 그거 마 붓을 가 마 끄어뿌고 갔다. 말이 인자 마 그래 가지고 자래 모가지(목이) 날아갔는데, 그거를 떼운 사람은 누구냐믄 정탁영이, 정탁영이의 종조보, 종조보가 그거로 저 지금 보믄 그거로 저 떼았다 카데. 떼았는데.

세멘이 세멘을 가지고 죽 이래 발란(바른) 게 포가(표시가) 나 있다 커이. 그 봤다 커이 세멘 봤는가 몰라.

(조사자 : 예. 봤습니다. 가서, 사진 좀 찍었는데, 그럼 그때가 언제쯤 돼요? 시멘트 발란 게.)

발른(바른) 제가(지가) 뭐 한 백 년 넘게 됐겠지요.

(조사자 : 아! 그럼 일제시대 이 전에. 아! 예.)

심동내굴

자료코드 : 04_09_FOT_20090529_PKS_HMG_0004
조사장소 : 경상남도 양산시 북부동 327-2번지 양산시문화원
조사일시 : 2009.5.29
조 사 자 : 박경신, 김구한, 김옥숙, 정아용
제 보 자 : 황문길, 남, 78세
구연상황 : 앞 이야기에 이어 계속 구연하였다.
줄 거 리 : 원동사람 "심동내"가 왕이 되기 위해 마을 뒷산에 굴을 뚫었는데 그 굴이 "오롱굴"이다. 심동내가 오롱굴 너머에 있는 큰 벌판에서 군사들을 훈련시키는데, 그러한 모습이 상북과 양산 전체에 모두 보이게 되자, 통도골로 넘어가 새로 굴을 뚫는다. 심동내는 그 굴에서 군사들을 훈련시키고, 그 굴을 난을 일으킬 기지로 삼는다. 그는 군사들을 먹여 살릴 양식과 돈을 물레를 돌리는 도술로 국고의 돈이 날아오게 한다. 나라에서는 국고가 비자, 이를 추적하여 심동내의 기지인 굴로 찾아오나, 도술이 뛰어난 심동내를 잡지 못한다. 그러던 어느 날 심동내가 식전에 평양에 간다. 거기서 자기를 알아보는 의인 할머니에게 굴복하여 자수하고, 자기를 묶을 줄까지 스스로 알려주고 죽임을 당한다. 이 심동내굴은 지금도 배내 장서리에 있다고 한다.

심동내라 카는 사람이 심씬데, 어데 사람이냐 하면은 원동사람이라. 사람은. 우리 경상남도 양산시서 저저 원동 드가는데, 원동 사람인데 뭐 부락까지는 연방(염팡, 자세히) 모리겠고.

그래 인자 그 양반이 지가 우리나라 왕이 되겠다꼬. 엉뚱한 생각이지, 왕이 될라 카머이.

그래서 오롱굴(오롱굴) 카는데, 내가 우리 동네 뒷산이 오롱굴임더. 오롱굴이 있는데 그 굴로 뚫벘어요. 굴로 뚫버가(뚫어서) 거서 은자 고 너메는(너머는) 가면 큰 마 산 벌판이 마 뒤에는 전 벌판이거든. 거서 인자 조롱(調練, 조련) 시기, 군사 조롱을 시기가(시켜서) 그리 할라고 그래 하는데,

그래보이 거서 보면 양산 이까지 마 환하이(환하니), 마 상북, 마 저 전체를 다 비거든(보이거든). 환하이 비고 이래놓으이,

"아 여 빳빳해가(빳빳해서) 안 되겠다. 이래가 여서는 일이 안되겠다."

이래 가지고 고 넘에 가 가지고, 통도 통도골이라 카는 데가 있어. 고 저저 넘어가머 거 통도골에 가 가지고, 거서 굴로 뚫벘는(뚫었는) 기라. 굴로 뚫버 가지고, 거서 은자 군사 조롱을 시기고 하는데, 그러면 군사를 데리블면(데리면) 무 묵어야 될 거 아이가.

그러면 그 물레가 있어. 물레 물레가 마 보지는 안했고, 그거는 모르는데 말이라. 그면 돌리고 하면은 저 국고 국고 마 돈이 마 부르는 대로 날라와. 돈이머 마 가서 오새 일 억 오라 하머 일 억 오고, 응 살(쌀)이 얼매나 오라 하머 오고, 전부 날라 오게 돼가 있어.

날라 와가 그라이, 국고가 자꾸 비진다(빈다) 말이다. 그래가 이기

"우째돼가 이래되노?" 카이,

그래 거가 은자 예전에 나라에도 아는 박사들이 안 많나?

"아, 이, 이 이래서 이 어둘(어디로) 날라 간다. 어둘 간다. 그래 어둘 가는 거로 잡아라." 이러이, 그래 인자 심동내로 굴로 와보이 여서(여기서) 구체적으로 하는 기라.

그라이, 잡을라 카이, 생전 잽히야 잡제.

사람을 뻔히 봐도 앞에 가면, 한 여남발(여남은 발) 앞에만 가면 이놈우 다말어가도(달려가도) 못 잡고, 도무지 잡을 재주가 없거든. 아무래도 잡을 재주도 없고, 머 강을 가머, 마 강 강물을 마 물우로 마 뿌직뿌직 걸어가다가 마, 강물도 푹 드가가 마, 저 짝에 와서 마 툭 튀 올라가뿌고(올라가버리고), 저리 마 가뿌고. 도무지 잡을 재주가 없단 말이다.

잡을 재주가 없고 이래 쌌는데(이렇게 하고 있는데), 그래 심동내가 은자, 페양에(평양에) 은자 갔단 말이다. 그래서 아적을(아침을) 떡 묵고 은자 아적을 문 게 아이고 마 식전이지. 식전에 패양을 떡 가니까네, 어는 할무이가 왕빗을가(왕비로, 대비로) 가(가지고) 마당을 싹싹 씰면서러(쓸면서)

"야, 이넘들아 양산땅 심동내가 하리(하루) 아침에 페양까지 왔는데, 너그는(너희는) 와 자고 있노? 이라거든.

이라이 그 할무이가 의인이라 말이다. '하 이 큰일 났구나.' 은자,

"할무이, 그래 내가 심동내 우째 아노?" 커이까네,

"야 이 사람아! 니가 거서 이까지 아(안) 왔나?"

"그래 왔습니더." 이라이께네,

"그래. 니가 아무래도 니가 잽힐 잽힐 잽힐 끼다. 잽히이 니가 자수를 해 가라."

그래가 그 사람이 자수를 했어. 자수를 해 가지고 머 바로까(바로) 암만 묶아야 용 썼뿌믄 탁탁 다 터져뿌고 이라이까네,

"소, 저 등심, 소 등심 말하자면 허연(하얀) 거 지단(기다란) 거, 그거 가지고 날로 묶으면 될끼다."

이래 가지고, 그래 그 거서 지가 자수 해가 그서 죽었다 말이 있지.

그래 나온 말이 전설이 돼가, 지금 가면 굴이 그대로 있어. 그러이 그기

(조사자 : 그 어디 있죠? 무슨 동네에 있습니까?)

배내.

(조사자 : 원동 배내?)

원동 배내 장설리

(조사자 : 배내 장서리?)

응 장서리 가면 심동내굴이 있어.

홍룡폭포 뱀장어

자료코드 : 04_09_MPN_20090226_PKS_KDS_0013
조사장소 : 경상남도 양산시 상북면 대석리 268번지 대석마을회관
조사일시 : 2009.2.26
조 사 자 : 박경신, 김구한, 김옥숙, 정아용
제 보 자 : 김도순, 여, 86세
구연상황 : 청중들에게 이야기를 구연해줄 것을 청했더니, 제보자가 선뜻 "이 동네 생긴 이야기"를 하겠다며 이 이야기를 구연하였다. 이 이야기는 마을 위쪽에 있는 홍룡폭포에 사는 뱀장어를 잡아먹고 사람들이 모두 죽은 실화라고 한다. 고기를 잡기 위해 "청산가루"인가를 물에 풀었다고 하는데, 사실 청산가루 먹은 고기는 2차적인 독이 없어 그 고기를 먹어도 죽지는 않는다고 한다. 약 먹은 고기를 잡아먹어서 죽었다고도 할 수 있으나, 소의 지킴이인 뱀장어가 신령스런 "용왕님"과 같은 존재이기 때문에 사람들이 벌을 받고 죽었다는 것이다. 제보자가 이 이야기를 기억하고 있는 것은 많은 사람들이 죽은 인상 깊은 사건이었기 때문이다. 이 이야기는 지금으로부터 72년 전 제보자가 10세 때 발생한 일이라고 한다. 청중들도 이 사실을 알고 있는 사람이 많은 듯 구연 중간에 제보자에게 질문을 하기도 하였다. 제보자는 조리 있는 말솜씨로 진지하게, 청중들의 질문에 충실하게 답변하며 구연에 임하였다.
줄 거 리 : 대석리는 예로부터 부자들이 많이 살았고, 서당도 있어 공부한 사람도 많은 동네이다. 동네 위쪽에 올라가면 홍룡폭포가 있는데, 기암절벽 속에 햇빛이 비치면 무지개가 서는 모습이 장관이다. 이 홍룡폭포의 소는 명주꾸러미가 세 개나 들어 갈 정도로 수심이 깊다. 또한 이 소에는 피라미 등 고기들이 많이 있어 한 때 부산 사람들이 청산가루를 가지고 와서 물에 풀어 고기를 잡은 적이 있었다. 그때 아주 큰 뱀장어를 잡아서 회를 쳐 먹었는데 그 고기를 먹은 사람은 모두 죽었다고 한다. 약을 먹고 죽은 고기를 먹어서 죽었다고도 할 수 있고, 머리에 뿔이 나 있는 것으로 보아 소의 "찔꿈(지킴이)"이자 "용왕님"을 잡아먹어 벌을 받아 죽었다고도 한다. 임신한 "옥산댁"이라는 분은 풀잎에 사서 가져온 고기를 조금 먹은 탓에 죽지는 않고, 죽을 뻔 하다가 살아났다고 한다.

옛날에 그러캄시녀(그러면서) 떡 몇 십 년이나 흘러가고, 고 당시에 우리는 쪼깨꿈 했거든요. 글런데 여(여기) 아리깍단에(아랫마을에) 권주사라 카는 사람도 살았고, 박주사도 살았고, 웃깍단에는(윗마을에는) 이주사도 살았고, 작은 주사도 살았고, 안창의도 살았고, 여 마 여 모모한 부자들이 많이 살았거든요. 살았는데,

여게 심지어 저저 서당도 있어 가지고, 이 동네 모다(모두) 커는 사람들 서당 공부도 많이 했고, 이렀는데, 뭐 내가 이거 뭐 이 동네 내가 실지로 생긴 그 이약만(이야기만) 내가 좀 하겠심더. 하겠는 기가(것이),

옛날에 이 동네 은자 사는데, 저 부산 사람들이, 선생님겉은 분들이 글 때 젊은 사람들이 뭐 청산가린가 뭐 뭐 나무뿌리를 가져와 가이고, 여게 올라가면 홍룡폭포라고 참 물이 좋습니다. 우에서 보면 기암절벽이고, 참 좋습니다. 그렇는데, 여게 은자 이 골짝에 피래미가 많이 있고, 고기가 마이 있다 커는 소리를 듣고 그 분들이 왔어요.

와 가이고, 홍룡사 저리 올라가가 홍룡사 물 떨어지는 데는, 옛날에는 거게 이 맹지꾸리로(명주실 꾸러미로) 풀어 옇이믄(넣으면), 돌로 달아가 풀어 옇으믄 명지꾸리가 시(세) 개가 드갔다꼬 합니더. 그 내리밲이는(내려 박히는) 물이 깊이가 있어가.

(청중 : 그 소가 깊었다 이 말이라.)

어, 요새는 인자 어 은자 큰물이 지고, 이 돌이 구부러(굴러) 내려 와가, 어느 정도 차 가지고 있는데, 그래도 물이 좋거든요. 지금은 인자 가물아(가물어) 가지고 물이 별로 거한데, 비가 왔다 카믄 참 장관입니더. 장관인 기가 그 여로 보이면 열한 시쯤 되믄, 햇빛이 딱 들어가모 무기재가 바로 시퍼러이 가로 질러 서가 있습니다. 그러이 옛날부터 그 무지개 절이라 했거든요.

지끔은 인자 홍룡사라고 하는데, 그래 그런 은자 폭포가 있는데, 폭포 밑에 웅뎅이가 굉장히 큰 게 있었습니다. 그 요새는 그 또 개발을 해가

좀 묻히가 있는데, 방개를(방구를) 타고 내려오믄 웅디가(웅덩이) 이래 큰 기 있는데, 이 사람들이 와 가지고 선생님 같은 분들이 와 가지고요.

부산 사람들이 떼로 모아가 와가, 거게다 은자 피래미가 히떡히떡(희뜩 희뜩) 구부라지이껀데(넘어지니까), 배가 누런 기 마 히떡히떡 뒤비지고 (뒤집어지고), 막 놀고 댕기거든요.

"여게 참 좋다. 우리 횟거리 먹는 데는 이 아주 그저 그만이다." 커머, 거여(거기에) 은자 거 물 내려오는 입구에, 인자 쏟아 내려오는 거여러 (거기에) 은자 약을 풀었어요. 약을, 약을 풀어 놓으이 이 괴기가 그 독물 로 묵으이 죽을뺌이. 히떡히떡 인자 뒤비져이 마 소구리가(소쿠리로) 뜨 고, 반도로가 뜨가,

통을 옛날에 머 옳은 통이나 있나, 나무통 그거로 갖다 놓고, 인자 이 래 껀지가(건져서) 인자 얼추 반이나 껀졌어요. 어떻큼 잡아 났던지. 아 그래 잡아 좋다고 하는데, 웅디 복판에, 큰 은자 또 바위가 있었어요. 바 위 틈에서 마 부글부글부글 이래 큰 물거품이 올라오는 기라.

"아따 저 은자 큰 괴기가 올라 오는갑다(오는가 보다). 또 올라 오는갑다."

뭣이 대가리 꺼뜩 들디이(들더니), 또 내려 가디(가더니), 또 물거품이 부글부글 하디만은, 그래 낸죽에(나중에) 푹 올라 오디만은 그 앞에는 은 자 자갈이 모다 있거든요. 웅디 가에는 이래 막사가 이래 가지고 자갈이 이래 있는데, 거게 와 가지고 때기장을(내동댕이를) 치는데 보이 저 저 궁 자(구무자, 민물뱀장어)라.

(청중 : 구무자.)

응, 석상 궁자.

보이껀데 사람들이 보이 구무자 머리에 똑 뿔이 요마큼썩(요만큼씩) 나 가 있거든요. 기기 인자 그 말로 하자믄, 용왕님. 용왕님이라.

그거를 좋다고, 모다 거여로(거기서) 회로 떠 가지고, 고추장을 가지고, 안 걸어가 꾹꾹 찍어 가지고 이래 가지고 잘 먹었어요.

그 고기 문(먹은) 사람 몽탕 다 죽어뺐십니더.

(청중 : 벌받았구나.)

다 죽고. 아리깍단에 권주사가 메느리 은자 아–(아이) 선다고, 글때 깨악질을23) 해사이(하니), 거 은자 풀이파리에다 쪼깨이(조금) 싸 가주(갖고) 와가(와서) 메늘 줄라꼬. 아이고 거 옥산댁 그거 묵다가 죽을 뻔(뻔) 닿았데이(당했다). 살긴 살아도.

(청중 : 옥산댁이가?)

옥산댁이가.

(청중 : 원노 저거메24) 아이가?)

그래. 그래가 그거 묵고 죽을 뻔 닿았다. 그래가 온 동네가 이 마마 양산천지가 들썩 했심더. 글때.

(청중 : 멫이 죽었는교? 그때?)

아, 거 멫이 죽었는 거 내가 우예(어떻게) 아노? 그래 몽탕 온 사람은 다 죽었어 마.

(청중 : 아 그 묵은 사람은)

(청중 : 삼천 석이 다 무너졌지. 뭐 삼천 석이 부자가 다 한 참에 다 죽었다 카데.)

그래, 마 다 죽었어.

(청중 : 이름 난 사람 다 죽었다. 중독이라. 독이라. 어 독이라.)

그래 괴기가 죽는데, 거 괴기가 무운 거 그 그 뭉이까네 죽을뺀이는. 글코, 거 구무자 그기 아주 거

(청중 : 오래 되믄 기가 돋히면 독이 있다.)

그거 저 거 찔꿈이라(지킴이라). 말로 하자면. 응. 그래 가지고 그걸 묵고 죽은 적이 있고.

---

23) '깨악질'은 '구역질'의 경상도 방언.
24) '자기 어메'를 줄여서 말한 것임.

사람 하나는 은자 쪼깨이 풀이파리 싸가주 가지고, 메늘로 갖다 먹인 그 메느리가 죽다가 근근히(겨우) 살았어요. 한 사람이 살았는데, 그런 전설이 있습니다. 여게 그런 전설이 있고, 이 동네.

(청중 : 옥산댁이가 살았다 이 말이제? 옥산댁이가.)

이 동네 들어오면은, 전에 저 입구에 홍룡폭포라꼬 딱 써겨 써겨 놓은 새기 놓은 글이 있습니다. 홍룡폭포. 그거는 누가 그랬는고 하이 연에 괴기 가져온 그 분 이름이 권순도라. 이름이 권순도. 글코.

홍룡사 올라가면 또 작살이라 카는 데가 있심더. 여는 예전에 은자 지금은 인자 못이 백히(박혀) 가주고 있지만, 요에 은자 야정이 있었고, 올라가면 작살이 있었는데, 작살에 거 올라가면 큰물이 내리 쏟아지는데, 거 넙덕(넙적) 방구가 똑 이런 방만 한 게 있습니다.

근데 밑에다 돌로 고아놓고 이래 덩그라이 있는데, 그다 글로 뭐라고 사기 놓는고 하이, 제일강산이라고 새깄심더. 제일강산, 제일강산이라고 새겨 놓고, 고 앞에는 권순도라고 적어 놨다꼬. 자기 이름을.

(청중 : 요새 없대?)

요 고 저 여게 다리를 놔놓으이 묻히가 있지. 이래 내다보면 있어요.

(청중 : 있는교? 지금?)

아 있지. 지금에라도 올라가면 있어

(청중 : 보이는교?)

있지.

(청중 : 그 중간에 내 댕기머 바리(바로) 잘 안 비는 겉애서 나는.)

(청중 : 저저 바로 있습니다. 바로 밑이야.)

다리 밑에 내비다 보믄 그 바위가 개리가(가려서) 그렇지 그대로 있다꼬 그게.

(청중 : 아, 다리가 높으이까네.)

그렇지예.

그래가 그런 전설이 있습니다.

홍룡폭포 뱀장어

자료코드 : 04_09_MPN_20090530_PKS_RJY_0009
조사장소 : 경상남도 양산시 상북면 석계리 846번지 상북면마을회관
제보일시 : 2009.5.30
조 사 자 : 박경신, 김구한, 김옥숙, 정아용
제 보 자 : 류장렬, 남, 78세
구연상황 : 앞 노래가 끝나자 조사자가 이야기를 구연해 줄 것을 청했다. 자라바위 이야기 등을 꺼내며 분위기를 유도하자 제보자가 이 이야기를 구연하였다. 이 이야기는 인근 사람들에게 그 당시로서는 충격적인 사건이었음을 말해준다.
줄 거 리 : 대석리 사람들, 특히 양산고을 유지들이 "폭포골 호박소"에 일본에서 사온 약을 풀어 고기를 잡았다. 잡은 고기 중에 큰 뱀장어가 한 마리 있었는데, 그걸 먹고 대석리 사람들이 여 덟, 아홉 명이 죽었다고 한다. 뱀장어를 잡고 난 마지막에 어떤 고기가 한 마리 날아 나왔는데, 약이 독해서인 홍룡폭포 올라가는 길 밑에 번천 비탈 도랑가 길에 쳐 박혀 죽었다. 그 고기 썩는 냄새가 매우 지독하여, 그 길로 다니지 못해 위에 다시 길을 냈다고 한다.

옛날에 거 대석에 와(왜) 그 저 대석, 대석사람들 나만(나이 많은) 사람들은 아는 사람 알고 모른 사람들은 모르데. 모르는데, 옛날에 그 모도 박씨, 박주사, 권주사, 이첨사, 이첨사 그 그래났다가 이명후하고 다 살아 있잖아? 그 사람들 모도 거 있을 때,

(청중 : 궁자[25] 먹고 죽은 이?)

응 거저 폭포 폭포골 밑에 호박소라고 있는데, 거게 약을 풀어 가지고, 그래 일본서 개량 사다가 그 때 그 사람들 다. 양산 고을에서는 말 말 모디(마디)나 하는 사람들 아닌교?

그러이 그 풀었는데, 약을 풀어놔놓이, 마 고기는 마 말할 수 없이 잡

---

25) 뱀장어.

았는데, 그 저 그거를 궁자가 나오더라 카데(하데). 구무자를 큰 넘 잡어다가 그거 먹은 사람 다 안 죽었는교? 대석에 팔 명인가, 구 명인가?

(청중 : 그 묵은 사람 서(세) 이(사람) 다 죽었어.)

으으응. 서 이 말고, 팔 명인가, 구 명인가?

(청중 : 서 이뿐 아니라 멫이 죽었어.)

아홉인가 죽었다 카는가? 그래 죽었다.

그 뒤에 인자 고 까지는 있었는데, 고 뒤에 인자 그 죽(계속) 고기 다 잡고, 구무자 다 잡고 나서, 마주막에 뭣이 한 바리(마리) 터져 나오는데, 마 날라(날아) 가더라 카데.

날라가(날아가서), 마 횡 날라가 어둘(어디로) 갔노 하면, 지금 대석 그 홍룡폭포 올라가는 질로(길로) 길 닦아논 그 질이 아니고, 그 밑에, 거 어데고 하면 번천 비알이라(비탈이라) 카는데, 내 그 살았거던. 번천비알이라 카는데 거게 그 도랑가시로(도랑가에로) 어실게(곁에) 그 질이 있었는데,

저놈의 짐승이 거서 날라 나와 가지고, 약이 독해놔놓이 날라 나와 가주고, 쳐백히(쳐박혀) 가지고, 거게 죽어놔놓이, 그 죽는 냄새가 나서 그리 못가고 도로를 내놨죠.

소나무 안솔등, 바겉솔등 그리 길 내 난(놓은) 그리, 옛날에 질은 저 짝 건네고. 그래 그 짐승이 와 가지고 죽어놔놓이, 마 온캉(워낙) 냄새가 나서, 그리 몬 댕기고 그래 우로 질을 냈다 카데요.

그기 머신 머슨 짐승인지는 모르지. 거기 채이(키)짝 같은 게 마 날라나와가, 구부려져(넘어져) 죽었다 하데. 그래 학실히(확실히) 그 그 부자들이 죽긴 죽은 게 맞는 모양이라.

(청중 : 많이 죽었지. 그거 묵은 사람 다 죽었다.)

궁자 묵은 사람 다 죽었다.

[청중의 한 사람인 배금석 제보자는 이와 같은 이야기를 한 상북면 대석리 김도순 제보자의 구연내용을 언급하며 설명을 보충하였다.]

왜적을 무찌른 황장군

자료코드 : 04_09_MPN_20090530_PKS_RJY_0013
조사장소 : 경상남도 양산시 상북면 석계리 846번지 상북면마을회관
제보일시 : 2009.5.30
조 사 자 : 박경신, 김구한, 김옥숙, 정아용
제 보 자 : 류장렬, 남, 78세
구연상황 : 조사자가 상북면 주변에 전해 내려오는 전설이나 이야기를 해 달라고 청하였
다. 청중이 제보자에게 이 이야기를 구연하라고 권하여 구연하게 되었다.
줄 거 리 : 옛날에는 내송에서 전질바위 모퉁이로 가는 길이 소로였다. 임진왜란 때 왜놈
들이 부산포에서 쳐들어오자 한 농부(황장군)가 전질바위 뒤에 숨어 있다가
왜놈들이 다가오면 왜놈들을 한 명씩 잡아 그 밑에 있는 소에다가 집어넣어
수없이 죽였다고 한다. 밑으로 핏물이 내려오자 그제야 왜놈들이 전진하는 것
을 중단하고 황장군이 숨어 있는 곳을 알아내어 맨손으로 대항하는 황장군을
죽였다고 한다. 내송 쪽에서 부산 쪽으로 난 조그만 오르막길은 찰흙으로 되
어 있는데, 제보자가 어릴 때 이 길을 파면 머리카락이 많이 나왔다고 한다.
이는 그곳이 임란 때 황장군의 활약을 통해 사람이 많이 죽었음을 입증하는
근거이다. 그후 일본에서는 송자 붙은 곳에는 가지 말 것을 명했다고 한다.

(청중 : 어, 일본 사람이 우리나라에 우리 양산에 쳐들어 올 직에 신주,
저 양산.)

신주당이 아이고, 그 여 저 양산 전질뱅이(전질바위) 모퉁이.

(청중 : 전질뱅이라 카나 거 모퉁이 오는데.)

그런 거 다 돼 있을 건데요.

(조사자 : 아, 돼 있는 것 하고 관계없습니다. 예.)

(청중 : 고거 이야기 해줘라 카이. 고 고거 하나.)

거 거는 내송, 그저 동백 내송 가면은 그 황씨라꼬. 그 연에 황씨라꼬
황장군이라 카는 우리가 은자 이야기 듣기로.

내가 그 내송에 그 한 한 삼사 연(년) 살았거든요. 우리 국민학교 학교
내송서 내가 일학년에서 육학년까정 맡았는데(수학했는데), 그럴 직에(적
에) 인제 그 그 이야기가 그래 어른들한테 들은 말이 있는데,

그 지끔 현재 저거 양산서 저 동면 내송을 가는데 보면은, 그 전질 그 거가 어데고 하면은, 전질바위 모티이라꼬(모퉁이라고) 지끔은 도로로 크 기 냈는데, 사차선 도로를 크기 내 가지고 댕기는데, 옛날에는 근근히 소 리질(小路길), 사람 요래 하나 댕길(다닐) 정도 요래 됐는데, 거서 거 내송 에 황장군이라 카는 분이 임란 땝니다.

그거는 임란 때, 황장군이라 카는 분이 거게 내송 거게 계셨는데, 그 왜놈들 왜놈들 그 인자 부산 부산포에서 처 처둘올(쳐들어올) 직에, 그 전 질방우 모티이 고게라야 되겠다 싶어 가지고, 고 몸을 은신해 있다가 왜 놈들이 인자 그리 건니(건너) 가는 거로,

내송을 둘러 가지고 고리 고리 가는 거를 하나썩 오는 거만 처치를 해 야 되지. 와 달라들면 안 되이까네, 고래 고 방구 모티이에 딱 숨어가 있 다가, 그래 하나하나 마다 마 오는 놈마다 마 들고 마 잡아 가지고, 그 밑 에 그 소가 있었고, 마 방구도 이래 많이 있었고 해놓이, 그마 칭디미(낭 떠러지) 내리 처박아 옇어(옇어) 놔놓이,

그 한 수없이 처박아옇는데, 결국에 인자 저 뒤에 오는 놈들이 모르고 그냥 자꾸 지내갔는 줄 알고 오다가 보이, 피가 벌거이(벌겋게) 내려와놔 놓이, 피 내려오는 그거를 보고 왜놈들이 거서 중단을 했다 카더마는.

중단을 해 가지고, 그놈들이 어둘 갔노 하면은 그 도랑 건니(건너) 가지 고 고게 바로 그 짝 건네 지금 고속도로 나가 있는 그 그 길입니다. 고속 도로 나가 있는 그 길에 그리 인자 고기 뭣이라 카노, 원동거린데 고 물 어 가지고 그리로 길을 내 가지고 저리 갔다 카는 그 말로 한번 들었어 요. 듣고.

거 결국 황장군이라 카는

[방으로 들어오는 사람에게 "오이소"라고 함.]

황장군이라 카는 그 분이 그 전사했는갑데예(전사했는가 보데요). 그 왜놈한테, 왜놈들한테 그거 저 와아 달라들어 가지고.

결국 인자 저놈들이 알아 가지고 다시 인자 저리 돌아가 가지고 황장 군이 거기 숨어 있다 카는 거를 알고, 그 다시 인자, 그 놈들이 많이 달라 들어 가지고, 이 은자 황장군이는 그냥 맨손으로가 했고, 저놈들은 무기 가 있시이까네, 결국 거서 전사를 했는갑데예.

전사를 해 가지고, 은자 우리가 알기로는 고 구시곡 오르막이라꼬, 내 송서 고게 인자 저 밑을 부산 쪽으로 가는 데, 쪼매는 오르막이 지금도 오르막이 있습니다. 있는데, 그 우리가 쪼대흙로(찰흙을) 파면시는(파면 은), 학생적엘 때, 여게 그 참 그 말로 듣고 파이 그런지 쪼대흙로 파면 머리카락이 많이 나왔어요.

우리가 우리 어릴 적에 보이,

"이 이 머리카락이 누 꺼고(누구 것이고) 카이, 어데서 이 머리카락이 이래 있노?" 카이까네,

그때 이전에 왜 저 저 임란 때, 그때, 왜놈들이 왜놈들 우리나라 사람 을 죽인 죽인 자리가 있어놓이, 그거로 그양 마 담새고 붕두놔 놓이 그 머리가 다른 거는 다 썩어 없어져도, 그 멀커디이가(머리카락은) 그냥 들 어가 있는 기 그기라.

(청중 : 멀꺼디는 남아 있다.)

그래가 우리 쪼대로 파면 멀커디이가 나오드라고요. 참말로 그긴지(그 것인지) 아닌지 몰랐지만은 우리가 멀커디 보기는 봤습니다. 그 머리카락.

그래, 이 멀커디이가 그때 죽은 사람들, 우리나라 사람 멀커디도 있고, 왜놈들 황장군한테 죽어 가지고, 그 그래 머 묻히져가 있는 그런 멀커디 도 있다 카는 그런 소리를 내가 들은 예가 있지요.

왜놈이 하는 말이, 그 나올 직에 그 송자 들은(들어 있는) 곳에는 가지 마라고, 송자 들은 곳에만 가면 틀림없이 패할 기이까네, 송짜 들은 곳은 피하라. 그 일본나라에서 그 어는 그 어느 예언가가 아는 사람이 그 왜놈 들한테 그 말을 했는데,

(청중 : 그기 송자가 솔나무 송이다.)

내송이란둥, 팔송이란둥, 팔송 팔송이란둥 그기라예.

(청중 : 먼저 내 다방에 얘기하던 거기라예. 그 사람이 홀찌이[26] 걸어놓은 사람이 황씨라 카데.)

내 황씨 맞십더. 황장군.

(청중 : 내송에 그 저 동면 면지에 났다카더라.)

내송면. 예 내송면.

(청중 : 뒤에 들어보이 황씨.)

예 예 황씨. 그 그래, 우리가 그런 이야기를.

쟁기로 왜적을 무찌른 농부

자료코드 : 04_09_MPN_20090226_PKS_BGS_0001

조사장소 : 경상남도 양산시 상북면 석계리 28-1번지 제보자의 집

조사일시 : 2009.2.26

조 사 자 : 박경신, 김구한, 김옥숙, 정아용

제 보 자 : 배금석, 남, 85세

구연상황 : 제보자의 집에 도착하자 제보자는 차를 내오더니 자신의 신상에 관한 이야기부터 했다. 제보자가 사진첩을 보여주면서 자기소개와 살아온 내력, 가족소개, 집안 이야기를 대충 끝내자 자료 제보를 청하였다. 제보자는 이야기를 적어놓은 종이를 가져와 읽으려고 하였다. 조사자가 말로 해 달라고 요청하자 이 이야기를 구연하였다. 그 종이에는 "제 1안 임진왜란 발발"이라고 쓰여 있었다. 주로 오른 손을 많이 사용하면서 조리 있게 구연하였다. 이 이야기는 제보자가 양산면에서 16~18세 때 양복기술을 배우던 시기에 들었던 것이라고 한다.

줄 거 리 : 임진왜란 때 동래성이 함락당하고 왜군이 진군하고 있었다. 내송과 다방 사이에는 골짜기가 있고, 골짜기 아래는 소가 서너 개 있었으며, 골짜기로 올라가는 산길은 아주 소로였다. 밭에서 쟁기질을 하던 농부가 진군하는 왜군 몇 십

---

26) '홀찌이'는 '홀찌이'로 쟁기의 경상도 방언.

명을 산모퉁이 옆에 숨어 있다가 무찌른다. 농부는 가지고 있던 유일한 무기 인 쟁기를 소나무에 걸어두고, 쟁기로 왜군의 옆구리를 찔러 소에 떨어져 죽 게 하였다. 이후 일본에서는 왜군이 출병 할 때, 군사들에게 "송"자 들어가는 곳은 극히 주의하라는 지령을 내렸다고 한다. "내송"은 "팔송", "반송", "청 송" 등과 함께 "송"자가 들어가는 지명 중 하나였다. 왜군들은 병사가 많이 죽은 사실과 이곳이 내송임을 알자 양산에 다 들어왔음에도 불구하고 다시 구포로 돌아서 금산, 석산으로 올라갔다고 한다.

임진왜란이 선조 25년 1592년 4월 13일날 시작됐거든.

일본군이 이 부산포에서 양산으로 들어올 때 사밭재라꼬, 팔송에 거 사 밭재카는 재라 카는 재가 있십더.

(조사자 : 사밭재요?)

사밭재.

(조사자 : 사밭재.)

사배재.

지금 어 부산하고 양산하고 경계지점, 젤 그 팔송 삼거리, 울산 가고 양산 들어오는 길 안 있습니꺼? 저 저쪽은 울산선 보며, 고게서 넘어오는 거 재만디(재의 정상) 거게서 이기 있은 일이거든.

있는데, 왜냐하믄 뭘 여러 해 산(살았던) 거, 이건 가(가져) 가셔가 보시 도 되고 하는데,

숩게 얘기 하면은 그 당시에 조연구라 카는 분이 양산 군수였거든. 조 연구 그 양반이 군순데, 에 부산포에 왜놈들이 들어가가 부산진성이 동래 성이 함락될 당시에, 송상현, 예 그 분이 부윤이거든. 부산부윤이 에 전투 를 하게 되믄, 이 인접에 군수들이 전부 지원을 가게 되겠나, 그때 그 법 이 그래서

(조사자 : 그랬겠죠.)

조연구라는 분이 오십 명에 이르는 군사를 데꼬(데리고), 부산을 가 가 지고 그 송상현 부사하고,

(조사자 : 어, 동래성에서.)

같이 부산서 전투를 했어. 전투를 해가 장렬히 전사를 했거든. 그 때 고서 바로 죽었어. 그래하고 나이까네, 양산에 은자 인솔할 군대를 그 때 의병이 있어서 인솔할 그 수장이 없다 말이지.

군수가 그때는 마 전부 군사 일꺼지(일까지) 다 했던 모양이라.

그래가 밀양에 박진희라 카는 분이 밀양군수던데, 그 분이 원군을 모아가 양산 들어올 때, 이미 시간이 늦어가 양산 함락되고 나서, 일본 손에 드가고 난 뒤에라.

그런데, 내가 하고자 한 얘기는 일본군이 들어올 때, 양산 미처 들오기 전에 내송 카는 데, 하루재 지내믄, 내송, 다방카는데 있는 내송하고 다방하고, 그래가 하믄 아 한 오 리 사이나, 뭐 한 이천 메다(meter), 삼천 메다 이 쯤 될 끼다. 십리가 안 되지.

그 사이에 우리가 올 때 댕길 때 보먼은 산이 안 있습니까? 쭉쭉 뻗어가 있시믄, 이래 산이 있시믄 복판에 골이 안 져가 있습니까? 골이 져가 있는데, 그 골에서 내리와 가주고 밑에 걸에(냇가에) 가면은, 걸에 가이까네 그 소가 패이거든.

소라 캄더 그거로.

웅디가(웅덩이가) 패이가, 쉽게 우리말로 하믄 웅디가 패인다 말이다. 웅디가 패이는데, 그 때 길에가 소리질(小路길) 응 지금이야 대로지. 그 땐 소로질 소리질, 어 뭐 부산에 누가 많이 댕깄나. 뭐 촌에 살면 한 세상 그 자리에 사는데 길이 없거든.

그 소리질로 오는데 한 농부가 내송 다방 고 사임더(사이입니다). 고 사이 지점은 잘 모르지만 고 소가 한 두세 군데 있었어. 우리 댕겨 보믄 있는데, 논을 갈다가 사월 달에 논을 갈다가 왜놈들이 사월 십삼일 날 올라왔시이까네, 바로 그 질로 말이지.

부산포로 전투해가 뭐 이십일 경이 됐는지 말이지, 밑에 올러 오는데,

농부가 소를 몰고 쟁기를 채아가(채워서) 밭을 갈다가 왜놈이 둘오거든.

왜놈 둘오믄, 그런데 은자 장비가 머 다른 게 있나, 뭐 옷이나 뭐 덮을 끼나 이런 거 가지고, 한 보따리 지고 안 오겠나 이 말이지. 이래 지고 오는데, 이 분이 인자 산이 쭉쭉 이래 내려와 있시이까네, 어떤 지형이냐 하믄, 거 지금도 보면 거 지형은 다 썼심더. 그 지형에 소가 있는데, 그 산 모랭이에,

[방바닥에 손가락으로 그림을 그리며]

이래 이래 안 돕니꺼? 이래 도는데, 산 모랭이에 딱 갖다 소낭게다가 (소나무에다가) 자기 논 갈던 소를 소를 단디(단단하게) 매뿌고(매어 버리고) 홀찌이(쟁기) 알지요? 홀찌이?

[손가락으로 방바닥에 그림을 그리며]

이래가 이래 안 있는교? 밑에 쇠가 안 붙어 있나? 홀찌이를 갖다가 소낭게 가지에 여 턱 걸었거던. 소낭게 가지에.

딱 모랭이 도는 자리에다가 둘오이(들어오니) 왜놈이 인자 올라믄 뭐 마음 놓고 올 꺼 아인교? 헐떡헐떡 짐을 지고, 인저 다 양산을 둘온다고 오는데, 저항이 있나 오는데, 거게서 오는 놈 마줌(마다) 홀찌이를 가주고 흔들어뿌니 말이야, 약고리(옆구리) 찍어뿔(찍어버릴) 꺼 아이가.

그 무쇠 덩거리. 그 홀찌이 전부 무쇠 덩거리(덩어리) 아입니꺼? 그거 그 약골이 맘 놓고 찔러뿌이, 지는 뭐 허리 안 뿌러지마(뿌러지면) 약골이 뿌러지거던.

그러이 바로 웅디에(웅덩이에) 떨어지고, 웅디에 떨어지고, 멫 십 명을 죽있다. 그 사람 이름도 없고 형태도 없고, 양산군지에 보믄 군지 저 다 있는데, 보믄 내가 암만 훑어도 이름은 안 나가 있심더. 그거로 모르이까네, 우리 전해들은 소리지.

그래 인자 멫 십 명을 죽이니, 저 사밭 재만디에서 전진하는 군대를 보고 있을 꺼 아인교? 향도니 뭐시니 보고 있시이까, 산에 모랭이는 돌아가

는데, 앞에 나가는 게 안 보인단 말이야.

우리 집에 사밭재 거를 내버다보면(내려다보면) 다방카는데 그기 튄데, 바로 튄 데가 있어요. 돌아는 갔는데 아무도 나가는 기(것이) 안 비거든(보이거든). 이상하다 이게 우째 된 기냐?

그러다 보이까네 생각하기가 '양산에 의병들이 잠복해가 있다가 우리 군사 가는 거 마중 잡는 모양이다.' 그래 생각하고,

"여게가 어데냐?"

이래 물으이까네, 내송이라 카거든. 저 어데냐, 내송이라카 내송.

그 왜놈들이 말이지, 그 임진왜란이 일어나기 전에 몇 년 전에 가등청정 그 부하들이 많이 있지. 울산지방 와가(와서) 어데 와가 전부 거 정보 답사를 했거든. 할 때에 조선에 가면은 그 은자 부대 출병하는 군인들한테,

"송자 따린(붙은) 곳은 극히 주의해라."

이런 호령이 있었거든.

그 인간으로서는 중국서 원군 대장이 이여송이거든. 이여송. 그 인간으로 송자가 붙었고, 내송이다, 팔송이다, 저 반송이다, 청송이다, 송자 붙은 자리는 일본군의 저항이 심했답니다. 그때.

그래, 내송이다 카이 송자거든.

"정지해라. 정지해라. 진군하지 마라."

그래 가지고, 뒤에 앞에 거, 죽은 거 은자 목이 해했겠지(상했겠지). 목이 해 했이까네, 그 사람 잽혔는지 모르지만은 그 질로 저 구포로 돌아가 주고 그리로 바로 몬 가고, 반송, 양산을 다 둘왔는데 몬 가고, 둘러서 금산, 석산으로 이렇게 올라갔다 이런 얘기라.

그래서 그 얘기가 있는데,

(조사자 : 음, 재밌네요.)

암만(아무리) 봐야 그 전설에 나오지 않을 꺼다. 그 역사에 나오지 않거든. 그래 이런 기 있었는데, 이런 기 하믄 책을 짓는다 카이,

(조사자 : 응, 재미있습니다. 예.)

어. 얘기꺼리가 안되겠느냐.

홍룡폭포 뱀장어

자료코드 : 04_09_MPN_20090529_PKS_HMG_0001
조사장소 : 경상남도 양산시 북부동 327-2번지 양산시문화원
조사일시 : 2009.5.29
조 사 자 : 박경신, 김구한, 김옥숙, 정아용
제 보 자 : 황문길, 남, 78세
구연상황 : 홍룡폭포에서 물고기를 잡아먹고 사람들이 죽은 이야기를 유도하자, 제보자
가 이 이야기를 하였다. 앞서 상북면 대석리에서 조사한 내용과는 좀 차이가
있다. 홍룡폭포가 아니라 홍룡폭포 아래 큰 냇가에서 고기를 잡아먹었으며,
물고기를 죽이는 약으로 청산가루가 아니라 산초 껍질을 썼다는 사실이 다르
다. 그리고 상북면 대석리의 김도순 제보자는 뱀장어가 범상치 않은 존재로
보고 전설 차원의 이야기로 구연한 반면에, 이 제보자는 귀가 돋친 특이한 뱀
장어가 독을 지니고 있어서 그것을 먹은 사람들이 죽게 되었다고 구연하였다.
줄 거 리 : 부자들이 많았던 대석리 사람들이 홍룡폭포 아래 큰 내에서 산초껍질을 주머
니에 담아 물에 풀어 고기를 잡았다. 귀가 돋아 있는 깻단만큼 굵은 뱀장어
한 마리였다. 동네에 나이 많은 어른들이 그 뱀장어를 회를 해서 먹었는데,
회를 먹은 사람은 모두 죽었다고 한다.

(조사자 : 여기 어디야. 여 밑에 무슨 절이죠? 대석 마을 안쪽에 폭포
있고 절 하나 있다 아임니꺼.)

홍룡폭포?

(조사자 : 홍룡폭포. 에. 거도 옛날에 뭐 사람이 죽고 그랬다는데, 그런
거는 풍수가 관계없습니까?)

홍룡 홍룡폭포에서 사람이 죽은 게 아이고, 홍룡폭포 거 큰 거랑이 있
잖아요? 있는데, 홍룡폭포 밑에 거게(거기에).

대석 사람은 그 그 당시에 유지라 카머는(하면은) 농사 많이 짓고 부자 부자가 유지거든. 이런 사람이 그러믄 은자 나가(나이가) 오십 살 넘어 가믄 동네 어른이라 말이다. 어른이까네,

거게 고기로 누가 약을 풀어 고기를, 이전에 보믄 재피(산초) 껍디기로 뱃기가(벗겨서), 줄로 저 저 딴 약이 없거든. 조마이(주머니) 옇(넣어) 가지고 풀어가 그때 못 껀지면, 못 껀지면 저거는 독을 마실 때는 휘떡떡 나와가 디비돌고(뒤집어돌고), 그땐 몬 껀지면 살아가뿐다 카이까네, 재피 껍디기 약은.

그래 뺐는데, 큰 궁장이(뱀장어)가 마, 굵기가 마 이 정도 되는 모앵이라(모양이라). 깻단 카디만은 깻단은 마 이정도가 깻단인데, 마 말은 그런 기라. 큰 궁장이가 마 한 바리 나왔는데, 잡았어. 잡았는데, 귀가 돋혔다(돋아 있었다) 캐(해). 귀가. 궁자가 귀가 이래 돋혔어.

(조사자 : 아, 귀가 있더라구요?)

이런 거로 잡았다고 은자 회를 해 묶어(먹었어).

(조사자 : 회해 묵다 그죠?)

어. 회를 해 묶는데, 회 문(먹은) 어른들이 그 자래서 다 죽어뺐어.

그래가 맹우 저거 할아버지도 거서 그거 자시고 죽고, 그 당시에 그 그 어른들이 그거 자시고 죽었어.

(조사자 : 회를 해 먹고 죽었다 그죠?)

응?

(조사자 : 회를 해 먹고.)

그거 묵고 죽었고, 그거뺂이는 없고, 절에서는 그거 한 거 없고.

모심기 노래

자료코드 : 04_09_FOS_20090226_PKS_KDL_0001
조사장소 : 경상남도 양산시 상북면 대석리 268번지 대석마을회관
조사일시 : 2009.2.26
조 사 자 : 박경신, 김구한, 김옥숙, 정아용
제 보 자 : 김덕련, 여, 83세 외 2인(박봉임, 여, 81세)
구연상황 : 앞 이야기 구연에 이어 김도순 제보자에게 이야기를 더 해달라고 청했다. 그
러자 김도순 제보자는 김덕련 제보자에게 모심기 노래를 하라고 권하였다. 김
덕련 제보자는 김도순 제보자와 앞소리를 합창하고, 뒷소리는 박봉임 제보자
와 합창하였다. 이어 또 한 곡조는 혼자서 선창하고, 후창은 박봉임 제보자와
함께 불렀다.

물길랑 처정청 흘어 놓고
주인네 양반은 어딜 갔노

[노래판이 분위기가 무르익은 탓인지 청중이 소주 한잔 했으면 좋겠다
고 하였다.]

문에야 대전복 손에 들고~
첩우방에 썰어졌네

[청중이 소주 먹는 사람 없다며, 누가 노래를 계속 이어서 할 것을 청
했다.]

이 논빼미 솔을 심어
금실금실 영화로다
우리야 부모님 산소 등에

솔을 심어 영화로다

[청중이 술을 많이 붓지 말라고 말한 후, 자신이 앞소리를 할 테니 뒷소리를 받으라고 하였다.]

창부 타령

자료코드 : 04_09_FOS_20090226_PKS_KDS_0003
조사장소 : 경상남도 양산시 상북면 대석리 268번지 대석마을회관
조사일시 : 2009.2.26
조 사 자 : 박경신, 김구한, 김옥숙, 정아용
제 보 자 : 김도순, 여, 86세
구연상황 : 모심기 노래 구연이 끝나자 배금석 제보자가 청중에게 구연을 유도하였다. 그러자 제보자가 "내가 노래 하나 할게."라며 이 노래를 구연하였다. 이 노래는 절을 소재로 한 창부 타령이라는 점에서 특이하다. 제보자가 이런 노래를 구연하게 된 데는 오랜 동안 통도사에 다니는 보살이라는 점과 무관하지 않아 보인다. 의연하고 진지한 자세로 노래를 불렀으며 청중은 박수를 치며 장단을 맞추었다.

국지대찰은 통도사요
불자지종가도 통도사라
협조지종가는 해인사고
성가지종가는 송광사라.
삼대사찰이 웃텀일세

[웃음]

초한가

자료코드 : 04_09_FOS_20090530_PKS_RJY_0001
조사장소 : 경상남도 양산시 상북면 석계리 846번지 상북면마을회관
제보일시 : 2009.5.30
조 사 자 : 박경신, 김구한, 김옥숙, 정아용
제 보 자 : 류장렬, 남, 78세
구연상황 : 제보자가 배금석 제보자에게 형님은 나를 왜 추천했느냐고 물었다. 배금석 제
보자는 제보자에게 노래를 잘한다고 하며 해 볼 것을 권했다. 제보자는 노래
는 여러 가지가 있으며, 다른 사람 들이 많이 하는 노래보다 '초한가' 같은
옛날 것이라야 가치 있는 노래라고 말했다. 배금석 제보자가 제보자를 두고
초성도 좋고 장구도 치고 못하는 게 없다고 소개하였다. 또 다른 청중이 모심
기 노래도 있지 않느냐고 하자 그런 노래는 다 하는 것이라고 하였다. 초한가
도 노래로 하는 장구 타령곡이 있고, 그냥 가사집 곡 두 가지가 있다고 하고
는 타령을 넣어서 하는 것이 좋겠다고 하였다. 흥이 좀 돋우어져야 잘 된다
며, 지금은 연습하는 시간으로 하자며 구연을 시작하였다. 구성지게 노래를
불렀으며 목청이 아주 좋았다. 청중은 박수로 장단을 맞추고 "허" 하는 추임
새를 자주 넣어 주었다. 제보자가 노래를 끝내자 청중은 끝까지 하든지 하는
데까지 해야 한다고 계속할 것을 청했다. 그러나 제보자는 초한가는 너무 길
어 다 못한다고 했다.

얼씨구나 절씨구나
아니 놀진 못하리라

[웃으면서]
["잘 안 나온디야."라고 하면서 잠시 머뭇거렸다.]

어화 세상 벗님내야
초한 승부 들어 보소
순민십면 으뜸이라
한패공의 십만 대병
구래산하 십면에다

대진을 둘러치고
초패왕을 잡으럴 때
천하병마 도원수는
걸식포모 한신이라
대장대 높이 앉아
천하제후를 호령할 제

(청중 : 허! 허!)
[박수침]

영향성조 흥망일까
팽성동오 오백리는

(청중 : 허! 허! 잘한다~)

거리 거리 복병이오
두루 두루 매복이라

(청중 : 허어!)

모계 많은 이 좌거는
패왕을 유인할 제

(청중 : 허!)

산 잘 놓는 장량이는

(청중 : 허이~ 계명산 추야월에)

옥통수를 슬피 불어

뜬 노래 하여시되

(청중 : 허! 허!)

구추구추 깊은 밤에
하날 높고 달이 밝다

(청중 : 허! 허!)

울고 가는 저 기럭은
기럭 수심을 보이난다

(청중 : 허!)

변방 만 리 사지 중에
전별하는 저 군사야

(청중 : 허!)

너희들은 무슨 일로
죽기를 그렇기 질겼느냐(즐겼느냐)

(청중 : 허! 허이!)

돌아가세 돌아가세
느그 집으로 돌아가세
엉금엉금 기던 자식
어난 닷이(어느 듯이) 장성하여
사서삼경 앞에(옆에) 끼고
부자상봉은 엇나오면

너 나올 때 꽃같이~ 곱던 얼굴

어는 듯이 백발이 되어

부부 상봉은 엇났는데(어긋났는데)

너희들은 무슨 일로

전쟁고혼이 되단 말가

얼씨구 저얼씨구 지화자 좋네

태평성대가 여기로다

과부 자탄가

자료코드 : 04_09_FOS_20090530_PKS_RJY_0002
조사장소 : 경상남도 양산시 상북면 석계리 846번지 상북면마을회관
제보일시 : 2009.5.30
조 사 자 : 박경신, 김구한, 김옥숙, 정아용
제 보 자 : 류장렬, 남, 78세
구연상황 : 앞 노래를 끝낸 제보자에게 조사자가 과부 자탄가를 구연할 것을 권하였다.
다른 것, 삼국지 같은 것은 너무 뜻이 깊어서 안 되고, 맞보기로 부르기 좋은
'달 노래'를 하겠다며 구연을 시작했다. 좋은 초성으로 구성지게 막힘없이 시
원스럽게 노래를 불렀다. 청중은 노래가 끝나자 박수를 치고 "욕봤다(수고했
다)."고 하고, 시월달이 빠지지 않았느냐고 하며 앞 노래와 연결되는지 관심
을 보였다. 제보자는 이 노래가 '달 노래'이자 '과부탄식가'라고 하였다.

안히(아니), 아니 놀진 못하리라

정월이라 대보름은

달구경 가는 명절인데

청춘남녀 짝을 지어

양인 삼삼이 다니는데

울은(우리) 님은 어데로 가고

달구경 갈 줄을 잊었났냐
이월이라 한식절은
계자추에 넋이 들어
북망산천을 찾아가서
무덤을 안고 돌려왔네
무정하고 야속한 임은
왔느냐 소리도 없는구나
삼월이라 삼짓날이면
제비는 강남에서 돌아오고
기러기는 옛집으로 찾아간다
한 번 가면은 돌아올 줄은
말 몬하는 김생도(짐승도) 알건마는
우런 님은 어데로 가고
집 찾아올 줄 모르는고
사월이라 초파일은
석가여래님의 생신인데
집집마다 등을 달고
자손발원을 하건마는
하늘을 보아야 별을 따지
임 없는 나야 소용 있나
오월이라 단오날은
추천 뛰는 명절인데
녹의홍상 미인들은
인과 서로 뛰노는데
우런 님은 어데로 가고
추천탈 줄을 잊었느냐

유월이라 부롬날은
유두명절이 이 아니냐
백본청유에 찌진(지진) 전병
쫄깃쫄깃 맛도 좋네
임 없는 빈 방안에
건창이 막혀 못 먹겠네
칠월이라 칠석날은
견우직녀 만나는 날
먼나 작교 머나먼 길에
일 년에 한 번을 만나건만
우런 님은 어데로 가고
십년이 넘어도 못 만나나
칠월이라 보름날은
벽중명절이 이 아니요
출천대효 목련존저
청제부인 살생죄로
무간지옥 떨어더니
부처님 전에 감청을 하여
화락천궁을 지도하니
하늘에서 꽃비오고
사바세계가 진동한다
얼씨구절씨구 지화자 좋구나
태평성대가 여기로다
팔월이라 보름날은
중추가절이 이 아니냐
청춘남녀 짝을 지어

망월 산보를 가건마는
우런 님은 어데로 가고
망월갈 줄 잊었느냐
구월이라 구일 날이면
제비는 강남으로 돌아가고
기러기는 옛집으로 찾아온다
한 변(번) 가면은 오고갈 줄은
미물의 짐승도 알건마는
우런 님은 어데로 가고
일거에 소식 없나
시월이라 상달이 되면
집집마다 고사치성
부처님전에 백설기요
터줏전에는 뭇설기라
재수소망도 빌려니와
우런 님의 명복을 빌어보세
동짓달이라 잡아드니
절기는 벌써 내년인데
동지팥죽을 먹고 보면
원수의 나이는 더 먹었네
나이는 한살 더 먹었건만
임은 더 하나 안 생기네
섣달은 막달이라
빚진 사람 돌리는데
그날 그믐이 지나고 보면
달 그믐이 고대로다

복조리는 사라꼬 하건만

임 껀지는(건지는) 조리는 없는구나

백발가

자료코드 : 04_09_FOS_20090530_PKS_RJY_0003

조사장소 : 경상남도 양산시 상북면 석계리 846번지 상북면마을회관

제보일시 : 2009.5.30

조 사 자 : 박경신, 김구한, 김옥숙, 정아용

제 보 자 : 류장렬, 남, 78세

구연상황 : 청중이 '행상노래'가 참 좋은 노래라고 권하였으나 제보자는 그것은 목청이
좋고 명창이라야 잘할 수 있다고 했다. 조사자가 '사용'을 청하였으나 제보자
는 그런 것은 누구나 다 하는 것이라고 말했다. 제보자는 이미 녹음한 것에
대해 다시 틀면 지금 나오느냐, 중간에 들어볼 수 없느냐고 묻는 등 녹음상태
에 관심이 많았다. 녹음기 앞에서 노래하니 제대로 잘 안 나온다고 했다. 청
중이 노래 잘하는 사람의 노래를 배울 수 있게 하면 좋겠다고 하였다. 이 말
에 제보자는 노래가사는 배울 수 있지만 음성은 타고난 것이기 때문에 배울
수없는 것이라고 설명했다. 그리고 제보자가 노래하는 것은 '청춘가', '창부
타령', '노랫가락' 그런 것밖에 없다고 설명했다. 청중은 선후창은 선창하는
사람과 후창하는 사람이 따로 있어야 제대로 구연할 수 있으며, 두 사람의 조
화도 중요하다고 덧붙였다. 이런 이야기를 나누며 한참을 쉰 후 제보자는 '백
발가'도 전에 많이 했는데, 안 하다 보니 많이 잊어버렸다고 하면서 장구 타
령으로 할 수도 있으나 책 읽듯이 읊조려보겠다며 구연을 시작하였다.

슬프고 슬프도다

어찌 하야 슬프던고

이 세상에

["가만 아 이거 또 회심곡이 나올라카노 아이 아이다."라며, 잠시 혼란
스러워 하였다.]

이 세상이 근고한 줄
태산같이 믿었더니
백발 되니 슬프도다
맥문 없이 오는 백발
귀밑에 임하 가고
청자 없이 오는 백발
털끝 마다 전고하네
이리 저리 하여본들
오는 백발 끝말송아
이풍으로 제어하면
글을 내어 아니 올까
근력으로 쫓아보면
환하여 아니 올까
휘양으로 가리 우면
보지 못해 아니 올까
드는 칼로 냅다 치면
혼이 나서 아니 올까
만반지수 차려놓고
빌어보면 아니 올까
석순의 억만 잿물
인정 쓰면 아니 올까
알 수 없는 저 백발을
사람마다 다 겪는다
인생부덕 할 손 여는
풍월 중에 명담이라
삼천갑자 동방석은

전생후생 조문이오
팔백년을 살은 병조
검문 검문 또 있는가
칠팔십을 살더래도
일장춘몽 꿈이로다
장희비글 자를 제
가증하다 넓을로자
진실한 분 쓰시에
타지 않고 남아 있어
임이라꼬 사정없이
세상사람 늙히는공
늙기도 서러워
모양조차 늙어지네
꽃같이 곱던 얼굴
검버섯은 웬일이며
옥같이 희던 살이
광대등걸 되였구나
삼단같이 길던 머리
부랑당이 저 갔으면
팔대기에 있던 살은
마고할미 부여 같네
밥 먹을 제 볼라치면
발이 되건 코를 차고
장강이를(정갱이를) 걷고
보면 비수같이 날이 서고

[생각이 안 나는 듯 작은 소리로 다시 윗구절을 재빨리 읊조렸다.]

무슨 설엄(설움) 쌓였는지

눈물조차 흐르도다

추워 감기 들었는지

콧물조차 흐르도다

떡가루를 지났는지

잿머리는 무삼일고

묵묵무언 앉았으니

부처님이 될라는강

정신이 혼미하니

총명인들 있을소냐

남의 말을 말삼을 제

문동답서 답답하고

집안 일을 볼라시면

딴전이 일수로다

그 중에도 먹을라고

비우불복 말을 하면

그 중에도 입으랴고

비비불만 말만 하네

누가 주어 늙었는지

자질 보면 때만 서고

소년 보면 작시하야

얼듯 하면 성만내고

육십육갑 꼽아보니

빠르게도 돌아간다

늙을수록 분한 마음

칙량할 수 가이 없네

병작이를 다려다가(데려다가)

늙는 병을 고쳐볼까

염라왕께 소지하야

늙지 말게 하여볼까

주사약탕 생각하나

늙지 말게 할 수 없네

억 만 번 다시 생각

늙지 말게 할 수 없네

배례회심곡

자료코드 : 04_09_FOS_20090530_PKS_RJY_0004

조사장소 : 경상남도 양산시 상북면 석계리 846번지 상북면마을회관

제보일시 : 2009.5.30

조 사 자 : 박경신, 김구한, 김옥숙, 정아용

제 보 자 : 류장렬, 남, 78세

구연상황 : 앞 이야기가 끝나자 조사자가 제보자에게 '회심곡'을 불러줄 것을 청하였다. 제보자는 회심곡은 절간에 가면 다 있고 스님들이 모두 가지고 있으며, 다 잊어버렸다고 구연하기를 원치 않았다. 또한 제보자는 웬만한 것은 책에 있다고 하고 노래하지 않으려 하였다. 조사자가 책에 있는 것보다 직접 하는 자료가 중요하다고 강조하고, 잊어버린 대로 앞부분만 해도 된다고 거듭 요청하자 이 노래를 구연하였다. 조금 하다가 생전에 안 하니 "안 내려 간다.", "자꾸 엉뚱한 게 나온다."며 구연을 잠시 중단하고는 끝까지 다 아는데 안 된다며 답답해하였다. 이럴 줄 알았으면 미리 연습을 해 놓았으면 좋았을 것이라며 안타까워했다. 잠시 쉬며 청중들과 조사자가 이야기를 나누는 동안에도 끊임없이 입속으로 기억을 되살리며 읊조리던 제보자는 생각 안 나는 부분은 건너뛰고 해도 된다는 조사자의 요청에 한참 후 다시 이어서 구연하였다. 노래 구연이

끝나고 제보자는 이 곡은 회심곡 중에서도 '배례회심'곡이며, 회심곡은 따로 있다고 하였다. 그것은 글도 좀 아는 유식자가 부르는 것으로, 시중에 부르는 사람이 없는 참 좋은 회심곡이라고 하였다. 절의 스님 중에도 하는 사람이 없는 회심곡을 그 전에 어른들이 하였는데, 제보자는 못 부른다고 했다.

세상천제 만물 중에

사람밖에 또 있는가

여보시오 시줏님네

이내 말쌈 들어보소

이 세상에 나온 사람

누덕으로 나왔는공

석가여래 공덕으로

칠석님전 명을 빌어

재석보살 공을 타야

아버님전 빼를(뼈를) 빌고

어머님전 살을 타서

이내 일신 탄생하니

한두 살에 철을 몰라

부모은공 알을쏜가

이삼십을 당하 오면

부모은공 알듯 하니

사정은

[안 내려간다거나, 생전에 안 하니 모르겠다며 답답해하였다.]
(청중 : "가다가 마 와?", "당연하지. 안 되지.")
[몇 구절을 작은 소리로 재빠르게 읊조리고 나서]

부모은공 못다 갚아

어이 할꼬 애닯고나
무정세월 영구하니
원수백발 돌아오니
없던 망령 절로 난다
망령이라 흉을 보고
구석 구석 웃는 모냥(모양)
애닯고도 설은지고
절통하고 통분하다

[모르겠다며, 갑자기 하려니 잘 안된다며 기억해내려고 애썼다. 진광대
왕까지 다 아는 건데 이상하다고 하였다. 청중과 조사자, 제보자가 이런
저런 이야기를 하는 중간 중간 작은 소리로 생각을 더듬으며 가사를 읊조
렸다. 빠트리고 해도 된다고 하니, 그렇게 하는 걸 몹시 꺼려했다. 다시
조사자가 제보자가 빠트린 부분은 다른 곳에서 보완할 수 있다고 하자 계
속 작은 소리로 읊조렸다.]

[작은 소리로 글 읽듯이]

실낙(실낱) 같은 실낙 같은 이내 몸이
실낙 같은 이내 몸이
태산 같은 뱅이 들어
부르나니 어머니요
찾는 것은

(조사자 : 그거 다시 한 번만, 그대로 기억나는 대로. 하는 데까지만 해
보시소.)

어

실낙 같은 이내 일신

태산 같은 병이 들어

부르나니 그 부르나니 어머니요

찾는 것이 냉수로다

인삼녹용 약을 쓰나

약 효염이 있을쏘냐

판수 불러 경문 한들

경 덕이나 있을쏘냐

무녀 불러 굿을 한들

굿 덕이나 있을쏘냐

제미쌀을 씻고 싶어

명산대사 찾아가서

상탕에 맞이 죽고[27]

중탕에 목욕하고 하탕에 수족 씻고

촛대한상 벌여놓고

향로향락 불 갖춰

소지 한 장 벌연(벌인) 후에

비난이다 비난이다

부처님전 비난이다

신령님전 고양난 듯

[잠시 목을 가다듬으며]

죽는 목숨 살릴소냐

기억이나 할까보냐

---

27) 머리감고의 잘못.

카고 은자

제 일전에 진강대왕
제 일전에 초강대왕
제 삼에 송대대왕
제삼에 오강대왕
제 오에 염라대왕
제 륙에 변산대왕
제 칠에 태산대왕
제 팔에 평등대왕
제구 도시대왕
제 십오도 전륜대왕
열시왕에 불린 사자
일찍사자 월찍사자
열시왕에 불린
아
한 손에 철봉 들고
한 손에 창근 들고
쇠사슬을 비겨 차고
활뚝 같이 굽은 길로
살대 같이 달려오네

(청중 : 다 나오네. 인자 고대로 해가, 아까 고대로 식으로 불러라. 고대
로.)

[녹음기에 녹음이 되고 있는지 확인하는 말을 하고, 조사자는 그대로
구연하면 된다고 제보자를 안심시켰다.]

살대같이 달려 가서
　　　닫은 문을 착 차면서,
　　　쌀명삼자 불러 내여
　　　어서 가자 바삐 가자
　　　이런 저런 여러 날에
　　　저승 원문 다 하리라
　　　우두나찰 마두나찰
　　　소리치며 달려들어
　　　인정 달라 비는 구나
　　　인정 석 돈 반 푼 없다
　　　담배 골고 모은 재산
　　　인정 한 푼 써 볼쏘냐
　　　치성으로 옮겨올까
　　　저승으로 다려 갈까
　　　이런저런 여러 날에
　　　저승 원문 다 하리라

이러 카고

　　　우두나찰 마두나찰 소래

[이것은 이미 한 것이 아니냐고 하였다.]

　　　우두나찰 마두나찰
　　　소래 치며 달려 들어
　　　인정달라 비는구나
　　　인정 석 돈 반 푼 없다

태평가

자료코드 : 04_09_FOS_20090530_PKS_RJY_0006
조사장소 : 경상남도 양산시 상북면 석계리 846번지 상북면마을회관
제보일시 : 2009.5.30
조 사 자 : 박경신, 김구한, 김옥숙, 정아용
제 보 자 : 류장렬, 남, 78세
구연상황 : 앞 노래가 끝나자 배금석 제보자는 상북에 이 사람만큼 노래 잘 하고 기억력
좋은 사람은 없다고 제보자를 칭찬하였다. 조사자가 태평가를 불러줄 것을 청
하자 순순히 이 노래를 불렀다. 그러나 많이 잊어버린 듯 제대로 구연하지 못
하였다. 구연을 끝낸 후 태평가도 많은데 갑자기 하려니 "인 내려 긴다."며
안타까워하였다. 그러자 배금석 제보자는 노래는 두 사람이나 여러 사람이 교
대로 주고받아야 재미도 있고 잘 된다며, 제보자의 실력이 충분히 발휘되지
않는 이유를 설명하였다. 제보자는 혼자하려니 안 된다며, 이럴 줄 알았으며
"장홍렬이 하고 같이 하면 잘 되었을" 거라며 아쉬워하였다.

["태평가는 그거는 뭐!"라며 노래를 시작하였다.]

　　　니나노~ 닐니리아 닐니리아 니나노~
　　　얼싸~좋아~ 얼씨~구 좋다~
　　　벌나비는 이리저리 훨훨
　　　꽃을 찾아서 날아든다

　　카는 그긴데

　　　온갖 잡충이 날라드니
　　　꽃들 분명이 비었도다

화투 뒤풀이

자료코드 : 04_09_FOS_20090530_PKS_RJY_0007

조사장소 : 경상남도 양산시 상북면 석계리 846번지 상북면마을회관
제보일시 : 2009.5.30
조 사 자 : 박경신, 김구한, 김옥숙, 정아용
제 보 자 : 류장렬, 남, 78세
구연상황 : 화투타령을 구연해 달라고 청하자 이 노래를 구연하였다.

정월 솔가지 솔솔한 마음

이월 매조에 맺어놓고

삼월 사꾸라 산란한 마음

사월 흑사리 흩어지네

오월 난초에 났던 나비

유월 목당에 앉어 날라 앉어

칠월 홍돼지 홀로 누워

팔월 공산에 달이 솟네

구월 국화 굳은한 마음

시월 단풍에 뚝 떨어졌네

오동동동 오신 손님

섣달 비에 닦아졌네

[웃음]

청춘가

자료코드 : 04_09_FOS_20090530_PKS_RJY_0008
조사장소 : 경상남도 양산시 상북면 석계리 846번지 상북면마을회관
제보일시 : 2009.5.30
조 사 자 : 박경신, 김구한, 김옥숙, 정아용
제 보 자 : 류장렬, 남, 78세
구연상황 : 앞 노래가 끝나고 조사자가 '화초가'를 청하자 그런 것은 배우지 않았다고 하

였다. 이어 '배틀 노래'를 청하자, "그 전에 했는데 나이가 팔십이 다 되고 보니…"라며 탄식하였다. '모심기 노래'를 요청하자 그런 노래는 취미가 없었다며, 모를 심어도 모심기 노래는 하지 않고, '청춘가'나 '장부타령', '노랫가락' 같은 것만 했다고 하였다. 이에 조사자가 '청춘가'를 불러달라고 하여 이 노래를 부르게 되었다. 노래가 끝나고 듣기 좋은 꽃 노래도 많이 들으면 질린다고 했다. 그리고 어릴 때 배운 노래가 아닌 중년에 배운 노래는 다 잊어버렸다며, 어른들께 직접 배웠다기보다 어른들이 하는 걸 듣고 배우게 되었다고 한다.

이팔 청춘에 소연 몸 되어서
무명에 학문을 닦어들 봅시다

청천하늘에 잔별도 많고요
요내 가삼에(가슴에) 희망도 많구나

우편부 배달부 급살병 만냈나
정든 님 소식이 무소식이라

오동동 춘향에 달이 동동 밝은데
임의 동동 생각이 저절로 나노라

세월이 가기는 바람결 같고요
우리 인생 늙기는 풀잎에 이슬 같네

모심기 노래

자료코드 : 04_09_FOS_20090226_PKS_PBI_0002
조사장소 : 경상남도 양산시 상북면 대석리 268번지 대석마을회관
조사일시 : 2009.2.26
조 사 자 : 박경신, 김구한, 김옥숙, 정아용
제보자 1 : 박봉임, 여, 81세

제보자 2 : 김덕련, 여, 83세

제보자 3 : 배금석, 남, 85세

구연상황 : 앞 노래에 이어 박봉임 제보자는 모심기 노래를 한 곡조 더 할 테니, 김덕련
제보자에게 후소리를 받아서 하라고 요청하였다. 그러나 뒷소리는 다른 사
람이 받아서 한다. 이후 청중이 배금석 제보자에게 모심기 노래를 한 곡조
할 것을 권하자 배금석 제보자는 자신이 양산 사람이니 양산노래를 하겠다
며 모심기 노래를 한 소절하고 뒷소리를 청중에게 받게 하였다. 그러나 배금
석 제보자가 부른 모심기 노래의 뒷소리를 청중들 몇이서 함께 불렀으나 제
대로 하지 못하자, 제보자가 그 뒷소리를 바로 잡아 다시 구연하였다. 다소
산만하게 모심기 노래 두 곡조를 불렀으나 청중들이 많이 참석한 활기찬 구
연이었다.

우리 모승구는(모심는) 노래 한 문 더 하게. 내송댁이 받으세이. 가만
있다가.

내 모르머 우짤꼬?

제보자 1 임이 죽어 연자되어

　　　처마 끝에 집을 지어 하소

또 해라 받아라.

당신이 받아야지.

[웃음]

제보자 2 날면 보고 들면 봐도

　　　임인 줄로 내 몰랐네

그래. 하나이 하고 하나이 받고 해야지.

[웃음]

[청중이 조사자들을 향해 선생님도 좀 가르쳐 달라며, 노래하기를 원했
다. 선생님께 배우겠다며 노래하기를 재촉하던 청중들이 석계 할아버지,

즉 배금석 제보자에게 노래를 청했다. 그러자 배금석 제보자는 양산 사람이니 양산 소리를 해야 되겠다며 다음 노래를 불렀다.]

제보자 3 해 다 졌네 해 다 졌네
　　　　　양산땅에 해 다 졌네

　하소
　[한 청중이 '방실 방실 웃는 애기 못 다 보고 해 다 졌네'라고 하자, 또 한 청중은 '석자수건 목에 걸고 웃는 애기를 몰라 가네'라 했다. 또 한 청중이 '총각색씨가 뒤따린다'라고 하는 등 옥신각신 하다가 모르겠다고 하였다.]

　　　　　해 다 졌네

　커믄 그 노래는 받기로

　　　　　방실 방실

　(청중 : 웃는 애기)

　　　　　웃는 애기
　　　　　몬다 보고서 해 다 졌네

　이래 나와야지
　(청중 : 맞다. 맞다.)
　[웃음]

진주 난봉가

자료코드 : 04_09_FOS_20090226_PKS_PBI_0005
조사장소 : 경상남도 양산시 상북면 대석리 268번지 대석마을회관
조사일시 : 2009.2.26
조 사 자 : 박경신, 김구한, 김옥숙, 정아용
제 보 자 : 박봉임, 여, 81세
구연상황 : 조사자가 시집살이노래를 요청하자, 제보자는 "울도 담도 없는 집에 시집온
삼 년만에 이거 아니냐."고 하고, 구연을 시작하였다. 제보자는 시종 웃음 띤
얼굴을 하고, 정확한 발음과 구성진 목소리로 막힘없이 노래하였다. 구연하는
동안 청중들은 잘한다며 박수를 치고, 며느리가 죽는 부분에서는 성질도 급하
다며 뭐 하러 죽느냐는 반응을 보이는 등 제보자의 구연에 적극 반응하였다.

울도 담도 없는 집에
시집온 삼 년 만에

(조사자 : 뭐 그런 것도 있고요.)

내가 할게.

(청중 : 우동댁이가 안 안 오네.)

울도 담도 없는 집에
시집살이 삼 년 만에
시어머님 하시는 말쌈
애야 아가 며늘 아가
진주 낭군이 오신다하니
진주 남강에 빨래 가라
진주 남강 빨래로 가니
물도 좋고 돌도 좋아

(청중 : 잘한다~)

[박수침]

우당탕탕 빨래로 하는데
어데선강 들려온다
말자국 소리가 들려온다

[힘들다고 하며 잠시 쉬었다.]

말자국 소리가 들려온다
끄런 눈을 흘겨서보니
화늘 같은 갓을 씨고
구름 같은 옷을 입고
모르는 척하고 지나더라

(청중 : 살림도 안 된다.)

흰 빨래는 희게 빨고
검은 빨래는 검게 빨아
집이라꼬 돌아오니
시어머님 하시는 말쌈
애야 아가 며늘 아가
진주 낭군이 오셨으니
사랑방으로 나가 보라
사랑방에 문을 여니
기성첩을 옆에다 놓고
아홉 가지 안주를 놓고
기성

[다시 고쳐서]

권주가로 부르는데
장생불사에 만년주요
옥단춘에는 기강주요
묵고 놀자는 동배준데
이문

[다시 고쳐서]

문을 닫고 돌아서서
석자 수건을 목에 걸고

(청중 : 성질도 급하다. 말라고 죽노?)
[웃음]

목메어 달아서 죽었노라
이 말을 들은 진주 낭군
버선발을 띠어내려
왜 죽었나 왜 죽었나
내 말없이 왜 죽었나
화류정은 삼 년이고
본댁 정은 백 년인데
내 말없이 왜 죽었나
어와 둥둥 내 사령아
너는 죽어 꽃이 되고
나는 죽어 나비 돼야
이별 없는 세상에 살아 보소

각설이 타령

자료코드 : 04_09_FOS_20090226_PKS_PBI_0010

조사장소 : 경상남도 양산시 상북면 대석리 268번지 대석마을회관

조사일시 : 2009.2.26

조 사 자 : 박경신, 김구한, 김옥숙, 정아용

제 보 자 : 박봉임, 여, 81세

구연상황 : 배금석 제보자의 "베틀가" 구연이 끝나자 김도순 제보자가 전순이 제보자에게 "일전짜리 이전짜리" 해보라고 요구하였다. 그러자 제보자가 나서서 이 노래를 구연하였다. 눈을 밑으로 내리깔고 양반다리를 하고 앉아 두 손을 다리 위에 올린 얌전한 자세로 구연하였다. 구연 중간과 구연이 끝난 후 전순이 제보자가 "갑장이 최고네!"라며 박수를 치고 추켜 세우자, 제보자는 "가만히 앉았으니 생각키네."라며 겸손하게 대답하였다.

한일자로 들고 보니
일선에 계신 우리 장벵(장병)

(청중 : 잘한다~)

통일이 오도록 기다린다.

(청중 : 잘한다~ 우리 갑장 최고다!)

두이자로 들고 보니
이수저수 홍로주해
백로가 펄펄 날라든다
석삼자로 들고 보니
삼팔선이 가로막혀
부모처자로 갈렸네
넉사자로 들고 보니
사주팔자가 기박해서
정승자제도 마다 하고

각설이가 되여노라

다사오자로 들고 보니

우리 안방에 계신 님을

만나볼 길이 전혀 없네

여실 육자로 들고 보니

육판대충 청지기가

팔선녀 다리고(데리고) 희롱한다.

일곱 칠자로 들고 보니

칠보단장을 곱게 하고

(청중 : 갑장이 최고네.)

누구를 보일라고

질 나섰노

여덟팔자로 들고 보니

팔자에 없는 만석이 만나

고생문이 활짝 열렸네

[청중 웃음]

아홉구자로 들고 보니

구박받던 울은 님이

삶과 행복으로 가득 하네

열십자로 들고 보니

십년 만에 돌아오니

고향산천도 빈했구나(변했구나)

[웃음]

청춘가

자료코드 : 04_09_FOS_20090226_PKS_BGS_0012
조사장소 : 경상남도 양산시 상북면 대석리 268번지 대석마을회관
조사일시 : 2009.2.26
조 사 자 : 박경신, 김구한, 김옥숙, 정아용
제 보 자 : 배금석, 남, 85세
구연상황 : 술이 적당히 취해 기분이 좋아진 제보자는 청중들의 요구로 모심기 노래를
한 소절 부르고 노랫가락의 곡조를 설명하였다. 이어 청춘가라고 밝힌 이 노
래를 구연하였다.

　　　　어이 헤야 어디로 ○○가리로다

[청중 웃음]

　　　　꿈아 무정한 꿈아 있는

[이 노래가 노랫가락이라고 설명하였다.]
(청중 : 으야[28] 우리 갑장 아저씨 마 노래 잘 하거든.)
(청중 : 다 같은 노래라도, 다 같은 노래라도 어깨춤이 좀 나오게끔 이
래하지.)
[제보자는 어떤 가사에 "곡을 붙이면 양산노래도, 청춘가도 되고, 노랫
가락도" 된다고 설명하였다.]

　　　　청춘에 할일이 무엇이 없어서
　　　　이팔이 청춘에 술잔을 들었나

[방금 부른 노래는 청춘가라고 하였다.]
(청중 : 좋~다.)

---

28) '으야'는 '이봐', '이것 봐'의 경상도 방언.

진주 난봉가

자료코드 : 04_09_FOS_20090226_PKS_JSI_0007
조사장소 : 경상남도 양산시 상북면 대석리 268번지 대석마을회관
조사일시 : 2009.2.26
조 사 자 : 박경신, 김구한, 김옥숙, 정아용
제 보 자 : 전순이, 여, 81세
구연상황 : 청중들이 과부 자탄가를 잘한다며 집에 가서 모시고 온 제보자는 "짠짠한 것
할란다."며 신식 유행가를 두 곡조 부른 후 이 노래를 구연하였다. 낭낭한 목
소리로 구슬픈 듯 신명나게 노래했다. 제보자가 노래를 부르는 동안 청중들은
박수를 치며 장단을 맞추고, 한 소절이 끝날 때마다 "좋다.", "잘한다."며 추
임새를 넣고 흥을 북돋우었다. 제보자는 목이 메이는지 가끔 목을 가다듬기도
하면서 막힘없이 구연하였다.

울도 담도 없는나 집에
시접 삼 년을 살고 나니

(청중 : 잘한다! 좋~다)

시어무니 하시는 말씀
아가 아가 며늘아가

(청중 : 마 시끄럽다. 앉가라(앉으라) 마. 지랄하지 말고.)

진주야 낭군을 볼라거든
진주 남강에 빨래가지

(청중 : 좋~다)

진주 남강 빨래를 가니
물도 좋고 돌도 좋네

(청중 : 좋~고)

　　　　검둥 빨래는 껌기 씻고
　　　　흰 빨래는 희기 씻고

(청중 : 잘하지요? 좋~다.)

　　　　우리집을 어떠오니
　　　　진주야 낭군님 거동 보소

(청중 : 좋~고)
[기침]
(청중 : [웃음] 목 가듬어야지.)
[제보자는 이제 나이가 들어서 노래하기 힘들다는 말을 하였다.]

　　　　장구 열채를 울리나미고(울러 메고)
　　　　기생첩을 앞에 두고

(청중 : 좋~다)

　　　　두뚜랑탕 뚜두랑탕 잘도 논다

(청중 : 좋~고)

　　　　작은방을 들어가서
　　　　죽을라네 죽을라네

(청중 : 좋~고)

　　　　자는 듯이 듯꼬 죽을라네

(청중 : 좋~고)

석자야 수건 내여가주(내어서)
　　목을 졸라서 죽었구나

(청중 : 음~)

　　진주 낭군님 버선발로 뛰어올라
　　왜 죽었나 왜 죽었나
　　내 말 없이는 왜 죽었나

(청중 : 좋~고)

　　기성첩은 삼 년이요
　　본처화로는 백 년이라

(청중 : 잘하고~ 좋~다. 잘한다~)

　　얼씨구나 좋네 절씨구나 좋아
　　아니 놀고서 무엇하리

(청중 : 척!)
[기침]
(청중 : 다 했나?)
[웃음]

창부 타령

자료코드 : 04_09_FOS_20090226_PKS_JSI_0008
조사장소 : 경상남도 양산시 상북면 대석리 268번지 대석마을회관
조사일시 : 2009.2.26

조　사　자 : 박경신, 김구한, 김옥숙, 정아용
제　보　자 : 전순이, 여, 81세
구연상황 : 앞 노래에 이어 제보자는 이제 짤막한 것 하나 하겠다며 이 노래를 신명나게
　　　　　 구연하였다. 청중들은 박수로 장단을 맞추고, 마지막 후렴구를 같이 부르는
　　　　　 등 매우 흥겨워하였다.

　　　　노들강변 벽사리 땅에
　　　　삐들기(비둘기) 한상이(한 쌍이) 놀아난다.
　　　　암놈은 물어다 숫놈을(숫놈을) 주고
　　　　숫놈은 물어다 임놈을 주고
　　　　숫놈 암놈 귀 않는 소리
　　　　청춘과부는 담봇짐(단봇짐) 싸고
　　　　늙은 과부는 한심(한숨) 쉬네

　　(청중 : 잘하고~)
　　[웃음]

　　　　얼씨구나 지화자 좋네
　　　　아니 놀고서 못하리라

　　(청중 : 뭐 우째기나[29] 최고다! 최고다! 좋다~)
　　[박수침]

　　　　아니야 노지는 못하리라.

─────────────────

29) 어쨌거나.

과부 자탄가

자료코드 : 04_09_FOS_20090226_PKS_JSI_0009
조사장소 : 경상남도 양산시 상북면 대석리 268번지 대석마을회관
조사일시 : 2009.2.26
조 사 자 : 박경신, 김구한, 김옥숙, 정아용
제 보 자 : 전순이, 여, 81세
구연상황 : 제보자는 조사자와 청중이 청한 이 노래를 다른 노래를 하면서 구연을 미루
었다. 그러다 음료수를 마시고, "상금을 주나 틀러도"라고 한 후 구연을 시작
했다. 양반 다리를 하고, 다리 하나는 세워서 두 손을 그 세운 다리 앞에다
모르고, 먼 곳을 응시하며 지긋한 시선으로 눈을 감기도 하면서 낭랑한 고음
으로 구연하였다. 잊어버린 부분도 순발력 있게 어떤 내용이든 넣어서 구연하
고, 그렇게 하였다고 해명했다. 이런 점으로 보아 노래의 흥을 깨지 않으려는
노력을 엿볼 수 있었다. 또한 노래가사에 감정이입하는 분위기를 보였다. 특
히 "우른님은 어디로 갔노"와 "임은 한놈도 안 생기노", "우른님껀지는 조래
없나" 부분을 힘주어 불러 청중의 폭소를 자아냈다. 청중은 제보자의 노래에
박수를 쳐 장단을 맞추고, 소절 끝마다 "좋다.", "잘한다."라는 추임새를 넣어
신명나는 분위기를 조성하였다. 제보자는 시집와서 딸 하나 낳고 남편이 군대
에 가고 없을 때, 뒷집에 사는 "일류 변호사 형님"에게 이 노래를 배웠다고
하였다. 그 형님이 종이에 가사를 써 주어 배웠다고 했다. 구연이 끝나고 이
노래가 '일 년 열두 달 과부 자탄가'라고 설명을 덧붙였다.

정월이라 대보름은
달맞이가는 명절이라

(청중 : 좋~고! 잘한다~)

청춘남녀 짝을 지어
달맞이 산보로 가거니와

(청중 : 좋~고! 좋다~)

울으(우리) 님은 어디를 가고

달맞이 가자고 말도 없노

(청중 : 좋~다)

이월이라 한식날은
개자야수이(개자추) 넋이도다

(청중 : 좋~다)

북만산천을 찾어나가서(찾아가서)
무덤을 안고 통곡하니

(청중 : 좋~다)

무심하고 야속한 인연
너와 어떠냐고 말도 없노
삼월이라 삼짓날은
제비는 옆집으로 날러가고
옆집으로 날러오고
기러기는 옆집으로 날라가고
울으 님은 어디를 가고
집 찾아 올 줄을 모르던고

(청중 : 그러이, 내가 눈물 날라 칸다.)
행님(형님) 그라지 마소.

사월이라 초파일은
석가야모니(석기모니) 탄생이라

(청중 : 좋~다)

집집 마중 등을 달고
자손발언도 하거니와
하늘로 봐야 별을 따지
울은 님은 어두로 갔노

(청중 : [웃음] 그 인지 임 찾아가 뭐 할 끼고. 이기 노래가 안 끝난다.
오월 단오.)

오월이라 단오일은
추천 뛰는 명절이라
청춘남녀 짝을 지어
노개야 홍상을 띠(뛰어) 노는데

(청중 : 잘한다~)

울으 님은 어디를 가고
추천 타자고 말도 없노

(청중 : 좋~다)

유월이라 육일 날은
유두명절이 아닐란가
올기쫄기 귀슬개 뜯어
어두침침 빈 방안에
나 홀로 묵기도 더욱 설다(섧다)
칠월이라 칠석날은
긴우야즉녀(견우직녀) 만나는데
긴우즉녀 즉녀성은

일 년에 한 번씩 만나는데

(청중 : 좋~다)

울으 님은 어디를 가고
십 년에 한 분도 아니 오노

(청중 : 좋~다)

팔월이라 보름에는
청춘남녀 짝을 지아
문어한도 댕기는데

[잊어버린 부분을 다른 것으로 대체해 구절을 맞추면서, "요것도 잊어 뿌고, 요래 태스옇는다."라 하고 계속 구연했다.]

댕기는데
울으 님은 어둘로 가고
가자오자꼬 말도 없노
구월이라 구일 날은
제비는 옆집으로 날러가고
기러기는 옆집으로 날라오고

(청중 : 잘하고~)

울은 님은 어디를 가고
가자오자꼬 말도 없노

(청중 : 전부 임이다.)
(청중 : 임 안 들고(들어가소) 노래가 안 되거든.)

시월이라 상달에는
집집마중 호신치자
부치님전에 백설이요
터주전에도 무설기라
자손 발언도 하거니와
하늘로 봐야 별을 딸까
임 없는 이 몸은 소용없다

(청중 : 좋~다. 아이구 좋다.)

동기달(동짓달) 동짓날은
동기야팥죽을(동지팥죽을) 먹고 나이
나이는 한 살 더 묵어도
임은 한 놈도 안 생긴다.

[청중 웃음]

임은 한 놈도 안 생기노

[웃음]
(청중 : 맞다 맞다. 임이가 생기가 말라꼬.)
나이 젊거든 이제부터라도
(청중 : 섣달 그믐은 해야지.)
["내 요고 하고 설명할 것이요."라고 하였다.]
은자 섣달을 해야지요.
(청중 : 이제 문 열어 놨다 자꾸 해라. 자꾸 하겠다.)
[이때, 제보자는 "어 이제 섣달 보자"라고 하고는 "잊어버렸다."고 하였다. 청중은 "섣달 막달이다."며 반응하였다.]

섣달은 막달이라
빚 준 사람은 쪼이는데
복조리를 사라꼬 하데
울은 님 껀지는 조래(조리) 없나

(청중 : [웃음] 아이구 잘한다~)

해동자극이 지나고 보니
그달 그믐이 그대로다

["한심타.", "이게 끝인데, 이게 일 년 열두 달 과부 과부 자탄가"라고
하였다.]

청산은 나를 보고

자료코드 : 04_09_MFS_20090226_PKS_KDS_0004
조사장소 : 경상남도 양산시 상북면 대석리 268번지 대석마을회관
조사일시 : 2009.2.26
조 사 자 : 박경신, 김구한, 김옥숙, 정아용
제 보 자 : 김도순, 여, 86세
구연상황 : 앞 노래에 이어서 계속 구연하였다.

> 청산은 나를 보고 말없이 사라(살라) 하고
> 창공은 나를 보고 티없이 사라 하네
> 사랑도 벗어 놓고 미움도 벗어 놓고
> 물같이 바람같이 살다가 가라 하네

해방가

자료코드 : 04_09_MFS_20090530_PKS_RJY_0005
조사장소 : 경상남도 양산시 상북면 석계리 846번지 상북면마을회관
제보일시 : 2009.5.30
조 사 자 : 박경신, 김구한, 김옥숙, 정아용
제 보 자 : 류장렬, 남, 78세
구연상황 : 제보자가 아는 노래제목을 알려주기를 요청하자, 청중과 더불어 노래제목 몇 개를 언급하였다. 조사자가 이 중 '태평가'의 구연을 요구하자 태평가 말고 '해방가'를 하겠다며 두 곡조를 구연하였다. 한 곡조를 끝내고 김성주와 김일성이 들어가는 가사를 전에는 넣어 불렀는데 세월이 달라지고는 안 부르는 게 맞다고 생각하여 그 가사의 곡은 부르지 않는다고 설명하였다. 구성진 목청으로 막힘없이 불렀다.

[“태평가. 아 태평가 말고 차라리 그럼 해방가로”라고 말하고 노래를 시작하였다.]

(조사자 : 네. 아무거나 한번 불러보십시오. 편하신 대로.)

징용보국대 나가실 적에
다시는 못 올 줄 알았는데
일 일천구백 사십오 년
팔월 십오일 해방이 되니
연락선에다 몸을 실고
부산 항구에 당도하니
곤니찌와 오하요(こんにちは おはよう)
바다건너로 가고
코 큰 양반들이 들어오니
방방곡곡에 태극기를 달고
만세소리가 진동할 제
앞집에 서방님은 집 찾아오는데
우리 집에 애기아버지는 왜 못 오나
원자폭탄에 맞었느냐
비행기 공습을 당했는지
한 번 가신 후로는 무소식 없네
서울운동장 태극기는
바람에 펄펄 휘날리고
해방이 되었다 좋다했더니
지거지거든 우교는 웬말이냐
어린 자식을 등에다 업고
병든 가장을 앞세우고

늙은 부모를 손을 잡고
한강철교 당도하네
공중에는 폭격을 하니
이런 답답한 일 또 있는가

거 인자, 음 그 요새는 그 전에는 그 김성주 마땅 김일성캉(김일성하고)
그런 소리 했었는데, 요새는 인제 세월이 요래되니 그 노래는 안 부리는
게 낫겠데.
(조사자 : 네, 고 태평가도 한번 하시죠?)

죽으려 왔는 중공군아
쓸데없다 썼다하리
아메리카 강남남 미군들과
재주 좋은 제뜨기가(제트기가)
골골이마다 찾아서 다 죽인다
한시 바삐 한국 땅에
주저 말고 항복하라
얼씨구 절씨구 지화자 좋네
아니 놀지는 못하리라
너의 팔뚝에 뛰는 맥도
단군님의 혈맥이요
내가 끊어져 식어진 맥도
단군님의 혈맥인데
한 조상에 피를 받은
동족살상이 웬말이냐
인민을 죽이려는 인민군이냐

이름 좋다 불러줘라

카는 그 그기 해방가.

[웃음]

해방가

자료코드 : 04_09_MFS_20090226_PKS_PBI_0006
조사장소 : 경상남도 양산시 상북면 대석리 268번지 대석마을회관
조사일시 : 2009.2.26
조 사 자 : 박경신, 김구한, 김옥숙, 정아용
제 보 자 : 박봉임, 여, 81세
구연상황 : 조사자가 '환갑 노래'를 구연해 달라고 청하자 제보자는 이 노래를 부르겠다
며 나섰다. 1절이 끝나자 2절도 할까며 조사자에게 물었다. 이 때 청중 중 한
명이 1절까지만 하라고 끼어들었으나, 이 말에 아랑곳하지 않고 2절까지 구
연하였다. 노래가 끝나자 제보자는 이 노래를 '해방가'라고 하였다.

징용보고 때 끌려갈 때는
다시는 못올 줄 알았는데
일천구백 사십 오년
팔월 십오일 해방이 되니
연락선에 이 몸을 실고
부산 항구에 당도하니
문전 문전 태극기 달고
삼천리강산에 만세소리
앞집에 거시기 아빠는
집을 찾아 오시거만
우리 집에 이 양반은

한 번 간 이후는 소식 없네

원자폭탄에 쓰러졌나

비행기공습을 당했는강

돌아올 줄 왜 모르노

눈물은 모아서 한강이 되고

한숨은 모아서 동남풍이 됐네

얼씨구~

[제보자가 2절도 할까며 묻고, 누군가 1절만 하라고 말했다.]

서울운동장 태극기는

바람에 휘날리고

삼천만 우리 동포

해방이 됐다고 좋다한데

찌근찌근 육이오사변

생각조차 못했는데

에린(어린) 자식 등에 업고

다 큰 자식 손을 잡고

늙은 부모 앞시우고(앞세우고)

한강철교로 건너와서

부산 자갈치에 당도하니

피난민생활이 완전하다.

그게 해방가지.

베틀 노래

자료코드 : 04_09_MFS_20090226_PKS_BGS_0011
조사장소 : 경상남도 양산시 상북면 대석리 268번지 대석마을회관
조사일시 : 2009.2.26
조 사 자 : 박경신, 김구한, 김옥숙, 정아용
제 보 자 : 배금석, 남, 85세
구연상황 : 앞 노래에 이어 제보자는 "베틀 노래나 해 볼까."며 이 노래를 구연하였다.
　　　　　 노래를 시작하자 청중들은 열렬한 환영을 하고, 제보자는 시원스럽게 노래를
　　　　　 불렀다.

오늘날이 하심심하게
베틀 노래나 불러 볼까

(청중 : 왔다. 우리 갑장어른 만냈다. 좋~다.)

베틀다리는 네 다리요
큰 애기 다리는 단비다리

(청중 : 좋~다.)

낮에 짜면 일광단이요
밤중에 짜면 월광단이라
일광단 월광단 다 짜 다리요
생선일 수발이나 하여볼까

(청중 : 아이구 잘한다.)

에헤라 디야 에야~

[웃음]

5. 용당동

증편 한국구비문학대계 ● 경상남도 양산시

▌조사마을

경상남도 양산시 용당동 용당마을

조사일시 : 2009.2.10
조 사 자 : 박경신, 김구한, 김옥숙, 정아용

  용당동은 울산군 웅촌면이 웅하면과 웅상면으로 분할될 때에 양산군 웅
상면으로 편입되었다. 1917년 행정구역 폐합에 따라 용당마을, 편들마을,
당촌마을, 죽전마을, 생동마을을 병합하여 용당리라 하였다. 1917년 행정구
역 폐합에 따라 편들, 당촌, 죽전, 생동을 병합하여 용당리라 하였다. 2007.
4. 1. 행정구역 개편으로 웅상읍이 서창동, 소주동, 평산동, 덕계동으로 분
동되면서 용당리는 행정동은 서창동, 법정동은 용당동으로 변경되었다.
  용당동의 명칭은 현재 우불산이 당(堂)갓으로 불린 것과 용당마을 위쪽

에 위치한 요강단소(龍岡壇所)와 밀접한 관련이 있을 것으로 보여진다. 용강단소는 용당마을에서 탑골저수지로 가는 길목에 위치하고 있다. 고려태조가 후삼국을 통일할 당시 공이 많은 박윤웅에게 장무(莊武)의 시호를 하사하고, 본관을 주어 울산박씨의 시조가 된 것을 기념하기 위해 세웠다고 전한다. 따라서 현재 우불산 아래에 조성된 당촌과 용강단소가 용당동의 지명을 이루고 있는 것으로 보인다.

마을 서쪽으로 회야강이 흐르며, 동쪽으로는 대운산 자락이 펼쳐진다. 회야강변 저지대에 마을이 있다. 국도 7호선을 타고 울산 방면으로 진행하다가 보면 평산사거리, 삼호1호교, 서창삼거리를 차례로 지나게 된다. 서창삼거리를 지난 후에 편들회관 마을을 지나면 곧 만나는 당촌교 입구 사거리에서 우회전하면 용당마을이다.

용당마을은 용당동의 중앙에 있는 마을로 2009년 현재 600여명의 주민이 살고 있다. 마을 동쪽의 시유림에는 대운산 자연휴양림이 있다. 서쪽 회야강을 따라 국도 7호선이 지나며, 용당마을 부근에서 지방도 1028호선이 분기되어 울산광역시 온양읍으로 연결된다. 이외에도 양산 용당리 용강사 유허단비, 용당리 유물산포지, 용당리 보호수 등이 위치하고 있어서 마을의 오랜 역사를 말해주고 있다.

대표적 지명으로는 가매소와 너머곡이 있다. 가매소는 탑골에 있는 탑골목(용당저수지) 밑의 거랑(川)에 있는 소로 옛날에는 명주구리 실 한 타래가 모두 잠겼을 정도로 깊었다고 한다. 가마처럼 생겼다고 하여 붙여진 이름이다. 너머곡은 죽전마을 북쪽에 있는 골짜기로 울산군 웅촌면 와지마을을 다니는 길이었고 서나무숲이 형성되어 있어서 일명 서나무 고개라고도 한다.

이 지역도 주변의 고연공단(울주군)과 웅비공단 등 산업지구로 하여 전통문화의 기반이 사라진지 오래된 마을이다. 따라서 마을 민속 현황도 마을 자체로 행하는 행사는 거의 없고 웅상읍 여러 마을과 공동으로 정월 대보름날 행사를 치룬다고 한다. 채록된 자료는 노동요와 단편 민요 등이다.

제보자

김순남, 여, 1930년생

주 소 지 : 경상남도 양산시 용당동 547-5번지 용당마을회관

제보일시 : 2009.2.10

조 사 자 : 박경신, 김구한, 김옥숙, 정아용

조사자들이 용당마을회관 부녀자방을 방문해서 만난 제보자이다. 조사장소에 들어가자 20여 명의 할머니들이 몇 무리로 나뉘어 동전내기 화투를 치고 있었다. 제보자는 조사자가 인사를 하고 조사목적을 이야기하자마자 "짧은 것을 해도 되느냐."라며 자신이 치던 화투판을 두고, 설치 중인 조사장비앞으로 나아와 조사에 임할 정도로 조사목적을 잘 이해하고 도와주려는 자세를 보여주었다. 보유하고 있는 노래에 비해 조사에 협조하려는 자세가 매우 적극적이었고, 솔선수범하여 자료를 제공하려 애썼다. 아는 노래는 모두 제보하려 했으며, 청중들에게 자신처럼 조사에 임하라는 암시를 하는 것 같았다. 시종 의연한 자세로 발음도 분명하게 거의 막힘없이 구연하였다. 제보자의 적극적인 행동 덕에 할머니들은 서서히 화투판을 접고 조용해졌다. 전에는 모심기 노래도 많이 불렀는데 지금은 목이 가서 못한다고 했다.

제보자의 택호는 태평댁이다. 친정은 경상남도 산청군 태평리인데 신기라는 동네에서 살다가 6・25사변에 부산에 피난을 갔으며, 결국 용당에 와서 살게 되었다고 한다. 보통 키에 호리호리한 몸매로 치마를 입고 스카프를 두른 단정한 모습이었다. 파마머리에 안경을 쓰고 전체적으로 깔

끔하고 인자한 인상을 풍겼다. 도시생활을 해서인지 주변 할머니들과는 다른 교양 있는 분위기를 지니고 있었다. 행동이 민첩하고 자세가 곧았다.

제공한 자료는 동요풍의 노래 몇 편이다.

제공 자료 목록

04_09_MFS_20090210_PKS_KSN_0001 어머니 노래
04_09_MFS_20090210_PKS_KSN_0002 실푸도다 구길 같은
04_09_MFS_20090210_PKS_KSN_0006 하늘에라 금송아지

김판희, 여, 1936년생

주 소 지 : 경상남도 양산시 용당동 566-10번지 용당마을회관
제보일시 : 2009.2.10
조 사 자 : 박경신, 김구한, 김옥숙, 정아용

제보자는 청중이 권하자 노래 하나만 하
겠다며 구연에 참여하였다. 체격이 좋고 안
색이 밝아서 건강해 보였다. 옷차림도 나이
에 비해 젊어보였다. 진지하게 좋은 목청으
로 구연하였다.

제보자의 택호는 남곡댁이다. 친정은 진
주 진양군인데 시집가서 부산에서 살다가
용당에 와서 살게 되었다고 한다.

제공한 자료는 창부 타령 한 곡이다.

제공 자료 목록

04_09_FOS_20090210_PKS_KPH_0003 창부 타령

성봉주, 여, 1938년생

주 소 지 : 경상남도 양산시 용당동 547-5번지 용당마을회관
제보일시 : 2009.2.10
조 사 자 : 박경신, 김구한, 김옥숙, 정아용

제보자는 다른 사람에게 "모심기 노래도
해도 된다.", "조선 소리다."라고 권유하다
가 구연에 참여하였다. 청중이 틀렸다고 하
자 다시 구연하기도 하고, 이진식 제보자와
함께 선후창으로 부르기도 하였다. 두 사람
이 노래를 부를 때 청중들은 "잘한다."라거
나, "슬프다."라며 추임새를 넣거나, 박수를
쳤다. 또한 어떤 모심기 노래를 부를 때는
옆사람과 함께 눈물을 보였는데 이를 보고 청중들이 핀잔을 주자 "그런게
있다. 모르는 사람은 모른다."라고 말하며, 감정이 북받치는 모습을 보이
기도 하였다. "괜히 그런 노래 불러 눈물나게 한다."라고 말하기도 하였
다. 아마 돌아가신 누군가를 그리워하며 눈물짓는 것 같았다.

크지 않는 키에 통통한 외모로 반지와 염주 등 팔찌 여러 개를 착용한
모습이 눈에 띄었다. 제보자의 택호는 평동댁으로, 친정인 울산 평동에서
용당으로 시집을 와서 살고 있다.

제공한 자료는 모심기 노래 1편과 민요 1편이다.

제공 자료 목록
04_09_FOS_20090210_PKS_SBJ_0007 꽃아 꽃아 방실꽃아
04_09_FOS_20090210_PKS_SBJ_0008 모심기 노래

손두조, 여, 1930년생

주 소 지 : 경상남도 양산시 용당동 547-5번지 용당마을회관
제보일시 : 2009.2.10
조 사 자 : 박경신, 김구한, 김옥숙, 정아용

조사 내내 조용히 있던 제보자는 청중들
의 권유로 노래를 구연하였다. 눈을 내리감
고 간간히 한 손으로 다른 손을 덮거나 두
드리면서 노래를 불렀다. 모르는 부분이 나
오면 당황스러워하였으나, 목청이 좋아 시
원스럽게 구연하였다. 중간에 생각이 안 나
는 부분은 말로 설명하였다. 아는 노래가 더
러 있는데 잊어버렸다며 두 곡의 노래를 제
공하였다.

통통한 체격에 머리가 많이 희었으며 요즘 보기 드문 쪽진 머리를 하
고 있었다. 느린 말투로 굵고 쉰 목소리를 지니고 있었다. 택호는 대동댁
이다.

제공한 자료는 시집살이 노래 외 1편이다.

제공 자료 목록
04_09_FOS_20090210_PKS_SDJ_0005 시집살이 노래
04_09_FOS_20090210_PKS_SDJ_0009 흘러가는 박조가래

이옥녀, 여, 1930년생

주 소 지 : 경상남도 양산시 용당동 한창빌라 470번지 용당마을회관
제보일시 : 2009.2.10
조 사 자 : 박경신, 김구한, 김옥숙, 정아용

청중들 뒤에 있던 제보자가 "내가 한번 할게."라며 창부 타령을 부르다가 모르겠다고 하며 끝을 내지 못하였다. 그러다가 이어 다시 다른 가사의 창부 타령을 구연하였다. 손으로 춤추는 시늉을 하며 신나게 구연한 후 민망한 듯 80세에 그만하면 잘 한다고 말했다. 그리고 누워서는 노래가 잘 나오는데 앉아서는 노래가 안 나온다며 가사가 기억나지 않음을 안타까워하였다.

자그마한 체구로 빨간 티셔츠와 몸빼 바지 차림으로 파마머리를 하고 있었다. 조사에 참여하고 싶은 의욕은 있으나 뜻대로 잘 되지 않아 아쉬워하였다. 제보자의 택호는 두문댁이다. 친정이 전라도 무주인데 시집와서 용당에서 살게 되었다.

제공한 자료는 창부 타령 한 곡이다.

제공 자료 목록
04_09_FOS_20090210_PKS_LON_0004 창부 타령

이진식, 여, 1934년생

주 소 지 : 경상남도 양산시 용당동 547-5번지 용당
　　　　　마을회관
제보일시 : 2009.2.10
조 사 자 : 박경신, 김구한, 김옥숙, 정아용

제보자는 다른 제보자의 모심기 노래가 끝나자 자신이 아는 모심기 노래를 불렀다. 이어 성봉주 제보자와 선후창 또는 합창으

로 모심기 노래를 구연하였다.

조금 통통한 체격을 가지고 있었고 건강해 보였다. 성격도 밝고 활기차 보였다. 제보자의 택호는 남촌댁이다. 친정인 웅상 주남에서 용당으로 시집을 와서 지금까지 살고 있다고 한다.

제공한 자료는 모심기 노래 1편이다.

제공 자료 목록
04_09_FOS_20090210_PKS_SBJ_0008 모심기 노래

창부 타령

자료코드 : 04_09_FOS_20090210_PKS_KPH_0003
조사장소 : 경상남도 양산시 용당동 547-5번지 용당마을회관
조사일시 : 2009.2.10
조 사 자 : 박경신, 김구한, 김옥숙, 정아용
제 보 자 : 김판희, 여, 74세
구연상황 : 청중이 제보자에게 노래하기를 권하자 제보자는 한 곡만 하겠다며 이 노래를
구연하였다. 목청 좋게 구연하자 청중이 잘한다며 박수를 쳤다.

저 건네라 남산 밑에
나무 비는 남도룡아(남도령아)

(청중 : 잘한다.)

오만(온갖) 나무 다 비여도
오죽댈랑(오죽대는) 비지마소
그대 키워 왕대 되거든
낚숫대를 후알라네
낚을라네(낚으려네) 낚을라네
옥단 저 달을 낚을라네

(청중 : 잘한다.)
[박수침]

잘 낚으면 열녀가 되고
못 낚으면 상사로다

열녀상사 골을 매자

끄고 붙뜨런 살아보세

얼씨구나 좋다 정말 좋네

아니 노지는 못 할리다

꽃아 꽃아 방실꽃아

자료코드 : 04_09_FOS_20090210_PKS_SBJ_0007

조사장소 : 경상남도 양산시 용당동 547-5번지 용당마을회관

조사일시 : 2009.2.10

조 사 자 : 박경신, 김구한, 김옥숙, 정아용

제 보 자 : 성봉주, 여, 72세

구연상황 : 앞 노래에 이어서 이 노래를 구연하였다.

꽃아 꽃아 방실꽃아

오늘날에 꺾지 마라

우리 부모 병이 들어

혼처당에 누껴(눕혀) 놓고

구름 겉은 흰말을 타고

반달 겉은 호미 들고

불로초를 캐러 가니

불로초사 있다만은

나가 어리서(나이가 어려서) 몬 캘레라

생민귀 한피를 받어

눈물 닦으이 잦을레라

모심기 노래

자료코드 : 04_09_FOS_20090210_PKS_SBJ_0008
조사장소 : 경상남도 양산시 용당동 547-5번지 용당마을회관
조사일시 : 2009.2.10
조 사 자 : 박경신, 김구한, 김옥숙, 정아용
제보자 1 : 성봉주, 여, 72세
제보자 2 : 이진식, 여, 74세
구연상황 : 성봉주 제보자가 창부 타령을 하고 난 이후 청중들에게 모심기 노래는 "조선
　　　　　소리"여서 해도 된다고 구연할 것을 권하였다. 그러나 아무도 하지 않자 직접
　　　　　모심기 노래를 한 곡 하였다. 청중들이 계속 이어서 할 것을 요구하고, 성봉
　　　　　주 제보자는 이진식 제보자와 생각나는 대로 교대로 노래를 하였다. 생각나지
　　　　　않는 부분은 청중의 도움을 받기도 하였으며, 청중들은 시종 박수를 치며 장
　　　　　단을 맞추고, 잘한다고 추임새를 넣고 흥겨워했다. 중간에 노래가사로 인해
　　　　　슬픈 일이 떠오르는지 이진식 제보자가 눈물을 보이자 청중들이 핀잔을 주었
　　　　　다. 그러자 제보자는 그럴 만한 사연이 있다고 대답했다.

제보자 1 　물낄랑 처정청청 흘어 놓고

　　　　　주인네 양반 어데 갔노

　　　　　문에야 대전복 손에 들고

　　　　　첩우야 방에 씰어졌네(쓰러졌네)

[청중 : "그래 그전에 그런 노래도 많이 했다."며, 노래가 좋다고 했다.
이어 서로 받아서 하라고 권했다.]

제보자 2 　오늘날 햇님은 요맘(요만큼) 되든

　　　　　골목 골목 연개가 나네

제보자 1·2 우리야 임은 어데 가고

　　　　　연개낼 줄을 모리더노

(청중 : 이후후후~ 잘한다.)

[청중 박수침]

제보자 2 머리야 좋고요 실한 처녀
　　　 달산리 고개를 넘나듯네

　 또 뭐라 카는교?

　　　 오며 가면 잎만 피고
　　　 대장부 간장을 다 녹이네

제보자 1·2 해 다 지고도 저문 날에
　　　 어던 행상이(상려가) 떠나가노
　　　 이태백이 본처 죽고
　　　 이별 행상이 떠나간다

　 (청중 : 잘한다!)
　 (청중 : 잘한다! 이후후후~)

제보자 1 물맹지야(물명주야) 잔졸바지

　 (청중 : 이 노래 슬프고 몬 따 입고(다 못 입고) 황천가네)
　 (청중 : 잘한다~)

　　　 칠십에 너를 남어(남겨) 두고
　　　 황천 가는 날만하니(나만하니)

[제보자의 구연이 끝나자 청중들은 "좋다!", "잘한다!" 등으로 반응했
다. 제보자는 노래가사가 슬픈지 눈물을 보였다. 청중들은 제보자가 눈물
을 흘리는 것에 대해 울 것까지 뭐 있느냐고 한 마디씩 하였다. 그러자
제보자는 그런 게 있다며 모르는 사람은 모른다고 대꾸했다. 청중 중 한
명이 내 죽어서 황천가니 얼마나 눈물이 나느냐며 동조했다.]

제보자 1 서월이라 남정자여

(청중 : 잊어뿌도(잊어버리지도) 안 했네.)

점섬참이 늦어오네
서른 시 칸 정지 아래
돌고 나니 늦어온다

제보자 1 서월 갔던 선보래여
우리 선보 안 오시나
오기사 오다만은(온다만은)
칠성판에 실려 오네
일삼대늘(일산대는) 어데 두고
맹년대가(명정대가) 우엔 말고(말인고)

시집살이 노래

자료코드 : 04_09_FOS_20090210_PKS_SDJ_0005
조사장소 : 경상남도 양산시 용당동 547-5번지 용당마을회관
조사일시 : 2009.2.10
조 사 자 : 박경신, 김구한, 김옥숙, 정아용
제 보 자 : 손두조, 여, 80세
구연상황 : 청중들의 권유로 제보자는 이 노래를 구연하였다. 눈을 내리 감고, 간간히 한 손으로 다른 손을 잡거나 두드리면서 노래하였다. 모르는 부분이 나오면 당황스러워하였으나 목청 좋게 시원스럽게 구연하였다. 뒷부분은 생각이 안 나는 듯 잊어버렸다고 하며 계속하지 못하였다.

서월 갔던 오빠님이 오신다꼬

아고 모르겠대이

[청중 웃음]

　　　오신다꼬 와여 가저
　　　큰 방에 올러 가서 엄마~ 인사하고
　　　아랫방에 내루(내려) 가서 아빠~ 인사하고
　　　정지문을(부엌문을) 떨꺽 열머
　　　쪼꾸마는(조그만) 동성아(동생아)
　　　너

아이고야꼬(아이구 어떻게 할꼬)

　　　너거 핸이(형아) 어데 갔노
　　　서월 갔던 오빠임요
　　　우리 핸이 친정 갔소
　　　그 말이라 들었다꼬
　　　처가집을 돌아가서
　　　큰 방에 올러가서

(청중 : 아이구 잘한다.)

　　　장모 인사하고
　　　아리방에 내루가서
　　　장인 인사하고
　　　정제문을 떨꺼(떨꺽) 열머
　　　쪼꾸마는 처제요
　　　너그 핸이 아(안) 왔는교
　　　서월 갔던 아저씨요
　　　우리 핸이 안 왔심더

그 질로 집에 와서

누버시니 임이 오나

앉아시니 임이 오나

잠깐 누버시니(누웠으니) 서방

[말로 설명함.]

아이고 모르겠대이 와 일로.

서방님이 저 아이 뒤뜰에 아이고 모르겠대이.

그 칠기(칡) 청청 감아 보자 카는 그거 모르겠네요.

올키(제대로) 모르겠 고래(그렇게) 밖에 모르겠대이.

고 칠개 청청 감아 보러 오라커던데.

서월 갔던 서방님이 올러와 가 칠기 청청 감아 보자

그거 그래하는데 고거 밖에 올키 모르겠대이.

흘러가는 박조가래

자료코드 : 04_09_FOS_20090210_PKS_SDJ_0009
조사장소 : 경상남도 양산시 용당동 547-5번지 용당마을회관
조사일시 : 2009.2.10
조 사 자 : 박경신, 김구한, 김옥숙, 정아용
제 보 자 : 손두조, 여, 72세
구연상황 : 제보자는 시집살이 노래를 부르고 이어서 이 노래를 구연하였다. 서사민요인
듯하나 생각이 안 나는지 대부분 말로 설명하였다. 이 이야기는 하면 재미가
있다고 하였으나, 많이 잊어버린 듯 제대로 마무리하지 못하였다. 계모의 모
함으로 전처 자식을 죽인 아버지 이야기를 내용으로 하고 있다.

흘러가는 박조가래(박조각에)

등개밥(등겨밥), 등개밥 손에 들고

이실 배실 나왔더니
우리 형제 삼형제가

[생각이 안 나는 듯]
아이구야꼬 또.
[말로 설명하며]
논 서 마지기 다 매 놓고
[다시 노래조로]

서 마지기 매여 놓고 누버시니(누웠으니)

(청중 : 잠이 오나 잠이 오나)
[또 생각이 안 나는 듯]
아 그 모르겠 와 글로야(왜 그렇지) 모르겠네.
(청중 : 안 해 볼씰 해 놓이30) 맥히가 안 나온다.)
[다시 말로 설명함]

그게 그 저 아바씨가(아버지가) 와 가주고 음, 아바씨가 저거 아들 서이
가 삼형제가 은자 와가 다섯 넘이(놈이) 다섯 넘이 거동 보소. 다섯 넘이
가 저거 아재 논매는데 갔거든. 가이까나 논을 안 매고 누버(누워) 자더란
다. 노 논 매놓고 누버 자는데 그래 가주고,

야, 그래 흘러간 박쪼가래 등개밥(등겨밥) 손에 들고, 고 고거를 가주가
다가 아들 안주고, 고 가져 왔단 말이다. 그래 집에 와가 영감인데 인자
이바구를 했거든.

[청중에게 "가만 있어 보소."라고 한 후 계속함.]
이바구 했거든. 이바구로 했거든. 그자 그 인자 짝개칼로31) 가주고(가지

---

30) '안 해 버릇 하니까'
31) 주머니에 넣고 다니는 칼집이 있는 작은 칼.

고), 음 짝개칼로 가주고 은자 아아들 누버 자는데 갔어. 아들 거 논 은자,

  (청중 : 정자 밑에 누볐는데)

  정자 밑에 눕었는 거로, 그래 마 목을 찔러 쥑이뺐거든. 찔러 찔러 쥑이놓고, 인자 그래 온 천지 보이 서 마지기 다 매 낳거든.

  아이고 다섯 넘이 거동 보소. 그 질로 집에 와서 마 그래 그 질로 집에 와 가지고 마

  [다시 노래조로]

> 저게 가는 저 양반은
> 저게 가는 저 양반은
> 양반인가 새 애긴가
> 전처에 자슥 주고
> 후석 장개 가지 마세이
> 만사둥둥 내 자석아

  [청중 웃음]

  아이고 아이고 모르겠대이. 거 모르겠네요. 제법 아는데 재미가 있심더. 그 하머요.

  (청중 : 야. 야.)

창부 타령

자료코드 : 04_09_FOS_20090210_PKS_LON_0004

조사장소 : 경상남도 양산시 용당동 547-5번지 용당마을회관

조사일시 : 2009.2.10

조 사 자 : 박경신, 김구한, 김옥숙, 정아용

제 보 자 : 이옥녀, 여, 80세

구연상황 : 사람들 뒤에 있던 제보자가 "내가 한번 할게."라며 이 노래 구연을 시작하였으나, 모르겠다고 하면서 끝을 맺지 못하였다. 그러나 곧이어 같은 곡의 다른 가사를 한 곡 더 불렀다. 손으로 춤추는 시늉을 하며 신나게 구연한 뒤 팔십 세에 그만하면 잘하는 것이라고 말하였다. 누워서는 노래가 잘 나오는데 앉아서는 노래가 잘 나오지 않는다며 계속해서 부르지 못함을 아쉬워했다.

구월이라 구월산 밑에
비추 캐는 저 처녀야
니긔(누구의) 간장을 뇍일라고(녹이려고)
요모조모 잘 생겼나
아이고 여보 날 곱다 마오
우리 형님은 더 고와요
느그(너의) 형이 어딨걸래
우리 형임을 찾을라믄(찾으려면)
구월 굴산 밑에

[여기서 "뭐 또 다 모르겠네"라며 잠깐 멈춤.]

오늘 아침 오동 위에
카치(까치) 한 쌍이 짖어부니

(청중 : 짙에 여 와 하소[32])

반가우니 손이(손님이) 올까
기다리든 임이 올까
연락 서산에 해는 지고
천 번 만 번 내뻗이라
우리 우리도 언지(언제) 우정히 만나

---

32) '곁에, 가까이에 여기 와서 하소'

하루 평산 일출봉에
미련 없이 살아볼까
얼씨구나 절씨구나
태평성대가 여기로다

어머니 노래

자료코드 : 04_09_MFS_20090210_PKS_KSN_0001
조사장소 : 경상남도 양산시 경상남도 양산시 용당동 547-5번지 용당마을회관
조사일시 : 2009.2.10
조 사 자 : 박경신, 김구한, 김옥숙, 정아용
제 보 자 : 김순남, 여, 80세
구연상황 : 조사자가 인사를 하고 목적을 알리자마자 제보자가 뒤쪽에서 치던 화투를 그만 두고 앞으로 나왔다. "짧은 것 해도 되느냐."며 민첩하게 노래를 시작했다. 아마도 예비조사를 하고 간 이후 자료제공을 위해 연습해 둔 것 같았다. 막힘없이 한 곡을 구연하고 나서 "또 하나 할까요?"라며 같은 곡의 다른 노래를 하였다. 청중들이 미처 화투판을 정리하지 못해 조금 소란스러웠으나 제보자는 아랑곳하지 않고 부르고자 한 노래를 막힘없이 구연하였다. 목소리는 작았으나 차분하고 진지하게 노래했다. 제보자는 이 노래를 어머니 노래라고 했다.

전주 가서 떠 온 비단
핑양 가서 타고 나서

(청중 : 들어라. 들어라. 안 듣긴다(들린다).)

조선국 바느질에
일선국 지설가라
동해꽃은 동전 달고
맹재고름(명주고름) 살피가라
연다리미로 곱기 다려
입자 하니 때가 있소
개자하니(개려고 하니) 사리지오

쩔때뿔에[33) 걸어놓고
임도 보고 나도 보네

울 어머니 날(나) 설(가질) 적에
죽신나물(죽순나물) 원했더니
그 죽신 왕대가 되어
왕대 끝에는 나비 한자
학은 점점 젊어오고
우리 모친은 늙어오네
우중에 우비를 만나
나귈 불러서 타고 가자

쑥톡, 쑥, 쑥떡 겉은 울 어머니
분통 같은 나를 두고
자는 잠에 가고 없네
앉아 우니 침에 젖고
누워 우니 비개(베개에) 젖어
베개 넣으니 손이 되어
오리 한 쌍 겨우 되 쌍(거위 두 쌍)
쌍쌍이 떠 둘오니(들어오니)
천하 본시 잊인성아
내오대라 뜰 데가 없어
눈물강에 떠둘오네
대동강도 있지만은
뜰 때 달라 떠덜온다

---

33) '횟대"라고도 하는 대나무로 만든 벽에 부착된 옷걸이로 보임.

실푸도다 구길 같은

자료코드 : 04_09_MFS_20090210_PKS_KSN_0002
조사장소 : 경상남도 양산시 용당동 547-5번지 용당마을회관
조사일시 : 2009.2.10
조 사 자 : 박경신, 김구한, 김옥숙, 정아용
제 보 자 : 김순남, 여, 80세

구연상황 : 세 곡을 달아서 노래한 제보자는 한 곡이 더 있는데 생각이 안 난다고 하였다.
조사자가 생각나는 대로 해도 된다고 하자 가사가 안 맞다고 하였다. 거듭 안
맞는 대로 해주기를 청하여 이 노래를 구연하였다. 끝부분이 생각이 잘 안 나
는 듯 자신 있게 마무리하지 못했다. 이 노래는 동요풍의 느낌이 나는 곡이나.

실푸도다(슬프도다) 구길 같은 우리 인생은

풀잎 끝에 맺혀 있는 이슬 같도다

무정야속 저 바람이 깐닥 분다면

이슬은정 수십 갈래 없으리로세

모란봉아 정기 받아 내 몸 생기라

애조정지 우리 부모 고이 길러서

부종생낙 말년 재미 볼라했더니

(청중 : 좀 크기 하소.)

십칠 십광 간 일홈 실홈이

명아 명봉 강명아가 내 몸이로세

이 몸에서 하는 것이 본의 아니라

백 년 낭군 해로한 일 나여(나의) 원일세

가정불가 사여차망 깊어지고나

["하여튼 중간에 사"라고 하다가 계속함.]

(청중 : 빠자 무도(빠트려 먹어도) 된다.)

한강수야 한강수야 잘 있거라 나는 떠난다

[여기서부터 막히는지 한 구절하고 생각해내려 애씀.]
하 모란봉아 정기 아, 그 뭐꼬,
한강수야 후 세상에 다시 만나세 거 머꼬 또 거 거서
한강수야 후 세상에 다시 한강수야 그 뭐고 또 거

[웃음]
조게(저것이) 끝이요.

하늘에라 금송아지

자료코드 : 04_09_MFS_20090210_PKS_KSN_0006
조사장소 : 경상남도 양산시 용당동 547-5번지 용당마을회관
조사일시 : 2009.2.10
조 사 자 : 박경신, 김구한, 김옥숙, 정아용
제 보 자 : 김순남, 여, 80세
구연상황 : 초반부에 연달아 두 곡을 노래한 제보자가 또 노래가 생각난 듯 이 노래를
구연하였다. 청중들이 이야기를 하느라 조사장소가 다소 산만해지자 일부 청
중들이 제보자에게 목소리를 좀 크게 하라고 요구하였다. 제보자는 시종 차분
하게 막힘없이 구연하였다. 이 노래는 창가조로 불렀다.

하늘에라 금송아지

(청중 : 좀 크게 하소.)
어? 안 들기나(들리나)?
(청중 : 안 들긴다. 할매는 도대체 안 들긴다.)
그래?
(청중 : 좀 크게 하소.)

하늘에라 금송아지
이라차라 밭을 갈아
모른 데는 목활(목화를) 갈고
낮은 데는 미불 갈아
골골이 참깨나고
머리머리 들깨나네
어험 털털 거름 놓고
집이라꼬 찾아가니
정지문을 열고 보니
큰 매느리 저녁 짓고
큰 방문을 열고 보니
마누라는 밍지 짜네
장방문을 열고 보니
딸 아기가 화장하고
사랑문을 열고 보니
머슴들이 노다가네
이런 재미 또 있을까

몬 들기나 안 들기는교?
(청중 : 들긴다. 와 들긴다. 하소 와. 하소 와.)
끝이다.

6. 원동면

■ 조사마을

경상남도 양산시 원동면 서룡리

조사일시 : 2009.5.29

조 사 자 : 박경신, 김구한 김옥숙, 정아용

　원동면은 양산에서 서편으로 사십 리쯤에 위치하며, 양산시 총면적의 3/1을 차지하는 광대한 면적을 가지고 있으면서도 인구수는 시내에서 가장 적은 편이다. 그러나 수려한 낙동강과 토곡산의 정기를 받아 역사와 전통을 자랑하고 있으며, 면 소재지는 원리에 있다.

　면은 독립성이 없는 최하위 행정구역이므로 기록되어 있는 역사적 자료를 찾는다는 것은 불가능한 일이지만 옛 호적(고문서)을 통해 살펴보면, 지금으로부터 213년 전 서기1783년 원동면은 서면이라는 명칭이었고, 그 뒤 지금으로부터 201년 전 1795년에는 하서면이라 개칭하여 명언, 지나, 범서, 외화, 내화, 용포, 원동, 함포, 명전, 어영, 어포, 대리, 장선, 중선의 14개 동리를 관할하였는데, 면사무소는 용당리에 있었다.

그 후 1926년 5월 용당리에서 현재 위치로 이축하고, 1963년 4월 1일 하서면에서 원동면으로 개칭하고, 1963년 1월 5일 이천출장소 개설에 이어, 1979년 9월 1일에 용당리 신곡마을을 분동하고, 1988년 7월 2일 현 면청사를 신축했다.

그리고 1991년 10월 17일 화제리 토교마을이 분동되어 19개 행정리동으로 구성되어 1996년 3월 1일 법률 제4994호로 정부행정구역 명칭변경에 의거 원동면은 양산군에서 양산시에 소속되어 현재에 이르고 있다.

특히 1914년 행정구역 폐합에 따라 밀양군 하동면의 검세리 일부를 병합하여 화제, 원서룡, 내포, 영포, 대리, 선리, 용당리의 8개 동으로 당시 개편 관할하였으며, 하서면 내포리 숭촌 일부와 하동면 검세리 오의정 일부는 면 경계로 조정하였다고 한다.

또한 신동국여지승람 제22권 양산군편에는 원포부곡(源浦部曲)이 고을 서쪽 30리에 있는데 옛날에는 원포역이 있었다고 기록되어 있는 사실로 미루어 생각해 보면 원동이 옛날부터 동래서 밀양, 대구로 가는 교통의 요지였음을 알 수 있다.

서룡리는 원동면에 있는 리(里)이다. 토곡산 자락에 위치하여 산으로 둘러싸여 있으며, 앞으로는 내포천이 흐른다. 밭농사를 주로 하는 전형적인 농촌 마을이다. 자연마을로는 고래, 배나리(주진), 범서(범서동), 뻘등, 새주막(신주막), 수청리, 안주진, 웃동네 등이 있다. 배나리는 예전에 나루터가 있어 붙여진 이름이다. 뻘등은 지대가 낮아서 비만 오면 뻘(흙탕)물이 모여 든다 한다. 새주막은 주막이 있었다고 한다. 안주진은 배나리 안쪽에, 웃동네는 범서 위쪽에 위치한 마을이다. 범서와 용포의 이름을 따서 서룡리라 하였다.

원동면 사무소에 들러 제보자 정보를 확인하여 화제리와 내포리 등 몇 개 마을을 조사했지만 쓸 만한 자료들이 나오지 않아 서룡리로 와서 만난 제보자가 김진규 씨다. 김진규 씨가 거주하는 곳은 서룡리 신주마을이다. 신주마을은 신정마을과 주진마을이 합해져 만들어진 이름이다. 마을의 역사는 대략 600년 정도 되고 성씨는 김씨와 정씨가 주류를 이룬다. 지금 세대수는 30여 가구가 살고 있으며 대부분 농사를 짓고 있다.

옛날에는 배가 들어와서 주막이 형성될 정도로 번성했다. 영남대로 상의 주막거리였던 신주막마을에는 보부상과 여행객들이 쉬어가던 30여 채의 주막이 있었고 마을 앞에는 신주나루가 있었으나, 현재는 전답과 갈대 숲으로 변했다.

조사는 김진규 씨의 자택에서 이루어졌다. 김진규 씨는 이곳에서 태어난 사람으로 학창시절을 제외하고 지금까지 서룡리에 거주하고 있다. 고향에 대한 애정이 남달랐으며 가야신사 용신제에 제관을 하기도 했다. 지역 전설과 설화 몇 편을 채록했다.

▌제보자

김진규, 남, 1931년생

주 소 지 : 경상남도 양산시 원동면 서룡리 889번지
제보일시 : 2009.5.29
조 사 자 : 박경신, 김구한, 김옥숙, 정아용

　지역 이장님의 소개로 찾아가 만난 제보
자이다. 조사자가 마당에 들어서자 개가 짖
어댔고, 제보자는 그 소리를 듣고 창밖을 통
해 조사자들이 도착한 사실을 확인하였다.
이후 방으로 들어가 셔츠를 입고 나와 제보
자를 맞이하였다.

　방에는 많은 책들이 있었는데, 다양한 지
식에 관심이 많음을 짐작하게 하였다. 기억
이 잘 나지 않을 때마다 『우리고장 우리전설』이라는 책을 꺼내어 자주 들
여다보고 참고하며 이야기를 했다. 미리 연락을 하고 왔더라면 준비해서
더 잘 이야기할 수 있었을 것이라며 아쉬워하였다. 마을 지명유래에 대한
제보자의 지식을 많이 가지고 있었지만, 제대로 된 자료를 제공하지는 못
하였다.

　작은 체구로 머리카락을 뒤로 모두 빗어 넘긴 단정한 모습에 표정의
변화가 거의 없었다. 말투는 시종 차분하고 느린 편이었다. 학창시절(대학
재학)을 제외하고 계속해서 이 마을에 거주하였다고 한다. 제보자의 외가
가 이 마을인 관계로 부모님이 이곳에 이사를 온 이후로 계속 살게 되었
다고 한다. 학력은 대학중퇴이다.

　제공한 자료는 원동주변 지역과 통도사 절터에 관한 유래담, 가야신사

의 삼용신, 개아바위 등의 전설 4편이다.

제공 자료 목록
04_09_FOT_20090529_PKS_KJG_0001 원동 주변 지역 유래
04_09_FOT_20090529_PKS_KJG_0002 통도사 오룡곡과 지킴이 용
04_09_FOT_20090529_PKS_KJG_0003 가야신사의 삼용신
04_09_FOT_20090529_PKS_KJG_0004 개아바위

원동 주변 지역 유래

자료코드 : 04_09_FOT_20090529_PKS_KJG_0001
조사장소 : 경상남도 양산시 원동면 서룡리 889번지 제보자의 집
조사일시 : 2009.5.29
조 사 자 : 박경신, 김구한, 김옥숙, 정아용
제 보 자 : 김진규, 남, 79세
구연상황 : 조사자가 경상남도 양산시 전체에 관한 것이나 이 동네에 관한 것, 지역 유래
          등 생각나는 대로 이야기를 해 달라고 요청하였더니 제보자는 원동을 주변으
          로 한 지리적인 유래를 광범위하게 설명하였다.
줄 거 리 : 원동이 생겼다고 하는 원문을 주변으로 하는 지리적인 유래이다. 원문은 서울
          로 가는 관문이었다고 하는데 그 주변의 지리적인 상황을 역사적인 유래를
          통해 전반적으로 설명하였다.

　고 인자 원문 밑에 가야신사라 카는(하는) 사당이 있죠. 사당이 있는데,
지끔은 그 역사는 대단히 오래됐고.

　그 뭐 아실란가 모르겠지 모르겠습니다만은 신라 때부터 내려오는, 소
위 그 신라 제사제도에 인자 그 보면은, 여러 가지가 천지에 뭐 대사, 중
사, 소사 뭐 등등 이런 게 있는데, 유독 인자 그 중사에 속하죠. 속하고.
결국 인자 그 네 가지 곳이 소위 사독일 커는데(하는데), 인자 중사에는
은자 산도 있고, 해도 있고, 천도 있고, 여러 가지 인자 방면에서 아마 그
때 하늘에 제사 지내는 모양이죠.

　농경시대기 때문에 근데 유독 인자 그 천에 대해서 경주 경주를 중심
중심으로 해서, 동서남북으로 해서 말이지, 은자 북은 한강이고, 서 서는
결국 인자 그 흥해 지끔의 흥해 쪽이고, 남은 인자 그 그때 그때 여 낙동
강 하류가 황산하였거든. 황산하였는데, 인자 그 황산하에서 가야진이 있

고, 서쪽에는 공주 웅진이죠? 공주 웅진.

인자 이래 네 군데를 정해 가지고, 아마 칙사 임금이 직접 오지는 몬하고, 칙사를 보내 가지고, 대사 국가적인 위식(의식)에서 위식을 찾아서, 제사를 모시는 모양인데, 그 인자 하나 해당이 되지요.

그래서 역사적으로 보든지 대단한 유래가 깊은 곳이고. 인자 이 지역을 봐서는 아마 그런 것이 없죠. 상당히 드물지. 드물고.

인자 그 당시에 소산은 각 지역에 웅산에 저 가면은 머 단을 해가 모신 곳도 있고, 지끔도 인제 사를 하나 지기났더만(지어놓더만). 그래 모셨는데, 그 보다 한 단계 높은 편이지. 이런 유래가 있고.

통도사 오룡곡과 지킴이 용

자료코드 : 04_09_FOT_20090529_PKS_KJG_0002
조사장소 : 경상남도 양산시 원동면 서룡리 889번지 제보자의 집
조사일시 : 2009.5.29
조 사 자 : 박경신, 김구한, 김옥숙, 정아용
제 보 자 : 김진규, 남, 79세
구연상황 : 조사자가 호랑이와 관련된 전설을 들려 달라고 하자, 그런 것은 모르겠다며 주변 지리에 대해서 이것저것 이야기하였다. 조사자가 다시 어릴 때 서당에서 들은 이야기를 요청하자 이에 대해서도 할 이야기가 없다고 하였다. 조사자가 다시 원효대사에 관한 이야기 구연을 청하자 이 이야기를 열심히 기억해 내어 구연하였다.
줄 거 리 : 원효대사가 처음으로 통도사에 왔을 때는 겨울이어서 눈이 녹은 자리에 통도사 절터를 잡았다. 절 앞에 못이 하나 있었는데, 그 못에는 아홉 마리 용이 있었다. 원효대사가 못에다 짝지를 넣어 저으면서 주문을 외우자 물이 끓고, 못물이 뜨겁게 되자 사방에서 다섯 마리 용이 하늘로 날아 올라갔다. 이곳이 오룡곡이다. 그런데 용 한 마리가 도망가지 못하고 눈물을 흘리고 있었다. 알고 보니 용이 봉사였다. 원효대사가 그 용에게 못과 절을 지키는 지킴이가 되라고 지명하였다.

통도사를 첨에 인자 터를 잡을 때, 터를 잡을 때, 그 대사께서 그 겨울에 왔는데, 겨울에 왔는데, 그 인자 자꾸 기억이 좀 알은 것도 자꾸 잊어뿌리고.

겨울이 왔는데, 뭘 어째 했나, 가서 보이까 눈이 녹안 자리에 터를 잡았다. 한 겨울인데,

(조사자 : 아, 눈 녹은 자리에)

터를 잡았다. 이런 이야기 있고.

그 인자 앞에 가면은 못이 하나 있었는데, 못이 있었는데, 고 인자 그 보니까 용이 아홉 마리가 아래 들앉어(들어앉아) 있다. 그래서 그 대사께서 인자 이 짝지로 가지고 휘휘 젓으면서(저으면서) 주문을 외우니까, 물이 마 보글보글 끓어뿠따(끓었다). 끓었뿠는데, 그 인자 용이 그 인자 물이 뜨거우이까 날아갈 수밖에 없으이, 그 인자 사방을 날라갔는데 다섯 용이 날라 간 것은 은자 오룡곡이다.

사방을 흩어지고 인자 한 용이, 도망을 못 가고, 못 가고 기(기어) 나와 가지고(나와서) 눈물을 흘리고 있기에 보이까 봉사였다. 그래서 그,

"너는 인자 찌꿈을 지키라(지킴이를 해라)."

이런 전설이 있죠. 이런 전설이 있고.

가야신사의 삼용신

자료코드 : 04_09_FOT_20090529_PKS_KJG_0003
조사장소 : 경상남도 양산시 원동면 서룡리 889번지 제보자의 집
조사일시 : 2009.5.29
조 사 자 : 박경신, 김구한, 김옥숙, 정아용
제 보 자 : 김진규, 남, 79세
구연상황 : 앞 이야기에 이어서 계속 구연하였다.
줄 거 리 : 가야신사에 용을 모셔 놓았다. 옛날에 동래고을원에서 무장이 경상도 감사에

게 전령으로 가기 위해 길을 가는데, 이 가야신사쯤 오자 예쁜 색시가 뒤따라왔다. 가야신사 근처에 주막이 있어 그 무장이 하룻밤을 묵어가게 되었다. 그 날 밤 무장의 꿈에 용이 나타나 현몽하기를 자기는 사람이 아니고 용이다. 자기 남편용이 첩용을 좋아한다. 자기가 그 첩용과 싸울 테니, 대장간에서 창을 구해 그 첩용을 좀 죽여 달라고 부탁한다. 그 날 새벽에 꿈에 나타난 용이 말한 대로 용들의 싸움이 벌어졌는데, 무장은 첩용을 찌른다는 것이 그만 남편용을 찌르고 만다. 그러자 용이 다시 사람으로 화해서, 무장에게 자기 남편을 죽였으니 자기를 따라 용궁으로 가야한다고 하고는 그 무장을 데리고 간다. 무장이 떠난 자리에는 신이 남아 있었으며, 이후 용신이 나타남을 기리기 위해 가야신사에서는 삼용신을 모시게 되었다고 한다.

가야신사 거게도(거기도) 지금 보면은 용신제라고 해서 용을 모시(모셔)놨거든. 그래서 용을 모시 놨는데, 거 전설이 하나 있죠. 있기는.

옛날에 인자 그 고을 원에서 은자 그 감녕 경상도 감사에 감사에 전령으로 갔는 무장이 있었는데, 중간에 올라가다가 보이까(보니까) 예쁜 색시가 뒤따라오거든.

그래서 그 아마 동래쯤에서 여까지 걸어왔는가, 걸어오다가 결국 지끔은 현재 가야신사 있는 그곳에 옛날에 주막이 있고, 그게 인자 면소재지 하서면 소재지였으이까. 그래 그게 인자 투숙을 하게 되는데, 은자 낮에 갔던 그 예쁜 색시가 꿈에 선몽을 하면서,

"사실은 내가 사램이 아니고 용이다. 용인데, 지금 우리 남편용이 그 은자 첩용을 좋아해서 내일 새북(새벽)에 되면은 천상 첩용하고 싸움이 붙을 것이다. 그러이(그러니) 아주 당신이 장대하고 힘이 세이(세니) 아무 데(아무 곳에) 가면은 옛날에는 그와 중간에 그런데 가면은 대장간이 있고, 뭐 이래 해서 말이지, 그래서 거기 인자 가서 커다란 창을 하나 구해가지고 있다가 만약에 내가 첩용하고 싸울 때 싸울 때, 은자 그 자기 남편을 가로챈 그 용을 찔러 달라. 죽여 달라."

인자 이런 말을 하고 결국은 인자 그 아침에 은자 새북에 은자 그런 현

상이 벌어졌는데, 결국은 그 사람이 찌른다고 한 것이 저 용의 저그 남편 용을 찔러뺐다 이거지. 그래 찌르이(찌르니) 그 첩용이라 카는 사람을 화해 그 용의 화신이,

"당신이 내 남편 죽있으이 천상 내 따러 용궁에 가야 된다."

이래 가지고 은자 신을 벗어놓고 모시고 갔다. 이런 전설이 있고.

결국은 그래서 지금 현재 삼용신을 모셔 놓고 있거든.

(조사자 : 아 예.)

은자 가까운데 이런 전설도 있고.

개아바위

자료코드 : 04_09_FOT_20090529_PKS_KJG_0004
조사장소 : 경상남도 양산시 원동면 서룡리 889번지 제보자의 집
조사일시 : 2009.5.29
조 사 자 : 박경신, 김구한, 김옥숙, 정아용
제 보 자 : 김진규, 남, 79세
구연상황 : 제보자는 오래되어서 생각이 안 난다고 하며 책을 찾아보기도 하였다. 조사자는 책에 실린 것보다 제보자의 말로 구연하는 것이 더 좋다고 하며, 자라바위 전설이 동네마다 다른 것을 예로 들었다. 그러자 무슨 바위가 있다며 기억하려 애썼다. 잠시 후 책을 잠깐 보면 기억이 잘 난다고 하며 책을 한참 참고하더니, 바위이름을 생각해 내고 이 이야기를 구연하였다.

줄 거 리 : 옛날에 할머니 할아버지 두 분이 살았는데, 자식이 없어 공을 들인다. 그러자 신령님이 현몽을 하기를 아무 곳에 가면 바위 위에 아이가 있을 것이다. 그 아이를 데려다 키우되, 열다섯 살까지는 어디 멀리 보내지 말 것을 당부한다. 두 사람이 그곳에 가자 바위 위에는 개 한 마리가 아이를 품고 있었다. 두 사람이 그 아이를 데려 와서 키우는데, 그 아이가 열다섯 살 되는 해에 신령님의 말을 잊어 버리고 아이를 멀리 놀러 보낸다. 그 후 아이는 집으로 돌아오지 않았다. 그 아이는 하늘이 보낸 아이로 도로 하늘로 올라간다. 두 사람이 신령님의 말을 어겼기 때문에 그 아이를 잃어버리고 만 것이다. 개가 아이를 품고 있었다

고 해서 그 바위를 개아바위라고 하며, 바위는 지금도 그 자리에 있다고 한다.

지금 현재 그, 지금 현재 도로 요 내려가면 도로하고 철로하고 접해 있는데, 지금 그 도로를 확장할 때 깎다가 결국은, 그 그때 한번 폭파해 가지고 똘똘이가 철로에 떨어져 가지고 그래서 그 깎다가 완전히는 못 깎고 길로 만들은 것이 있는데, 그기 인자 옛날에 철로가 없을 때는 바로 밑에 강이 흐르고 했으이까, 그게 소위 인자 바위 이름이 개아바위죠. 개아바위인데.

(조사자 : 굉장히 크네요? 그러이까.)

크지. 바윈데.

옛날에 인자 옛날에 이 마을에 할아버지 할머니가 은자 살고 있었는(있었던) 분이 자식이 없어 가지고 공을 들여싸이(들이니), 인자 그 꿈에 선몽을 신령님이 와서 꿈에 선몽을 하기를,

"아무 바위 우에 가면은 아이가 있을 것이다. 그런데 그 아이를 열다섯 살까지 키우면서 어데(어디) 멀리 보내지 말아라."

인자 이래 선몽을 해서 가니 결국 인자 그 바위 우에 개가 한 마리 아이를 품고 있더라.그래서 그 인자, 그 아이를 가져와서 길렀는데, 그래 그 열다섯 살 되는 해에 까빡(깜빡) 잊어뿌고(잊어버리고) 말이지 까빡 잊어뿌고, 결국 인자 그 아이를 어데 멀리 이래 놀러 보내고 있디만은, 결국 인자 으 아이가 뒤에 다시 안 돌아왔는데, 그 인자 그 꿈에 선몽하는 신령의 말을 안 들었기 때문에.

사실은 그 아이가 하늘에서 내려 온 아이였다. 이랬는데, 열, 십오 년 동안만 잘 지키고 보내지 안 했으면은 자기 자식이 됐을 낀데, 결국 그걸 인자 까박해서 그 하늘로 올라갔다. 인자 개아바위다. 개가 아이를 품고 있었기 때문에 개아바위였다. 하는 이런 전설이 있고.지끔도 현재 가면은 큰 바위가 있지요.

7. 주진동

▌조사마을

경상남도 양산시 주진동 주진마을

조사일시 : 2009.2.11
조 사 자 : 박경신, 김구한, 김옥숙, 정아용

　주진동은 웅촌면이 웅하면과 웅상면으로 분할할 때에 양산군 웅상면으로 편입되고 1917년 행정구역 폐합에 따라 주진마을 굼바위(孔岩)마을을 병합하여 주진리라 하였다. 1986년에 진등마을이 분동되었다. 2007. 4. 1. 행정구역 개편으로 웅상읍이 서창동, 소주동, 평산동, 덕계동으로 분동되면서 주진리는 행정동은 소주동, 법정동은 주진동으로 변경되었다.

　조사자들이 마을회관에 도착했을 때 마을 이장이 와서 회의 중이었다. 이장의 협조를 얻어 옛날 이야기나 노래를 할 줄 아는 사람을 부탁했으나 모두 못한다고 거절을 했다. 다른 마을과 마찬가지로 노래나 이야기를 잘하는 사람들은 다 돌아가셨다고 한다. 마을 어른 몇 몇 분이 중간 중간하는 말을 종합 해보면 이 마을의 유래를 짐작할 수 있었다.

주진마을 회관 전경

　주진(周津)마을의 유래는 지형이 배[船] 형국이고 옛날에 해일이 일면 나룻배를 매어 놓았다 하여 불려진 이름이다. 처음에는 주진(舟津)이라고 표기하였다고 한다. 주진마을 동쪽에는 굼바위(孔岩)마을이 있다. 굼바위는 마을의 서남쪽에 있는 바위로 바위에 여러 개의 구멍이 나 있어 붙여진 이름이다. 굼바위 굴에서 불을 피우면 연기가 양산읍 메기들에서 나왔다고 한다. 굼바위 남쪽에는 비석거리가 있다. 조선시대 비석거리에 살던 분이 이 마을을 지나는 과객들에게 침식과 노자를 제공하여 후한 대접을 했는데 이 선행을 전해들은 지역의 선비들이 표창하여 비석을 세웠다고 한다. 또 마을 동쪽에 있는 뜰을 장승박들이라고 부른다. 옛날에 장승(선돌)이 서 있었다고 한다. 장승을 주진마을 쪽으로 세우면 주진마을 처녀들이 바람이 나고 명곡마을 쪽으로 세우면 명곡마을 처녀들이 바람이 났다고 한다. 3m 정도의 장승이었는데 지금은 부산우유공장(동면 영천리) 뜰에 옮겨져 있다.

이 마을 역시 산업화의 영향으로 젊은이들은 고향을 떠났고 나이든 분들만이 남아 농사를 짓고 있다. 크고 작은 마을이 넓게 퍼져 있고 세대수는 약 280여 세대가 된다고 한다. 주로 농사를 지으며 마을의 대소사는 마을회관에 모여 의논하고 성씨의 분포는 다양하다.

마을의 민속은 옛날에는 주진 웃마을에 있는 당산숲에서 당산제를 지냈다고 하나 지금은 지내지 않는다고 한다. 정월대보름날은 웅상읍 전체에서 하는 달집태우기가 있고 마을에서는 간혹 윷놀이를 한다고 했다. 노동요를 비롯한 단편민요와 주변에 천성산과 미타암 절이 있어 이와 관련된 설화가 일부 채록되었다.

김말남, 여, 1938년생

주 소 지 : 경상남도 양산시 주진동 237번지 주진마을회관
제보일시 : 2009.2.11
조 사 자 : 박경신, 김구한, 김옥숙, 정아용

조사자들이 마을회관을 찾아갔을 때 가장
먼저 자료를 구연해준 분이다. 택호는 남춘
댁이다. 친정은 동면 계곡인데 스무 살에 주
진동으로 시집을 왔다고 한다. 차분한 인상
의 소유자로 금테 안경을 끼고 있었으며 피
부가 고운 편이다. 중간 중간에 시집살이의
경험과 마을 내력에 대해 구연했다.

6・25 사변 때문에 영천국민학교를 3학
년까지밖에 다니지 못했다고 한다. 국민학교 때 배운 창가를 잘하며 모심
기 노래도 많이 알고 있었다. 가끔 다른 구연자들의 이야기 중간에 끼어
들어 바로잡기도 하며 조사에 관심을 보였다.

제공 자료 목록
04_09_MPN_20090211_PKS_KMN_0002 당산제 지내고 동티나서 죽은 사람

김병두, 남, 1926년생

주 소 지 : 경상남도 양산시 주진동 517번지 주진마을회관
제보일시 : 2009.2.11.
조 사 자 : 박경신, 김구한, 김옥숙, 정아용

조사자가 주진동 마을회관을 찾아가 만났
다. 청중 6명 중 유일한 남성 제보자로 조
사장소에서 가장 많은 이야기 자료를 구연
하였다. 예상과 달리 이야기를 구연하는 솜
씨가 뛰어났다. 기억력도 좋고 입담도 있어
설화 제보자로서의 구연 능력이 돋보였다.

제보자의 할아버지 때부터 주진동에 살았
다고 하며, 이 마을에서 태어나 지금까지 이
마을에 살고 있는 제보자는 작은 키에 약간 구부정한 모습을 하고 있었
다. 머리가 많이 벗겨지고 숱이 적었으며, 얼굴이 붉은 빛을 띠었다. 조사
자에게는 시종 인자한 미소로 대했다. 지게를 진 모습이 어울릴 듯한 정
겨운 촌로의 모습을 연상시켰다.

치아가 많이 소실된 듯 볼이 움푹 패이고, 발음이 약간 덜 분명하였다.
그러나 알아듣기 힘든 정도는 아니었으며, 기억력도 우수하였다. 한 번
이야기를 시작하자 쉴 새 없이 이야기를 하였는데, 아마 우수한 이야기꾼
이었으리라 짐작된다. 주위 사람들이 노래도 잘한다고 추천하는 것으로
보아 노래에도 능할 것으로 보였으나 선뜻 하려하지 않았다.

제공한 자료로는 원효대사 관련 설화, 저승 갔다 온 사람, 사람 잡아먹
는 호랑이, 씨앗으로 아버지 가린 아들, 하늘도 감동시킨 부부, 장수를 퇴
치한 부자 등의 설화를 구연했다.

제공 자료 목록
04_09_FOT_20090211_PKS_KBD_0003 원효대사의 도술
04_09_FOT_20090211_PKS_KBD_0005 저승 갔다 돌아와 남의 집 빚 해결해 준 사람
04_09_FOT_20090211_PKS_KBD_0010 씨앗으로 진짜 아버지 가린 아들
04_09_FOT_20090211_PKS_KBD_0014 장수를 퇴치한 부자(父子)
04_09_FOT_20090211_PKS_KBD_0015 양산 통도사가 생긴 유래
04_09_MPN_20090211_PKS_KBD_0009 사람 잡아먹은 호랑이

04_09_MPN_20090211_PKS_KBD_0013 하늘도 감동시킨 부부

김복련, 여, 1932년생

주 소 지 : 경상남도 양산시 주진동 275번지 주진마을회관
제보일시 : 2009.2.11.
조 사 자 : 박경신, 김구한, 김옥숙, 정아용

　제보자의 택호는 고령댁이다. 친정인 백
동에서 스무 살에 주진동으로 시집을 왔다
고 한다. 통통한 외모에 주름이 많지 않아
나이보다 훨씬 젊어 보였다. 파마머리에 가
무잡잡한 피부, 검정 점퍼와 몸빼 바지 차림
으로 건강하고 성격이 활달해 보였다.

　처음에는 멋쩍어하다가 다른 구연자들이
적극성을 보이자 조금씩 참여하기 시작하였
다. 모심기 노래는 처녀 때 배웠다고 하였는데, 친정인 백동에서 배웠으
리라 여겨진다.

　제공한 자료에는 신이 체험담 1편과 모심기 노래가 있다.

제공 자료 목록
04_09_MPN_20090211_PKS_KBR_0011 공들여 낳은 아기의 죽음
04_09_FOS_20090211_PKS_KBR_0001 모심기 노래

서원자, 여, 1942년생

주 소 지 : 경상남도 양산시 주진동 230-1번지 주진마을회관
제보일시 : 2009.2.11
조 사 자 : 박경신, 김구한, 김옥숙, 정아용

다른 제보자들이 자료를 제공하는 동안 시종 조용한 자세로 경청하던 제보자는 모심기 노래를 합창하게 되자, 적은 목소리지만 노래를 함께 불렀다. 왜소하고 약해 보이는 몸을 지니고 있었다. 외산에서 시집을 와서 외산댁이라 불리었다.

제공 자료 목록
04_09_FOS_20090211_PKS_KBY_0001 모심기 노래

이가필, 여, 1940년생

주 소 지 : 경상남도 양산시 주진동 212번지 주진마을회관
제보일시 : 2009.2.11.
조 사 자 : 박경신, 김구한, 김옥숙, 정아용

조사자 일행이 주진마을회관을 찾아가서 만났다. 청중 7명 중 적극적으로 자료 구연에 임한 사람이 제보자이다. 조사자의 조사 목적을 잘 이해하고 있는 듯 '전생편 후생편'이라는 이야기를 시작으로 몇 편의 설화를 이야기의 완결성을 갖추어 매끄럽게 구연하였다.

택호는 근동댁이다. 친정인 평산에서 어
릴 때부터 노래를 배웠으며, 스무 살에 주진동으로 시집와서 50년째 살고 있다고 한다. 보통 체격에 건강해 보였으며, 파마머리에 안경을 끼고 있었다. 목소리가 크고, 발음도 분명하였으며, 기억력도 좋고, 입담도 좋은 편이었다. 책에서 읽은 이야기를 잊어버리지 않고 자기 이야기로 구연하

는 능력은 이야기꾼의 소질을 보여주기에 충분하였다. 자신과 가족에 관련된 신이체험담을 진지하게 구연하는 것으로 보아 당신과 부처에 대한 신앙심이 깊어 보였다.

다른 제보자가 자료를 제공할 때도 적극적인 자세로 경청하고, 조사자의 요청이나 다른 제보자의 구연을 통해 생각나는 자료가 있으면 적극 나서 구연에 임했다. 장시간의 조사로 다리가 아픈지 다리 한 쪽을 세우고 구연하다가 두 다리를 뻗고 앉아 구연하기도 하고, 가끔 이야기 내용에 어울리는 손동작을 곁들였다.

제공한 자료는 전생편 후생편, 지성이와 감천이, 김도령과 참빗장수 등 4편의 설화와 미타암 부처님의 영험 등 신이체험담 류가 1편 있다.

제공 자료 목록

04_09_FOT_20090211_PKS_LGP_0004 원효대사의 도술
04_09_FOT_20090211_PKS_LGP_0006 전생편 후생편
04_09_FOT_20090211_PKS_LGP_0007 지성(至誠)이와 감천(感天)이
04_09_FOT_20090211_PKS_LGP_0008 김도령과 참빗장수
04_09_MPN_20090211_PKS_LGP_0012 미타암 부처님의 영험

정도자, 여, 1944년생

주 소 지 : 경상남도 양산시 주진동 255번지 주진마
　　　　　을회관
제보일시 : 2009.2.11.
조 사 자 : 박경신, 김구한, 김옥숙, 정아용

다른 제보자가 노래와 이야기를 구연하는 것을 열심히 경청하며 관심을 보이던 제보자는 이야기판이 모심기 노래로 이어지자 자연스럽게 모심기 노래를 합창하면서 조사

에 참여하였다.

둥근 얼굴에 파마머리를 하고 젊고 건강한 모습이었다. 조용하고 차분한 성격으로 목청이 좋았으며 발음도 분명하였다. 모심기 노래를 몇 편 합창하자 아주 흥겨워하였다. 주위 제보자들과 사이가 좋아보였는데, 이 때문인지 노래하는 동안 호흡이 잘 맞았다. 택호는 석남댁으로 친정은 언양 작천이다.

제공한 자료는 모심기 노래이다.

제공 자료 목록
04_09_FOS_20090211_PKS_KBR_0001 모심기 노래

원효대사의 도술

자료코드 : 04_09_FOT_20090211_PKS_KBD_0003
조사장소 : 경상남도 양산시 주진동 265번지 주진마을회관
조사일시 : 2009.2.11
조 사 자 : 박경신, 김구한, 김옥숙, 정아용
제 보 자 : 김병두, 남, 84세
구연상황 : 조사자가 노래나 이야기를 해 달라고 청했다. 제보자는 마을 뒤편의 천성산 미타암 절의 창건스님인 원효대사와 관련된 이 이야기를 구연하였다. 청중들은 집중해서 이야기를 듣고 구연 중간 중간 반응을 보이다가 구연이 끝나자 원효대사에 대해서 한 마디씩 거들었다. 제보자와 청중 모두 원효대사에 대한 무한한 외경심을 드러내었다.
줄 거 리 : 고기잡이를 나간 사람들이 바다에서 풍파를 만났다. 배가 방향을 잃고 헤매다가 어느 작은 섬에 도착하였다. 그 섬의 큰 기와집에서 한 스님의 도움으로 며칠 머무르면서 밥을 얻어먹었다. 신기하게도 불을 지피지도 않았는데 김이 무럭무럭 나는 밥을 줘서 먹었다. 바다가 잔잔한 날 그 스님은 사람들에게 떠나라고 하면서 한 사람 당 쌀 낱알 여섯 개씩을 주고, 한 번에 한 알씩만 먹고 남은 것은 바다에 던지고 가라고 한다. 사람들은 스님이 시키는 대로 하였더니 전혀 배가 고프지 않았다. 그 섬에서 나온 후, 섬에서 도움을 준 스님이 원효대사임을 알게 된다. 원효대사는 그 영험함으로 인해 아직도 죽은 자리가 없다고 한다.

원희대사가(원효대사가) 죽은 데가 없다 커거든. 없는데. 그래 옛날에 은자 그런 이런 말이 있더라꼬. 나는 모리는데, 그래 원희대사가 죽은 데가 없다 커는데(하는데).

바다에 괴기 잡으러 간 사램이 고기 잡으러 간 사램이 풍파가 일나(일어나) 가주고 배가 지없이(지향없이) 가더라 커는 기라(것이라). 지없이 가는데, 저 어 쪼그만은 섬에 갖다 대드라 커는 기라.

그래 인자 누버(누워) 잤다. 누버 자고, 그래 있다가 은자, 그 며칠 거서 쉬었어. 쉬 가지고 밥을 주는데, 밥은 하지는 안 하는 기라. 거서 밥을 한 개도 하지는 안 하는데, 짐이 무룽무룽 나는 밥을 끼 때가 되이(되니) 갖다 주더라 커는 기라. 그 사람들이 배 풍파가 들어 가가(가서) 있는데, 그 불게 밥을 짐이(김이) 무룽무룽(무럭무럭) 나는 밥을 끼 때가 되이 메칠(며칠)로 뭀는데(먹었는데), 갖다 주더라 커는데, 하는 데가 없는데, 밥을 주더라 커는 기라.

(청중 : 희한하다 그자.)

그래 먹었어. 먹고.

(청중 : 그 원효대사의 도술이다.)

그래 인자 한 메철로 쉬었어. 쉬고 인자 바다 물이 잠잠한데,

"가라." 커거든(하거든).

그래 은자 마 저거 배로 타고 나오는데, 쌀로 하내이(한 명 당) 여섯 개 썩(개씩) 주더라 커든가 이 주매,

"배고프거든 요거로 한 개썩마 묵으라." 커더라 커는 기라.

(청중 : 한 개씩만 줘도 된다 마.)

예

"배고프면 마 한 개썩마 묵으면 고픈 줄도 모르고, 부린(부른) 줄도 모린다." 커는(하는) 기라.

"가다가 묵고 남거든 가져 가지마라." 커는 기라.

"일(이리)로 보고 떤지뿌고(던져버리고) 가라." 컨다 커는 기라.

그래 은자 참 오다가 말이지 묵으까네, 메칠로 풍파에 의해가(의해서) 밀리(밀려) 갔시이(갔으니) 쪼까는(조그마한) 섬이 있더라 커든가.

아 내가 또 말이 빠졌다.

그전에 쬐깐은(조그만) 배가 대는데, 째깬은 섬 있는데, 그 가이까네 큰 개와집(기와집)이 펀펀한데 있더라 커는 기라. 그래 그 인제 시님(스님) 있

는데, 밥을 주는데, 참 짐이 나는걸, 밥하는 데가 없는데, 짐이 나는 밥을 주더라 커는 기라.

그래 시기가 나오며 쌀로 주면시는(주면서)

"묵고 남거든 일로 떤지뿌지(던져버리지), 가(가지고) 가지는 말라." 커더라 커는 기라.

그래 그 가람들이 거 가 가주고, 풍파에 밀리 가가, 그래 나왔어. 나완데

(청중 : 그래 살아 나왔나?)

나와 살아 나왔어. 나완데, 그기 인자 원이대사라(원효대사라) 커는 기라.

(청중 : 그 사람이 원효대사라.)

죽은 데가 없다 커는 기라. 원이대 절에 그게 말이지, 절 밑에 축대로 사리(쌓아) 올리면시는(올리면서)

"요 담이 무너지거들랑 내 이 하나 빠진 줄 알아라." 이커고,

또 고 밑에 담이 쏵 무너지거들랑,

"요 요 담이 다 무너지면, 내 죽은 줄 알아라." 일(이렇게) 커더라 커대 (하대).

"원이대사가 죽은 데가 없다." 컨다 커는 기라.

그 옛날에 그런 말이 있어.

저승 갔다 돌아와 남의 집 빚 해결해 준 사람

자료코드 : 04_09_FOT_20090211_PKS_KBD_0005
조사장소 : 경상남도 양산시 주진동 265번지 주진마을회관
조사일시 : 2009.2.11
조 사 자 : 박경신, 김구한, 김옥숙, 정아용

제 보 자 : 김병두, 남, 84세

구연상황 : 제보자가 마을에서 일어난 무장공비가 출몰한 사건에 대해 길게 이야기 하였다. 제보자의 경험담 이야기를 들은 후, 조사자는 여러 이야기들을 언급하며 구연을 유도하였다. 그러자 생각난 듯 이 이야기를 구연하였다. 두 다리를 세우고 두 손을 무릎 앞으로 마주 잡고 재미있게 이야기를 구연했다. 청중들은 진지한 자세로 경청하였다.

줄 거 리 : 옛날에 한 사람이 죽었는데, 아직 저승에 올 때가 되지 않았다고 하여 이승으로 돌아왔다. 그 사람이 저승에 갔을 때, 저승 문 앞에서 어떤 부잣집 아들을 만나게 되어 그가 중간에서 오도 가도 못하는 사연을 듣게 되었다. 마을의 어떤 사람이 자기 아버지에게 돈을 빌렸는데, 아버지가 없을 때 돈을 갚으러 와서 자기가 대신 받아 사랑의 책 속에 넣어두었다는 것이다. 그 후 아들은 그 사실을 알리지 못하고 죽게 되고, 아버지는 그 사람이 돈을 갚지 않았다고 돈 갚기를 재촉하였다. 그런 연유로 그 사람은 저승에 못가고 있다며 그 사실을 자기 아버지에게 꼭 전해 달라고 부탁하였다. 저승에서 돌아온 사람은 그 집을 찾아가 그 아버지에게 그간의 상황을 이야기하고 돈이 어디 있는지 알려주었다. 그 아버지는 돈을 책속에서 발견하게 되었다.

그래 내 저쭈(저쪽) 저저저 저쭈 저 저쭈 저저저 저쭈 저저저 어데고? 어는 장이고? 저 연-에(거기, 알다시피) 기장이제?

저 좌천장 좌천 저 쭉에 사램이 옛날에 은자 이 사는데, 동네서 사는데, 그 사람 사램이 좀 잘 살은 모양이라. 잘 살았는데, 그 돈을 빌리(빌려) 썼는 기라(것이라). 빌리시고, 돈을 많이 빌리시고, 그래 인자 돈을 가주고 갚으러 갔는 기라.

갚으러 가이까네,(가니) 그래 아들이 인자 사라아(사랑에) 있더라 커는(하는) 기라. 그 집 저 빌린 어른은 없고, 아들이 있는데, 그 돈을 줘 놓으이까네(놓으니), 아들이 그 책상 속에다 그 돈을 옇어(넣어) 놓어. 옇어 놓고, 그래 멫 인자 멫, 한 멫 년 일이 년이나 살았겠지? 살고.

또 그 근방에 어데 사람이 말이지 하내이(한 명이) 죽었는 기야(것이야). 죽어 은자 염불로 하고, 인자 죽었다고 염을 하고 다 옇어(넣어) 놓는데, 그 사람이 깨 났더라 커는 기라.

깨나(깨어나) 가주고, 깨났는데, 그래 그 사람이 인자 저승 가이까네(가니), 에 저승 문악에(문앞에) 그 돈 빌리신 그 집 아들이 죽었는 기라. 부잣집 아들이 죽었는데, 저승 드갔다가(들어갔다가) 인자 니는 올 때가 안 됐시이(됐으니) 나가라 커머, 후쳐(쫓아) 쫓어 보냈더라 커는 기라.

그래 이 사람이 깨 났는 기라. 깨나이까네(깨어나니), 그래 문악에 나오이까네,

"아 저승은 안 기고 은자 가나?"

이커더마는(이렇게 하더마는) 컨다 커는(한다고 하는) 그 사램이, 그래 가거들랑 우리 집에 가거들랑 우리 어른 있는데,

"내 아무데 그 집 땅값을 받아 가지고, 사랑에 책 속에다 옇어 놓시이까네(놓았으니), 부디 울 어른인데 좀 걸(그렇게) 캐 줄라(말해 줄라)." 커더라 커는 기라.

"왜 내가 그 돈이 거기 돼 가주고,

저승을 저승도 몬 가고 이승도 몬 가고 여어 걸리가 있다." 커는 기라.

그 인자 그 집 아들이 그 돈 따물에(때문에) 그래 갚았는데, 저 집에서는 저가부지는(자기 아버지는) 안 갚았다고 자꾸 돈 가 오라고 컸다 커는 기라.

그래 놓으이까네,

"내 저승도 몬 가고 이승도 몬 가고 이 있다." 커는 기라.

인자 아들이 받아가 옇어 놓는데, 영감쟁이는 저거 아부지는 안 받았다꼬 자꾸 저 사람들 보고 돈 빌리 준 사람한테,

"가 오라." 커는 기라.

---

34) 어떻게 할꼬.

(청중 : 내 놓으라 컨다.)

내 놓라고 독착(독촉)을 하는 기라.

그래 인자 아들이 죽으이까네,

"나 저승도 몬 가고 이승도 몬 가고 있으이까네, 울 아부지인데 구지(부디) 좀 걸캐줄라(그렇게 해달라)." 이러쿠는 기라.

그래 인자 이 사람이 하리(하루)는 인자 있다가, 저 깨 났시이까네, 가만 있시이까네, 며칠있다가 생각이 나거든.

그래 인자 그 집에 갔다. 가 가주고

"아무꺼이 어른요." 커이,

그 인자 어른이 지거 어른이, 죽은 사람 어른이 큰바아(큰방에) 있다 커는 기라.

큰 방 가가주고 얘기로 하이까네(하니),

"그래 저승도 몬 가고 아들이 이승도 몬 가고 그 돈 따물에 그래 있더라. 돈은 내 아릿방에 있는 내 책 속에 옇어 놨시이까네, 그 찾아라." 일쿠더라(하더라) 커는 기라.

저가바씨(자기 아버지)는 그 때 옛날에 버선을 신었거든. 다(모두) 나만(나이가 많은) 사람도 버선 신발로 마 신도 안 신고, 아릿방(아랫방)에 다 말어(달려) 내리가가(쫓아 내려가서) 책을 들시이(들추니) 돈이 들어 있더라네.

씨앗으로 진짜 아버지 가린 아들

자료코드 : 04_09_FOT_20090211_PKS_KBD_0010
조사장소 : 경상남도 양산시 주진동 265번지 주진마을회관
조사일시 : 2009.2.11
조 사 자 : 박경신, 김구한, 김옥숙, 정아용

제 보 자 : 김병두, 남, 84세

구연상황 : '김도령과 참빗장수' 이야기가 끝나고 조사자가 "할아버지, 이게 진짜 이야기
죠?"라고 하자, 진짜 이야기를 하나 하겠다며 계속해서 이야기를 구연했다.
주변에서는 기억력이 좋다며 제보자를 칭찬했다. 제보자는 아는 것이 없다며
겸손한 자세를 보였다. 문에 기대어 다리 하나는 뻗고, 하나는 접은 채 차분
하고 또렷한 발음으로 강조할 때는 강조를 하면서 이야기를 했다. 청중들은
이야기 중간에 웃거나 이야기 내용에 맞장구치는 반응을 보였다. 그런데 흔히
'수수씨 재판' 유형의 이 이야기에서 제보자는 윗밭 임자가 잘못하여 아랫 밭
에 뿌려진 씨앗은 씨 뿌린 자와 가꾼 자 중 누가 주인이냐는 아들의 비유적
인 질문을 잠시 혼동하여 구연하였다.

줄 거 리 : 옛날에 자식이 많은 사람과 자식이 없는 사람이 친구 간이었다. 하루는 자식
이 없는 친구가 자식이 많은 친구에게 자기 아내와 하룻밤 잠자리를 같이 해
줄 것을 부탁한다. 이 일로 자식이 없는 사람이 아들을 얻게 되는데, 이 아들
이 똑똑하여 도지사를 하게 된다. 그러자 자식이 많은 친구가 욕심이 나서 자
기 아들이라며 이 아들을 빼앗아가려 하였다. 근심으로 식음을 전폐하고 두문
불출하던 아버지를 위해 어머니가 모든 사실을 아들에게 알린다. 아들은 잘못
뿌려진 씨앗의 임자가 누구냐는 질문으로 자신이 친아버지가 아닌 양아버지
의 자식임을 가린다.

근데 또 진짜이야기 내 하나 하께. 그라머.

[청중 웃음]

옛날에 참 아랫 마실에(마을에)

[한 청중이 웃으며 "이야기 보따리"라고 했다.]

아랫 마실에, 통천 아지매 맨쿠로(처럼) 자석을(자식을) 못 낳는 기라.
자석을 못 놓아 자기 통천 아지매(아주머니) 맨쿠로(처럼) 자기 친구가 아
들이 한 댓이(다섯이) 되는 기라. 되는데, 친구간인 기라. 둘이가, 자석 많
이 있는 사람하고, 자석 못 놓는(낳는) 사람하고 친구 간인 기라.

그래 친군데, 그래 말이지 자석 많이 있는 지그 친구 있는데, 하리(하
루) 지녁에(저녁에) 말이지, 살짹이(살짝) 말이지, 저거 마누라인데 한 밤
자고 가라 커는 기라. 인자 자기 친구 질에(간에), 그래 잤는 기라. 자고

나이, 그래 인자 그 자이까네(자네) 아들로 낳았는 기라.

아 그 자고 나이 마 아들이 됐는 기라. 아들로 되기(많이) 낳아 가지고 아들이 뭐로 해 묵노 커모. 오새 요새 매쿠로(처럼) 저저 되기 높으기(높이) 도지사나 이런 거 되기 높은 자리에 앉아 있는 기라. 아들이.

아들 여러 키(사람) 있는 사람은 못 사는 기라. 못 사이까네, 그래 지 친구가 말이지.

"니 인자 그거 내 아들이까네 내가 더꼬(데리고) 올란다." 이러 커거든.

(청중 : 우야꼬! 돈을 잘 버이까네.)

이러 커이까네, 마 영감재이 마마 겁을 내 가주고 방에 들앉어가(들어 앉아서), 마 문을 잠그고 마, 나오도(나오지도) 안하고, 저거 마누래가 마 와 글노코(왜 그러냐고) 케도 문을 딱 잠가놓고 기망 없이 방에 들앉아 있 거든.

있시이까네(있으니), 그래 은자 저거 엄마가 아들이 인자 도지사 해 무 이까네(먹으니), 은자 그 메늘(며느리)인데 연락을 했는 기라. 시어마씨가 연락을 하이,

"너거 시아른이 저래가 있다. 니 함(한번) 와 바라." 커이,

와도 마 문을 안 열어 주는 기라. 안 열어 주이, 메늘이 가 저거 양반 인데 이얘기(이야기) 했는 기라. 얘기 해 놓이 저그 양반이 인자 저가부지 인데 올라 왔는 기라.

"아부지 와 이런교(이러십니까)? 문 여소." 커이,

열어 주는 기라. 열어 주며, 그래 인자 아들인테 얘기로 인자 세밀하이 (세밀하게) 얘기 했는 기라.

"내가 아무리 약하고 자석을 못 낳아 가지고 그래 니가 생기가(생겨서) 그래 낳는데, 니를 저거 아들이라고 더꼬(데리고) 갈라 컨다." 이러커든.

아들인데 바로 통했는 기라. 아들이 뭐라 커노 하면

"아부지, 그거 뭐 걱정할 거 있는교? 나(내가) 와(왜) 그 집 아들 되는

교? 안 됩더(됩니다). 밥 잡수소."

그 아무 걱정할 필요 없다 커는 기라.

그래 아무 날 아무 그 그래하고 밥 잡수라 커고, 저가부지 밥 묵는데, 밥 묵고,

"아무것이 어른 여 좀 오라 커소." 커는 거라.

아들이,

"아무것이 어른요, 여 좀 오라 커소."

왔는 기라. 그 인사 차마 아들 많이 있다 커는 그 아바씨 왔는 기라. 아들 뺏들어(빼앗아) 갈라(가려) 커는 그 어른이 그 와 가주고,

"아무것이 어른요."

"와?" 이커이(이렇게 하니),

그래

"우리 밭은 우에 있고 아무것이 어른 밭은 밑에 있심더. 밑에 있시이, 이 씨를 뿌리다가 우리 씨가 아무것이 밭에 내려갔심더.

(청중 : 글치. 튀 갔다.)

내려 갔시이까네 그기 우리 물건인교? 아무것이 어른 껑교(것입니까)?"

말로 못하더라 커는 기라.

(청중 : 맞다. 아 우야꼬!) [청중 웃음]

그래 말로 못 하이까네, 이 말로 못 하이까네,

"내가 와 아무것이 아들이 되는교? 아임더(아닙니다). 나는 이 집 아들 임더."

절대로 아이다 커는 기라.

아들이 판단해 뺐다(버렸다) 커는 기라. 그머 그래 아들이 판단하이 꼼짝 못하더라 커는 기라.

장수를 퇴치한 부자(父子)

자료코드 : 04_09_FOT_20090211_PKS_KBD_0014
조사장소 : 경상남도 양산시 주진동 265번지 주진마을회관
조사일시 : 2009.2.11
조 사 자 : 박경신, 김구한, 김옥숙, 정아용
제 보 자 : 김병두, 남, 84세

구연상황 : 앞 이야기에 이어 구연하였다. 이 이야기는 '도적퇴치담' 유형에서 변이된 것
　　　　　이다. 여자가 먼저 잡혀가서 괴물의 약점을 알아내는 전형적인 유형에서 벗어
　　　　　나, 온 가족이 함께 피난을 갔다가 장수를 만나고, 또 아이에게 장수의 목에
　　　　　재를 뿌리게 하는 점 등으로 이야기가 달라져 있음이 주목된다. 또한 처음에
　　　　　는 경험담처럼 이야기를 시작하다가 장수 퇴치담으로 변하는 사실담과 허구
　　　　　담이 혼재된 성격을 보여주고 있다.

줄 거 리 : 아들을 하나 데리고 부부가 피난을 갔다. 어느 날 저녁에 셋이 누워 자는데,
　　　　　큰 칼을 찬 장수가 방에 들어온다. 여자와 아이는 그냥 두고, 남자는 죽여 버
　　　　　리자며, 남편을 나무에 밧줄로 묶어 놓는다. 남편이 소변을 보러 나온 아내를
　　　　　부르자 아내는 못 본채 그냥 들어가 버린다. 한참 후, 칠팔 세 되는 아들이
　　　　　나오자, 아이를 불러 자기 주머니에 든 채칼을 꺼내 밧줄을 자르게 한다. 밧
　　　　　줄 한 가닥이 끊어지자 아버지는 아이에게 부엌에 가서 오지랖에 재를 가득
　　　　　싸오라고 시킨다. 아이가 재를 싸오자 아버지는 아이에게 장수의 칼로 장수의
　　　　　목을 칠 테니, 곧바로 잘라진 장수의 목에 재를 뿌리라고 시킨다. 아버지와
　　　　　아들은 장수를 죽이고 무사히 피난하였다.

　　옛날에 난리 피란을 가는데, 참 미타암 절 곁은데 저런데 난리 피난하
러 은자, 아들이 하나 있는 하리(하루) 지녁에 서이가(세 명이) 눕어(누워)
자는데,

　　옛날에는 우리 조선에 여 명산에는 마 장수가 부적부럭 나더라 커는
기라. 전 장수가 나는데, 일본 사람이 산 주레(穴)를 끊어 가주고 쇠말뚝
을 박아 놓으이, 장수가 안 나더라 커는 기라.

　　그래 피난하러 가가(가서) 눕어 자는데, 하리 지녁에 밤중 돼가(되어서)
눕어 자이(자니) 장수가 큰 칼로 차고 들왔거든. 들오디마는(들어오더니만)

말이지,

"저 아ー는(아이는) 누(누구의) 아 고(아이고)?" 커이,

"우리 아ー라." 쿠고,

"저 남자는 그마 저 남자는 직이뿌자(죽여 버리자)." 커거든.

장수가,

"그라모 알아서 하라." 이러 커더라 커는 기라.

여자가 장수보고 겁을 내가, 죽이든지 살리든지 마음대로 하라 커는 기라.

그래 이 장수가 우예(어떻게) 됐나 하면, 미타암 절 겉은데 피난을 둘이가 하는데 큰 나무가 있는 기라. 나무에 동치(동여) 뭉까(묶어) 났는 기라. 남자를 밧줄로 동치 뭉까 났는데, 그래 밤중 되이까네 말이지, 오줌 누러 나오더라 커는 기라. 자기 마누래가 오줌 누러 나오더라 커는 기라.

"아무 꺼이야(아무 것이야) 아무 꺼이야, 여(여기) 좀 와봐라 여 좀 와봐라." 커이,

오줌 누고 마 들은 체 만 체 안 하고 마 바아(방에) 드가뿌더라(들어가 버리더라) 커는 기라. 그래 또 쪼끔 있으이 자기 아들이 나오더라 커는 기라. 아들이 한 칠팔 세 묵는 아들이 그래 나오디마는,

"아무꺼이! 아무꺼이!"

부리이까네(부르니까) 왔더라(왔더라) 커는 기라. 아들이.

"고 나뭇가지에 나뭇가지 있는데 고 디디가(디뎌서) 함(한번) 올라와 봐라." 커이,

그 아들이 잩에(곁에) 왔더라 커는 기야.

"내 주머니에 채칼이 있는데, 채칼 이거 내가 밧줄 이거 함 실거(잘라) 봐라." 커이까네,

그래 아들이 그 밧줄로 착 실거이까네(써니까), 그 굵은 밧줄이 툭 터지더라 커네. 한 가댁(가닥)이. 그래 둘이가 내려왔어. 내려 와가, 그래

"이 절에 절 뒤에 여 부적(부엌)에 재 깍지재로 때싰끼다(땠을 것이다). 그 재로 오시랋(오지랖에) 하나 오시랖에 싸가 온나라(오너라)."

그러이 아들이 인자 재로 한 오시랖에 지 여게다가 사가 왔더라 커는 기라. 사가 왔는데,

"내가 이 칼이 장수 칼이 구석에 큰 칼이 있거든. 내 목을 탁 치거든 말이지, 니 재를 갖다가 목 친데 그 재를 뿌려라." 커거든.

그래 말이지, 장수가 은자 눕어 자는데 말이지, 칼로가 탁 치이 장수 목이 탁 떨어져가 천자아(천장에) 붙어가,

"네 요놈~" 커더라 커는 기라.

그래 마 아들이 마 재로 가지고 마 탁 빈 데도 치고, 우에도 치고 마 재로 내리(마구) 뿌리이까네, 장수 목이 뚝 떨어지더라 커는 기라. 떨어지이 지거 마누래가 있다가

"예이 고놈 잘 직있다(죽였다)." 커더라 커는 기라.

"네 요년 니가 무슨 그런 소리 하노. 니도 한 칼에 직이뿔라(죽여 버리려고) 커다가(하다가) 놓 뒀다." 이러 커더란다.

그래 그래 마 여자도 직이뺐더라 커던강, 그래 가주고 난리 피난하고, 아들 부자간에 난리 피난 잘 해 와 내려오더란다.

양산 통도사가 생긴 유래

자료코드 : 04_09_FOT_20090211_PKS_KBD_0015
조사장소 : 경상남도 양산시 주진동 265번지 주진마을회관
조사일시 : 2009.2.11
조 사 자 : 박경신, 김구한, 김옥숙, 정아용
제 보 자 : 김병두, 남, 84세
구연상황 : 앞 이야기에 이어 자연스럽게 이 이야기를 구연하였다.
줄 거 리 : 큰 시내 건너에 있는 '지수'에 들어가는 입구에는 큰 바위가 하나 있었다. 뒤

에는 산이 있고, 산에는 절이 있었는데, 그 절에는 손님이 넘쳐났다. 절의 사람들이 아는 사람에게 부탁하기를 손님이 좀 오지 않게 해 달라고 부탁하였다. 어떤 사람이 말하기를 손님을 안 오게 하려면 큰 바위를 깨버려야 한다고 했다. 바위를 깨자, 그 속에서 금송아지가 나와서 울며 양산 통도사 골짜기로 들어갔다고 한다. 이후 양산 통도사가 생기고, 지수 절에는 손님이 오지 않았다고 한다. 지금도 그 바위에는 깨진 자국이 남아 있다고 한다.

지수 거 우리가 산소가 있었거든. 우리 큰 거랑(시내(川)) 이거만 할 기여. 그 거리가.

(청중 : 지수가 어데고?)

이거만 한, 지수 반계 거게,

(청중 : 지수, 지수, 뒷골, 뒷골에.)

뒷골에.

그래 거게 거게 옛날에 내가 한 여남(여남은) 살 물(먹었을) 때 벌초하러 우리 어른 따라 갔거든. 따라 가이,

[목소리를 높여]

큰 방구로(바위로) 오새(요새) 오새 말하자면, 마 포크레인 카 마 큰─ 방구 이래 안 굴릉교(굵지 않습니까)? 그마꿈(그만큼) 한 거로 가지고 요 래 칭계(층계) 칭계 다리를 놓더라꼬. 옛날 우리 에릴 적에 포크레인 어딨노(어디 있습니까)? 기구가 어딨능교? 장수들이 놓다 커는 기라.

(청중 : 목도해가 안 갔능교?)

목도 목도도 모해. 큰 ○있는데,

(청중 : 어여차 어여차. 맞차가 안 갔는교?)

그래가 그래 장수가 나 가주고 무너졌다 커는 기야.

지수 사람이 하나, 우리 어른이 또 좀 나(나이)가 나가 에릴 때에 벌초하러 오이까네 큰 개로 말이지, 한 바리(마리) 안에 엏어 놓고, 범틀로 떡 놔 낳더라 커는 기야. 사람이 호석(호식) 해갔다 커고.

지소(지수). 그래 지소 거게 드가모(들어가면) 말이지, 문악에(문앞에) 산에 뒤 골짜아(골짝에) 거 큰 방구가 드가는데(들어가는데) 있거마는.

이래 있는데, 그래 옛날에 그 마 지수 거 안에 절이 있는데, 손님이 마 무지하게 오더라 커는 기라. 손님이 어찌 오는지,

"와 이 이 손님 좀 덜 오구로(오도록) 해 줄라." 커더마.

"왔다.35) 귀찮아 죽겠다."고

마 안에서 그래 쌓더마(그러고 있더만). 절에서. 그래 귀찮쿠로(귀찮게) 은자 절에서, 옛날에 은자 좀 아는 사람이 있었겠지.

"금(그러면) 몬(못) 오도록 해주까?" 이러 커이,

"몬 오도록 해줄라." 커더라 커는 기라.

그래 지수 드가는데 방구가 넙덕한(넙적한) 넘이(놈이) 깬(깼는) 포(표시)가 다 있더라꼬. 우리 어른이 글쿠는데(그러는데) 그 절에서 내려와 가주고, 크 방구 그거로 깨−뿟다(깨버렸다) 커는 기야. 깨−뿌이, 금송안치(금송아지)가 울고, 양산 통도로 가가(가서), 그 골짝에서 사라졌뿄다 커는 기야. 그래 양산 통도가 그래하고 그 절이 생겼다(생겼다) 커는 기야.

(청중 : 아~)

그 절은 손님이 안 오더라 크는 기라.

(청중 : 아~)

그기 지수 그 절에는.

(청중 : 깨−뿌놓이 정기가 다 글로 다 날라 갔구마는)

그 지수 그 골짝에 마 손님이 어찌 오는지,

"그 좀 엄더라(없더라) 엄구로(없도록) 해줄라." 커이,

"엄구로 해 줄 수 있지." 커이,

그래,

---

35) 정말, 진짜의 뜻임.

"저 방구 저거로 깨라."

(청중 : 방구 그기 복덩백이다.[36])

커더란다.

방구 그거로 깨뿌이까네, 그 안에서 금송안치가 울고 양산 통도 골짜가가 사라졌뿌더라 커는 기라. 그 그 끊어지고 나이(나니) 양산 통도 절이 생깄다 이 커더라 커네.

원효대사의 도술

자료코드 : 04_09_FOT_20090211_PKS_LGP_0004

조사장소 : 경상남도 양산시 주진동 265번지 주진마을회관

조사일시 : 2009.2.11

조 사 자 : 박경신, 김구한, 김옥숙, 정아용

제 보 자 : 이가필, 여, 70세

구연상황 : 원효대사 이야기가 나오자 제보자는 할 말이 많은 듯 이야기 하나 하겠다면서 구연을 시작했다. 장안사 절과 관련시켜 이야기에 신빙성을 부여하기도 했다. 제보자는 잠시도 쉬지 않고 한 숨에 이 이야기를 끝냈다.

줄 거 리 : 중국의 어느 큰 절에서 신도가 삼천 명이 모여 기도하고 있었다. 천기를 보고 있던 원효대사가 중국의 어떤 절이 산사태로 묻힐 지경이 된 사실을 알게 된다. 절 안에서 아무 것도 모르고 기도하고 있는 신도 삼천 명을 구하기 위해 원효대사는 판자에 글을 써서 중국으로 날려 보낸다. 날아온 판자를 잡기 위해 신도들이 절 밖으로 나오자 절이 무너진다.

원효대사가 거서 공부를 하메, 저 중국 무신 절이고, 중국 큰 절에 그 신도가 한 삼천 명이 앉어가(앉아서) 그서 기도를 하고 있는데, 기도하고 있는데, 하늘에서 원효대사가 떡 이래 천기를 보이까네, 저 원효대사 그 앉아서러(앉아서) 만리를 본다 아이가(아니가).

---

36) 복덩어리다.

보이까네, 그 중국에 워떤(어떤) 절에 저저 참선하는 신도자가 신도가 그 큰 너린(넓은) 방에 한 삼천 명이 앉아 있는데,

(청중 : 법당에)

그날 비가 와가 마 비가 억수로 많이 절이 마 산이 마 무너져가 그 절이 묻힐 판인데, 안에 그 신도들은 그것도 모리고 막 기도하고 있거든. 그래 내가 이거로 안하면 저 삼천 명이 다 죽겠다 싶어서, 이런 판떼기에다 (판자에다) 글로 써 가주고 이래 중국을 보고 날리 부쳤다(부쳤다) 커데.

그 판떼기가 그 절 마당 가 가주고 내리 앉도 안 하고 뱅뱅뱅뱅 도이까네, 그 신도들 삼천 명이 그 판떼기 잡을라고 전부 다 나오이까네, 마 산이 탁 무너져가 절이 엎어지더라. 그 삼천 명을 원효대사가 다 구했다 커데.

전생편 후생편

자료코드 : 04_09_FOT_20090211_PKS_LGP_0006
조사장소 : 경상남도 양산시 주진동 265번지 주진마을회관
조사일시 : 2009.2.11
조 사 자 : 박경신, 김구한, 김옥숙, 정아용
제 보 자 : 이가필, 여, 70세
구연상황 : 김병두 제보자의 '저승 갔다 돌아와 남의 집 빚 해결해 준 사람' 이야기를 듣고 난 제보자는 생각난 듯 "내가 하나 하겠다."며 나섰다. 이야기 제목이 '전생편 후생편'이라고 소개한 후 "생각이 모두 날지 모르겠다."며 구연을 시작했다. 다리 하나를 세우고, 세운 다리 위에 팔을 하나 올려놓고, 이 팔로 가끔 손짓을 하면서 방바닥에 그림도 그리면서 구연하였다. 목소리가 분명하고 기억력과 구연능력이 뛰어났다. 애초 제보자의 우려와는 달리 군더더기 없이 막힘없이 시원스럽게 이야기를 끝냈다. 청중들은 주인공의 행불행 장면에서 기뻐하거나 슬퍼하는 반응을 보였다. 이 이야기는 책에서 배운 것이라고 했는데, 책에서 읽은 이야기를 재구성해 내는 말솜씨가 보통이 아니었다.
줄 거 리 : 옛날에 어떤 중년부부가 공을 들여 아들을 하나 낳았다. 그 아이는 너무 똑똑

하여 서당에 가서 어깨너머로 공부를 열심히 한다. 부모는 아이에게 상놈이 공부해 봐야 벼슬을 할 수 없으니, 먹고 살려면 공부를 하지 말고 자기들처럼 장사하는 일을 배우라고 한다. 그때부터 아이는 실망하여 병이 들어 죽고 만다. 부모는 너무 원통하여 해마다 정성스럽게 제사를 지낸다. 죽은 아들은 서울 어느 정승집에 태어나, 공부를 열심히 하여 장원급제를 한다. 아들은 환생한 후, 일 년에 한 번씩 어느 산속 집에 찾아가 잘 얻어먹는데, 어느 해 제삿날 꿈 속 기억을 더듬어 실제로 두메산골 노부부를 찾아간다. 막 제사를 지내고 철상을 하고 있는 노부부를 만나 제사를 지내는 사연을 듣는다. 아들은 그 정성에 감동한 후 자기가 바로 그 아들이며, 장원급제를 해서 찾아왔다고 밝힌다. 아들은 노부모를 모시고 가서, 전생부모와 후생부모를 함께 모시고 잘 살았다고 한다.

전생편 후생편 이 이야긴데, 그 옛날에 다 생각날란가(생각날른지) 모리겠다. [청중 웃음] (조사자 : 생각나시는 대로 하시면 됩니다.) 예.

옛날에 어떤 중년 부부가 자식을 못 낳아가, 그래 아들을 못 낳아 가주고, 억수로 공을 딜이(들여) 가주고, 중년에 은자 아들을 하나 낳았거든예(낳았거든요). 그래 은자 아들로 낳아놓이, 이 아들이 하도 영리하고 총기가 있어요. 공부도 잘하고 천재라.

그래 한 은자 부모는 은자 어디 두메산골에서 장사로 하고 살고, 그래가 이 아들이 한 다살(다섯 살) 되이까네(되니까), 너무 똑똑하고 그래가 저가부지(자기 아버지) 저검마(자기 어머니) 가마 보이(가만히 보니) ‘아이구 저기 저래(저렇게) 똑똑 해 가주고 저래 가주고, 후재(훗날) 크면 다른 거 할라 커머 우짜겠노’ 싶어가,

그래 걱정을 하고 있는데, 거게서러(거기서) 서당에 갈라커모(가려면) 제법 마이(많이) 마이 걸어가 가야되는데, 이 머시마(남자아이)가 너무 영리해가주고, 거서 대기(아주) 먼 서당을 걸어가 은자 서당 안에서 공부를 하고, 끝에서 끝에서 은자 낱글로 배아가주고(배워서) 천자문도 다 알고, 너무 영리하이(영리하니) 똑똑하는 기라.

그래가 저거 엄마 아부지가 가마(가만히) 생각하이, ‘저거로 저냥 놔(놓

아) 두다가 안 되겠다. 에릴(어릴) 때부터 주의를 시기야 되겠다,' 싶어, 아들을 하리는 불러놓고,

"그래 아무것이야 너는

[기침을 하여 목을 가다듬고]

우리겉은 상놈으는 아무리 공부를 잘해도 벼슬을 안 주이까네, 니는 인제부터 공부를 하지 말고 우리 배아(배워), 사는 장사 이기나(이것이나) 배아가, 상인 이기나 배아가, 장사나 해가(해서) 니가(네가) 묵고 살아라."
이러 카거든.

글커이(그렇게 하니), 이 아들이 그날부터 마 실망을 해가주고, 마 신음을 하고, 아파가 그때부터 병이 들어가 마 한 다섯 살 묵는 기 마 그때부터 병이 나가 마 죽어 뿄어요(버렸어요).

죽어 뿐놓이, 이 부모가 그 참 애타게 놓은 아들, 그 똑똑은 아들 죽고 나이 이 부모가 너무 한이 맺히가, 그해 은자 정월 초 정월 보름날 죽었이머(죽었으면), 정월 보름날 기준해가(기준으로 해서) 일 년에 한 문썩(번씩) 꼭꼭 제사를 지내요.

제사를 지내는데, 그래 그래 이 머시마는 그때 죽어 가주고, 그때 딱 죽어가 인도 환성(還生)해가주고, 서울에 저 대감집에 정승집에 태어났거든요. 태어나서, 태어나가 이 머시마가 자기가 한 다섯 살이나 여섯 살, 지 생각 날 때 그때 정도가 돼가 일 년에 한 문썩 높어 자며, 정월 보름 겉으모(같으면), 정월 보름날 언제나 고 시간에 꿈속에 어둘(어디) 산을 헤매 들어가가(들어가서) 잘 얻어 묵고,

하루는 하리 저녁에 제사를 잘 얻어 묵고, 꿈속에서 그래 와 비더라(보이더라) 카데요. 그래 계속 한 십 년 동안 그래 제사를 잘 얻어 묵었담더. 그래 머시마가 잘 얻어 묵고, 그래가 왔는데,

그래가 이 아바씨가 어마씨가 그 아들 잃고 계속 십 년을, 자식 제사지내는 사람이 어딨겠는교(어디 있겠느냐)? 글치요? 계속 너무 원통해가 십

년을 정성딜이가(정성들여서) 제사를 떡 지냈는데,

그래가, 이 머시마가 정승집에 태어나가, 그 후로부터 열심히 지가(자기가) 살아가주고 꼭꼭 일 년에 한 번 제사를 얻어 먹고, 고래 생각을 딱 하고, 열심히 공부를 해가주고, 거서(거기서) 그 머시마가 장원급제를 했어요.

장원급제를 해가주고 은자, 그래 자기가 은자 하루는 은자 그날 제사 저녁에 얻어 묵은(먹은) 거로 생각을 떡 꿈속에 생각해가(생각해서), 그래 장원급제 해가, 말을 타고 하인을 거느리고, 그 두메산골로 찾아 가이까네, 고날 지녁에 찾아 가이까네, 그 그 집에서러, 꼬꾸랑한 할매 할배가 노 노할매 할배가 노부부가 참 정성을 딜이가 제사를 지내가주고, 철상(撤床)을 하고 있더라 커는 기라. 철상을 하고 있는데. 그래 하인들 밑에 놓두 놓고,(놓아 두고서) 자기 그 들어가 그 유래를 물었다 아잉교(아닌가요)?

"그래, 어떻게 해서 이 저저 할머니 할아버지가 누구 제사를 이래 지내느냐?"고 이러 카이까네,

그래 그 할매 할배가 하는 말이

"그래 내가 옛날에 내가 자식을 못 낳아가 공을 공을 딜이(들여) 가주고 아들 하나 봤는데, 너무 영리해가, 그래가 이래가 안 되겠다 싶어가, 니가 아무리 영리해도, 니가 아무리 영리해도, 니는 우리 것은 상것은 벼슬로 안주니까, 니는 마 우리 파는 장사나 배아가(배워서) 장사나 해가 묵고 살아라 캤더니, 그 질로 병이 나가 죽어 가지고 하도 내가 원통해서 내가 제사를 지낸다." 이러 카이까네,

그래 그 저저 장원급제 핸 그 사람이

"제사를 제사지내는 유래는 어딨습니까?" 이러 커이까네,

그래 그 인자

"홍동백서 거 은자 그거 조율이시 막 이래가주고, 은자 대추는 임금님, 은자 뺨으는(밤은) 삼정승, 은자 사과는 백성, 은자 감으는 팔도간사, 은자 할매가 참 그 제사 지내는 거거(그것) 은자 탕으는 삼탕, 어탕 육탕 소탕,

탕으는 삼탕……"

그래 전부 이래 이야기 다 해주거든.

"우리는 이래가주고 정성 딜이(들여) 제사를 지낸다. 하도 원통히 지낸다." 카이까네,

그래 그 선비가 하는 말이,

"하이고 어머님 할아버지 할머님 그기 바로 저 올시더."

(청중 : 우야꼬!)

"내가 참 거 일 년에 한문씩 내가 이 십 년 동안 내가 꼭 요 자리서 제사를 내가 얻어 묵고 갔다고. 그래서 내가 한문 하도 원통해서러, 그래 내가 장원급제를 해가주고, 내가 꿈속에 그거를 내가 딱 기억해가 오늘 지녁에 찾아왔다." 커머,

그 질로 그 노무모를 모시 가가주고(모시고 가서) 그래가 전생부모 후생부모 이래 똑같이 그래 잘 모시더랍니다.

이게 책에 있데요. 책에 내가 한 분(번) 봤어요.

지성(至誠)이와 감천(感天)이

자료코드 : 04_09_FOT_20090211_PKS_LGP_0007
조사장소 : 경상남도 양산시 주진동 265번지 주진마을회관
조사일시 : 2009.2.11
조 사 자 : 박경신, 김구한, 김옥숙, 정아용
제 보 자 : 이가필, 여, 70세
구연상황 : 앞 이야기에 이어 제보자는 "직심이와 감청이"를 하겠다며 계속해서 이야기를 구연하였다. 이 이야기 역시 책에서 읽고 알게 되었다는데, 구연 능력이 뛰어났다. 잠깐 쉬는 법도 없이 술술 이야기를 풀어나갔다. 청중들은 두 주인공이 병신으로 태어났을 때는 걱정하고, 병이 나았을 때는 크게 웃으며 기뻐하는 등 이야기 내용에 빠져들며 무척 흥미를 보였다.
줄 거 리 : 옛날에 어떤 부부가 중년에 아들을 둘을 낳았는데, 형은 다리가 병신이고 동

생은 장님이다. 이들의 이름은 직심이와 감청이다. 세월이 흘러 부모가 죽자 생계가 막막하게 된 직심이와 감청이는 한 명은 눈이 되고 한 명은 다리가 되어 이곳저곳을 돌아다니며 밥을 동냥해 먹고 산다. 하루는 목이 말라 들판에 있는 우물에 가서 물을 마시려다가 우물 안에 금개구리가 있다는 것을 형이 발견하게 된다. 그러나 형은 볼 수는 있으나 다리가 병신이고, 동생은 다리는 성하나 봉사여서 그 금을 건져낼 도리가 없다. 마침 소금장수가 다가오자 둘은 의논하여 그 금개구리를 소금장수가 건져가게 한다. 그런데 소금장수가 그 금개구리를 우물에서 건져 올리자 금개구리는 갑자기 구렁이로 변해 버린다. 소금장수는 형제가 거짓말을 했다고 가버리고, 이후 구렁이는 다시 금으로 변한다.

직심이와 감청이는 금을 옷에 싸서 길을 가다가 송광사 절에서 불우이웃 돕기 성금을 받는다는 방이 붙은 것을 보고 송광사 절에 간다. 둘은 절에 묵으면서 그 금을 절에 보시하려고 마음먹는다. 그러든 차에 큰 쥐가 나와 형 직심이의 다리를 물어 다리가 낫게 된다. 이 사실을 보려고 고개를 돌리던 동생 감천이는 눈을 뜨게 된다. 직심이와 감청이는 금을 송광사 절에 보시하고 그 착한 마음으로 복을 받아 잘 살았다고 한다.

봤는지(본지) 오래 되는데[책에서 본지가 오래 된다고 말함.]

옛날에 직심이(지성이) 감청이라꼬예(감천이라고요).

그래가 은자 여도 참 중년 부부가 자식을 못 낳아 가지고, 둘이가 할머니 할아버지가 그래 중년에 아들 하나 낳았어예. 아들을 하나 큰아들로 낳아 놓으이까네, 이 뭐 다리를 몬 쓰는 기라. 다리 빙신(병신인) 기라.

그래가 이 인자 다리 빙시이로(병신을) 낳아 가주고 은자 잘 키우고 있는데, 그래 영감 할마이 가마 생각하이이까네. 우리 살아 생전에는 저거를 믹이(먹여) 살리겠는데, 우리가 죽고 나면 저거를 누가 마 믹이 살리겠노.

그래 할마이가 하는 말이,

"그래 아이구야 보소야, 우리가 딸이나 아들이나 몸 건강한 아들 아 하나 더 놓자." 커거든. 아를(아이를) 하나 더 낳아야 우리가 죽고 나면 저거로 근친을 안 하겠나.

(청중 : 글캐.)

그래가 참 우째가(어떻게 해서) 또 아를 하나 더 낳았어요. 그 아로(아이를) 아로 하나 더 낳아놓-이 그거는 또 눈이 한쪽이 멀어.

(청중 : 우야꼬!)

[청중 웃음]

눈이 멀어, 눈이 마 눈봉사라.

그래가 은자 큰 거는 직심이고, 두째 거는 감청이들이. 그래가 이름이 직심이, 감청이 이랬는데, 그래 그래 살다가 마 저거 부모님이 나이가 많애가(많아서) 두 분 다 돌아가시고, 돌아가시고, 이 둘이는 은자 동생은 다리가 은자 눈먼 사람은 다리가 성하이까네, 저저 다리 아픈 형이 업고, 그래 동생은 다리가 되고, 형은 눈이 되고, 그래가 업고 은자 이 마을 저 마을 댕기메(다니면서) 은자 밥을 얻어먹고 이래 사는데,

그래 인자 하루는 저 위에 기 사람이 고향이 경상도 안동 땅이라. 그래 하루는 은자 동생캉(동생하고) 은자 한 몸이 둘이가 한 몸이 돼가 업고, 은자 어데 마을에 밥 얻어먹으러 간다고 이래 떡 가는데, 어느 들 복판에 가이 우물이 있는데, 마을 부녀자들이 물 이러 온다꼬, 앞치마를 입고 짜들(많이) 와샀커든요(오고 있거든요).

그래 하도 가다가 다리가 아파가, 목도 마리고, 들 복판에 우물에 은자 물 얻어 무러(먹으로) 간다꼬 이래 가가(가서), 우물 이래 떡 들바다(들여다) 보이까네, 그 안에 금깨구리(금개구리) 커다는 기(커다란 것이) 이런 기 한 마리가 들어가 있거든.

그래가, 인자 눈 밝은 동시이(동생이) 가 보이, 이래 있는데, 뭐 눈은 밝지마는 이 다리가 병신이라 껀지(건져) 낼 수가 있는교? 그래가 또 헤이는(형은) 또 다리는 아프지만, 눈이 다리는 성치만(성하지만), 눈이 안 비이까네(보이니까), 껀지(건져) 낼 수도 없고,

그래가 보고만 이래 있시이까네, 저 밑에서 소금 장사가 소금을 한 자

루 지고, 털럭털럭 올라오거든에. 그래 하는 눈밝은 동생이 하는 말이,

"아이구 형아, 저 밑에 소금 장사가 오는데, 우리는 이양(이왕) 안 되는 거, 저 소금 장사가 껀지가 가라꼬, 이 어려운 시기에 묵고 사라고 소금장 사하지 말고 묵고 사라고 고럭(그렇게) 하자."

그래 소금장사 오라꼬 막 손을 치니 오더랍니다. 그래가 소금장사를 보고,

"이 밑에 금깨구리가 있는데, 이거로 껀지 내가(내어서) 그래 팔아가 살 면 당신 생전에는 안 살겠나. 우리는 암만(아무리) 봐도 가져 올 수가 없 으니 껀지가 기라." 커거든.

소금장수 보이 얼마나 좋는교! 그래 인자 금깨구리 주아 가주고, 주아 가주고 딱 올리놔 놓으이까네, 마 올리놓이 갑자기 큰 구렁이로 변해뿌더 랍니더(변해버리더랍니다).

(청중 : 우야꼬!)

그래가 변해뿌나(변해버려) 놓이까네, 이 직심이 감청이 하는 말이,

"아이구 아까(조금 전) 때는 보이 금인데 그 왜 그리 변했노."꼬,

그래 그래 소금장사,

"에이 니가 거짓말했다." 카고,

그래 마 달라빼뿠어(달려 가버렸어). 갔뿠어요(가버렸어요). 가뿌고, 은 자 그 마을 어부(소금장수)가 안 비이까네(보이니까) 이 금깨구리 이기(이 것이), 이기 뱀이 이기 차츰차츰 금으로 변하더란다. 그래가 금으로 변해 가주고,

(청중 : 아~ 직심이 감천이다.)

직심이 감청이가 은자 그거로 가주고, 은자 싸가주고, 그 때사(그 때에) 해필 송광사 절에서러(절에서) 은자 이 몬(못) 사는 사람, 부모 없는 사람 불우이웃돕기 한다꼬, 뭐 머신 '사람을 많이 구한다.' 이래 방이 붙었는데, 그래가 저거가 그 형제가 금을 싸가 송광사 절로 가이까네, 그래 절에서 러 은자 그 하는 말이 그래 은자 형제간에 그래 왔다 커이까네, 방을 따

로 하나 주더라하데.

그래 둘키가(둘이서) 금을 옷에 싸가 숭키(숨겨) 놓고, 둘이가 그 은자 밥을 얻어 묵고 사는데, 한 날은 절에서 무신 그거를 하는데 큰 행사를 하는데, 대국에서러 뭐 금을 얼매나 이래 소국에 은자 부치라 커는 그런 방이 왔는데, 그 절에 무신 돈이 있어야 금을 부치제(부치지).

그래 이 절 있는데, 그 은자 직심이 감청이 그 소리 가마 들으니, 저거가(저희들이) 금이 있거든. 이 금을 마 저저 절에 절에다가 보세(보시)를 해야 될따(되겠다). 보세를 해야 될따 생각하고 있는데,

그래 한 날 아침에 직심이가 나가이까네, 쥐가 이만한 쥐가 저 직심이 다리 아픈데 그를 콱 물어찡구더란라.[37] 그래 물어찡구이 직심이가 다리가 펴지는 고(그) 낫아뿌이(나아 버리니),

(청중 : 우야꼬!)

[다리 펴지는 시늉을 하며]

다리가 쫙 피지-(펴지니).

그래가 직심이가 낫었다고 막 좋다고 그라이까네, 그래 은자 볼라꼬 이러니까네, 동생 눈이 퍼떡(번쩍) 떨어지고야.

[웃음]

(청중 : 우야꼬!)

[청중 웃음]

눈이 퍼떡 떨어지고, 그래 그래 가주고 인자 직심이 감청이 눈도 다 떨어지고, 다리도 성해지고, 그 은금보화로 송광사 절에다가 보세를 해 놔 놓으이(놓으니), 절에서는 대국을(대국에) 보내 가주고, 직심이 감청이가 그렇게 좋은 일로 하고 잘 사더랍니더(살더랍니다).

---

37) 물어찡구다 : '물어버리다'의 강한 표현임.

김도령과 참빗장수

자료코드 : 04_09_FOT_20090211_PKS_LGP_0008

조사장소 : 경상남도 양산시 주진동 265번지 주진마을회관

조사일시 : 2009.2.11

조 사 자 : 박경신, 김구한, 김옥숙, 정아용

제 보 자 : 이가필, 여, 70세

구연상황 : 이야기를 계속해 달라는 조사자의 청에 앞 이야기에 이어서 구연했다. 입담 좋게 단숨에 구연하였으며, 가끔 손짓을 곁들였다. 청중들은 "우야꼬!", "절단 났다" 등의 말로 이야기 내용에 적극 반응하며 자주 웃었다. 제보자에게 들어서 익히 알고 있는지 앞으로 전개된 내용을 미리 말하기도 하였다.

줄 거 리 : 옛날에 김도령이라는 사람이 살았는데 너무 가난하여 집에 찾아온 도인에게 어떻게 하면 잘 살 수 있느냐고 물었다. 도인으로부터 부모 유골을 명산에 묻으면 잘 살 수 있다는 말을 듣고, 그 길로 조상들의 유골을 모두 파서 명산이 많이 있는 강원도로 가게 된다. 하루는 주막에서 자게 되는데, 김도령이 유골을 싼 보따리를 금은보화처럼 취급하자 참빗장수가 자기 참빗 보따리를 두고 유골 보따리를 훔쳐간다. 유골을 잃어버린 김도령은 할 수 없이 참빗을 짊어지고 참빗을 팔며 고향으로 내려오는데, 집에 돌아왔을 때는 많은 돈이 모인다. 김도령은 그 돈으로 많은 땅을 사고, 큰 집을 짓고, 부자가 된다.

한편 참빗장수는 강원도 골짜기 아무도 없는 곳에서 보따리를 풀어보고, 그것이 유골임을 보고 버리고 도망간다. 그 후 참빗장수는 머슴이 되어 떠돌다가 안동 땅에 들어와 김도령 집에서 머슴을 살게 된다. 머슴을 살다 김도령과 친해져 김도령이 부자가 된 내력을 듣게 된다. 그때 그 참빗장수가 자기임을 밝힌다. 김도령은 참빗장수가 유골을 버린 곳을 찾아 조상들의 유골을 모아 봉분을 만들고 돌아온다. 재산의 반을 참빗장수에게 나누어 주고 둘이 형제처럼 산다.

옛날에 옛날에 김도령이라 카는 사람이 있었는데, 김 저 경상도 안동땅에 김도령이라 카는 사람이 있었는데, 그 사람으는 은자 하루 하루는 집에 떡 이래 살기가 참 가난해가 집에 떡 이래 있으니까네, 어떤 저저 도인이라 커며 와 가주고 시주를 하라 커거든요. 그래가 이 사람이

"내가 시주는 하겠는데 내가 소원이 있다." 이러 카이까네,

"무슨 소원 있노?" 커이까네,

"내가 평생 이 참 살기가 너무 어려워 가주고, 어떻게 하면 내 이 묵고 사는 생계는 좀 면하고 살 수가 있노?" 이러 카이까네,

그래 그 도인이 하는 말이,

"부모 유골로 파가 저 명산에 갖다 묻으모 당신이 형편이 풀리가(풀려서) 잘 산다." 커거든.

그래가 이 사람이 그 말을 탁 듣고, 마 집에 내려가 의논도 안하고, 자기 혼차 마 저거 부모 웃대(윗대) 유골을 전부 다 파가 은금보화같이 보따리에 다 싸 가지고, 그 질로 지고 인자 강원도 가면 따뜻한 곳이 명산이 많이 있다는 커는 소리 듣고, 지고 지고 은자 저 안동서 저저 서울로 올러 간다.

강원도 따뜻한 곳을 찾아가 이래 올라가가 은자 저 하리(하루)는 주막에 이래 떡 자는데 주막에 그 자이까네 장사꾼들이 짜들(많이) 자거든요. 자기는 자기는 걸어가 너무 지치가주고(지쳐서) 그 은자 부모 유골을 딱 단디(야무지게) 싸가 은금보화같이 요래 딱 싸 가주고, 저저 여관에 여관에 가이(가니) 무신(무슨) 여(여기) 요 장판 같은 기 있는데, 고다(거기다) 딱 모시(모셔) 놓고 그래가 마 거게 눕어 자이까네,

(청중 : 바까 갔뿠다.)

그게 장사꾼들이 꽉(많이) 와가 주무시는데,

(청중 : 거다가 내 놓으면 되나?)

사람들이 그 주무 장사꾼들이 가마보이(가만히 보니) 하는 기 이상하거든. 이 뭐 무슨 뭐 이상키 이상하게 잘 싸 가주고 잔반에 딱 모시놓고 그래 자이까네, '저게 아매도(아마도) 금덩거리다.' 이래 생각하고,

[청중 웃음]

저 사람이 자고 나면 우째도(어떻게 해서든) 저거를 내가 도둑캐(훔쳐) 가주고, 내가 가주가야 되겠다 싶어가, 딱 생각고(생각하고) 있시이까네,

(청중 : 넘의 유골로 갖다가)

[청중 웃음]

그래가 이 유골을 판 그 아저씨는 너무 김도령이라 카는 아저씨는 너무 피곤해가 그-꺼지(거기까지) 걸어 너무 피곤해가 눕어 자 마 고롭도록(고단하도록) 눕어 자는데, 그 챔빗장사가(참빗장수가) 챔빗을 한-게(가득) 지고 와 가주고 자기도 피곤해놓이(피곤하니까),

[청중이 조사자에게 "챔빗 아는교?"라고 물음.]

챔빗 그거사 마 아무, 챔빗 그거로 지고 와가 마 아무데나 구적에다 쿡 쳐박아놓고 마 자서든. 그래가 은자 챔빗 장사가 저거는 아매도 인자 보물이다 싶어가, 이 김도령이 잠만 들도록 내(계속) 기다리고 있거든.

그래가 마 김도령이는 마 너무 피곤해가 눕어 자뿠데이(자버렸다). 자고 아침에 떡 보이까네, 마 저거 보따리 유골 보따리 기기 마 첨빗 장사지 챔빗은 놨두놓고, 마 유골 그거로가주고 도망을 가뿠거든.

(청중 : 절단났다.38) 죄 받는다 은자.)

그래 가주고 이 저저 김도령은 저저 부모 유골을 다 안 잃어뿠는교. 다 잃어버리가 하도 억울해가주고(억울해서), 그래 보이 마 장사꾼도 전부 다 가뿠고, 그래 구적에(구석에) 보이까네 이런 보따리가 하나 있는데, 그 챔빗이 한게 들어 있거든.

[청중 웃음]

(청중 : 바까 갔다.)

챔빗 장사가 바까 가 갔뿠거든. 유골 그거는 보물단지라고 자기가 가(가지고) 가뿌고, 도둑캐(도둑질해) 가뿌고, 챔빗 이거는 돈 안 된다고 놓두놓고 가뿠거든.

그래 이이 김도령이라 카는 사람은 가도오도 못하고, 그 챔빗을 인자 지고 경상 그게 은자 서울 거게서러, 은자 지고 내려 오매(오며), 내려 오

---

38) 큰일났다.

매 팔아가 집에 오이까네 마 돈이 한 보따리인 기라.

[웃음] (청중 : 우야꼬!) [웃음]

그래가 돈이 집에 오이까네 돈이 한 보따리라요. 그래가 그 김도령은 은자 그 돈을 가져 와가주고 은자 그때 논도 얼마 안 했거든. 논을 많이 사가 마 부자가 되가 정승이 됐뿠어. 그래가 마 열두 대문 짓고, 큰 집을 지아가, 하인 거느리고 이래 떡 사는데, 그 잘 살고 있는데,

그 은자 그 챔빗 장사는 그거로 유골 그거로 보물단지라고 들고 가, 강원도 꼴짝에 아무도 안 보이는 골짜 가 그 떡 풀어보이까네 유골이 한 게 들어가 있거든.

(청중 : 우야꼬!) [청중 웃음]

놀래가 마 그 자리서 풀어가 내빼리뿌고(내버리고), 자기는 오도 가도 못하고 내리오며 머슴을 머슴을 살아가, 머슴 여어(여기) 다가(가서) 살고 저어(저기) 가가 살고, 그래가 저거 고향꺼정(고향까지) 내려, 머슴을 살아가며 내려 와가,

그래가 은자 안동 땅에 그게 저저 챔빗 장사 그 사람 그 부락에 내려 떡 와가주고,

은자 머슴을 좀 정승집이라고 머슴을 좀 사자 커이까네, 그 하는 말이.

(청중 : 아까 그 집 아이가. 그 집에 갔다.)

응 그 하는 말이,

"그래 머슴을 사라(살아라)." 커거든.

그래가 그 집에 머슴을 이래 몇 년 이래 사는데 은자 몇 년 사이까네 주인 주왁이(머슴을 이르는 말로 보임.) 안 친해집니꺼? 친해져가, 그래 내가 옛날에 우리 부모 참 저저 챔빗 장사를 해가 우리 부모 유골로 내가 팔아, 어느 강원도 어느 골짝에 가가주고 아 참 팔아 어느 여관에 가서 잃어뿠다 이러 카이까네,

그 머슴이 가마(가만히) 들으이까네 지가(자기가) 싸가 간 거거든.

[청중 웃음]

그래가 하는 말이,

"그래 그러면 그 챔빗으는 주와가 우쨌노?"

"그 챔빗을 내가 팔아가 이래 부자가 되었다." 이러 카거든.

그래 그 그러이까네 그 주인 주왁에 은자 말이 딱 맞거든.

"아이고 그라모 그 챔빗은 내 끼고(것이고), 그 부모 유골은 내가 갖다 강원도 골짜기에 풀어 유골이 있어가 그냥 버리뿌고(버려버리고) 그대로 내려왔다."

이러 카거든. 버리고 그래가,

"그라모 그곳을 알겠나?" 카이,

그래가

"그곳을 안다." 커거든.

(청중 : 명산이다.)

그래 주인 주왁에 가가주고 그 유골이 지겠는(버린) 그 부근이라 커이까 네, 거서 말캄(모두) 대충 모아 봉분을 모아가 잘해 놓고, 그래 절로 하고 내려 와가주고, 그 챔빗 장사 재산을 반을 쥐가주고, 그래가 잘 사더람더.

[웃음]

(청중 : 와이고 [웃음] 챔빗 장사가 유골을 갖다 내빼린 곳이 기기 명산 이 명산이 됐든 갑다.)

그래가 그 부근을 봉분을 잘 모아가 그래 내 놓고, 그 은자 주인이 내 려 와가, 챔빗을 팔아 가주고 내가 정승이 부자가 됐다.

"이 반은 니 재산이고 반은 내 재산이다."

그래 둘이가 똑같이 갈라 형제겉이 그래 잘 사더랍니다.

당산제 지내고 동티나서 죽은 사람

자료코드 : 04_09_MPN_20090211_PKS_KMN_0002
조사장소 : 경상남도 양산시 주진동 265번지 주진마을회관
조사일시 : 2009.2.11
조 사 자 : 박경신, 김구한, 김옥숙, 정아용
제 보 자 : 김말남, 여, 72세
구연상황 : 조사자가 조사목적을 설명하고 조사장비를 설치하기도 전에 제보자가 나서서
　　　　　 구연하려고 한 이야기이다. 당신의 위력과 영험을 거듭 강조하는 긴 이야기
　　　　　 구연 자료로, 제보자가 당산신을 모신 경험담도 덧붙였다. 구연이 끝나자 청
　　　　　 중 2명이 당산에 오줌 눈 사람이 즉사한 이야기와 당산나무를 베어간 후 머
　　　　　 리가 아프게 된 마을 사람 이야기를 제보자와 교대로 이야기하였다. 그리고
　　　　　 당산나무에 얽힌 여러 보고들은 이야기들을 나누기도 하였다.
줄 거 리 : 시조모님이 당산나무에 제를 모시는 중에 집안 손님이 찾아온다. 제주는 부정
　　　　　 을 탈까봐 목욕재계를 여러 번하고 온갖 정성을 다했다. 하지만 손님은 제를
　　　　　 지내는 시간대에 갑자기 찾아오는 부정한 행동을 하였기에 자다가 이부자리
　　　　　 에 오줌을 싸고, 결국 집으로 돌아간 지 삼 일만에 죽는다. 이 모든 것이 당
　　　　　 산신의 영험한 능력이라고 한다.

　아 옛날에, 여 지금 우리 이거 당산 제당나무가 이거 국고 몇 번을 들
어간 거 거등요.

　그 은자 제당이 올해 이 동네 제법 오래 됐는데, 그 우리 시조모님이
은자 제당을 이래 모셨는데, 뭔가 이기 마귀가 있다고 볼 수도 있고 없다
고 볼 수도 있는 거라. 그래가 은자 제당을 한 십이 년을 지냈는데, 모셨
는데,

　그래 가주고 하루 지녁에는 떡 은자 옛날에 요즘이사 뭐 목욕탕도 있
지마는 목욕탕이 있습니꺼. 그래 찬물에다가 떡 목욕재계로 하고 은자 이

래가주고 은자,

은자 제당을 모시는데, 그래 그날 지녁에도 쫌 쪼금 뭣이 손님이 한 분 와싰는(오셨는) 기라. 우리 집안 은자 우리 시조모님인데는 마 아마 뭐 쫌 집안 시매(시누이의 남편) 정도 되었어요.

그래 왔는데, 그래 이리 인자 말하자면 이리 인자 정신을 딜일라(드리려) 하면 이래 인자,

그거로 경구(금줄)로 치거든예, 대로(대나무로) 가주고 은자 쳐났는데, 그 분이 은자 떡 은자 집에 왔어.

왔는데, 아이구 좀 끼럼적해(꺼림직해) 가주고, 아이구 이 내가 정신을 딜이는데, 영감 할매이 정신을 딜이는데, 끼럼적해 가주고, 마 또 목욕을 다시 하고, 은자 저 은자 요 제당에 가가주고 정신을 딜이니까.

은자 손님이 은자 이래 와가 있으니까, 은자 이래 내가 정신이 좀 부실하고 은자 그래 나놓으이까네, 어떤 분이 인자 이래 눈에 이래 헛겁이(헛것이) 썩 집횠는(씌었는) 모양이라.

이래 썩 제당 지내가는데, 그래

"저 웃마실에(윗마을에) 저저 당기 어른이 아이가?" 이러이카이,

우리 시조모님이 그러카이, 우리 시조부님이,

"허허이 참내 당기어른은 무슨 당기어른." 이러 카머,

그래 마 내시(계속) 또 목욕을 하고 지냈어. 지내니까

(청중 : 제만(제사) 모시는데)

제만 모시는데, 그래 은자 또다시 목욕을 하고 은자 정신을 딜이고 인제, 그래 정신을 다 딜이고 은자 잤는 거라. 잤는데,

그래 그 분은 은자 손님 온 분은 한쪽 구적 방아다 은자 모시 놓고 그래 했는데, 그래 멀쩡이 온 사람이야 아침에 떡 자고 나 정신 다 드리고 나, 아침에 밥상을 밥 자시라 카이까네, 세사느(세상에) 이불에 흥거-이(흥건하게) 오줌을 막 싸났더라 하더라꼬.

그래 아이구 야 이 그 내가 정신이 부실하면 내가 받고, 은자 그 사램이 정신 딜이는데 들어왔으니까 자기가 벌로 받았는 거라. 그래가, 그래마 하이구마 그래 옷을 마 그거해가주고 보냈는데, 삼일 만에 부고가 왔더라데.

(청중 : 우야꼬!)

그기 없다 말도 못하는 기라.

(청중 : 그래.)

그래서 내가 아 참 그 제당 그 당산어른이 그마이(그만큼) 여 당산어른이 영검(영험)이 있는 기라.

(청중 : 영검 있다.)

사람 잡아먹은 호랑이

자료코드 : 04_09_MPN_20090211_PKS_KBD_0009
조사장소 : 경상남도 양산시 주진동 265번지 주진마을회관
조사일시 : 2009.2.11
조 사 자 : 박경신, 김구한, 김옥숙, 정아용
제 보 자 : 김병두, 남, 84세
구연상황 : 이가필 제보자의 구연이 끝나고 제보자에게 호랑이나 용, 힘센 장수에 관한 이야기가 없느냐고 청하였더니 이 이야기를 구연하였다. 문에 등을 기대고 차분한 어조로 이야기를 시작했다. 이 이야기는 제보자가 다른 사람에게 전해들은 체험담을 소재로 한 것이다.
줄 거 리 : 부부가 산에 뽕을 따러 갔다. 뽕을 따다가 호랑이가 뽕따는 한 여자의 얼굴을 때려 실성하게 하여 잡아먹는 장면을 목격하게 된다. 부부는 살짝 도망쳐 집으로 돌아와 누에 먹이던 것을 물에 띄워버렸다고 한다.

뽕을 이래(이렇게) 따다가 보이까네, 나무에 올러가(올라가) 가주고, 은자 내우(내외) 간에 둘이 올러 가 뽕을 따 내리고, 은자 저 신랑은 뽕나무

쳐 내리고, 밑에 자기 마누래는 은자 따가 자리에(자루에) 옇거든(넣거든).

그래 우에(위에) 뽕나무 뽕따는 사램이 말이지, 뽕나무 치는 사램이 어데서 사램이 "헤" 웃어쌌거든(웃고 있거든). 웃어쌌는 기야.

하도 사램이 웃어싸 가지고 빤히 보이까네, 거도 은자 웬 여자가 뽕따러 왔는 기라. 산에 뽕따러 와가 은자 뽕을 따는데 보이 "헤" 웃고, 또 "후이~" 커고, 또 머리를 걷어(걷어) 얹거든.

그래 가마-(가만히) 보이(보니), 사램이마 부인이 저 하내이(한 사람이) 뽕을 따고, 따다 앉아 있는데, 호랭이가 저 만참(만치) 있다가, 그 여자 얼굴로 탁 세리더라(때리더라) 커는 기라. 세리니 여자가 "헤헤" 웃더라 커는 기라.

그때는,

(청중 : 백야수39)다.)

웃디마는(웃더니만은) 호랭이가 머춤 앉으이까네, "후유이" 커고, 머리가 인자 너부러졌는 기라. 옛날에 비네(비녀) 찌리거든(찌르거든). 그러니 머리를 걷어 얹더라 커는 기라.

그래 또 호랑이가 머춤('멈칫 뒤로 물러나'의 뜻임.) 앉디마는(앉더니만) 또 발로까(발로) 낯을 "탁" 세리니까, 여자가 "헤엑" 커며 웃더라 커는 기라. 웃디마는 또 호랑이가 머춤 앉으이까네, 그래 또 "후유이" 그 머리를 걷어 얹더라 커는 기라.

그래 은자 남자가 저거 마너래(마누라) 뽕 따는데 살쩍이 거서 무슨 고함을 지르며, 호랭이를 후쳐시믄(쫓았으면) 우짤라는지(어떻게 할지는) 모리는데,

달-났는지(달아났는지) 모리는데,

그래 내려와가주고 마,

---

39) 백여우.

"가자 가자." 커모,

마 영감 할매이가 내려와 뺐어. 둘이가 내오간에 내려와 가주고 마 뉘비(누에) 집에 누에 믹이는(먹이는) 거, 물에 바짝 띠와뺐다(띄워버렸다) 커는 기라.

그기 인자 호랭이가 그래 사람을 자(잡아) 묵드라. 인자 혼을 내는 기라. 사람을 자 묵을 때, 그래 자 묵드라 커데.

하늘도 감동시킨 부부

자료코드 : 04_09_MPN_20090211_PKS_KBD_0013
조사장소 : 경상남도 양산시 주진동 265번지 주진마을회관
조사일시 : 2009.2.11
조 사 자 : 박경신, 김구한, 김옥숙, 정아용
제 보 자 : 김병두, 남, 84세
구연상황 : 이가필 제보자의 미타암 절을 배경으로 한 이야기가 끝나자 제보자는 미타암 산신령에 관한 이야기를 짧게 하였다. 곧 이 이야기를 구연하였다. 제보자가 미타암이라고 하자, 청중 몇 명은 다시 미타암에 산신령이 있다는 이야기를 꺼냈다. 몇몇의 청중들은 제보자가 이야기를 구연하는 동안에도 산신령에 대한 이야기를 나누었다. 제보자는 아이가 "눈이 매롱매롱" 하다는 재미있는 표현을 사용하여 이야기를 하였다.
줄 거 리 : 미타암 절 비슷한 곳에 어떤 부부가 피난을 갔다. 부부는 자기 아이와 조카를 각자 한 명씩 업고 산에 올랐다. 가다가 남편이 아내에게 조카는 귀찮으니 버리고 가자고 하자, 아내는 우리 아이는 또 놓으면 되니, 부모 없는 조카를 데리고 가자고 한다. 마침내 부부는 자기 아이를 풀숲에 두고 피난을 갔다. 부부는 며칠 후 돌아가는 길에 아이를 찾아 확인해 보았는데 아이가 죽지 않고 살아 있었다. 부부의 착한 마음씨에 하늘이 감동하여 아이를 돌보아 준 것이다. 이리하여 부부는 난리에 두 아이 모두 지킨다.

옛날에 미태암 절 겉은데 저런 데서 난리가 나 가주고, 난리가 났는데,

(청중 : 미태암 절에는 산신령이 있어.)

난리 피란(피난)을 갔는데,

(청중 : 우리 엄마가 봤시이까네 뭐.)

(청중 : 인자 차가 댕기사 산신령 없다.)

난리 피란을 갈 때.

(청중 : 인자는 차가 있시이까네. 그것도 이 마음이 무슨 어선한[40] 사람 눈에 비-지 아무나 안 빈다.)

(청중 : 안 빈다. 안 빈다. 이기 그기 나쁘머 올러가머……)

난리 피란을 갈 때, 그기 말이지 자기 조카가 있고, 자기 아늘이 있는 기라. 아아(아이) 둘이를 내오(내외) 간에 하나썩 업고 난리 피란을 갔는 기라. 가이까네, 그래 인자 저그 밖에서 마 우리는 또 놓으면 되이까네, 저거 조카는 은자 아바이도 없고 어마이도 없어. 없는데, 다 죽고 없는데, 그래

"우리 마 조카 여 마 귀찮시이(귀찮으니) 마 내빼뿌고 가자." 커이,

자기 마누래가 하는 말이 그래.

"우리는 놓으면 되이까네 우리 아를 내빼리고 가자." 커거든.

저거 조카는 업고 가야 된다. 키아야(키워야) 된다. 그래 가지고 은자 난리 피란을 갔는 기라. 거 저거 아를 어디 놓는고, 풀 속에다 그때 옇어(넣어) 놓고 갔는 기라. 옇어 놓고, 난리 피란을 멫철로(몇일로) 했는 기라.

하고는 은자 내려 오이까네, 자기 아 은자 그때 올러 가가 쪼맨은(조그만) 깐얼라(갓난아기)를 내빼리고(내버리고) 갔으이까네 안 죽었겠나. 그래 은자 우리 함 가보고 인자 그거 해뿌고 가자. 그 은자 가보이까네, 눈이 매롱매롱 하이 있더란다. 자기 아들이. 그래 자기 아들도 살아 있더란다.

그래 더꼬(데리고) 와가, 난리 피란을 하고 내러 와가, 자기 아들도 살고, 자기 조카도 살았는 기라. 자기 조카 인제 그래 놓으이까네, 온-칸(워

낙) 지침을 서놓이,[41] 하늘에 용왕님이 내려 와가 키왔다 커는 기야.

메칠로 자기 아를 내삐리고 갔고, 자기 조카를 키울라고 데꼬 가가 그래 하더라 커는 기라.

공들여 낳은 아기의 죽음

자료코드 : 04_09_MPN_20090211_PKS_KBR_0011
조사장소 : 경상남도 양산시 주진동 265번지 주진마을회관
조사일시 : 2009.2.11
조 사 자 : 박경신, 김구한, 김옥숙, 정아용
제 보 자 : 김복련, 여, 78세
구연상황 : 별 말없이 다른 제보자의 구연내용을 조용히 듣고 있던 제보자에게 이야기한 자리 해 줄 것을 부탁하였다. 머뭇거리면서 이야기를 시작했다. 앞 제보자가 자식을 소재로 한 이야기를 해서인지 아기를 낳고 다시 잃은 이모의 신이체험담을 이야기하였다. 다리를 세우고 앉아 빠른 말씨로 이야기 내용에 대해 깊은 신뢰를 가지고 구연했다.
줄 거 리 : 자식을 얻지 못한 제보자의 이모가 공을 들여 아들을 낳았는데, 신령님께 공을 들여 아이를 낳았다는 사실을 망각하고 집에서 개를 잡았다. 이로 인해 아이가 아프게 되고 온갖 수를 써도 낫지 않자 이모는 아이를 업고 절에 간다. 가는 길에 신령님이 나타나 몇 번이고 길을 막자 그때마다 사정하고 빌어 절까지 가지만, 절에 도착하자 신령님이 보이지 않는다. 절방에 아이를 눕혀 놓고 목욕하고 오자 아이가 죽는다.

우리 저 뒷골 이모는 참 애기를 못 낳아 가주고, 참 내-(계속해서) 공을 딜이다가(들이다가) 공을 공을 딜이(들여) 가주고, 그래 아들을 하나 뒀는데, 아들을 뒀는데,

한 다(다섯) 살 네 살 뭈나, 다 살 뭈는데, 글런데(그런데) 와(왜) 공을 딜인 아들로 갖다가 말라꼬(뭐 하러) 집에다(집에서) 개로 다랐노(다루었노).

---

41) '지침을 서놓이'는 '마음씨가 고와서'의 뜻으로 말한 것임.

그래마 알라가(아기가) 아푸더란다. 개 인자 보신한다꼬. 이래놓이, 아가 아파가주고 아가 아무리 해도 안 돼가, 마 인자 우리 이모가 업고 참저 그 전에 뒷골에 그 살았는데, 우리 이모가 절에 꼭 업고 갔다 카네.

공을 들이가 업고 가이 마 앞에 가이까네 지녁 업고 올라가이까네, 신령님이 자꾸 앞을 막더라 커데.

(청중 : 앞을 막군다. 그래 개 다랐꼬.)

그래 우리 이모가 마

[목소리에 힘을 주어]

사정님아42) 빌었다커데. 우야든지 아무꺼이 낫아 줄라고, 신령님 빌어 줄라꼬.

또 저만치 물러서디마(물러서더니만) 또 그래 올라가더니 또 막더란다. 또 마

[목소리를 높여]

자꾸 비이까네(보이니까) 또 물러서더란다. 그래 물러서디이 마 절짙에 가이까네, 니사(너야) 니 아-(아이) 죽든동 말든동(죽든가 말든가) 어둘 갔든동(갔는지) 흔적이 없더란다.

그래 마 절에 가가주고 알라를(아기를) 떡 눕히 놓고 목욕을 하고 오이, 아가 노 새파라이(새파랗게) 마 죽었뿠단다.

미타암 부처님의 영험

자료코드 : 04_09_MPN_20090211_PKS_LGP_0012
조사장소 : 경상남도 양산시 주진동 265번지 주진마을회관
조사일시 : 2009.2.11
조 사 자 : 박경신, 김구한, 김옥숙, 정아용

42) '사정사정'의 뜻인 듯함.

제 보 자 : 이가필, 여, 70세

구연상황 : 앞 제보자가 호랑이에 관한 이야기를 구연하자 제보자도 어머니가 호랑이를 타고 간 꿈과 관련된 이야기를 구연하였다. 이 이야기는 제보자의 친정어머니가 산신령의 현몽을 반대로 해석하여 집 안에 일어난 비극적인 일을 내용으로 하고 있다. 제보자는 이 이야기 속에 나타나는 산신령의 힘을 절대적으로 믿는다는 비장한 표정으로 시종 구연에 임했다. 장시간 조사에 임하느라 다리가 아픈 듯 세운 다리를 뻗고 앉아, 구연상황에 어울리는 엄지손가락을 세워 보이거나 합장하는 동작을 하곤 했다. 청중들은 주인공이 죽은 사실을 익히 알고 있어 그 배후에 얽힌 이야기를 호기심을 가지고 진지한 자세로 경청하고, 또 안타까워하는 반응을 보였다.

줄 거 리 : 제보자 어머니가 미타암 절에 기도하러 가려고 목욕을 하고 잤다. 밤에 꿈을 꾸었는데, 꿈에 어머니는 큰 호랑이를 타고 가고 있었다. 가다가 산신령으로 짐작되는 강아지를 보았으나 깨밭 머리쯤에서 없어진다. 어머니는 이 꿈을 길몽으로 해석해 절에 가기로 하고 새벽에 길을 나선다. 좌삼 근처에서 하얀 보살을 만나게 된다. 자세히 보니 주진 홈실댁이 용왕제를 지내려고 올라가는 중이었다. 어머니는 홈실댁이 먼저 올라가려는데 바위 밑에서 꿈에 보았던 흰 강아지가 한 마리 나온다. 어머니는 산신령이 자기를 인도하는 줄 알고 기분이 좋았다. 깨밭머리 근처에 왔을 때 강아지가 사라지고 까마귀가 짖는다. 어머니는 이번에는 성불하겠다 싶어서 홈실댁을 앞질러 간다. 굴법당에서 열심히 정성을 드리고, 산신각에는 정성 드리는 일을 하지 않고 내려온다. 이 일을 점쟁이에게 물어보니 아들이 크게 성공하겠다고 한다. 그러나 그 후 사나흘 지나서 아들이 하숙집에서 연탄가스를 마셔 죽는 사고를 당한다.
강아지는 산신으로, 산신인 강아지가 중간에서 길을 끊어가 버렸으면 그때는 산을 내려 가라는 뜻이라고 한다. 그러나 어머니는 산신을 본 것을 좋은 징조로 해석하여 불행한 일을 당한 것이다. 즉 강아지가 중간에 사라진 것은 정성이 부실하니 절에 가지 말라는 신호였으며, 가더라도 산신각에도 불공을 드렸으면 아들의 목숨을 구했을지 모른다고 한다.

옛날에 우리 우리 엄마가, 우리 동생이 동래고등학교 다녔거든요. 그때 촌에서 동래 동래고등학교 들어갔다 커머(하면) 참 수재라 캤거든. 개운중학교에서 일등을 했다. 우리 동생이.

그래가 은자 동래고등학교, 동래고등학교 입학을 해가 한 석 달쯤 됐는

데, 거다 은자 하숙을 시기(시켜) 놓고 이래 은자 공부를 하는데,

그래 한 날은 우리 엄마가 은자 절에 갈라고

(청중 : 미태암 절에)

응 미태암 절에 은자 기도하러 갈라고, 목욕을 하고 밤에 꿈을 턱 꾸이까네, 큰 범이 꿈에 턱 비더라(보이더라) 안 하나. 범이 꿈에 떡 비는데, 그래 우리 엄마가 그 범을 타고 이래 가 비더란다. 범을 타고 이래 꿈에 가 비더라커네.

그레가 은자 범을 타고 은자 그래도 우리 엄마가 기분이 좋더라 커데. 기분이 좋아가 은자 범을 타고 이래 가는데, 그래 깨가 은자 꿈이 참 좋다 싶어서러 범을 탔시모(탔으면) 재수 있겠다 싶어서, 성공을 이 성공을 틀림없이 성공하겠다 싶어서러 그래 은자

(청중 : 신령님이 비이까 은자…….)

절에 은자 가이까네, 저 주진 자심(좌심) 여게 저 오이까네, 주진에서 하얀 보살이 아리우로(아래위로) 하얀 보살이 하나 올라오는데, 홈실댁이라. 올라 오더라커데.

그래 올라오는 거로 저 보살잩에(보살한테) 내가 기회를 안 뺏기야지. 내가 저 보살잩에 내 길을 안 뺏기고 내가 그것도 욕심 아이가 그제? 내가 길을 안 뺏기고 내가 앞에 올라가야지 싶어서 우리 엄마가 마 저 땅고개라 캤다. 땅고개 저 올라오는데 한시도 안 쉬고 마 열심히 올라가 저 복해 거 올러가이까네, 주진 홈실댁이가 복해 거(거기) 가가 은자 촛불로 딱 켜고 홈실댁이가 용왕을 믹이더란다(먹이더란다).

용왕을 용왕을 믹이더니, 그래 우리 엄마가 '아이구 내가 먼저 올라가가 기도를 해야지.' 싶어서, 은자 길을 안 뺏기야 될다 싶어 올라가가, 미태암 절로 올라가가 그 미태암 절이 올라가면 길이 도랑이 도랑을 팔딱 안 건니나?

(청중 : 그래 그래.)

그 도랑을 펄떡 건너이까네, 이런 바위 밑에서러 요만한 강아지가 한 바리(마리) 나오더라 커네. 강아지가 나와 가주고 쫄쫄쫄쫄 나오디마 우리 엄마 앞을 쫄쫄쫄 가더라 카데.

우리 엄마는 기분이 좋아 가주고,

(청중 : 그라모 질 막는다 몬 가라꼬.)

산신령이 날로 인도 하는갑다(하는가 보다) 싶어서 욕심 욕심에 굿도 (그것도), 오늘 산신령님이 날로(나를) 인도 하이(하니) 이리 기분이 좋다 싶어서 우리 엄마는

(청중 : 새복에 가는데)

응 새복에 가는데, 그래 좋다 싶어서 기분 좋게 이래 올라 가이까네, 깨밭 잩에(옆에) 고 딱 비석 안 있나 고 가이까네, 이 산신령인가 머 우리 엄마 마음에 산신령이라 생각했단다. 산신령이 그 가디마는 마 엄더란다 (없더란다).

없는데 까마구가 까악까악 짓더라카네. 까마구가 깍깍. 그래도 우리 엄마는 마 산신령님이 나타났으니, 얼마나 나를, 내가 요번에 성불 받겠다 싶어서러, 마 열심히 올라가가 은자 절에 올라가가 기도를 잘하고, 내가 참 오늘 이 정신을 잘 딜이고 왔는갑다 싶어서 열심히 굴법당- 가가마 기도를 열심히 했다 커네.

열심히 하고 그래도 굴법당에 들어가가 마 기도를 했지. 이짝에 산신각에 거는(거기는) 기도에 안 했는 기라. 그 가가 산신각에 가서 마 기도를 좀 하고 왔시면 그 수로 면할라나 모릴낀데, 그래 산신 거 기도 안하고 굴법당 거마 마마 자꾸 기도를 하고,

마 그래가 내려 와가 그래가 인자 그래가 이래 내려오는데, 꿈에 그래가 은자 집에 내려 와가 기도를 잘 하고, 아 올라갈 직에(적에) 올라가니 은자 그 산신령을 봤는데 꿈에 일터라(이렇더라고) 커데.

큰 범이 이래 나오디만 범이 우리엄마를 타라 타라 커더란다. 그래 우

리 엄마가 타고 저저 깨밭머래(깨밭머리에) 거꺼지 갔다 커데. 그꺼정 그
꺼징 갔는데, 깨밭머리 거어 가니까 마 강아지가 없어지더란다. 요만한
강아지가 엄서지더란다.

(청중 : 고기 산신령이다. 고기 실지다.)

그래가 실지다 우리 엄마. 그래가 마 그때 마 염팡[43] 깨달았시마 절에
안 올라가고 마 다부 내가 정신이 불실한갑다(부실한가보다) 싶어 내려왔
뿠이모 될낀데, 우리 엄마는 그 꿈을 반대로 생각했는 기라.

(청중 : 그래 마 좋다고 안 그랬나.)

아이고 마 틀림없이 요번에 마 성공하겠다 성불받겠다.

(청중 : 반대로 생각했다.)

그래 기 질로 올라가가 가이까네 깨밭머리에 그 올라가이 까마귀 "까
악까악" 짓더라카데, 이 짓어도 마 내 정신만 딜이면 된다싶어서 정신 딜
이러 올라갔데이. 올라가가, 그래도 산신각에는 들어갈 줄 모리고, 굴법당
그만 내-(계속해서) 기도했다 커는 기라.

그래 기도를 하고 은자, 집에 집에 내려 와가주고 우리 육촌 올캐잩에
아이고 질보(질부)야 육촌 올캐 점바치(점쟁이) 아이가.

"아이구 질보야, 내가 엊저녁에 꿈을 꾸머 그렇게 그렇게 꾸았다." 커
이,

"아이고 아지매요, 성공 성불 잘했심더.

(청중 : 매동댁이가.)

은자 우리 대럼(도련님) 높으기 되겠심더."

우리, 그때 동래 고등학교에서 걸렀다커면 참 몇 십 년 전에 수재 아이
면 안 걸렀거든. 우리 동생이 참 공부를 잘했거든. 그때가 이 웅상에서 동
래고등학교 톱을 했거든.

---

43) '틀림없이 같다'고 할 때의 경상도 사투리로 '제대로'의 의미로 쓰임.)

그래 걸리놔놓으이.

(청중 : 머리가 엄청 좋네. 사오십 년 되지요?)

그래 개운중학교 대대장하고 인물도 좋고 공부도 억수로 잘했거든.

(청중 : 사십 년, 오십년 될 끼다.)

그래가 그때만 해도 참 그래 공부를 잘해 가지고 동래 고등학교 수재로 걸렀 걸렀는데, 그래가 촌에가 촌에서 너무 생활이 없으니까, 그때는 하숙을 어데다 시기 놓나(시켜 놓았나) 하면 동래고등학교 앞에 거 하도 몬 사는 집에다가,

(청중 : 칠촌 아지매집이다.)

몬 사는 집 쌀장사하는 그 집에다 하숙을 시기 놓다. 둘이로 어불러(어울러, 함께) 하숙을 시기 놨는데, 그래가 그다 하숙을 시기는데. 그래가 엄마가 절에 갔다와가 집에 와가, 그 꿈을 꾸아가(꾸어서) 너무 기분 좋다 싶어가, 우리 육촌 올캐 점바치라꼬 해석하러 간다고 갔데이.

"아이구 질부야, 엊저녁에 내가 꿈을 꽈가 그래 기분이 좋고 내가 절에 가가 그래 기도를 잘하고 왔다." 이라이까네,

우리 월캐가 하는 말이

"아이구 아지매요 참 꿈이 좋네요. 성불받겠심더. 우리 대럼 우리 대럼 높으기 되겠심더."

그래 엄마도 기분 좋게 있어놓이, 와이구 참 그래 또 한 사날(사나흘) 있으이까네,

우리 동생이 그 하숙하고 있는 그 집에서 연탄가스 아— 다 죽어간다고 내려오라고 연락이 왔는 기라.

(청중 : 와이구 삼대래이~44))

그래가 내려 가이 아 둘이를 하숙 시기 났는데, 동생으는 원카(워낙) 덩

---

44) '큰일났다'는 뜻으로 이 지방에서 흔히 쓰는 표현임.

치도 있고 키도 크고 이래 놓이까네, 밤새도록 구부러가(뒹굴어서) 문 앞에(앞에) 여(여기) 와 다 죽어가가 있고, 하내이는(한 명은) 그 자리서 죽었뿠고.

그래 가주고 우리 동생은 그 질로 은자 차에다 싣고 동래 대동병원에 입원을 시깄는데,

(청중 : 그때 난리 안 났나.)

입원 시깄는데, 하루 종일 그 병원 마 잘 만냈으면 살아실 끼다. 하루 종일,

(청중 : 요새 겉이 병원만 좋았시면.)

하루 종일 신음만 해가주고 연탄가스 너무 많이 마시가(마셔서) 그래 죽었어요. 죽었는데, 그래가 인자 그 동에서 와가 조사를 하이까네, 옛날에 이 단층집인데 전부 연탄을 때 놓이 쥐구무(쥐구멍)가 마 전신에 쥐구무가 있더라네.

(청중 : 쥐구무가 천지고 주택 집에)

주택 집에, 그래가 넘우(남의) 하숙 시킨다꼬 넘우 아—들(아이들) 생이(생) 목숨을 홀칬어요.[45]

그래가 은자 우리 동생이 그 하숙을 하다 그래 죽었다. 죽었는데, 그래 참 미태암 절에 이 절이 참 영험이 있다꼬, 유명한 절이라고 옛날부터 전설이 그래 있어.

(청중 : 그 꿈에 깨밭꺼징 실어다 주머 안 갈 때는 가지 마래이 캤는데.)

그런데 꿈에 선몽(현몽)을 했는데, 우리 엄마가

(청중 : 반대로 생각해가.)

마 이리 서민이 되어놓으니 그거로 해석을 할 줄 모리고,

(청중 : 못 깨치고 안 그러나.)

---

45) '빼았다'의 뜻임.

못 깨치고, 마 그때 내가 정신이 불실하이 올라 가지마라 일(이렇게) 캤는데, 안 올라 갔시믄

(청중 : 그 봐, 질 안 뺏길라 할 때 뺐김뺐으면46) 된다.)

그 저 강아지가 질을 싹 끈커(끊어) 가뿟는데, 그때 내려왔시면 되는데, 그 은자 알고보이 그 산신령이 질을 요래 딱 끈커가 가뺐는데, 고때 내려 왔뺐이모 되는데, '나는 산신령을 봤으니 성불 받겠다, 틀림없이 성불 받겠다'꼬 올라가가 열심히 기도를 하고 내려왔어요.

내려왔는데 며칠 안 돼 그런 사고가 나이까네,

그래 딴 데 가가 해석을 하이까네, 그 산신령님이 길을 짤라 갈 직에는 그때는 내려와야 된다 커네. 그때는 우리 엄마가 뭣인가 정신이 불실해가주고.

(청중 : 산신령을 보며 좋다 커는 게 아입더. 나뻐도, 산신령이 질로 막쿠모 내려와야 돼.)

깨밭머리 깨밭머리 거 가이까네 까마구 까아까악 짓더라커데. 그때 평산에 대 초상 안 났나. 그 우리,

(청중 : 그때 마 난리다 난리 안 났나. 우리 아지매 아제 잡히 갔다 경찰인데.)

저거 장사 하숙하는 사람 잡히 갔고, 그래도 우리 아버지가 말을 원캉(워낙) 잘 해 줘가 그 사람으는 벌금도 안하고, 하숙을 붙이도 아무 피해 없이 살아났고, 그래 우리 동생하고 동래고등학교 들어간 동생하고 이부제(이웃에) 총각 하나 하고, 또 한 바아서(방에서) 둘이 죽었뺐어. 둘이 죽고, 머시마도 인물이 좋고 너무 공부를 잘했다꼬.

(청중 : 그 아지매 아재가 쌀장시 했거든.)

그래 우리 아부지가 마음이 온캉(워낙) 좋아 놓이, 석 달 석 달 하숙비

---

46) 빼앗겨 버렸으면.

로 쌀 그때 스무 되 석 달 하숙비로 미리 줬뿟는(줘버렸는) 기라. 장사하라고 밑천하라꼬. 왜 줬나 하면 없는 사람 밑천 해가 장사하라꼬. 그래 줘 놓이,

(청중 : 그래 몬 살아 가지고 마……)

그래 우리 동시이가(동생이) 그 고 안날(바로 전날) 한 사날(사나흘) 앞에 우리 엄마 집에 올라 왔더라커네. 올라와가,

"엄마 그 집은 굿을 한다꼬 마 몇 메칠 굿을 한다꼬 뻘건 거로 온 데 붙이 놓가, 내가 그서로 도지히 몬 봐가 몬 있겠다. 그래 엄마 나 그 집에 도저히 못 있겠다. 도저히 그거로 몬 봐가 몬 있겠고.

(청중 : 그때 옳있시며……)

그 가시나가 또 하나 있는데

"그게 공부하는데 자꾸 방에 둘온다(들어온다). 방해 한다." 커는 기라. 방해한다 커대. 그때 왜,

(청중 : 그 집 딸아 그기? 딸아 그기?)

딸아 그기 방해한다 커는 기라. 그래가 또 둘이가 있시이까네, 우리 아는 동생은 공부를 억수로 잘하고, 가 는(그 애는) 공부를 못하는데,

(청중 : 황산은 떡 아- 아이가? 시외갓집이 저저저 시외갓집 시동생이었을 것 아이가?)

글런데 그래 책상도 은자 둘이가 같이 공부를 하다가 이 공부가 안 되더라 커는 기라. 그래 우리 동생이 책상을 하나 사가,

"니는 조 쭉을서(저 쪽에서) 해라 나는 요 짜서(이 쪽에서) 할게."

둘이가 인자 등지고 공부를 이래 하는데, 그래가 마 인자 그때 굿을 한다 커이까네, 보기 싫은 동시이 올라왔는데, 그때 마 우리 엄마가 엥기(옮겨) 줬으면 안 죽었는데,

그래가 석 달 하숙을 말라꼬(뭐하러) 한참에(한꺼번에) 옛날에 촌에 얼매나 어려웠노. 석 달 하숙비를 쌀 스무 대 한참에 줘 놔놓으이 엥기도

몬하고, 그거 묵을 따나(동안) 채아야(채워야) 될 거 아이가.

그래

"아이구 병태야 엄마 석달 양식을 너가부지(너희 아버지)가 한참에 갖다 줬시이, 고 고 묵을 따나는(동안은) 니가 고(거기) 있가라. 여 영근이 우리 오촌 아지매가 있는데 골로(그리로) 윙기 주꾸마(줄게)."

약속을 딱했는데, 석 달을 못 채아가 그날 저녁에 당장 죽었뿠다.

모심기 노래

자료코드 : 04_09_FOS_20090211_PKS_KBR_0001
조사장소 : 경상남도 양산시 주진동 265번지 주진마을회관
조사일시 : 2009.2.11
조 사 자 : 박경신, 김구한, 김옥숙, 정아용
제보자 1 : 김복련, 여, 77세
제보자 2 : 김병두, 남, 83세
제보자 3 : 정도자, 여, 65세
제보자 4 : 김말남, 여, 71세
제보자 5 : 이가필, 여, 69세
제보자 6 : 서원자, 여, 67세
구연상황 : 이가필 제보자의 이야기 구연이 끝나고 모심기 노래를 청했더니, 나머지 청중
이 모두 구연에 참여하여 선후창 또는 합창으로 모심기 노래를 불렀다. 처음
에는 앞소리를 김복련 제보자나 김병두 제보자, 정도자 제보자가 시작하고,
뒷소리는 몇 명이서 함께 구연하였다. 그러다가 한 명이 서두를 시작하면 다
함께 합창하는 식으로 바뀌었다. 제보자들은 모두 목청 좋게 시원스럽게 노래
하였다. 서로 이런 것도 있지 않았느냐며, 기억해 내어 입을 맞추어 구연하거
나, 조사자의 유도로 사설을 생각해 내어 구연하기도 했다. 제보자들은 모두
평소에 거의 부르지 않은 노래를 함으로써 새로운 기분이 들고, 신이 나는지
구연하는 동안 많이 웃고 즐거워하였다. 이 노래는 아주 많이 알고 있었는데,
오래도록 모를 심지 않아서 생각이 안 난다면 아쉬워했다.

제보자 1 이 논빼미

[청중 웃음]

　　모를 숨어
　　금실금실 영화로다

[앞소리를 끝내고 나머지 제보자 2에게 이렇게 못하느냐고 말함]
하소. 시작하소.

제보자 2 우리야 부모님 산소 등에
　　　　솔을 심어서 영화로다

아이구 잘한다. 그래해야지.
[웃음]
아저씨부터 한번 하소. 퐁당퐁당, 이 물끼 저 물끼.

제보자 2 해 다 졌네 해 다 졌네
　　　　양산 땅에 해 다 졌네

저도(저기도) 안다(알고 있다) 바라(봐라).

제보자 1∼6 해 다 지고 저문 날에
　　　　　어떤 수자가 울고 가노

‘해 다 졌네 해 다 졌네 양산 땅에 해 다 졌네’ 그 뒤는 안 받아주고
그라노? ‘빵실 빵실 윗는(웃는) 애기 몬따 보고 해 다 졌네’ 그 소리도 몬
받아주고
[이후 주로 다 함께 합창함.]

　　　초령아 초령아 영사초령
　　　임오(임의) 방에 불 밝혔네
　　　임도 눕고 나도 눕고
　　　초롱불은 누가 끌고

(청중 : 잘하네!) [웃음]

퐁당 퐁당 찰수제비
사우 야반에(밥상에) 다 올랐네
메늘년은 어디 가고
딸년만 메깄던고(맡겼던고) [웃음]

(조사자 : 와~ 잘하시네요.)

찔레야 꽃은 장가가고
석류꽃은 노각 가네

뭣 따물에 뭐 뭐. 씨종자를…….

만인간아 웃지 마라
씨종자를
만인간아 웃지 마라
씨종자를 바래간다

아이구 잘한다!

임은 죽어 연자 되어

[말로 읊조리며]

연자가 되어
처마 끝에 집을 지아

남창 남창 베리 끝에
무정하다 울 오라바
나도야 죽어

[웃음]

연자 되어
처자권석을 생각할래

저거 동생은 안 껀지고 마누라만 껀진다꼬 그래 은자

해 다 졌네

천진데[47] 모리겠다.

해 다 졌네

천진데 모리겠다. 모를 하도 안 심어놓이.

양산 땅에 해 다 졌네
방실 방실 웃는 아기
못다 보고 해 다 졌네

[앞에 시작하다만 구절이 생각나서 "아 그거다."라고 한 후 구연함.]

임은 죽어서 연자 되어
처마 끝에 집을 지어
임인 줄을 알었이면
날면 보고 들면 볼 걸

날면 들면 볼걸, 아이구 그 다 잊어버리고. (조사자 : 아이구, 잘하시네
요.) [이때 김병두 제보자가 조사장소를 떠나려 하여 잠시 주변이 시끄러
웠다.]

---

47) '天地'는 대단히 많음.

해 다 지고 저문 날에
어떤 행상이 떠나 가노
이태백이 본처 죽어
이별 행상이 떠나가네

풍당풍당 찰수제비
사우 야반에 다 올랐네
메늘년은 어디 가고
딸년으로 맡겼던고

[조사자가 김병두 제보자의 인적사항을 확인하고 사진을 찍자, 청중들이 제보자에게 한 마디씩 농담을 건네고 웃느라고 잠시 소란스러웠다. 이어 조사자가 아침과 점심, 저녁노래로 구분된 모심기 노래 중 빠진 것이 있으면 불러달라고 요청하고, 제보자들은 여러 노래를 언급하다가 모찌는 노래를 시작하였다.]

조루자 조루자
이 모자리를 조루자
조루자 조루자
이 모자리를 조루자
조루자 조루자
메누리 시누이를 조루자
조루자 조루자
담배쌈지를 조루자

뭣이고 장기판 만땅 남았다 그거 모찌는 모래 아이가? 돈잎 만, 사방십리 돌아보니 돈잎 만땅 남았구나.

[읊조리듯이]

　　밀치라 닥치라
　　모두 잡아 훌치라

(조사자 : 밀치라 닥치라 해주세요.)

　　밀치라 닥치라
　　모두 잡아 훌치라

그것도 모르겠다.
[읊조리듯이]

　　한강에다 모를 부아
　　모찌기도 난감하다
　　하늘에다 모를 부어
　　모찌기도 난감하다

　　이 논빼미 모를 심어
　　금실금실

아까 했다.

　　영화로다

아적답(아침 무렵)에 모 숨굴(심을) 때 한창(한참) 이야기하는 거고

　　우리야 부모님 산소등에
　　솔을 심어서 영화로다

　　물길랑 처정청청 흘어 놓고

주인네 양반은 어델 갔노
문에야 대전복 손에 들고
첩우방에 놀러 갔다

[제보자들은 여러 가지 모심기 노래의 가사를 언급하며 다 잊어버렸다
고 하기도 하거나, 이미 했다고 말하며 옥신각신 하다가, 조사자의 유도
로 다시 구연을 시작함.]

(조사자 : 오늘 해기 요만 되면)

오늘 해가 요만 되면
골목 골목이 연기난다
우리야 임은 어디 가고
연기낼 줄을 모르던고

(조사자 : 서울이라 왕대밭에)

서월이라 왕대밭에
금비둘개 알을 놓아
그 알 한배 주왔시면
금년 과개를(과거를) 내 할 것을
금년 과개 내 할 거로

모야 모야 노랑모야
니 언제 커서 열매 열래
이달 커고 훗달 커면
내훗달에 열매 연다

[읊조리며]

서울 갔던 선보네야(선비네야)
우리 선보 아이 오나

우리 다 했다. 너거 선보 오더마는 칠성판에 실려 온다 커는 거거 우리
다 했다

(조사자 : 주인네 양반은 어데 갔노)

물길랑 처정청 흘어놓고
주인네 양반은 어데 갔노

[제보자 중 누군가 그만 하고 이제 집에 가자고 했다.]

문에야 대전복 손에 들고
첩우(첩의) 방에 놀러갔다

[이때 사람들이 들어와 조사장소에 물건을 옮기느라 소란스러웠다.]

모시야 적삼 세적삼에
고름 마다 향내 나네

순금씨야 깎은 배는
맛도 좋고 있다 간다.

이거 뒤에 부르는 기다. 앞에 부르면 뒤에 부르는 거다.

주청당 모롱지 썩 돌아서니
아니 먹어도 향내 나네

[읊조리며]

임도 죽고 난도죽어

저 초롱을 누가 끌고.

초롱아 초롱아 영사초롱

아까제(조금 전에) 할배 안 하더나?

초롱아 초롱아 영사초롱

임의 방에 불 밝혀라.

임도 눕고 나도 눕고

초롱불을 누가 끄노

8. 평산동

경상남도 양산시 평산동 평산마을·장흥마을

조사일시 : 2009.2.11
조 사 자 : 박경신, 김구한, 김옥숙, 정아용

　평산동은 웅촌면을 웅하면과 웅상면으로 분할할 때에 양산군 웅상면으로 편입되고 1917년 행정구역 폐합에 따라 평산마을, 내연마을, 장흥마을을 병합하여 평산리라 하였다. 1960년에 장흥마을을 분동하였으며, 1962년에 신명마을(귀농정착민의 정주지)이 분동되었다. 1992년에 아파트가 건립되어 내연마을이 분동되고 1993년에 평산1리마을, 평산2리마을, 내연1리마을, 장흥1리마을을 분동하였으며, 1994년에 태원마을, 봉우마을이 분동되어 행정10개 마을로 웅상읍의 인구 절반을 차지하게 되었다. 2007.

4. 1. 행정구역 개편으로 웅상읍이 서창동, 소주동, 평산동, 덕계동으로 분동되면서 평산리는 행정동은 평산동, 법정동은 평산동으로 변경되었다. 웅상읍 중에서 세대수나 인구수가 가장 많은 동이다.

평산동의 옛 이름은 아리마을로 불렸다고 한다. 그 아리마을은 화재(시대미상)로 폐동되고 그 후 평평한 곳에 마을이 형성되었다고 하여 평산마을이라 불렀다.

원래 평산마을은 황씨가 자리를 잡아 평산에 산 이후로 300년이 넘었는데 지금은 최씨, 이씨, 김시, 정씨 등의 각성받이가 산다. 황씨 중에 임난공신도 나왔으며, 평산에는 황씨 문중의 재실이 있다.

설날 다음으로 큰 행사는 정월 대보름행사로 보통 제주는 이장이 하며, 평산동이 웅상의 네 동 중에서 가장 규모가 크고 웅장하게 한다. 마을 윗당산의 골매기 할아버지는 황씨 할아버지이며, 아랫당산에 할머니는 우씨 할머니이다. 요즘도 대보름제로 달맞이나 달집태우기를 하는데 옛날에는 농악놀이도 했으며, 지금도 밤 12시에 제사를 올리고 다음날 그 제물을 들고 징, 꽹과리, 장구를 치면서 동네 골목마다 돈다.

대보름날은 웅상체육회에서 주관하는 체육대회를 하면서 줄다리기도 하고 이웃마을과 경쟁하기도 한다. 이 체육대회는 후원자의 이름을 쓴 깃발이 200개가 넘을 정도로 규모가 매우 크며 마을의 축제로 자리잡아 가고 있다. 이 기간에는 마을을 떠났던 사람들도 참여하기도 하고 못오는 사람은 일정 금액을 마을에 기부하기도 한다.

평산동은 물이 적은 곳이라 옛날에는 살기가 힘들었다. 하지만 넓은 땅으로 하여 택지가 많이 조성되고 아파트도 많이 들어섰다. 지금은 교육열매우 높아 옛날 웅상읍에 속해 있었던 동 중에서는 가장 단결이 잘되고 마을 일을 적극적으로 하는 동네로 유명하다. 마을의 단합을 보여주듯이 마을회관이 최신 시설로 2007년에 다시 지어졌다. 마을회관에는 매일 많은 사람들이 모여 밥도 같이 해먹고 마을의 대소사를 논하기도 하며 공동체의 구심체 역할을 하는 공간이다.

조사자들이 방문하였을 때도 많은 분들이 계셨다. 조사자들이 방문한 취지를 말씀드리자 조사에 적극적으로 협조해 주었다. 이러한 도움에 힘입어 다른 지역보다 비교적 많은 자료를 채록할 수 있었다. 노동요를 비롯한 다양한 단편 민요 및 설화를 채록했다.

김부연, 여, 1938년생

주 소 지 : 경상남도 양산시 평산동 877-2번지 평산마을회관

제보일시 : 2009.2.10

조 사 자 : 박경신, 김구한, 김옥숙, 정아용

　제보자는 청중 몇 명의 권유로 '징거미 타령'을 구연하면서 조사에 동참하였다. 선후창을 하면 재미있다고 하여 이차순 제보자와 선후창 방식으로 노래를 불렀다. 무슨 노래냐고 묻는 조사자의 질문에 노래 가사의 줄거리를 설명하였다. 제보자가 구연한 타령조의 노래 분위기에 어울리는 몸짓을 곁들여 신명나게 구연하였고, '각설이 타령'을 구연할 때는 손으로 춤추는 시늉을 하고 입에 바람을 넣어 "푸푸" 하고 내뱉으며 이렇게 해야 재미있다고 덧붙였다. 제보자의 구연이 진행되는 동안 청중들은 박수를 치며 장단을 맞추고 흥겨워하였다.

　아주 쾌활하고 활달하며 적극적인 성격의 제보자는 신나는 노래를 선호하였다. 구연한 노래들은 배운 사연이 특이하다. 18세 무렵 가을에 나락을 말리고 타작할 때 찾아온 각설이패로부터 각설이 타령을 배웠다. 징거미 타령은 30세 무렵 관광을 갔을 때, 버스 안내양이 너무 재미있게 부르는 것을 보고 저절로 익혀졌다고 한다.

　건강한 체격에 나이보다 훨씬 젊어 보이는 옷차림과 외모를 지니고 있었다. 젊은 사람 못지않게 말할 때도 힘이 넘쳤으며 발음도 분명하였다. 시원시원한 성격으로 마을일도 열심히 한다고 하였다. 제보자의 택호는

중리댁이다. 법기 수원이 친정으로 20세에 결혼하여 3년을 해묵혀 시집왔다고 한다.

제공한 자료는 징거미 타령과 각설이 타령, 화투 뒤풀이 등이다.

제공 자료 목록

04_09_FOS_20090210_PKS_KBY_0012 각설이 타령
04_09_FOS_20090210_PKS_KBY_0013 화투 뒤풀이
04_09_MFS_20090210_PKS_KBY_0011 징거미 타령

김수남, 여, 1923년생

주 소 지 : 경상남도 양산시 평산동 877-2번지 평산마을회관
제보일시 : 2009.2.10
조 사 자 : 박경신, 김구한, 김옥숙, 정아용

평산동 마을회관에서 만난 제보자는 조사자가 방문했을 때 맥주를 마시는 할머니들 뒤쪽에 앉아서 이야기를 하고 있었다. 제보자는 다른 제보자들의 구연에 자주 참견하였고, 청중들이 여러 번 노래하기를 권유하였는데, 이로 보아 평소에 노래를 잘 하시는 것 같았다. 그러나 조사자와 조사장비를 의식해서인지 선뜻 나서서 구연하지 않다가 나중에야 몇 편을 구연했다.

쪽진 머리에 얼굴이 긴 편으로 점잖아 보였다. 택호는 매동댁이고, 양산 영친이 고향이며 노래는 어렸을 때 주로 배웠다고 한다.

제공한 자료는 쌍금 쌍금 쌍가락지, 새 노래, 시집살이 노래 등이다.

제공 자료 목록

04_09_FOS_20090210_PKS_KSN_0009 쌍금 쌍금 쌍가락지
04_09_FOS_20090210_PKS_KSN_0018 시집살이 노래
04_09_FOS_20090210_PKS_LCS_0016 모심기 노래
04_09_MFS_20090210_PKS_KSN_0017 새 노래

김정택, 여, 1926년생

주 소 지 : 경상남도 양산시 평산동 432번지 평산마을회관
제보일시 : 2009.2.10
조 사 자 : 박경신, 김구한, 김옥숙, 정아용

조사자가 평산동 마을회관을 찾아가서 만
난 제보자들 중 가장 많은 자료를 제공해
준 제보자이다. 조사자가 조사장소를 찾았
을 때, 방바닥에 맥주를 놓고 마시는 나이든
할머니 무리 속에 앉아 있었다. 청중들이 자
료를 많이 보유하고 있다고 지명한 인물로,
실제로 많은 자료를 구연하였다. 그러나 몇
번이나 신식 유행가요를 노래해 청중들로부
터 그런 노래는 부르지 말라는 타박을 받는 것으로 미루어 구비문학 자료
에 대한 이해는 부족한 것 같았다. 노래 부르는 것을 좋아하고, 끼가 많
고, 노래도 썩 잘하였다. 대부분 스스로 나서서 구연하였으나, 청중이 요
구하는 노래를 부르기도 했다. 책에 나오지 않는 노래를 하겠다는 말을
하는 것으로 보아 어떤 노래들은 책에서 배우기도 했음을 짐작할 수 있었
다. 발음이 분명하였고, 손가락으로 방바닥을 치며 장단을 맞추기도 하였
다. 대체로 차분하게 구연하였다.

제보자의 택호는 처용댁으로, 울주군 온산면 처용리에서 부산으로 시집

을 가서 살다가 36세에 이곳 평산동으로 이사를 왔다고 하였다. 키가 좀 큰 편에 마른 체구로 얼굴이 길고 반백의 파마머리를 하고 있었다.

　제공한 자료는 진주 난봉가, 꽃 노래, 창부 타령 등의 민요와 설화 1편 이다.

제공 자료 목록
04_09_FOT_20090210_PKS_KJT_0026 새털로 만든 옷
04_09_FOS_20090210_PKS_KJT_0001 진주 난봉가
04_09_FOS_20090210_PKS_KJT_0002 꽃 노래
04_09_FOS_20090210_PKS_KJT_0003 달 노래
04_09_FOS_20090210_PKS_KJT_0007 창부 타령 (1)
04_09_FOS_20090210_PKS_KJT_0008 쌍금 쌍금 쌍가락지
04_09_FOS_20090210_PKS_KJT_0019 창부 타령 (2)
04_09_FOS_20090210_PKS_KJT_0027 애우단

박말순, 여, 1933년생

주 소 지 : 경상남도 양산시 평산동 877-2번지 평산마을회관
제보일시 : 2009.2.10
조 사 자 : 박경신, 김구한, 김옥숙, 정아용

　여러 사람이 자료를 구연하는 동안 조용히 있던 제보자에게 청중이 노래 하나 하라고 권유하여 조사에 임하게 되었다. 구연하는 모습이 적극적이었다. 목청이 좋았으며, 흥겹게 노래를 하였다. 청중은 박수를 치고 장단을 맞추거나 제보자와 함께 합창을 하며 즐거워하였다. 시종 웃으며 분위기를 맞추었다.

　웃음이 많고 활동적이어서 그런지 나이보다 훨씬 젊어보였다. 옷도 밝

고 화사한 색깔이 도는 것을 선호하는 듯 보였다. 그만큼 사람들과 잘 어울리며 흥겨운 분위기를 자아내는 능력이 탁월하였다. 택호는 명곡댁으로 명곡에서 시집을 왔으며, 제공한 자료는 청춘가, 화투 뒤풀이, 창부 타령 등의 민요이다.

제공 자료 목록

04_09_FOS_20090210_PKS_PMS_0021 청춘가 (1)
04_09_FOS_20090210_PKS_PMS_0022 화투 뒤풀이
04_09_FOS_20090210_PKS_PMS_0023 청춘가 (2)
04_09_FOS_20090210_PKS_PMS_0024 창부 타령

안복동, 여, 1923년생

주 소 지 : 경상남도 양산시 평산동 885-8번지 장흥마을회관
제보일시 : 2009.2.11
조 사 자 : 박경신, 김구한, 김옥숙, 정아용

조사자 일행이 마을회관을 방문했을 때 할머니 두 분만이 방안에 누워 계시고, 예비 조사 때 자료 제공을 약속한 제보자는 보이지 않았다. 조사자가 등나무집이라는 식당을 경영하는 이유로 등나무집 할머니라고 불리는 제보자를 찾아갔다. 몸이 좋지 않아 자료 제공이 힘들 것이라는 다른 할머니들의 언급과는 달리 당연히 조사에 응한다는 자세를 보였다. 잠시 후 제보자는 추위에 약해진 몸을 보호하기 위해 장갑에 마스크까지 착용하고 조사장소로 왔다. 스웨터와 몸뻬 바지 차림으로 머리는 온통 하얗게 쇠었으며, 야윈 몸에 기력이 쇠잔해 보였다. 자주 숨가빠하는 등 노쇠한 모습이 역력했다.

최근 폐렴을 앓고 난 이후 기력이 쇠잔해지고, 기억력이 크게 감소하였다고 안타까워하였다. 말이 무척 빠르고 목소리가 가늘었다. 자주 숨이 차 하였는데, 아프고 난 이후 목이 많이 상했다고 아쉬워하였다. 그러나 보유하고 있는 자료들을 기억해내려고 무척 애쓰며 자료 제공하려고 노력하였다. 기억이 부실해진 탓에 자료들의 완결성이 떨어졌으며, 스스로도 이 점을 매우 안타까워하였다. 어떤 노래를 아느냐고 청하면 모르는 노래는 "그런 노래는 안 배웠다."고 분명하게 의사를 표시하였으며, 아는 노래는 조금이라도 구연하려는 자세를 보였다. 또는 권하는 노래 대신 다른 노래가 생각나면 구연하기도 하였다. 이런 점들로 보아 구비문학 자료 특히, 민요자료의 가치를 잘 알고 있었고, 이를 알고 있다는 데 대한 자부심도 지니고 있었다.

제보자의 택호는 머들댁 또는 남종댁으로, 남종리에서 18세에 평산동으로 시집와서 살고 있다고 한다. 팔성에서 야학에 4년 동안 다니며 공부하고 일본어도 배웠다. "머슴방"에서 운영하던 야학에 언니를 따라가서 창가도 배웠고, 텔레비전을 통해서도 노래를 배웠다고 한다. 노래하는 것을 좋아해 배울 기회만 있으면 열심히 배웠다고 한다. 젊은 시절에는 놀러 가서 노래를 많이 불렀으며, 자신의 팔순 잔치 때는 환갑 노래를 부르기도 했다고 한다. 가난한 시골집에 시집와서 일밖에 모르는 남편을 만나 자식들 한글이라도 깨우치게 하려고 남편과 투쟁했다는 사실을 강조하는 등 자식교육에 관심이 지대했다.

제공한 자료는 모심기 노래, 쌍금 쌍금 쌍가락지, 자장가, 왈강달강 서울가서, 과부 자탄가, 진주 난봉가, 환갑 노래, 창부 타령 등 다수이다.

제공 자료 목록

04_09_FOS_20090211_PKS_ABD_0001 쌍금 쌍금 쌍가락지
04_09_FOS_20090211_PKS_ABD_0002 모심기 노래
04_09_FOS_20090211_PKS_ABD_0003 자장가

04_09_FOS_20090211_PKS_ABD_0005 과부 자탄가

04_09_FOS_20090211_PKS_ABD_0006 화투 뒤풀이

04_09_FOS_20090211_PKS_ABD_0007 창부 타령 (1)

04_09_FOS_20090211_PKS_ABD_0008 창부 타령 (2)

04_09_FOS_20090211_PKS_ABD_0009 진주 난봉가

04_09_FOS_20090211_PKS_ABD_0010 왈강달강 서울 가서

04_09_FOS_20090211_PKS_ABD_0011 환갑 노래

04_09_FOS_20090211_PKS_ABD_0012 창부 타령 (3)

04_09_MFS_20090211_PKS_ABD_0004 달아 달아 밝은 달아

이금수, 여, 1924년생

주 소 지 : 경상남도 양산시 평산동 876번지 장흥마을회관

제보일시 : 2009.2.11

조 사 자 : 박경신, 김구한, 김옥숙, 정아용

장흥 마을회관에서 안복동 제보자와 함께 만났다. 노래는 다 잊어버리고 부를 줄도 모른다고 하였다. 그러나 안복동 할머니가 모심기 노래를 부르자 옆에서 함께 부르거나, 생각나는 모심기 노래의 가사가 있으면 알려주어 구연을 돕기도 하였다. 또한 안복동 제보자가 기억이 나지 않는 부분을 가르쳐주거나, 때로는 앞소리를 먼저 하기도 하였다.

동글납작한 얼굴에 요즘 보기 드문 쪽진 머리를 하고 있었다. 옷매무새가 단정하였으며, 시종 웃음 띤 모습을 보였다. 인근 개곡마을에서 17세 때 이 마을로 시집을 와서 계속 살고 있다고 했다.

제공한 자료 모심기 노래이다.

제공 자료 목록
04_09_FOS_20090211_PKS_ABD_0002 모심기 노래

이기연, 여, 1932년생

주 소 지 : 경상남도 양산시 평산동 374번지 평산마을회관
제보일시 : 2009.2.10
조 사 자 : 박경신, 김구한, 김옥숙, 정아용

청중 중 한 명이 제보자가 노래를 잘한다
고 추천하고 집에 가서 모시고 온 제보자이
다. 그러나 선뜻 기억이 나지 않는지 다른
제보자들이 구연하는 동안 구경만 하고 구
연할 자료를 생각하는 것 같다.

불려왔으니 한 곡이라도 해야 되지 않겠
느냐며 짧은 노래를 불렀다. 제보자가 노래
하는 동안 청중들은 잘한다고 추임새를 넣
고, 티브이에도 나오겠다고 부추겼다. 그러자 한 곡 더 하겠다며 짧은 노
래를 한 곡 더 하기도 하였다. 그러나 더 이상 기억이 나지 않는지 많은
자료를 제공하지는 못하였다.

나이에 비해 건강해 보였으며, 수수한 외모의 소유자이다. 인근 마을
주남에서 시집을 왔고 택호는 북정댁이다.

제공 자료 목록
04_09_FOS_20090210_PKS_LGY_0020 나비야 청산 가자

이임순, 여, 1922년생

주 소 지 : 경상남도 양산시 평산동 426번지 평산마을회관

제보일시 : 2009.2.10

조 사 자 : 박경신, 김구한, 김옥숙, 정아용

조사자가 평산동 마을회관을 찾아가서 만
난 여러 제보자들 중 한 사람이다. 조사자들
이 조사장소에 도착했을 때 한 무리의 할머
니들은 방에서 맥주를 마시고 있었고, 또 한
무리의 할머니들은 방 옆에 딸린 부엌에서
점심 식사 중이었다. 식사가 끝나기를 기다
리며 조사자 일행이 다과를 사러 간 사이에
제일 먼저 조사에 관심을 보이며, 모심기 노
래를 시작하려 한 제보자이다.

조사자가 조사준비를 마치자 제보자는 기다렸다는 듯이 모심기 노래를
구연했다. 한 손에 음료수 잔을 들고, 한쪽 다리를 세운 자세로 진지하고
차분하게 구연에 임했다. 청중들이 베틀 노래를 권하자 즉시 응하는 등
적극적인 자세를 보였다. 구연 중간이나 구연이 끝난 후, 청중들이 빠뜨
린 부분을 언급하면 그 부분을 다시 구연하거나 기억해내려고 애썼다.

구연은 주로 권유에 의해서보다 자진해서 하는 편이었으나, 나이 탓인
지 의욕과는 달리 기억력이 좋은 편은 아니었다. 그러나 조사 작업에 대
해 많은 관심을 보이는 것으로 보아 젊었을 때는 보유한 자료수가 많았으
리라 짐작된다. 열심히 구연하는 모습으로 조사 분위기를 만드는 데 도움
을 주었다. 구연하다가 자주 숨차했으며, 청중은 "노래하다 숨넘어가겠
다."라며 걱정하는 반응을 보였다. 시종 웃는 얼굴 표정으로 조용하고 차
분하게 구연에 임하였다.

제보자의 택호는 안산댁으로, 평산동에서 자라 17세에 동네혼사를 하
였으며, 지금은 약수탕 옆 기와집에 산다고 하였다. 자그마한 체구에

요즘 보기 힘든 쪽진 머리를 하고 있었으며, 얌전하고 단아한 모습을 지녔다.

제공한 자료는 설화와 모심기 노래, 베틀 노래, 춘향가 등이다.

제공 자료 목록
04_09_FOT_20090210_PKS_LLS_0025 심청전
04_09_FOS_20090210_PKS_LLS_0004 베틀 노래
04_09_FOS_20090210_PKS_LLS_0010 춘향가(십장가)
04_09_FOS_20090210_PKS_LLS_0014 모찌기 노래
04_09_FOS_20090210_PKS_LLS_0015 모심기 노래

이차순, 여, 1931년생

주 소 지 : 경상남도 양산시 평산동 430번지 평산마을회관
제보일시 : 2009.2.10
조 사 자 : 박경신, 김구한, 김옥숙, 정아용

제보자는 조사목적을 잘 이해하는 듯 조사자에게 무척 협조적이고 조사에 많은 관심을 보였다. 다른 사람에게 자료를 제보할 것을 자주 권유하거나, 조사장소의 분위기 조성에도 적극적이었다. 다른 제보자가 자료를 제공하는 동안에는 장단을 맞추거나 구연 중 빠진 부분을 알려줄 뿐 아니라, 말로 흥을 돋우거나 구연 자료와 관련된 언급을 하여 조사 분위기를 활기차게 만드는 역할을 하였다. 신명이 있어 구연하는 자료마다 재미있게 하려고 노력했다.

체격은 왜소하나 건강하고 민첩하였다. 녹음기를 제보자에 따라 옮겨주며, 매우 붙임성 있는 성격으로 조사자에게도 친절하였다. 택호는 덕천댁

으로, 가까운 웅촌 덕티에서 20세에 이 마을로 시집와서 지금까지 계속 살고 있다고 한다.

제공한 자료는 모심기 노래, 창부 타령, 징거미 타령 등의 노래와 소화 1편이 있다.

제공 자료 목록

04_09_MPN_20090210_PKS_LCS_0028 장님 영감과 벙어리 할머니의 의사소통
04_09_FOS_20090210_PKS_LCS_0005 창부 타령 (1)
04_09_FOS_20090210_PKS_LCS_0006 창부 타령 (2)
04_09_FOS_20090210_PKS_LCS_0016 모심기 노래
04_09_MFS_20090210_PKS_KBY_0011 징거미 타령

새털로 만든 옷

자료코드 : 04_09_FOT_20090210_PKS_KJT_0026
조사장소 : 경상남도 양산시 평산동 376번지 평산마을회관
제보일시 : 2009.2.10
조 사 자 : 박경신, 김구한, 김옥숙, 정아용
제 보 자 : 김정택, 여, 84세
구연상황 : 제보자가 책에 나오지 않는 옛날 얘기를 하겠다며 구연한 자료이다. 청중들은
과자를 먹고 음료수를 마시고 재미있게 경청하며 적극적인 반응을 보였다. 구
연이 끝나자 한바탕 웃으며, 여러 가지 평을 하였다. 이차순 제보자는 본인의
고모는 총각이 새털로 옷을 만드는 부분을 여든 세 가지 새털로 구사할 줄
안다고 말했다. 이 이야기는 우렁각시 이야기가 변이된 형태를 보여주고 있어
흥미롭다.
줄 거 리 : 처녀가 총각의 새를 먹는 바람에 총각과 결혼하게 되었는데, 인물이 출중한
아내가 임금의 배필로 뽑혀가게 된다. 서울로 가기 전 아내는 총각에게 새털
을 모아 삼 년 뒤에 찾아오라고 한다. 아내의 말대로 총각은 삼 년 동안 새털
로 우장을 만들어 입고 임금을 찾아간다. 총각은 임금과 왕비 앞에서 그 옷을
입고 춤을 추고, 총각의 이 모습을 보고 한 번도 웃지 않던 왕비가 웃는다.
임금은 자기도 왕비를 웃기고 싶어 임금의 자리에서 내려와 총각의 새털옷을
빌려 입는다. 그 사이에 임금의 옷을 입은 총각은 진짜 임금을 없애고 아내와
행복하게 산다.

옛날에 음 옛날에 저그 해줄라 하지?

참 베로 매아 가지고 이래 베로 매는데,

야꼬[48] 야꼬 여 가(가져) 오능교?

[조사자가 녹음기를 제보자 가까이 옮겨 가자 이렇게 말함.] [웃음]

(청중 : 아이고 저 저거 녹음을 해야 될꺼 아이가.)

---

48) '우야꼬'의 줄인말로 '어떻게 할꼬'라는 말임.

그래가 인자 저 촌에 이래 베로 옷베로 이래 잘쌈을(길쌈을) 삼고 이래 하는데, 인자 여 마 다 다(모두) 내놓고 깨째(찌끄러지, 찌꺼기) 뭐(피워) 가지고 이래 베로 매는데,

[기침함]

어느 날 총각이 하나 호부래비 총각이 어 새로 한 마리 잡아 가주고 가와(가져와) 가주고, 그래 그 은자. 베 매는 데 거다가 새 그거로 옇-(넣어) 나놓이(놓으니), 어험 맛있는 냄새가 억수로 나나놓이까네(나니까), 이 마 베로 매다가 처이가(처녀가) 마 처이가 그 해가(해서) 새 그거를 뜯어 묵었어.

맛이 있어가 뜯어 묵고 해나놓이까네(하니), 낻죽에(나중에) 인자 이 초 총각이 그거 인자 새 찾으러 나오거든. 새 찾으러 오이까네,

(청중 : 엄마 이 묻어놨는데. 처자가 무뺐다.)

그래가 새 잃었는 거 인자 먹는다꼬 인자 디비니까네(뒤집으니까) 마 새가 없거던. 그래가 마

"음따(없다)." 캐놓이까네,

"어예노?"꼬,

마 새 내놓으라꼬 마 자꾸 마마 뻐더딩이를⁴⁹⁾ 하고 마 해나놓이까,

(청중 : 처자한테 달라든다.)

처이잩에(처녀에게) 달라(달려) 들고, 처이잩에만 달라드나? 거 인자 몇 키(몇 명) 그거 할라카믄 너이(네 명이) 베로 안 매는교? 그죠? 이래가,

(청중 : 베 매는 게 뭐 짬이 있나?)

그래 가지고 내 새 내놓으라 커이까네, 그래

"니 새 엄다(없다)." 커이까네,

마 새 내놓으라꼬 마 마 마 그래사이까네 베 매다가 새로 잡으러 갈 수가 있나. 이거를 우얄(어떻게 할) 수가 어딨노. 그래가 마

---

49) '뻣대다'의 뜻으로 말함.

"새 그거 마 마 내가 그거 해 주꾸마(주마). 낸죽에 그거를 해 주꾸마."

내 마 오만(온갖) 걸 다 줄라 캐도 마 안 한다 커고. 이 처이가 그

"내 니잩에(너한테) 시집을 가꾸마."꼬,

그래 달개이까네(달래니까) 이기 인자 들어줬어. 들어줘 놓이까네, 참 그거 그거서러 은자 처이도 마 과연 인물이 과연 잘났어. 그래놓이, 그래가 인자 시집을 갈라 캐놓이, 그래 좋다꼬 해 가지고 인자 거 시집을 가가 사는데,

나라 지끔으는 그거 하지만은 그전 때는 옛날에는 나라 임금이 죽으믄, 잔채로(잔치를) 하믄 이래 인자, 여기 이 아저씨들 이거 뭐 여게 온 동네 다로 그래 전신에(온 데) 둘리는갑대(돌리는가 보대).

광고로 둘리가주고 은자 그런 사람을 좋은 사람을 귀해 줄라꼬 그래 해나노이까, 그래 마 마 이 동네 사람들이가 그기 인물도 그 중 좋고 좋아노이까네 마 마 이거로, 이런 처이 이 사람을 인자 처이도 아이지, 아줌마지. 그래가 이걸 떡 권해 가지고 해줘놓이까네,

그래 하라꼬시는(하라고 하고서는) 은자 그래 우에 은자 봉해가 올리나 놓이(올려 놓으니), 그래 참 그거로 해 가지고 하는데, 처이가 그 은자 봉해 낳는데, 그기 올라갈 때가 인자 시간이 날짜로 정해가 올리나놓이,

올라갈 때가 시간이 다 되고 이랬는데, 이 총각이 와 가지고 마 마 가지마라꼬, 마 마 마 떼로 써도 그기 되나. 그기 마 국가에서 하는 기라.

그래가 음 총각을 저저 처이가 올라가믄시러(올라가면서) 하는 소리가 그래

"버버리(벙어리) 삼 년, 눈치 삼 년, 귀 어덥어 삼 년, 석삼년을 살고, 석삼년을 들게(들에) 가가주고(가서) 오만(온갖) 털이라커는 건 다 주와(주워 와) 가주고, 그래 그거로 우장을 맹그러(만들어) 가주고, 그거로 입고 그래 오라." 커더란다.

지가(자기가) 올라가가 있시이 오라커드란다. 그래 가주고 인자 이 처

이는 글쿠고시는 해나노이까네,

총각은 인자 그 소리 듣고, 인자 마 새 짐승 터리(털) 조으러(주우러) 댕긴다꼬 온 천지(天地)를 조으러 댕기이까네, 조으러 댕기고, 처이는 올라가 가지고 하는데, 참 그거 마 임금의 그거 인자 부인이 돼 가지고 해나놓이,

이 참 이 총각으로 이런 걸 갖다가 가 나놓이(놓으니) 무슨 맘이 있나. 그래놓이 마 생전에 윗을(웃을) 것도 없고, 아무 거 마 낙이 엄시(없이) 사는데, 그래 이 총각이 마 댕기(댕겨) 가지고, 오만 그걸 해가 그 우장을 맹글어(만들어) 가주고 입고, 짐승으러 맹글어, 자기가 짐승을 했는 기라.

짐승옷을 입어가, 그래가 올라가 가지고 마다아(마당에) 나가가 뛰이까네, 이 처이가 그거 연에50) 처이가 은자 나와 가지고, 저거 인자 즈그 본 남편 아이가? 나와가,

(청중 : 그거 윗길라꼬51) 했구만은)

그래 가지고 마 허어야꼬52) 마 마 윗고(웃고) 마 마 이래 가거든.

이래쌓이 임금이 가마 보이까네 마이 낙이 없고, 그 마 이 윗지도 몬하디만은(못하더니만은) 우째 그거로 하노꼬. 그래 그래 있었는데,

"그라머 저 옷 받아가주고 내가 하문 입어보까?" 쿠이,

그래 그러이까네,

"저 입어보라." 커그든.

그래 그걸 갖다 입고 마다-(마당에) 나가 가지고 은자 이래사이까네(이렇게 하니까), 마 이기 마마 옷 벗어주고, 마 임금 자래(자리에) 올라가 가지고, 마 마 연에 마 인자 관복을 입고 씨고,

"저놈 저거 잡아라 잡아라."

(청중 : 임금을 잡아라 커나?)

---

50) '익히 알고 있는 그'의 뜻으로 이 지방에서 쓰는 말임.
51) 웃길려고.
52) 웃음 소리와 모습을 나타냄.

응. 잡으라꼬시는(잡으라고) 해 나놓이까네 그래 가지고, 그 인자 인자 밑에 부하들이 인자 가 가주고 뺐들어가 가지고, 마 그걸 해 가주고, 그래 그걸 갖다 엄새 뿌더란다(없애버리더란다). 엄새 뿌고, 그래 이거는 마 마 그라마 새 한 마리 따물에(때문에) 그만땅(그만큼) 잘 살고 하더란다.

[이 구절은 무엇을 말하는지 파악이 안 됨.]

아적에 들었든 아저배 등○○초로 갈라 가지고

자손 대대로 삭삭 비리가 잘 먹고 잘 살고 있단다. 지끔.

(청중 : [웃음] 그래 존말이 듣끼더라, 잘산다꼬. [웃음] 이명박이 대통령 부인이 됐는갑다.)

(조사자 : 아이구 대단하십니다.)

(청중 : 이 참 유식한 이야기네.)

유식한 이야기지. 이야기사 내사 마. 팔공산 이야기도 있구 마 그래.

(청중 : 그것도 따리 있대이. 털 기기[53] 팔십 세 가지다. 털을 뽑아가 옷 입은 기. 그 우리 숙모가 참 잘하시는데 팔십 세 가지 털, 무신 새 무슨 새 무신 새 전부 있던데, 고걸 가지고 우장을 해 입었더라꼬.)

(청중 : 듣고 듣고 나니 참 좋은 기네. 좋네.)

심청전

자료코드 : 04_09_FOT_20090210_PKS_LLS_0025
조사장소 : 경상남도 양산시 평산동 376번지 평산마을회관
제보일시 : 2009.2.10
조 사 자 : 박경신, 김구한, 김옥숙, 정아용
제 보 자 : 이임순, 여, 80세
구연상황 : 제보자의 춘향전 구연이 끝나자 청중은 조사자에게 제보자가 심청전을 외우

---

53) 그것이.

니 한번 해보게 하라고 일러주었다. 그러자 제보자는 곧바로 이 노래를 구연하였다. 처음에는 심청이 아버지가 젖동냥하러 간 사연을 말로 설명하다가 이어 "젖 좀 주소 젖 좀 주소" 부분을 클레멘타인의 곡조로 구연하기도 했다. 그러나 곧 힘에 부쳐서인지, 기억이 부실해서인지 대부분 말로 구연했다. 이 심청전은 책에서 배웠다고 한다. 구연하는 도중에 이임순 제보자가 빠트리거나 부족한 부분을 보조 제보자인 이차순 제보자가 일깨우거나 보충하였다.

줄 거 리 : 심청이는 태어날 때 어머니를 잃고 봉사인 아버지 심학규 밑에서 동냥젖을 얻어먹으며 자란다. 아버지 심학규가 몽은사에 공양미 삼백석을 시주하기로 약속하였기 때문에 선인(船人)에게 제물로 팔려간다. 심청이는 물에 빠졌지만 죽지 않고, 용왕국에서 꽃봉우리에 넣어 세상에 보내어지고 왕비가 된다. 아버지를 걱정하던 심청이는 맹인잔치를 열어 뺑덕어미에게 새산을 더 뺏기고 거지가 된 아버지를 만나게 된다. 아버지는 딸이 살아 있다는 사실에 놀라 결국 눈을 뜨게 된다.

심청이?

(조사자 : 예.)

[웃으면서]

나 심청이가 어마씨 있는데(엄마에게서) 날 때,

(청중 : 책을 보고 아는 기라.)

으으 그 어마이가 그 심청이로 그래 놔놓고 이래 아래 죽었다 아이가. 죽어놓이 그래가 이 심봉사가 그래 강낭(갓난) 딸을 안고서,

(청중 : 음 심봉사)

그래 동네 집에 댕기면서 동냥젖 젖을 먹이가, 옛날에는 젖 아니면 뭐 우유가 있나, 뭐 키울 수가 있나.

[노래하듯이]

"젖 좀 주소 젖 좀 주소 불쌍하고 가련한 이 어린 거 살려주오."

[말로]

이와 같이, 그래가 길렀다 아이가(아니가).

동냥젖을 믹이(먹여) 가지고 으흐 그래가 길러놓이 요기(요것이) 한 나

이 한 십오 세 묵었어. 그래 밥을 만날(맨날) 얻어다가 그래 은자 아바이로 갖다주고, 요기 쪼깨는(조그만한) 기(것이) 이런데,

하리는(하루는) 저어 어 딸 밥 얻어 밥 얻어 오는가 싶어가 마짐이(마중) 나갔다가 마 어는 못에 빠졌어. 심봉사가

[창으로]

"어푸어푸 내죽네 어푸어푸 내죽네" 카이까네,

[말로]

몽근사(몽은사) 절 중이 지나가면시를(지나가면서) 그래 껀지줬어. 껀지주매,

"그래 우리 절에 저 음 저 시주로 고양미(공양미) 삼백석으로"

삼백석이 어딨노?

"삼백석으로, 고양미 삼백석을 부처님에 불공하모 어든(어두운) 눈 눈을 뜬다."

카드란다.

그래가 마 권수문에(장부에) 적으라꼬, 그 마 한 푼도 없는 사람이 딸 밥 얻어 무러(먹으러) 보낸 사람이 뭐가 있노? 이런데 권수문에 적으라 안카나. 고양미 삼백 석을 그 바친다꼬. 그래놓이 은자 중이 그 그 사람 물에 빠진거로 껀지주고, 그래 권수문에 적었어.

적어가놓이 그래가 인자 심청이가 밥을 얻어와 가지고 은자 아바이캉 묵고, 그래가 마 이 영감쟁이가 마 마 마 적기는 적어놓고. 뭐 있노? 아무것도 밥도 얻어묵는데, 뭐있노?

삼백 석로 올리라 카는데, 그래 가지고 그래 아들 딸 있는데 인자 그런 얘기를 했어. 해놓이까네, 할(하루) 아직(아침)에는 밥을 얻어다가 아바이하고 둘 둘이 앉아가 묵으이깐에 그래가 그 심

(보조 제보자 : 언니야, 고 한 개 빠졌다.)

응?

(보조 제보자 : 고래 고양주 삼백 석 하라꼬 자기가 적었는데, 그거 시님 보고 적었다 아이가.)

응.

(보조 제보자 : "적어놓으면 내가 고양주 삼백 석을 얹지깐에[54] 내 눈을 뜨구로 마 해줄라." 이러칸다 아이가.)

그래.

(보조 제보자 : 해 놓고 나믄 고래 마 심청이 딸이 인자 지녁에 왔다 아이가. 오니 밥을 얻어오이끼네 자기 아버지가 착 늘어져가 말도 안하고 눕어 있더란다.)

그래 밥도 안 묵고.

(보조 제보자 : 안 잡숫고 그래 "아버지요 아버지요 오늘은 무슨 일이 있어가 아버지가 이래 늘어져가 이렇습니꺼?" 커이, 그리 일라며 "야야 내가 딴 게 아이고, 내가 눈이 뜨믄 내가 한개자리가 한번 볼라고.")

흐흥 내보다 얘기 잘한다. 음.

(보조 제보자 : "그래 내가 그 어든 절에 내가 아 어데 거 질까[55] 오다가 아무데 그 어데 웅덩샘에 빠져가 있으이, 그래 시님이 날로 보이 즈그 절에 고양미 삼백 석만 하믄 내 눈이 떨어진단다." 이러쿠이, "그래서 내가 말씀을 해놓고 보이 니가 밥을 얻어 내 생명을 살리는데,")

맞어.

(보조 제보자 : "이 고양주 삼백 석을 어데로 해가 하노?" 이러쿠이, "아부지요." 그래 지가 지 물팍을 치고 아부지 물팍을 치모, "아부지 잘 해싰심더. 지가 어떠한 일이 있더라도 아부지 그 공양미 삼백 석을 그 절에 바칠끼까네[56] 눈 뜨도록 해 줄께." 커머, 그래 두 어른이 두 모자간에

---

54) 얹어놓을 테니까.
55) 길가.
56) 바칠 테니까.

은자 눈물 흘리고, 그래 해가 그지세는 나갔다 아이가. 고지세는[57] 인자 언니가 해 보시소.)

(청중 : 마 마 마자 달아 해뿌라.)

(보조 제보자 : 그래 해 가지고 언니 하소. 그래가 그 배머래[58] 나가가 그래 안했나.)

아 그래 가지고 그래 할 아직에는 밥을 얻어다가 앉아가 두 인자 부녀 간에 앉아가 무이까네, 으흠 그래가 어데 애는(외는) 소리가 나더란다.

[큰 목소리의 창으로]

"십오 세 되는 처녀 파시오.~" 카매,

그래 가지고 그래 마 음 두문 고하간에, 마 값은 고하간에 마 줄라 카는 대로 준다 이기라.

[창으로]

"파시오~." 카이,

그래 심청이가 들었다 아이가. 들어 가지고 그래가 아바이 밥을 은자 주고 주다가 은자 다말어나가가(달려나가서),

[창으로]

"저걸은 거는 몬 씨겠습니까?~" 카이,

[말로]

그래 보이 너무너무 안타깝거든. 그래가 그래가 마 그래

"우리 부친 밥을 마자(마저) 디리고(드리고) 오겠다."꼬,

그래 아바이인데 밥을 이래 디리면시러 훌쩍훌쩍 울었어. 그래

[힘 있고, 위엄 있는 어조로]

"와 우노? 봉사의 딸이라꼬 누가 설움을 주더나?" 카이,

그래 그 그기,

---

57) 그 다음에는.
58) 뱃머리에.

"아이고 아부지요, 글심더(그렇습니더)." 카이,

그래가

"안 된다." 카더란다.

아바이가

"내가 니 니를 주고 내가 눈뜨면 뭐 하노?" 카면시러(하면서)

아바이가

"안된다." 카더란다.

그래 가지고 삽쩍걸에서는[59] 뭐 부린대이(부른다).

오라꼬 부리이(부르니) 그래

"우리 부친 밥을 지끔 디리고 있는데, 밥이나 자시고 나거든 내가 가겠다."꼬,

그래 가지고 앉아가 훌쩍훌쩍 울었어.

그래 울으이,

[단호한 목소리로]

"어떤 놈이 봉사의 딸이라꼬 설움을 주더나 울기는 왜 우노?"

그래가 아바이인데 이얘기를 했어.

그래 마 아바이가

"안된다."꼬,

마 그래가 할 수 있나. 뭐 그 그거로 해봤는데, 그래가 인자 그기 팔리 갔어.

그래 용왕국에 인자 그 진수(進水)로 할긴데, 십오 세 용왕국에 인자 그 선인들이 인자, 배 인제 이래 가고 오고 하는데, 그 처녀를 잡아 가지고 처녀를 가지고, 그 용왕국에다가 그거로 하믄 제수를 하모 그 즈그 장사 할라꼬, 그래 가지고 마 용왕국에 인자 마.

---

59) '삽쩍'은 '사립짝'의 준말이고, '걸'은 거리를 말한다. 즉 삽쩍거리, 사립짝거리로 사립 문 밖을 뜻한다.

(보조 제보자 : 언니야!)

응?

(보조 제보자 : 그래가 그 십오 세 처녀로)

응.

(보조 제보자 : 그 생명을 용왕국에 받치야)

그래.

(보조 제보자 : 이 큰 배가 뜬다 이기라.)

그래 뜬다.

(보조 제보자 : 안 바치면 이 배가 몬 뜬다 이랬으이까, 인자 자기가 공양주 삼백 석을 올리고, 그 내 목숨을 거 떡 물에 용왕국에 받치고, 그래 배로 뜬다꼬 이래 드갔다. 이 다리에 여 떡 뱃머리에 여 서가 있다 아이가. 있어가 있이이까네, 그 참 심봉사 딸이 입을로 폭 명지수건 씨고는 살 내려앉으이 하늘 용왕국에서 살 받아올렀다더란다.)

그래 밑에 용왕국에 가이,

(보조 제보자 : 용왕국에 올라가이 배는 뜨고 그랬단다.)

왕이 왕이 그래 이 처녀를 살 꽃보 꽃봉아리 속에다가 옇- 가지고 띄아보냈더라카대.

(보조 제보자 : 용궁에서 내려 와가 딱 받아올렸다 카대.)

응 응. 그래가 띄아 보내노이 선인들이 그 꽃 꽃봉우리를 주아가 임금님에 바쳤어.

받치이까네 그 꽃봉우리 속에서 이상한 처녀가 나오더란다. 그래 임금님 왕이 저저 왕비가 됐어. 그래 왕비가 돼가지고, 그래가 그래가 천날 만날 수심을 하고, 이래사서 그래

"와 글노?" 카이,

그래 낸죽에는(나중에는) 그렇게 해서 얘길 해서 하이 그래가 봉사 잔채로 백일을 했어. 백일 내 하는 봉사가 모도 오거든. 잔채로 하모, 그래

가 이놈우 그거 돈 그 얼매 받은 그거 인자 그 뺑덕 어마이가 안 있었나.

(청중 : 뺑덕이?)

뺑덕어마이, 그 그 고년의(그년의) 기(것이) 고거로 훑아먹고 내 댕기다가(다니다가), 마지막 날에 와서 그래 울아부지가 죽었는강(죽었는지) 우옛는강(어찌 됐는지) 안온다고 내(계속) 기다리이, 그래 아바이가 백일 마지막 날에 와 가지고 그래 가지고 떡 들어가이,

심청이가 보고

"아버지~." 카이,

"내 내가 날 아버지라 칼(할) 사램이 없는데 누가 날로 아버지라 카노?"

그래가 낸죽에 심청이가 그래 아바이를 안고시릴(안고서)

(보조 제보자 : 눈을 펄떡 떴다.)

그 눈을 그때사 눈을 그 아바이가 눈을 떴뿄어.

(청중 : 그것도. 내딸 한번 보자꼬 내딸.)

[웃으면서]

내딸 보자꼬.

[이때 보조 제보자가 좀 빠졌다고 하자, 청중 중 한 사람이 똑같이 할 수 있느냐고 하였다. 청중이 책에 있는 거라고 하자, 제보자가 책이 있는 게 맞다고 하였다. 다시 한 청중이 모르는 사람이 없다고 하자, 다른 청중이 모르는 사람은 없지만 할 줄 아는 사람은 많지 않다고 했다. 제보자는 웃으면서 다 잊어버렸다고 했다. 조사자가 마무리하기를 청하였다.]

으흥 그래가 마, 그래 임금님 앵비가(왕비가) 돼가주고 그래가 그래가 마 살았는갑더라(살았는가 보더라).

[웃으면서 "모르겠다. 다 잊아뿄다."라고 했다.]

(조사자 : 잘하시네요.)

(청중 : 내 딸 보자 하고 그 그래가 눈을 떴다.)

그래가 음 그래가 봉사가 눈을 떴다 아이가.

장님 영감과 벙어리 할머니의 의사소통

자료코드 : 04_09_MPN_20090210_PKS_LCS_0028
조사장소 : 경상남도 양산시 평산동 376번지 평산마을회관
제보일시 : 2009.2.10
조 사 자 : 박경신, 김구한, 김옥숙, 정아용
제 보 자 : 이차순, 여, 79세
구연상황 : 새롭게 등장한 청중에게 제보자가 '불탄지둥(불탄기둥)'을 하라고 청하였다. 그러나 구연하지 않자 제보자가 하겠다며 나섰다. 제보자는 이 이야기를 그 청중에게 배웠다고 한다. 짧은 이야기이나 육담이 조금 섞여 있어 청중들이 재미있어 하였다. 제보자는 이야기 속 남편이 소경이긴 하나 참 머리가 좋은 인물이라고 평하였다.
줄 거 리 : 옛날에 영감은 소경이고 할머니는 벙어리인 부부가 살았다. 어느 날 어디서 "불이야!" 하는 소리가 들리자 영감이 할머니에게 저 언덕 집에 불이 났으니 한 번 가보고 오라고 시킨다. 언덕 집에 올라갔다온 벙어리 할머니는 영감의 몸을 이용하여 어디에 불이 났으며, 무엇하다가 불이 났는지, 집이 얼마만큼 탔는지를 알려준다. 할머니는 언덕 집에 불이 났으며, 감자를 구워먹다가 불을 냈으며, 기둥만 남았음을 각각 영감의 이마와 "부자지"와 정강이를 때리거나 만져 알린다. 두 사람은 비록 불구자이나 이처럼 지혜롭게 서로 도와 지금도 잘 살고 있다고 한다.

옛날에 영감으는 이 눈이 어덥고 할마이는 버버리거든(벙어리거든). 버버리고 둘, 하내이(한 명), 둘이가 번데(본래) 불구자 아이가? 영감은 눈이 어둡고 할마이는 버버리고 하는데. 이 눈 어둡은 사람은 귀는 밝고, 버버리는 말 모르는 사람은 이 귀가 어덥잖아요. 이러이까 어디서

[목소리를 높여]

"불이야!~" 커거든요.

그래 할마이를 보고,

"저 만당집에(언덕집에) 불 났다고 저 저 불났다."고

한번 가보라 커거든요.

할마이가 귀가 어덥으이 영감 시키는 대로 쫓아 올라가이까. 그거는 여 안 맞다 글체?

[조사자가 청중들을 향해 조사 취지에 내용이 맞지 않는 이야기가 아니냐며 반응을 물었다.]

(청중 : [웃음] 괜찮심더. 맞으나 안 맞으나 하지 뭐.)

그래 떡 올라가이까네 참 만당집에 이래 불이 났거든. 그 인제 할마이가 쫓어 내리 영감인데 와 가지고,

"어데 불났더노?" 커이까

영감 이매를(이마를) 탁 때리며, 팍 때리거든. 그래 영감이 퍼뜩 해석을 해가

"아하, 만당집에 불 났드나?" 커이까네

갖다가 그래 인자 마

"우짜다가 불로 냈노?" 커이까네,

"우야다가 불을 냈노?" 커거든.

영감 할마이가 영감 여여 부자지 있는 데 여다 탁 때리거든.

"아하, 감자 꾸워 먹다가 불냈구나."

[청중이 웃으면서 "아이구 참"이라고 하였다.]

영감이 그마이(그만큼) 해석을 잘 해 준다. 아이 이 눈은 안 비(보여), 안 비-도.

(청중 : 참 유식한 얘기다.)

야 그래가 아 그래가

"얼마나 탔는공?" 커이,

이 귀가 어덥어도 은자 할마이 있는데 해석을 해 줬겠지.

"얼마나 탔는고?" 커이까네,

다리 패라(펴라).

[청중 웃음]

영감이 영감이 다리를 요, 촛대를(정강이를) 탁 때리머, 때리거든. 여(여기). 할마이가 때리이 영감님이 하는 말씀,

"아하, 좆대동만 지동만(기둥만) 남았구나, 다 타고." 이러 쿠더란다.

[청중 웃음]

그 그러이 귀가 눈이 어두워도 참 머리가 선연하니 좋은 어른이고, 할마이도 잘 하시고.

그래도 만내가(만나서) 그래 잘 살고, 지금 안죽(아직) 서울 살고 있담더.

각설이 타령

자료코드 : 04_09_FOS_20090210_PKS_KBY_0012
조사장소 : 경상남도 양산시 평산동 376번지 평산마을회관
제보일시 : 2009.2.10
조 사 자 : 박경신, 김구한, 김옥숙, 정아용
제 보 자 : 긴부연, 여, 72세
구연상황 : 앞 노래에 이어 계속해서 이 노래를 구연하였다. 옆에 있던 과자 봉지를 들고
한 손으로 장단을 맞추기하고, 손으로 춤추는 시늉도 하면서 구연하였다. 구
연 도중 목이 마르다며 음료수를 한 모금 마시고 계속하였다. 노래를 끝내고
는 크게 웃고 나서, 사실은 이 노래는 "푸푸" 하며 입에 바람을 넣고 뱉는 시
늉을 하면서 해야 재미가 있다고 설명하였다. 청중은 제보자가 구연하는 동안
박수를 치면서 장단을 맞추고는 잘한다, 왜 그렇게 기느냐며 응수하였다. 제
보자는 17~18세 무렵 각설이가 벼를 느는데 와서 동냥을 요구하며 부르는
것을 듣고 이 노래를 배우게 되었다고 한다. 또한 이 각설이 타령이 달별로
철따라 사실이 다르다고 덧붙여 설명하였다.

[청중이 박수를 쳤다.]

후두후두 씨고씨고 들어간다
들고나 보니 일자요
일월이 송송 야밤중
밤중 새별이 와연하다(완연하다)

(청중 : 잘한다~ 아이구 잘한다!)

또 한 자가 들어간다
들고나 본이 이자요
이월 촛대 놋촛대

촛대마다 불서(불켜) 놓고
품바 품바 각설아
또 한 자가 들어간다 들고나 본이 삼자요
삼월 촛대 놋촛대
촛대마다 불서 놓고
품바 품바 각설아

목이 다 마른다.
[청중 함께 웃음]
(청중 : 하머 입이 마른다.)

또 한 자가 들어간다
들고나 본이 사자요
사시나현시 박편시
점심참 때가 늦어간다
또 한 자 들어간다
들고나 본이 오자요
오똑 오똑 소낙비
반물치마가 젖어간다
또 한 자가 들어간다
들고나 본이 육자요
육월이라 새볕 날에
처녀총각이 도망가네

(청중 : 아이구 좋다 좋다!)

또 한 자가 들어간다

들고나 본이 칠자요

(청중 : 머 그칠(그렇게) 기노(기나)? 열두 달 들었는데……)

치렁 치렁 방울머리
꽁초 댕기가 지저귀고

(청중 : 아이구 잘한다~)

또 한 자가 들어간다
들고나 본이 팔자요
팔아 팔아 지지팔아
약피 파는 내죽는다
또 한 자가 들어간다
구자나 한 자 들고 보니
구월이나 목단주
목단 염주를 목에 걸고
골목 골목이 날아든다

(청중 : 잘한다~)

또 한 자가 들어간다
들고나 보니 장자요
장장숲에 범 한 마리
일자 포수가 모여들어
그 범 한 마리 못잡네

[청중 웃음]

품바 품바 각설아

화투 뒤풀이

자료코드 : 04_09_FOS_20090210_PKS_KBY_0013
조사장소 : 경상남도 양산시 평산동 376번지 평산마을회관
제보일시 : 2009.2.10
조 사 자 : 박경신, 김구한, 김옥숙, 정아용
제 보 자 : 김부연, 여, 72세
구연상황 : 앞 노래가 끝나자 제보자는 조사자에게 음료수를 부어주며 쉬었다. 먼저 가는
　　　　　 사람이 있어 배웅한다고 잠시 어수선하였다. 이어 조사자의 요구에 이 노래를
　　　　　 구연하였다. 제보자는 기억이 충분치 않았는데, 제보자가 생각나지 않는 부분
　　　　　 마다 청중이 계속해서 이끌어주며 함께 구연하였다.

　　　일월송송 야밤

아이다 아이다.
(청중 : 정월 속가지 속속한 마음)
그래 맞다.

　　　정월 속가지 속속한 마음
　　　이월 매자 맺아 놓고
　　　삼월 사꾸라 산란한 마음

(청중 : 사월 흑싸리 허사로다.)

　　　사월 흑싸리 허사로다
　　　오월 난초 나는 나비
　　　유월 목단에 홀로 앉아

(청중 : 칠월 홍돼지 누워.)

　　　칠월 홍돼지가 홀로 앉고

(청중 : 그래)

팔월 공산 달도 밝다

구월 국화 굳은 마음

시월 단풍에 떨어졌다

십일월 오동이 많다 해도

십이월 매자에 맺을쏘냐

(청중 : 섣달 비에 못 오신다. 십이월 비.)

야,

비에 비할쏘냐

쌍금 쌍금 쌍가락지

자료코드 : 04_09_FOS_20090210_PKS_KSN_0009
조사장소 : 경상남도 양산시 평산동 376번지 평산마을회관
제보일시 : 2009.2.10
조 사 자 : 박경신, 김구한, 김옥숙, 정아용
제 보 자 : 김수남, 여, 87세
구연상황 : 제보자는 김정택 제보자가 '쌍금 쌍금 쌍가락지'를 구연할 때 몇 차례 잘못된
곳을 지적하였다. 이어 빠진 부분을 보완하여 다시 구연에 임하였다. 힘 있는
목소리로 자신 있게 불렀다.

쌍금 쌍금 쌍가락지

주석질로 놋가락지

잩에 보이 처잘레라

먼데 보이 달일레라

그 처자 자는 방에

숨소리도 둘을레라

천두복싱(천도복숭아) 오라버님

거짓 말씀 말아시소

남평이 딜이 부니

풍지 떠는 소릴레라

쪼꾸마는 재피방에

비상불로 푸아놓고(피어놓고)

열두 가지 약을 놓코

석자 수건 목에 걸고

자는 듯이 죽고 져라

내 죽거든 앞산에도 가지 말고

뒷산에도 가지마라

개천에 묻어줄라 카드란다.

시집살이 노래

자료코드 : 04_09_FOS_20090210_PKS_KSN_0018

조사장소 : 경상남도 양산시 평산동 376번지 평산마을회관

제보일시 : 2009.2.10

조 사 자 : 박경신, 김구한, 김옥숙, 정아용

제 보 자 : 김수남, 여, 87세

구연상황 : 청중들의 요구에 의해 앞 노래에 이어 계속 구연하였다. 구연하는 동안 한 청
중이 계속해서 기침을 심하게 하였다.

성아 성아 올끼성아(올캐형아)

시접살이 어떻더노

시접살이 좋더마는

도리도리 도리판에

수제 놓기 어렵기라

도리도리 수발○에

밥 담기도 에럽더라

주우 벗은 시아주바이

말하기도 어렵더라

○○○○ 시아주바이

말하기도 어렵더라

진주 난봉가

자료코드 : 04_09_FOS_20090210_PKS_KJT_0001
조사장소 : 경상남도 양산시 평산동 376번지 평산마을회관
제보일시 : 2009.2.10
조 사 자 : 박경신, 김구한, 김옥숙, 정아용
제 보 자 : 김정택, 여, 84세
구연상황 : 관산댁 이임순의 짤막한 모심기 노래로 조사 분위기가 형성되자 제보자가 이
　　　　　노래를 구연하였다. 조금 긴장한 것 같았으나, 손가락으로 장단을 맞추며 차
　　　　　분하게 구연하였다. 노래가 끝나자 청중 한 명이 노래 속의 화자에 대해 "잘
　　　　　죽었다."며 반응을 보여 다 함께 웃었다.

울도 담도 없는 집에

시집 삼 년을 살고 나니

시어마씨 하시는 말씀

야야아가 메늘(며느리) 아가

진주 난간에 빨래로 가라

진주 난간 빨래로 가니

물도 좋고 돌도 좋아

빨래하기는 예간일세

난 데 없는 자죽 소리

하늘 겉은 갓을 씨고

구름 같은 말을 타고

몬 본채로 지나가네

그 꼴을 보고시는

흰 빨래는 희기 씻고

껌둥 빨래 껌기 씻거

제 집을 돌아오니

시아바씨 하시는 말씀

야야아가 메늘 아가

사랑방을 내려 가라

사랑방을 내려가니

오색 가지 술을 놓구요

열두 가지 안주로 놓고

첩우 품에 놀아나네

그 꼴을 보고시는

제방을 들어와서

석자 수건 목에다 걸고

자는 듯이 죽었구나

그 말 들은 서방 버선발을 띠어나가

첩우바 첩우 정으는 삼 년이요

본처 정으는 백 년인데

당신이 죽을 줄 내 몰랐네

꽃 노래

자료코드 : 04_09_FOS_20090210_PKS_KJT_0002
조사장소 : 경상남도 양산시 평산동 376번지 평산마을회관
제보일시 : 2009.2.10
조 사 자 : 박경신, 김구한, 김옥숙, 정아용
제 보 자 : 김정택, 여, 84세
구연상황 : 본격적인 조사 분위기가 조성되자, 처음에는 어수선하던 조사장소가 곧 조용
해졌다. 제보자는 '진주 난봉가'에 이어 바로 이 노래를 구연하였다. 제목은
조사 후 제보자에게서 알아낸 것이다. 제보자는 이름도 없는 옛날 노래라고
덧붙였다.

동당동당 한밭대야

진피내기 감나우야

송선 끝을 건너보니

아홉 가지 숭근(심은) 낭게(나무에)

삼십 가지 꽃이 피여

그 꽃 한상 끊어다가

성산에 얹어 놓고

니(네) 임재나(임자나) 내 임재나

냄비도다 빛모나게

금살구야 유자낭게

나우(나비) 한 쌍 얹어주소

그 나우 이름으는

뭐라고 지아주꼬

금아라꼬 지아주소

달 노래

자료코드 : 04_09_FOS_20090210_PKS_KJT_0003
조사장소 : 경상남도 양산시 평산동 376번지 평산마을회관
제보일시 : 2009.2.10
조 사 자 : 박경신, 김구한, 김옥숙, 정아용
제 보 자 : 김정택, 여, 84세
구연상황 : 꽃 노래에 이어 구연한 것이다. 제보자가 안주를 먹으며 구연하자 청중이 "씹
어가매 노래는 잘한다."라고 하여 한바탕 웃었다.

　　달이 떴네

　(청중 : 구신 겉은 거 다 한다고 젊은 사람들……)

　　　달이 떴네
　　　토하남산 달이 떴네
　　　저 달이 누(누구의) 달인고
　　　낭군님이 달일런가
　　　낭군님은 어데 가고
　　　저 달 뜬 줄 모리던고
　　　낭군님은 등 너메 첩우집에
　　　낮에 가믄 밤에 오고
　　　밤에 가믄 낮에 오고
　　　첩우년을 없애러 가자

창부 타령 (1)

자료코드 : 04_09_FOS_20090210_PKS_KJT_0007
조사장소 : 경상남도 양산시 평산동 376번지 평산마을회관
제보일시 : 2009.2.10

조 사 자 : 박경신, 김구한, 김옥숙, 정아용
제 보 자 : 김정택, 여, 84세
구연상황 : 앞 제보자의 창부 타령에 홍이 난 제보자가 이어서 구연한 것이다. 제보자는
　　　　　가사가 다른 세 곡을 달아서 불렀다. 홍거운 분위기에서 청중들의 호응도 좋
　　　　　았으며, 제보자는 계속해서 다음에 부를 노래를 생각하는 등 자료 제공에 적
　　　　　극적인 모습을 보였다.

　　　　화초동방 첫날밤에다
　　　　부끄럼도 무릅씨고
　　　　나가 튀어나가
　　　　버선발을 뛰어나가
　　　　정든 임 홀목(손목)을 덥석잡고
　　　　들어가세 들어나가세
　　　　내 자는 별당을 들어가세
　　　　이불 내다가 팽풍(병풍) 쳐라
　　　　두우둥실 놀아보자

　(청중 : 좋-다~ 아따 좋켔다. 다 했나?)

　　　　옐문에(옆문에) 개 짖는 소리
　　　　임이 와 싰나 나가 보네
　　　　임은 정작 간 곳이 없고
　　　　모진 강풍이 날 속인다
　　　　만일에 밤이건마는
　　　　낮이 겉으면 넘새로(우새로) 할새

　[제보자는 이게 모두 옛날 노래라며 지금 노래는 이런 것이 없다고 설
명하였다.]
　(청중 : 요새 노래사 뭐 안 있나? 사랑했던, 그리고 마 청춘에 그 다 배

얼매나 배았다.)

내 사랑 남 주지 말고
남의인 사랑 탐내지 마라

(청중 : 음 맞다.)
[청중 웃음]

알뜰한 내 사랑이로
행여 참사랑 설게(섶게) 헐세 하아

(청중 : 잘한다~)

쌍금 쌍금 쌍가락지

자료코드 : 04_09_FOS_20090210_PKS_KJT_0008
조사장소 : 경상남도 양산시 평산동 376번지 평산마을회관
제보일시 : 2009.2.10
조 사 자 : 박경신, 김구한, 김옥숙, 정아용
제 보 자 : 김정택, 여, 84세
구연상황 : 조사자와 청중들이 이야기하는 동안에 제보자가 이 노래를 시작했다. 이 때문
에 청중들로부터 처음 시작 부분을 안 했다고 지적받아 처음부터 다시 한 번
더 구연하였다.

상금 상금 상가락지
호작질로 닦아내여

(조사자 : 예에. 그거, 그런 거 한번 해 주세요.)
(청중 : 옛날에 그래 그래 쌓다(했다).

먼 데 보이 달일레라

잩에 보이 처잘레라

그 처자 자는 방에

숨소리도 들을레라

천도복숭 오라바시

거짓 말씀 말아시소

남풍이 들어부니

풍지 우는 소릴레라

[청중들은 요즘 아이들은 이런 노래 모른다고 하였다. 조사자는 뒷부분을 구연해 달라고 요청하고, 청중들은 이구동성으로 제보자가 앞부분을 안 했다고 하였다. 이에 제보자가 처음부터 다시 구연하게 되었다.]

상금 상금 상가락지

호작질로 닦아내여

먼 데 보이 달을레라

잩에 보이 처잘레라

그 처자 자는 방에

숨소리도 들을레라

천도복숭 오라바시

거짓 말씀 말아시소

남풍이 들이부니 풍지 우는

(청중 : 그리, 그래 해야 되는데 아까는 빠자뭈다.)

창부 타령 (2)

자료코드 : 04_09_FOS_20090210_PKS_KJT_0019

조사장소 : 경상남도 양산시 평산동 376번지 평산마을회관
제보일시 : 2009.2.10
조 사 자 : 박경신, 김구한, 김옥숙, 정아용
제 보 자 : 김정택, 여, 84세
구연상황 : 앞 제보자의 노래에 이어서 계속 구연하였다.

　　　무정한 꿈아

　　　왔었던 임으로 왜 보내고

　　　오셨던 임을 보내지 말고

　　　잠든 내 몸을 깨와(깨워) 주지

　　　일후에(이후에) 또 오시거든

　　　잠든 내 몸을 깨와 주소

애우단

자료코드 : 04_09_FOS_20090210_PKS_KJT_0027
조사장소 : 경상남도 양산시 평산동 376번지 평산마을회관
제보일시 : 2009.2.10
조 사 자 : 박경신, 김구한, 김옥숙, 정아용
제 보 자 : 김정택, 여, 84세
구연상황 : 중간에 제보자가 언급했던 '팔공산 이야기'를 조사자가 부탁하자 잊어버렸다
　　　　　며 대신 하겠다고 한 것이 이 '강화도령 이야기'이다. 제보자가 "옛날에는 악
　　　　　담 하믄 악담하는 대로 된다."라고 하며 강화도령의 비극적인 모습을 얘기하
　　　　　자, 청중들이 강화도령의 불쌍한 신세에 대해 안타까워했다. 김수남 할머니는
　　　　　그 뒤에 강화도령이 색시에게 다시 만나자고 하는 노래가 있다고 설명했다.
　　　　　제보자는 가사를 사설조로 읊조리는 부분이 많았으나, 처음부터 이야기라고
　　　　　밝히고서 이야기하듯이 구연하였다. 그러나 이것은 남자가 액운을 겪는 서사
　　　　　민요 '애우단'이다.
줄 거 리 : 강화도령은 어렸을 때 부모와 가족을 모두 잃고 혼자서 힘들게 자란 뒤 장가
　　　　　를 가게 되었다. 그러나 박복한 운 때문인지 장가가는 길에 어떤 부인을 만나

악담을 듣는다. 부인의 악담대로 온갖 장애를 만나지만 고생 끝에 신부 집에 도착한다. 그러나 결국엔 죽고 말았다는 액운이 겹친 인물의 일생이다.

저거는 저저 저 강화도령 이야기 내 하꾸마. 강화도령은

[사설조로]

> 한 살 묵어(먹어) 엄마 죽고,
> 두 살 무가(먹어서) 아바 죽고,
> 세 살 무가 할매 죽고,
> 네 살 무가 할배 죽고.

[청중이 "몬 사네"라고 하고, 제보자가 무슨 말인가 묻자, 청중이 다시 한번 "몬 사네"라고 노래 내용에 반응하는 말을 하였다.]

[말로]

다섯 살 무(묵어) 가지고 공부로 해 가주고, 그래 가지고 은자

[사설조로]

> 저실게는(겨울에는) 언밥 묵고,
> 여름에는 쉰밥 묵고.

[말로]

그래 묵고서는 살아 공부를 해가 살아가주고, 열다섯 살 무가주고, 은자 거게 은자 가거든. 은자 장개로 가는데,

[기침함]

장개로 가는데, 어디서러 가이까네, 그래 그기 인자 그라드란다(그렇게 하더란다). 저 인제 어떤 부인이, 부인이 하나 참 나와주지 그래.

[사설조로]

　　한 저 가는 저 선부는
　　어디꺼징(어디까지) 가는고,
　　잠 한 섬만(쉼만) 둘러가라

[말로]

　꼬시는 사정을 하이까, 이기 마 아무 것도 안 그거하고, "칠일 밖에 몬 잔다." 커고, 마 기어이 마 사정을 해도 안 그거하고, 마 그래 마 돌아서 뿌이까네 그라드란다.

　이기 어떻게 옛날에는 마 마 똑 악담하믄 악담하는 고대로 다(모두) 가. 그래 가주고 그래 가는데, 저 놈

[사설조로]

　　저게 가는 저 선부는
　　장개라꼬 가거들랑
　　한 고개라 넘거들랑

그래 은자

　　산짐승이 달라 들고,
　　또 한 고개 넘거들랑
　　까막 깐채이(까마귀 까치) 진동하고,
　　사빈 앞에(대문 앞에) 드가그든
　　울음소리 진동하고
　　큰 상이라 받거들랑
　　팬(상) 다리가 뿌아지고

(청중 : 아따 어데 그칠 하노.) [웃음]

[웃으면서]

　　판 다리가 뿌아지고

(청중 : 아이구 악담도 대-60) 하네.)

　　상이라꼬 받거들랑
　　종인61) 마중(마다) 바라지고(벌어지고)

그래가 악담을 하고시는 그래 하더란다. 그래 해 가지고,

　　한 칸이 한 고개 넘어가이
　　오만(온갖) 짐승이 마 앞을 막고

해가 하고 까막 깐채이 따물에 그거는 몬 가고 글터란다(그렇더란다).

　　그래도 마 허시고 가이, 그래가 그 사람이 가고 그래 참 사빈 악에 가이, 마 그 사람이 마 죽기가 되는 기라, 마 마 마 온창(워낙) 고상을(고생을) 해놓이 가다가, 그래가 드가(들어가) 가지고 여청 들어서이까네 마 마 판다리가 다 뿌자지제(부서지제), 밥상을 받으이 봉지 마중 다 벌어지제.

　　그래 가지고 은자 방아 드가 가지고 글는데, 자이까네 그 어허 처이가 앉아가주고 있거든.

　　그래놓이

　　평풍 너메(너머에) 앉은 분이
　　누굴 보고 앉았는고,
　　날로 보고 앉았거든
　　머리 조금 짚어줄라

---

60) 많이도.
61) '종지'인 듯함.

커이,

　　날로 언제 봤든 사람이라꼬 머리 짚어줄라

칸다꼬, 또 이래 뭐라 커드란다. 처이가 또 뭐라 캐나놓이, 그래 가지고
눕는데, 마 그럭저럭 해가 마 이거 숨이 가빴어. 숨이 졌어.그래 숨이 지
는데, 이 처이가 인자 나가 가주고 너그(너의) 아배 가가지고, 어허

　　아부지요 아부지요
　　삼단 같은 이내머리
　　끝만 푸까 반만 푸까

커이까네,

　　반만 푸라

커그든.
(청중 : 그 참 옛날이라놓이.)

그래가 어허 즈그매, 아 또 지그매 잩에 가 가지고,

　　엄마 엄마 울 엄마야,
　　삼단 같은 이네 머리
　　끝만 푸까, 반만 푸까?

커이까네,

　　이왕지 푸는 짐에
　　다 풀어라.

커드란다. 그래가,

[웃으면서]

그래 하더라꼬. 그래 해 가지고 한다고 인자 마 그거는 인자 끝이다. 은자 그래가 그래 가지고 죽어뿠더란다. 죽었단다.

(청중 : 신랑이 죽었다 이 말이가?)

응. 그래. 응

(청중 : 신랑이 죽었다 이 말이가?)

응 그래. 그래 가지고 그 많이 고상하고 해가 그래가 마.

(청중 : 그래 그 참 총객이 가난했는갑다. 그래가 가지고 *끄티*이 기 가지고 만냈는가?)

청춘가 (1)

자료코드 : 04_09_FOS_20090210_PKS_PMS_0021
조사장소 : 경상남도 양산시 평산동 376번지 평산마을회관
제보일시 : 2009.2.10
조 사 자 : 박경신, 김구한, 김옥숙, 정아용
제 보 자 : 박말순, 여, 77세
구연상황 : 제보자가 노래 한 곡 하라는 청중의 요청에 의하여 이 노래를 구연하였다. 청중들이 박수를 치며 장단을 맞추었고, 노래의 내용이 맞는 말이라며 동조하였다.

천금을 주어도
세월은 못 사고
만금을 주어도
청춘은 못 산다

[웃음]

(청중 : 맞다.)

화투 뒤풀이

자료코드 : 04_09_FOS_20090210_PKS_PMS_0022
조사장소 : 경상남도 양산시 평산동 376번지 평산마을회관
제보일시 : 2009.2.10
조 사 자 : 박경신, 김구한, 김옥숙, 정아용
제 보 자 : 박말순, 여, 77세
구연상황 : 앞 노래에 이어 계속 구연하였다. 한 명이 치던 박수를 "삼월사꾸라"부터는
몇 명이서 치면서 제보자와 함께 합창하며 흥겨워했다. 그러다보니 가사가 조
금 다른 경우도 있었다.

정월 속가지 속속한 마음

이월 매자에 맺어 놓고

[청중 박수침]

삼월 사꾸라 산란한 마음

사월 흑싸리 허사로다

오월 난초에 나비가 나니/나는 나비

유월 목단에 춤을 춘다

칠월 홍돼지 홀로 누워

팔월 공산에 달도 밝아

구월 국화 굳은 마음

시월 단풍에 떨어진다/떨어졌네

십일 월달에 오실란 임이

석달(섣달) 비에나 안 오신다/오실런가

얼씨구나 좋네 정말로 좋아

아니 놀지는 못하리라

청춘가 (2)

자료코드 : 04_09_FOS_20090210_PKS_PMS_0023
조사장소 : 경상남도 양산시 평산동 376번지 평산마을회관
제보일시 : 2009.2.10
조 사 자 : 박경신, 김구한, 김옥숙, 정아용
제 보 자 : 박말순, 여, 77세
구연상황 : 앞 노래가 끝나자 흥이 깨지는 것이 안타까운 청중들은 제보자에게 시작한
　　　　　김에 한 곡 더 하라고 청하였다. 이에 제보자는 노래 한 곡을 끝내고 모두 짧
　　　　　은 노래를 했다며 부끄러워했다.

　　　나비 없는 동산에

　　　꽃 피머 무엇 하나

　　　임 없는 동창 안에 좋~다

　　　달 밝어 무엇 하리

　　(청중 : 좋-다)

창부 타령

자료코드 : 04_09_FOS_20090210_PKS_PMS_0024
조사장소 : 경상남도 양산시 평산동 376번지 평산마을회관
제보일시 : 2009.2.10
조 사 자 : 박경신, 김구한, 김옥숙, 정아용
제 보 자 : 박말순, 여, 77세
구연상황 : 청중이 제보자에게 계속해서 노래할 것을 권하였다. 제보자가 할 노래가 없다
　　　　　고 미루는 가운데 김정택 제보자가 유행가요를 부르자 그런 노래는 하지 말
　　　　　라고 했다, 그것은 녹음하는 노래가 아니라며 청중들이 주의를 주었다. 그러
　　　　　자 제보자가 하나 더 하겠다며, 하다가 중단할지도 모르겠다며 이 노래를 시
　　　　　작하였다.

　　　화초동동 첫날밤에

부끄럼도 가이(끝이) 없어

밤은 점점 깊어오고

세인의 정도 깊어온다

띠어나가(뛰어나가) 띠어나가

낙 뭐고 버선발로 띠어나가

낭군님 팔목을 덥석 잡고

처자는 별당으로 들어간다

이불 피고 평풍을 둘러라

두리둥실 두통 비개

(청중 : 좋다~)

마주 비고 누웠이니

조선의 녹지가 또 있는가

(청중 : 좋다~)

얼씨구나 좋다 절씨구나 좋다

아니 노지를 못하리라

쌍금 쌍금 쌍가락지

자료코드 : 04_09_FOS_20090211_PKS_ABD_0001

조사장소 : 경상남도 양산시 평산동 877-2번지 장흥마을회관

조사일시 : 2009.2.11

조 사 자 : 박경신, 김구한, 김옥숙, 정아용

제 보 자 : 안복동, 여, 87세

구연상황 : 예비조사 때 미리 제보할 것을 약속해 놓은 제보자를 찾아가 마을회관으로
　　　　　모셔왔다. 제보자는 다 잊었다고 말하면서도 막상 구연이 시작되자 서슴지 않

고 바로 구연했다. 옆에 있던 청중이 조사자들이 적을 수 있게 천천히 하라고
할 정도로 제보자의 말이 빨랐다. 구연을 끝낸 후 오빠가 동생을 모함하는 거
짓말을 하니 동생이 죽고 싶은 거라고 가사에 대한 설명을 덧붙였다.

상금 상금 쌍가락지
호작질로 딲아내여
먼 데 보이 달이로다
잩에(곁에) 보면 처자로다
그 처자 자는 방에
숨소리가 둘이로다
천도복숭 오라버님
거짓 말씀 말아주소

[이 때 청중이 천천히 해야 제보자가 적는다고 하며 제보자가 구연을
멈추고 확인하였다. 조사자가 적는 것은 노래가사가 아니니 계속해 줄 것
을 청했다.]

천도복숭 오라버님
거짓 말씀 말아주소
동남풍이 딜이(들이) 부니
풍지 떠는 소리로다
죽고지라 죽고지라
쪼끄만은 재피방에
비상불로 푸아(피워) 놓고
자는 듯이 죽고지라

모심기 노래

자료코드 : 04_09_FOS_20090211_PKS_ABD_0002
조사장소 : 경상남도 양산시 평산동 877-2번지 장흥마을회관
조사일시 : 2009.2.11
조 사 자 : 박경신, 김구한, 김옥숙, 정아용
제보자 1 : 안복동, 여, 87세
제보자 2 : 이금수, 여, 86세
구연상황 : 안복동 제보자는 건강이 좋지 않다고 했다. 목도 안 좋은지 이 모심기 노래를
          창으로 하는 대신 가사를 읊조리는 식으로 구연하였다. 이금수 제보자도 안복
          동 제보자가 구연하는 중간에 끼어들며 자주 구연을 거들었다. 안복동 제보자
          는 한 곡 시작할 때마다, 아침에 부르는 것인지, 점심에 부르는 것인지를 언
          급하였다. 그리고 모심기와 관련된 삶의 애환을 제보자와 조사자가 함께 나누
          기도 하였다. 제보자는 젊을 때 일이 힘들어서 모심기 노래를 많이 불렀다고
          했다.

[제보자와 보조제보자가 함께 부른다.]

    한강에 모를 부아 모찌기도 난감하다
    석산에 상추 숨가(심어) 상추추기 난감하다/상추추기도 난감하다

[제보자가 설명하고 부른다.]
그래 저저 아직(아침)에 그래가 가지고

    일월맹아 돋아 와도
    이슬 밸 줄 모르더네
    맹아대라 맹아대라 꺾어 들고
    이슬 털러 가자시랴

뒷소리는 그렇고, 낮에 은자 점섬 노래는 저저

    서울이라 남정자야

점슴참이 늦어온다
아홉 칸 정지 안에
도다가 돌고나이 더디더라

[보조 제보자가 부른다.]

미나리야 시금치야
맛본다고 늦어온다

카고(하고)
[제보자가 설명한 후 부른다.]
그것도 하고 저것도 하고 이란다 마는. 점심 이고 나오

새벽겉은 저 밥고래
반달같이 떠나온다
니가 무슨 반달이가
초승달이 반달이지

그래 인자 모숨구는(모심는) 노래는 은자

이 논빼미 모를 숨가
금실금실 영화로다
우리 부모 산소 등에
솔을 숨가 영화로다

[모심기 노래는 아주 많은데, 모두 잊어버렸다, 모심는 일이 힘들어서
모를 심으면서 많이 불렀다고 했다.]

애기야 도련님 벵이(병이) 들어

순금씨아 배 깎아라

[보조 제보자가 부른다.]

순금씨야 깎은 배는
맛도 좋고 연하더라

[제보자가 설명한 후 부른다.]
도련님 방이 들어(들어가) 가지고

애기야 도련님 벵이 들어
순금씨아 배 깎아라
순금씨야 깎은 배는
맛도 좋고 연하더라

지녁에는 은자

오늘 해가 이만 되이
골목 골목에 연개난다.
우런 님은 어데 가고
연개낼 줄 모르던고

초롱 초롱 영사초롱
임오 방에 불 밝히라
임도 눕고 저도 눕고
초령아 불을 누가 끌꼬

["그거는 은자 해가 까북(완전히) 져가 노래하는 기다."라고 설명을 덧
붙였다. 이후 모심기 하는 상황에 대해 이런저런 이야기를 나누다가, 조

사자가 점심이나 참과 관련된 구연을 요구하자 제보자는 구연을 계속했
다.]

　　　서울이야 남정자야
　　　점슴참이 늦어온다
　　　아홉 칸 정지 안에
　　　도 도니라꼬 더디더라

　그럭 카기도 하고

　　　이등 저등 건니(건네) 등에
　　　칡이 걸려 더디더라 카고
　　　시금치야 미나리야

　저저 머꼬

　　　맛 본다고 늦었더라

　카고, 서울이야 남정자야 앞에 소리는 마 남정자 그거는 아무 때나
한다.

　　　서울이야 남정자야
　　　점슴참이 늦어온다
　　　아홉 칸 정지 안에
　　　도니라꼬 더디더라
　　　미나리야 시금초는
　　　맛 본다꼬 더디더라

　그래 은자 묵고 나서 은자 또 노래는

오늘 낮에 점슴 반찬
뭣이 올랐더노
전라도라 고심청이
마리 반을 올랐더라 올랐더라

이러 카고, 묵고 나서 은자 점섬 먹고 나서 하는 노래가 있고. 그래마 그냥 하는 거는

이 논빼미 모를 숨가
금실금실 영화로다
우리 부모 산소 등에
솔을 숨가 영화로다

이물게 저물게 헐어 놓고
주인네 양반은 어데 갔노

[제보자와 보조제보자가 함께 부른다.]

문에야 대장부 가래 들고
첩우방아 놀러갔다

[제보자가 부른다.]

문에야 대장부 손에 들고
이 물끼 저 물끼 흘어 놓고
주인네 양반은 어딜 갔노
문어야 대전복 손에 들고
첩우방에 놀러갔다

[모심기와 관련된 이런저런 여담을 조사자와 한참 동안 나누었다. 어떤 주인은 일은 안 하고 누가 일을 게으르게 하는지 감독이나 하고, 아이 많이 데리고 오는 것을 아주 싫어하였다는 이야기를 하였다. 조사자가 모 찔 때 하는 노래를 요구하고 이어 계속해서 구연하였다.]

　　　쪼루자 쪼루자
　　　이모짜리 쪼루자

[보조 제보자가 부른다.]

　　　한강에다 모를 봐가(부어)

[제보자가 설명한 후 부른다.]
아 그거는 아까 글캤재.

　　　이 논빼미 모를 봐가
　　　이 논빼미 모를 봐가
　　　모찌기도 난감하다

(조사자 : 쪼루자 쪼루자 영감할매이를 쪼루자)
[제보자가 부른다.]

　　　영감 할마이 빗심을 쪼루자
　　　뭐 담배쌈지를 쪼루자

[보조 제보자가 부른다.]

　　　쪼루자 쪼루자
　　　각시 빗집을 쪼루자
　　　영감 상투를 쪼루자

커고 안 그라나

　　이 논빼미 모를 봐가
　　모찌기도 난감하다

　　쪼루자 쪼루자

[제보자가 부른다.]

　　한강에다 모를 부아
　　모찌기도 난감하다
　　한강에다 모를 봐가
　　모찌기도 난감하다

　　쪼루자 쪼루자
　　영감 영감 쌍투를 쪼루자
　　각시 빗집을 쪼루자

카고 그래

[제보자 1이 "그거는 앞소리가 따로 있고, 뒷소리가 따로 있다. 또 그기 쪼루자 커는 거는 따로 있다."라고 하자, 제보자 2는 "쪼루자 카는 그기 뒷소리 아이가"라고 하였다. "한강에다 모를 부아 하는 거는 저저 기 기고(그기고)."라고 한 다음 다시 계속했다.]

[제보자가 부른다.]

　　한강에다 모를 부아
　　모찌기도 난감하다

[제보자와 보조 제보자가 함께 부른다.]

석산에 상추 숭가

상추 추기도 난감하다

석산에다 어찌 낭글 어째 숨가지노 그재?

[보조 제보자가 "그래 내죽에 은자 반 마지개 은자 재업어가(지겨워서)
몬 전지가(못 견뎌서) 쪼루자 쪼루자 각시빗집을 쪼루자 카고"라고 하였
다. 이어 "이 모짜리를 쪼루자", "영해영덕 초목에 호미손을 놀리라."고
하는 것의 앞소리가 뭐냐고 묻는다. 이어 다음을 구연하였다.]

[보조 제보자가 부른다.]

밀치라 닥치라

호미손을 놀리라

밀치라 닥치라

호미손을 놀리라

밀치라 달치라

모도 잡아 홀치라

영해 영덕 초목에

호미손을 놀리라

[보조 제보자가 모심기 노래는 많은데 생각이 나지 않는다고 하자, 제
보자도 이번에 아프고 나서 정신이 없다고 안타까워하였다.]

[제보자가 부른다.]

밀치라 달치라

모도 잡아 홀치라

영해 영덕 초목에

호미손을 놀리라

[보조 제보자가 부른다.]

　　저게 가는 저 구름아
　　우리 선배 안오더나
　　너그 선배 온다마는
　　칠성판에 실려온다

카고

　　저게 가는 저 구름아
　　우리 손자 안오더나
　　오기야 온다마는
　　칠성판에 실려온다

카고

　　칠성판에 실려온다

카고
[제보자는 "죽어가. 저저 은자 그 가가. 과게 하러 가 가지고"라고 설명을 곁들였다. 이에 조사자가 과거는 못하고 칠성판에 실려온다고 거들었다.]
[보조 제보자가 부른다.]

　　오기야 온다마는
　　칠성판에 실려온다

칸다
[제보자가 부른다.]

　　　　서울 갔던 선보네야

커더나.
[보조 제보자가 함께 부른다.]

　　　　서울 갔던 선보네야
　　　　우리 선보 안 오던가
　　　　오기야 온다마는
　　　　칠성판에 실려 온다

자장가

자료코드 : 04_09_FOS_20090211_PKS_ABD_0003
조사장소 : 경상남도 양산시 평산동 877-2번지 장흥마을회관
조사일시 : 2009.2.11
조 사 자 : 박경신, 김구한, 김옥숙, 정아용
제 보 자 : 안복동, 여, 86세
구연상황 : 제보자에게 다른 노래를 유도하기 위해 옛날에 농사지은 이야기며, 아이와 놀
　　　　　아주는 얘기를 꺼내자 제보자가 이 노래를 하게 되었다. 이금수 제보자가 먼
　　　　　저 부르고 안복동 제보자도 뒤이어 불렀다. 그러나 이 노래 역시 가사를 읊조
　　　　　리기만 하였다.

　　　　앞집 개도 짖지 말고
　　　　뒷집 개도 짖지 말고
　　　　눈에 잠도 머리에 오고
　　　　머리 잠도 눈에 오고
　　　　우리 아기 잠을 자는데
　　　　아무 개도 짖지 마소

꼬꼬 달아 울지 마라

멍멍개야 짖지 마라

과부 자탄가

자료코드 : 04_09_FOS_20090211_PKS_ABD_0005
조사장소 : 경상남도 양산시 평산동 877-2번지 장흥마을회관
조사일시 : 2009.2.11
조 사 자 : 박경신, 김구한, 김옥숙, 정아용
제 보 자 : 안복동, 여, 87세
구연상황 : 앞 노래를 끝내자 놀러가서 부른 노래가 있으면 해달라고 부탁하자 나직한
목소리로 곡조를 넣어 노래를 불렀다. 방바닥에 손가락으로 장단을 맞추면서
구연하였다. 그러나 정월달을 하고나자 이월과 유월을 모른다고 하고는 사월
과 오월을 불렀다. 이어 유월은 빼먹고 칠월은 다시 가사를 읊는 식으로 구연
하고는 더 이상 기억하지 못한다며 중단하였다.

[말로 구연하였다.]

정월이라 대보름 날은

달구경 가자는 명절인데

우런 님은 어딜 가고

달구경 가자는 말이 없네

[제보자는 계속 죽 이어지는 노래인데, 이월과 유월을 모른다고 하다가
사월을 생각해 낸다.]
[다시 곡조를 넣어]

사월이라 초파일날은

석가여래님 생신인데

이 절에도 관등을 달고
저 절에도 관등 달고
자손발원을 하건마는
하늘로 봐야 벨을 따지
임 없는 이 몸이 소양 있나
오월이라 단오일 날은
그네야 뛰는 명절인데
녹의홍상 미인들은
오락가락 놀건마는
우런 님은 어딜 가고
그네야 타는 말이 없네

그래 죽 가매 한다. 하는데 모리겠다. 내. 그래 은자 유월달 모르겠고.

[다시 말로]

칠월이녀 칠석날은
겐우직녀 만나는데
겐우직녀 은성이라도
일년에 한문썩 만나는데
우런 님은 어데 가고
십년에 한 번도 못 만네나

그거는 끝꺼정 해야 되는데, 끝꺼지 몬 해.

화투 뒤풀이

자료코드 : 04_09_FOS_20090211_PKS_ABD_0006

조사장소 : 경상남도 양산시 평산동 877-2번지 장흥마을회관

조사일시 : 2009.2.11

조 사 자 : 박경신, 김구한, 김옥숙, 정아용

제 보 자 : 안복동, 여, 87세

구연상황 : 조사자가 '달거리'를 유도하자 화투놀이는 생각난다고 하여 구연을 요청하였
다. 처음에 먼저 말로 읊조렸는데, 잘 한다고 하자 다시 곡조로 불렀다. 제보
자는 화투타령은 요즘 젊은 사람도 알고 있는 것이라며 특별한 노래가 아니
라는 반응을 보였다. 이 노래는 놀러가서 부른 노래라고 했다.

정월 속가지(솔가지) 속속한 마음

이월 매조에 맺어놓고

삼월 사꾸라 산란한 마음

사월 흑싸리 허사로다

오월 난초 나이비가(나비가) 날라

유월 목닥에

[다시 고쳐서]

유월 목닥에 날아 들고

칠월 홍돼지 홀로 누워

팔월 공산에 달이 밝아

구월 국화꽃이 패여

시월 단풍에 떨어졌네

오동추야 달이 밝아

임우야 생각이 절로 난다

창부 타령 (1)

자료코드 : 04_09_FOS_20090211_PKS_ABD_0007
조사장소 : 경상남도 양산시 평산동 877-2번지 장흥마을회관
조사일시 : 2009.2.11
조 사 자 : 박경신, 김구한, 김옥숙, 정아용
제 보 자 : 안복동, 여, 87세
구연상황 : 제보자가 이 노래를 부르자 옆에 있던 청중이 모심기 노래가 아니냐고 하더
니, 아는 노래인 듯 일부분을 같이 불렀다. 제보자가 이 노래를 민요라고 해
서 조사자가 '창부 타령'이 아니냐고 묻자, '장부 타령'이라고 대답했다. 제보
자는 이 창부 타령을 세일 좋아하고, 신이 나기 때문에 즐겨 구연했다고 하고
는 다시 한 번 이 노래의 가사를 읊조렸다.

해 다지고 저문 날에
옷갓을 하고 어들 가요
가요 가요 나는 가요
첩으야 집으로 나는 가요
첩으 집은 꽃밭이요
나의 집은 연못이다
꽃과야 나비는 봄 한 철이요
연못의 금붕어 사시 천풍

그 민요다.
(조사자 : 창부 타령이라고 하는 거?)
그래 장부타령이다.

창부 타령 (2)

자료코드 : 04_09_FOS_20090211_PKS_ABD_0008

조사장소 : 경상남도 양산시 평산동 877-2번지 장흥마을회관

조사일시 : 2009.2.11

조 사 자 : 박경신, 김구한, 김옥숙, 정아용

제 보 자 : 안복동, 여, 87세

구연상황 : 앞에 부른 '창부 타령' 곡조의 다른 가사이다. 이번에는 힘이 드는지 노래로
부르지 않고 가사만 읊조렸다. 다 부르고 나서는 이것도 '장부 타령'이라며,
종류는 아주 많지만 잘 생각나지 않는다고 하였다.

임은 가고 봄은 오니

꽃만 피어도 임우 생각

당초 일월에 한 소식하니

강물만 푸러도 임우 생각

구시월 시단풍에

낙엽만 져도 임우 생각

동지 섣달 설한에

백설만 날려도 임우 생각

그것도 장부타령이다.

진주 난봉가

자료코드 : 04_09_FOS_20090211_PKS_ABD_0009

조사장소 : 경상남도 양산시 평산동 877-2번지 장흥마을회관

조사일시 : 2009.2.11

조 사 자 : 박경신, 김구한, 김옥숙, 정아용

제 보 자 : 안복동, 여, 87세

구연상황 : 조사자의 요청에 의해 이 노래를 구연하게 되었다. 원래 즐겨 구연하던 노래
가 아닌 듯 완벽하게 구연하지 못하였으며, 곡조가 아니라 가사를 읊기만 했
다. 다른 자료와 마찬가지로 아주 빠른 속도로 구연하였는데, 모르는 부분이
나오면 "무슨"이나 "뭐"라고 대체하여 구연하는 순발력을 보여주었다. 구연

이 끝나고 진주낭군의 본처가 죽었는지 궁금해 했다. 조사자가 곡조를 넣어 하면 더 좋을 것 같다고 하자, 전에 잘 하는 친구가 있었는데 죽고 없다고 했다.

[사설조로]

진주 난간 빨래로 가니
흰 빨래는 희기 씻고
껌둥 빨래 검기 씻고
빨래를 씻다가 뒤돌아보니
하늘 같은 낭군님이
구름 같은 말로 타고
활사랄 같은 곧은 길에 아

[다시 고쳐서]

무슨 같은 곧은 길에
활사랄같이 날라온다
그래 빨래를 씻거 돌아오니
시어마씨 하는 말씀
아가 아가 메늘아가
너그 낭군 돌아왔다

[말로]
그래 인자 버선발로 뭐를 뛰가 그 나가 보이까네

아랫 방문 열고 보니
기생첩을 앞에 두고
뭐 오색 가지 안주 놓고

권주가가 오고 가더라

[제보자는 그렇게 해서 마누라가 죽었는지 어떻게 되었는지 가사 내용을 청중에게 물었다. 그리고 노래를 아주 잘 하는 사람은 이미 죽고 없다고 덧붙였다.]

왈강달강 서울 가서

자료코드 : 04_09_FOS_20090211_PKS_ABD_0010
조사장소 : 경상남도 양산시 평산동 877-2번지 장흥마을회관
조사일시 : 2009.2.11
조 사 자 : 박경신, 김구한, 김옥숙, 정아용
제 보 자 : 안복동, 여, 87세
구연상황 : 조사자의 유도로 이 노래를 하게 되었는데, 기억을 잘 못하는지 많이 빠트리고 구연하였다. 처음에는 읊조리듯이 구연했는데, 조사자가 자식들을 키울 때 실제로 불렀느냐고 하자 그렇게 하였다면서 혼자 앉아 불렀다며 노래하듯이 다시 불렀다. 제보자는 이 노래를 어릴 때 듣고 배운 것이라고 했다. 유식한 할머니들은 많이 잘 알 것이라고 덧붙이면서 나이가 들어 이제 다 잊어버렸다고 했다.

왈강달강 서울 가서
밤을 한 되 주아다가
찰독 안에 옇어노이
머리 깎안(깎은) 새앙쥐가
날면 들면 다 까 먹고
다문(다만) 하나 남안(남은) 거로(것으로)
부석에다(부엌에다) 옇어가주고
껍질은 아바이 주고
보느는(보늬는) 어마이 주고

알킬랑(알맹이는)

니캉(너랑) 내캉 갈라(나눠) 묵자

커고

왈강달강 왈강달강

환갑 노래

자료코드 : 04_09_FOS_20090211_PKS_ABD_0011
조사장소 : 경상남도 양산시 평산동 877-2번지 장흥마을회관
조사일시 : 2009.2.11
조 사 자 : 박경신, 김구한, 김옥숙, 정아용
제 보 자 : 안복동, 여, 87세
구연상황 : 더 이상 노래가 생각나지 않는다는 제보자에게 조사자가 환갑 노래를 아느
냐고 해서 부르게 되었다. 실제로 제보자의 팔순잔치 때 이 노래를 불렀다고
했는데, 지금은 다 잊어버렸다며 미흡하게 구연했다. 이 노래도 처음에는 말
로 한번 읊고는 이어 다시 곡조를 넣어서 불렀다. 팔순잔치 때 제보자가 이
노래를 부른 이야기를 하다가, 다시 한 번 가사를 읊더니, 내 딸이 아무리 못
나도 나한테는 천하일색이며 "만구한량은 내 사위"라며 웃었다.

공자맹자는 내 아들이요

우리집 화초는 내 메늘아

유정자정은 내 손자야

천하일색은 내 딸이야

만구한량은 내 사외야

애탄개탄 모안(모은) 재물

오늘날에 친구야 벗님네 모아놓고

먹고 씨고나(쓰고나) 놀아보자

창부 타령 (3)

자료코드 : 04_09_FOS_20090211_PKS_ABD_0012
조사장소 : 경상남도 양산시 평산동 877-2번지 장흥마을회관
조사일시 : 2009.2.11
조 사 자 : 박경신, 김구한, 김옥숙, 정아용
제 보 자 : 안복동, 여, 87세
구연상황 : 제보자는 이 노래를 민요라고 했다. 옛날에 참 많이 불렀는데 생각이 잘 안
난다며 두 곡을 달아서 불렀다. 그러나 첫 번째 부른 노래는 앞서 이미 부른
바 있는 곡이다. 제보자는 최근에 폐렴을 앓은 뒤로 목소리를 높개 나오지 않
는다면서 낮은 목소리로 조용히 불렀지만 발음은 분명했다. 청중들은 "형님
상 타겠다."고 하고, "많이 아네."라고 했다. 제보자는 옛날에는 이렇게 날숨
들숨하지 않아 놀러가서 잘 불렀다고 하였다.

임은 가고 봄은 오니
배꽃만 패여도 임우 생각
당초야 여래 한 소식하니
강물만 불어도 임우 생각
구시월 시단풍에
낙엽이 져도 임우 생각
동지섣달 설은풍에
백설이 날려도 임우 생각
앉아 생각 누워 생각
임우야 생각이 절로 난다

[이것은 민요로, 아주 많은데 생각이 안 난다고 하였다.]

개야 개야 깜동개야
마른 밥에 물 부아 줄때
먹기가 싫어서 너를 주나

야밤중에 오신 손님

짓지 마라고 너를 줬네

밤, 또 뭐시고?

방문안테 큰 맘 먹고

문고리 잡고 벌벌 떤다

문고리 잡고 떨지를 말고

심중에 먹은 말 하지마라

나비야 청산 가자

자료코드 : 04_09_FOS_20090210_PKS_LGY_0020
조사장소 : 경상남도 양산시 평산동 376번지 평산마을회관
제보일시 : 2009.2.10
조 사 자 : 박경신, 김구한, 김옥숙, 정아용
제 보 자 : 이기연, 여, 78세
구연상황 : 청중이 제보자의 집에 가서 모셔온 분이다. 제보자는 불려왔으니 한 곡이라도
해야 되지 않겠느냐며 이 노래를 불렀다. 제보자가 노래하는 동안 청중들은
잘한다며 추임새를 넣고, 티브이에도 나오겠다고 부추겼다. 그러자 이어서 한
곡을 더 불렀다.

나비야 청산을 가자

호랑나비야 너도 가자

(청중 : 잘한다~)

가다가 저물거들랑

꽃테서나마 자고 가자

꽃에서 푸대접하면은

잎에서나마 자고 가자

(청중 : 잘한다~)
[청중 웃음]
아이구 펄럭펄럭 한다
(청중 : 그라믄 인제 테레비에 하문 나온대이.)
["그러믄 내 한문 더하지"라고 했다.]
(청중 : 아 그래.)

달아 두려신 달아
임으 사창에 비친 달아

(청중 : 좋다!)

저달이 나 심중(심정) 알면
저리 밝기는 만무하다

베틀 노래

자료코드 : 04_09_FOS_20090210_PKS_LLS_0004
조사장소 : 경상남도 양산시 평산동 376번지 평산마을회관
제보일시 : 2009.2.10
조 사 자 : 박경신, 김구한, 김옥숙, 정아용
제 보 자 : 이임순, 여, 80세
구연상황 : 몇 가지 민요 구연이 끝나고 청중들이 제보자에게 베틀 노래를 하라고 권하
자 즉시 이 노래를 구연하였다. 노래 구연이 끝나자 청중이 "북나드는 지상"
을 했느냐고 하자 그 부분을 다시 구연하기도 했다.

하늘에 선녀가 지하에 내려오니

할 일이 전혀 없어.

(청중 : 아 글나(그러나)?)

야아 놔야(놓아) 놔야 베틀 놔야
옥낭강에 베틀 놔야
베틀 다리 니(네) 다리요
선녀 다리 두 다리라

[기침함]

부테여 두른 양으는
우리나라 임금님이 뭐 두른 듯도

(청중 : 허리 안개)

허리 안개 두른 듯고

[기침함]
(청중 : 빠자 묵고 했다.)
[제보자가 많이 잊어버렸다며 잠시 멈추었다.]
(청중 : 안 해가 잊어뿌고 그렇다. 그래 그래 해도 된다. 그것도 중간에
많이 빠졌다.)

북 나드는(날고 드는) 북 나드는 지상으는(형국은)
하늘에 외기러기 알을 놓고
알을 찾는 알을 잃고 알 찾는 지생이요

[기침함]

보디집 치는 연은

대명천지 밝은 날에

노성하는 지생이요

이애대는 삼형제라

천만장이 손에 쥐고

천만장이 흩어 있는 지생이요

눌림대는 호부래비

누수광에 띠아 놓고

고기 낚는 지생이요

정질쿵 쿵질쿵 도투마리

전처를 소박하고

돌아눕는 지생이요

대배롱밥대 흐르는 양으는

구시월 시단풍에

낙엽 흐른지 흐르는 듯고.

(청중 : 글래.)

[기침함]

["또"라고 하며 기억해내려 했다.]

(청중 : 천천히 천천히)

["또 끝에 이거 머신고 모르겠다. 다 잊어뿠다."고 하였다.]

춘향가(십장가)

자료코드 : 04_09_FOS_20090210_PKS_LLS_0010
조사장소 : 경상남도 양산시 평산동 376번지 평산마을회관

제보일시 : 2009.2.10
조 사 자 : 박경신, 김구한, 김옥숙, 정아용
제 보 자 : 이임순, 여, 80세
구연상황 : 앞 제보자의 이야기 구연에 이어 바로 "옛날에 춘행이~" 하면서 이 사설조
　　　　　 노래를 구연하였다. 힘이 드는 지 자주 숨차 하였으나 시종 웃으며 정확한
　　　　　 발음으로 기품 있게 구연하였다. 청중들은 중간 중간 몇 번이나 잘한다고 하
　　　　　 고, 제보자의 기억력을 칭찬하였다. 구연이 끝나고 제보자는 "다 잊어버렸
　　　　　 다."며 미안해 하였으나, 청중들은 그 정도면 잘한다고 했다. 또한 청중들은
　　　　　 미진하게 구연한 십자 부분과 빠뜨린 팔자 부분을 지적하였고, 제보자가 빠
　　　　　 진 부분을 기억해 내려 노력하였음에도 불구하고 제대로 구연하지는 못했다.
　　　　　 춘향전 책이 있다는 언급으로 보아 제보자는 이 노래를 책을 보고 익힌 것
　　　　　 으로 보인다.

(조사자 : 춘향가 하시겠대요.)

["옛날에"라고 구연을 시작했다.]

(조사자 : 예)

["춘행이가 그래 춘향 기기 춘향전에 있그만은……"이라고 한 후 노래
를 불렀다.]

일자 낮을 딱 붙이니

일자로 아뢰리다

일편 서간 우리 군자

일간 삼초 보고지고

일만 변 죽사온들

일루 변명이 하오리까

이부 이자 낮을 딱 붙이니

이자로 아뢰리다

이부북수 충신이요

이부부부 열녀로되

이천 리 유찰한들
이심을 두오리까
이팔청춘 춘향정고
이천 명족 하옵소서
삼자 낯을 딱 붙으니
삼자로 아뢰이다
사오 세 사오 사단
어진 경서 사경안도 바랬더니
사읍지체 웬 말이고

(청중 : 아이고 얄궂어라. 참 정신 좋다.)

오 오자 낯을 딱 붙이니
오자로 아뢰리다

[단호하고 위엄 있는 어조로]

오마로 오신사또
오군을 밝히시오
오형 어찌 모르리까
육자 낯을 딱 붙이니
육자로 아뢰리다
육군관속 다 보는데
육신을 찢어주오
육척 되는 칼이라도
겁 안 난다꼬

[웃음]

칠자 낮을 딱 붙이니
　　　칠자로 아뢰리다
　　　칠성은나 견우직녀
　　　연년상고 하건만은
　　　칠백 리 가신 가장
　　　어이 그리 못 보던고
　　　칠년 살아 무엇 하나

[웃음]
(청중 : 참 잘한다.)
(청중 : 팔자는?)

　　　구자 낮을 딱 붙이니
　　　구자로 아뢰리다

[웃음]

　　　구고에 학이 되어
　　　구만장군 높이 날라

(청중 : 그 전에 책 봤던 거는 하나도 안 잊어뿐다.)

　　　구고에 맺힌 한을
　　　궂은 심청 풀어볼까

[웃음]

　　　십자 낮을 십자로 아뢰리다

["시 하 아이 그거는 또 뭐라 카노, 또 잊어뿠다."고 하였다.]

[웃음]

(청중 : 잘 저거 하네.)

[제보자가 이제 다 잊어버렸다며 웃었다. 청중들의 반응은 이 만큼 아는 것은 보통이 아니라고 하거나, 아주 잘 한다며 박수를 쳤다. 제보자는 "나–무아미타불!"이라며 긴 숨을 토해 냈다. 조사자가 뒷부분이 생각나지 않느냐며 마무리를 부탁하였다. 청중도 열자가 마지막이라고 생각해 보라고 말했다.]

    십짜 낮을 딱붙이니
    십짜로 아뢰리다
    십 십 십구금 십년 살아 무엇하나

["고거 끝이 그런데 고는 잊어뿠다."라며 웃었다.]

(조사자 : 잘 하시네요.)

(청중 : 아직에 그런 노래 좀 외아 안 놓고.)

(조사자 : 그래도 많이 기억하시네요.)

["옛날에 그 칠 어 칠월 칠석날 칠 그 그거 안 있나? 그래놓으니깐에"라고 한 후 다시 계속하였다.]

    칠자 낮을 딱붙이니
    칠자로 아뢰리다
    칠성은 날 견우직녀 견우직녀

[이 때 청중 한 명이 다시 팔자를 해 보라고 종용하였다. 제보자는 미안해 하며 웃으면서 모르겠다, 다 잊어버렸다고 하였다. 청중이 다시 팔자를 생각해 보라고 재촉하였다.]

팔 아

(청중 : 옛날에는 글로 책을 좀 봤거던. 책 본건 안 잊어뿌-.)
[제보자는 "고게 춘향전 책이 있거덩."이라고 하였다.]
(청중 : 그래 팔자는 생각 안 납니꺼?)

팔자 팔 팔자 낯을 딱붙이니
팔짜로 아뢰리다

필우 다 가 아이고 팔년살아 무엇하나 카나. 뭘, 고건……

모찌기 노래

자료코드 : 04_09_FOS_20090210_PKS_LLS_0014
조사장소 : 경상남도 양산시 평산동 376번지 평산마을회관
제보일시 : 2009.2.10
조 사 자 : 박경신, 김구한, 김옥숙, 정아용
제 보 자 : 이임순, 여, 80세
구연상황 : 조사 장비를 설치하고, 조사준비를 마치기도 전에 조사에 응하려던 제보자이
다. 제보자는 조사준비를 끝내자마자 기다렸다는 듯이 이 노래를 구연하였다.
한 손에 음료수 잔을 들고 한 쪽 다리를 세운 자세로 구연에 임하였다. 연로
하여 힘들어하면서도 초성을 아주 길게 빼서 노래를 하였다.

한강에다~ 모를 부아
모찌기도 난감하~다

["그래 뒷 또 받는 사람이 있거든."라고 하고 뒷소리를 계속 구연하였다.]

하늘에다~ 목화 심어
목화 따기도 난감하~네 이후후후~

모심기 노래

자료코드 : 04_09_FOS_20090210_PKS_LLS_0015
조사장소 : 경상남도 양산시 평산동 376번지 평산마을회관
제보일시 : 2009.2.10
조 사 자 : 박경신, 김구한, 김옥숙, 정아용
제 보 자 : 이임순, 여, 80세
구연상황 : 앞 노래에 이어 제보자가 이 노래를 시작하였다. 기력이 딸려서 몹시 숨이 차
하였으나 매우 성의 있게 노래를 불렀다. 제보자의 이런 모습을 두고 청중들
은 이제 힘들어서 노래도 못한다고 하였다. 제보자는 안 넘어간다고 하면서도
두 곡을 연달아 후렴구까지 넣어서 구연하였다.

유월이라 남정자여~

점슴참이가 늦어온다

(청중 : 아이구 대가 몬 한다.)
[제보자가 "안 넘어간다."고 한 후 계속하였다.]

미나리여 시금초를~

맛본다꼬 늦었더라

[웃으면서 옛날에 모심는 노래 이렇게 더러 한다고 덧붙였다.]

이 논빼미 모를 심어~

금실금실 영화로다

우리야 부모님 산소 등에

솔을 심어서 영화로다 이후후후~

창부 타령 (1)

자료코드 : 04_09_FOS_20090210_PKS_LCS_0005
조사장소 : 경상남도 양산시 평산동 376번지 평산마을회관
제보일시 : 2009.2.10
조 사 자 : 박경신, 김구한, 김옥숙, 정아용
제 보 자 : 이차순, 여, 79세
구연상황 : 조사에 관심을 보이는 제보자에게 구연을 부탁했다. 처음에는 못한다고 하더
니, 이 노래를 해도 된다는 조사자의 말에 시종일관 웃음 띤 얼굴로 한 손을
들어 가슴에 대기도 하면서 신나게 구연하였다. 청중들도 모두 "잘한다."라며
추임새를 넣었고, 이 구연 이후 조사 분위기가 더 무르익었다.

　　아니~ 아니 놀지는 못하리라

　　아니야 저지는 못하리라

（청중 : 북정댁이 할라커더라.）

（청중 : 아 북정댁이 아이다.）

　　하늘 같은 높은 사랑이

　　태산같으나 벵이 들어

　　반지를 팔고 비네를 팔어

　　삼신성에 약을 지아

（청중 : 잘한다~）

창부 타령 (2)

자료코드 : 04_09_FOS_20090210_PKS_LCS_0006
조사장소 : 경상남도 양산시 평산동 376번지 평산마을회관
제보일시 : 2009.2.10
조 사 자 : 박경신, 김구한, 김옥숙, 정아용

제 보 자 : 이차순, 여, 79세

구연상황 : 예전에 관광버스에서 놀던 애기를 하며 분위기가 무르익어 갈 때쯤 제보자가 다시 창부 타령을 불러 조사장소의 흥을 돋우었다. 청중들이 "지화자~, 좋-타~, 잘한다~" 등의 추임새를 넣으며 흥겨워했다.

짜증을 내여서 무엇하리오
한숨을 수어서 무엇하리오
인생 일장춘몬이라도(일장춘몽이라도)
아니야 놀진은 못하리라

(청중 : 잘한다~)

니나노 닐니리야 닐니리야 니나노오~

(청중 : 잘한다~)

얼싸 좋다 얼씨구 좋아
별나비는 요리조리 훨훨
꼬틀(꽃을) 찾어서 날아든다
영사초롱아 불 밝혀라
잊었던 낭군님이 날 찾아왔네

(청중 : 좋-다~)

잊어야만 오는 줄은
나도야 번연히는 알았는데

(청중 : 잘한다~)

어리숙은 여자가 되여
알고도 속고도 모리고도 속았네

얼씨구나 좋다 지화자 좋네
이렇게 좋다가는 논 팔겠네

[웃음]
(청중 : 좋-타~ 그래 아이구 잘한다~ 아이구 잘한다~)

청오야 화루다 얹어나 놓고
원순이는 잠이 들어
낭군님이 숨진 줄 어찌 몰랐네
하늘님도 무심하시고
칠성님도 야속하네
이왕지사 가실라거든
왕생극락이나 인도하사

(청중 : 잘한다~)

무정세월 여자 일생
이렇게도 험옥(험악)하나

[청중이 "화 풀어라."고 하고, 제보자가 "응?"이라고 묻는다. 청중이 다시 "화 풀어라."고 하고 구연이 계속되었다.]

이렇기도 험옥하나
한 살 묵어 어머님을 잃고
호부 다섯에 아범 잃고
십오 세로 들어가서
낭군님으로 만내놓이
이구십팔 열여덜이 되니

낭군님의 숨기가 웬말이냐

여자 인생이 기박하네

열여덜 과부가 또 있던가.

[기억이 안 나는지 "우 떠 뭐"라고 하였다.]

[웃음]

[청중 웃음]

무정세월 야속하시네

이렇게 돼 가주 어떼하리

모심기 노래

자료코드 : 04_09_FOS_20090210_PKS_LCS_0016

조사장소 : 경상남도 양산시 평산동 376번지 평산마을회관

제보일시 : 2009.2.10

조 사 자 : 박경신, 김구한, 김옥숙, 정아용

제보자 1 : 이차순, 여, 79세

제보자 2 : 김수남, 여, 87세

구연상황 : 이차순 제보자는 노래에 얽힌 사연을 설명하고 나서 이 노래를 불렀다. 청중
들도 함께 불렀다. 앞소리가 끝날 즈음에 김수남 제보자가 받아서 한다고 말
하고, 이차순 제보자와 함께 뒷소리를 불렀다. 한 곡의 구연이 끝나고 청중들
은 노래 속의 화자인 누이동생의 처지에 대해서 한 마디씩 하였다. 특히 이임
순 제보자는 남자조사자에게 아내와 누이동생이 함께 물에 빠져 떠내려가는
이 같은 상황이면 누구를 먼저 건지겠느냐고 기습 질문을 하였다. 조사자가
둘 다 건지겠다는 재치 있는 답변을 하여 한바탕 웃었다.

제보자 1 남창 남창 베리 끝에~

무정하신 울 오라바

(청중 : 내가 받으께.)

제보자 2 나도 죽어 남자 되어

(청중 : 알아 듣도 몬하는데……)

처자동기 살릴라요

제보자 1 서월이라 왕대밭에~

금삐덜캐가(금비둘기가) 알을 낳네

제보자 2 그 알 한 배 주었으면~

금년 과개로 지(자기가) 할구로(할 것을)

징거미 타령

자료코드 : 04_09_MFS_20090210_PKS_KBY_0011
조사장소 : 경상남도 양산시 평산동 376번지 평산마을회관
제보일시 : 2009.2.10
조 사 자 : 박경신, 김구한, 김옥숙, 정아용
제보자 1 : 김부연, 여, 72세
제보자 2 : 이차순, 여, 79세
구연상황 : 김부연 제보자가 이 노래를 잘 한다며 청중 몇 명의 강요로 제공된 노래이다.
선후창을 하면 더 재미있는 노래라며 청중이 상황을 조성하였다. 이차순 제보
자가 선소리를 하고, 김부연 제보자가 화답하는 선후창 방식으로 노래를 불렀
다. 청중들 몇몇은 박수를 치고 김부연 제보자는 몸짓을 곁들여 신명나게 구
연하였다. 이 노래는 김부연 제보자가 30세 무렵에 관광하러 가면서 관광버
스 안내양에게 배웠다고 한다. 그때 관광버스 안내양이 관광객들을 데리고 다
니며 매우 재미있게 노래를 불렀는데, 저절로 기억이 되면서 배워진 것이라고
한다.

제보자 2 아따 요놈우 징검아(징거미야)~

　　　　내 돈 석 냥을 내놓라~

　(청중 : 조리 딱 바리 보고 해라. 드가구로.)

제보자 1 옛다 요놈우 징검아~

　　　　내~ 머리를 팔아도

　　　　니 돈 석 냥을 내 갚을게~

["인자 고 시작이다."라고 "내~ 머리는"라고 노래하다가 갑자기 막히
는지 "가가가만 있어 봐라."라고 잠시 생각하더니 계속 하였다.]

내~ 머리는 뽑아서

달비전에다 팔아도

니 돈 석 냥은 내 갚을게~

제보자 2 아따 요눔우 징검아~~

내 돈 석 냥을 갚아주세요

제보자 1 옛다 요눔우 징검아~~

내~ 눈썹을 빼여서

붓전에다가 파

[노래부르다가 "이 붓 붓 글 글씨는"이라고 설명하고, 청중이 "붓전?"이라고 했다.]

제보자 1 붓전에다가 팔아도

니 돈 석 냥을 내 갚을게~

제보자 2 아따 요놈우 징검아~~

내 돈 석 냥을 갚아주소

제보자 1 옛다 요눔우 징검아~

내~눈을 팔아서

사탕전에다 팔아도 니돈

[가사가 잘못되었는지 "아이다, 아이다, 아이다."라고 하였다. 청중이 "안경전에다. 다마(구슬)전이다."고 하자, "아이다 다마가 아이고."라고 한 후 계속하였다.]

[말로 읊조리며]

내~ 눈은 팔아서

안경전에다 팔아도

니 돈 석 냥을 내 갚을게

이거 오래 안 해놓으이 그것도 헷갈리네.
(청중 : 온 저녁62) 연습 한 번 해라.)

제보자 2 아따 요놈우 징검아~~
　　　　내 돈 석 냥을 갚아줘라
제보자 1 엣다 요놈우 징검아~
　　　　내~ 눈은 떼어서
　　　　안경전에다 팔아도
　　　　니 돈 석 냥은 내 갚을게
제보자 2 아따 요따 징검아~
　　　　내 돈 석 냥을 갚아라~
제보자 1 엣다 요눔우 징검아~
　　　　내~ 코는 떼어서
　　　　굴떡(굴뚝)전에다가도 팔아도
　　　　니 돈 석 냥을 내 갚을게
제보자 2 아따 요놈우 징검아~
　　　　내 돈 석 냥을 갚아라~
제보자 1 엣다 요놈우 징검아~
　　　　내 이빨은 떼어 아이다
　　　　내~ 입은 떼어서
　　　　마이크전에 팔아도
　　　　니 돈 석 냥을 내 갚을게~
제보자 2 아따 요놈우 징검아~

---

62) 오늘 저녁에.

내 돈 석 냥을 갚아라~

제보자 1 엣다 요놈우 징검아~

내~ 귀는 띠어서

전화국에 팔아도

니 돈 석 냥은 내 갚을게~

제보자 2 아따 요놈우 징검아~

내 돈 석 냥을 갚아라~

제보자 1 엣다 요놈우 징검아~

내~ 목은 띠어서

장구이막에다 팔아도

니 돈 석 냥을 내 갚을게~

제보자 2 아따 요놈우 징검아~~

내 돈 석 냥을 갚아라

제보자 1 엣다 요놈우 징검아~~

내~ 폴은 띠어서

호미전에다 팔아도

니 돈 석 냥 내 갚을게~

["호미전에다" 대신에 "까꾸리(갈퀴)전에다"라고 해야 한다는 뜻으로 "아 이 까꾸리다. 이거는. 까꾸리다, 까꾸리다."라고 하며 웃었다.]

제보자 2 아따 요놈우 징검아~

내 돈 석 냥을 갚아라.

(청중 : 아이구 대라. 아이구 대래. 오만(온갖) 거 다 판다.)
[제보자 1이 "잠깐"이라고 한 후 계속했다.]

제보자 1 엣다 요놈우 징검아~

　　　　내~ 유방은 띠어서

　　　　우유전에다가도 팔아도

　　　　니 돈 석 냥은 내 갚을게~

제보자 2 아따 요놈우 징검아~

　　　　내 돈 석 냥을 갚아라

제보자 1 엣다 요놈우 징검아~

　　　　내~ 뱃구무는(뱃구멍은, 배꼽은) 팔, 띠어서

　　　　꽂감전에다가 팔아도

　　　　니 돈 석냥을 내 갚을게.

　　(청중 : 어떤 넘이 사까바.63)) [웃음]

제보자 2 아따 요놈우 징검아~

　　　　내 돈 석 냥을 갚아라

　　[제보자 1이 "인제, 인제 밑으로 내려가야 된대이."라고 하였다.]
　　[청중 웃음]

제보자 1 엣다 요놈우 징검아~

　　　　내~ 요물은 비어서

　　　　부추전에다가 팔아도

　　　　니 돈 석 냥은 내 갚을게

　　(청중 : 팔아가 갚아야지. [웃고 박수침] 온갖 것 다 판다.)

제보자 2 아따 요놈우 징검아~

---

63) 살까 보아서.

내 돈 석 냥을 갚아라

["담치도(홍합도) 팔아야 된다. 담치."라고 하였다.]

제보자 1 옛다 요놈우 징검아~
  또 본전이 남았다.
  그거는 담치전에 팔아도
  니 돈 석 냥을 내 갚을게

(청중 : 그렇치러.) [웃음]

제보자 2 아따 요놈우 징검아~
  내 돈 석 냥을 갚아라

(청중 : 아따 대[64] 판다 컨다.)

제보자 1 옛다 요놈우 징검아~
  내 응댕이(엉덩이) 똥구무는(똥구멍은) 팔아서

["어, 그, 그기 저기 뭐꼬 곱창전에 창지캉(창자와) 그거는 엄칬다(합첬
다)."라고 설명한 후 계속하였다.]

  곱창전다가 곳감은 이, 곱 곱창전에 팔아도
  니 돈 석 냥을 내 갚을게~

제보자 2 아따 요놈우 징검아~
  내 돈 석 냥을 갚아라

(청중 : 안 갚을 수가 있나?)

---

64) 어지간히.

[제보자 1이 "글심더(그렇습니다). 이거는 우리는 여타령했, 남자타령 이거 남아가 또 해야 되거든. 그건 또 해야 되겠제."라고 하였다.]

(청중 : 다리캉 다 하소.)

제보자 1 옛다 요놈우 징검아~

　　　　내~ 본전은 띠어서

　　　　도굿대(절구대)전에다가 팔아도

　　　　니 돈 석 냥을 내 갚을게

(청중 : 그래 팔아야지. 팔아가 갚아야지.)

(청중 : 하이구 지랄떠네.)

제보자 2 아따 요놈우 징검아~

　　　　내 돈 냥을 갚아라

제보자 1 엣엣다 요놈우 징검아~

["또 밑에 또 두 가마이(가마니) 남았거든 내가 요거는 감자전에다가 팔아도 니 돈 석 냥은 내갚을게 그거 알겠제? 다?"라고 하였다. 이에 조 사자가 "그대로 얘기하셔도 되는데, 요거는 하시지 말고."라고 하자, "요 거는 하지 말고?"라고 한 다음 계속 구연하였다.]

[말로 구연함]

제보자 1 내 꼬치는(고추는) 띠어가

　　　　도굿대전에 팔고

　　　　내 불알은 띠어서

　　　　감자전에다 팔고

["고래 하믄 고거는 인자 고래 하믄 되고 은자 또"라고 하였다.]

제보자 2 아따 요놈우 징검아~
　　　　　내 돈 석 냥을 갚아라.

["그래도 팔 것도 많다."라고 하였다.]

제보자 1 옛다 요놈우 징검아~
　　　　　내~다리는 띠어서
　　　　　사골전에다가도 팔아도
　　　　　니 돈 석냥을 내 갚을게~·

(청중 : 어떤 넘이(놈이) 사까바.)

제보자 2 아따 요놈우 징검아~
　　　　　내 돈 석 냥을 갚아라

(청중 : 아따 언선시리⁶⁵⁾ 갚으라 컨다.)

제보자 1 옛다 요놈우 징검아~
　　　　　내 발목은 띠어서
　　　　　꽹이(굉이)전에다가 팔아도
　　　　　니 돈 석 냥을 내 갚을게.
제보자 2 아따 요놈우 징검아~ 팔 데도 대도(아주) 많다.

(청중 : 인제 다 판다.)

제보자 1 옛다 요놈우 징검아~
　　　　　내 몸뚱이 다 띠어서
　　　　　다 팔았으니 내 빚은 다 갚고

---

65) '언선시럽다'로 '진절머리난다', '넌더리가 난다'의 뜻임.

내가 훨훨 ○○고 살아낼꼬

옛다 요놈우 징검아~

(청중 : [웃음] 잘한다~)

[박수침]

새 노래

자료코드 : 04_09_MFS_20090210_PKS_KSN_0017

조사장소 : 경상남도 양산시 평산동 376번지 평산마을회관

제보일시 : 2009.2.10

조 사 자 : 박경신, 김구한, 김옥숙, 정아용

제 보 자 : 김수남, 여, 87세

구연상황 : 제보자가 앞 노래에 이어 동요풍의 이 노래를 구연하였다. 청중들은 노래에 담긴 내용이 재미있는지 구연 후에 한 마디씩 노래 가사에 대해 언급하며 즐거워하였다. 한숨 돌린 제보자는 이어서 한 곡 더 불렀으며, 청중들도 함께 불렀다.

새야 새야 파랑새야

니 어드메 자고 왔노

부뚜막에 자고 왔다

뭐 비고 누버(누워) 잤노

주게(주걱) 비고 누버 잤다

뭐 덮고 누버 잤노

행주 덮고 눕어 잤다

뭣이 무더노(물더냐) 개미가 무더라

우째 우째 무더노 깍깍 무더라

[청중 웃음]

무슨 피가 나더노

앵두피가 나더라

얼마나 나더노

동오(동이) 반이 나더라

[청중 웃음]

(청중 : 그 놈 개미가 와 그래 무노?)

(청중 : 새라 커는 거는 다 빠져죽겠다 그쪽에.)

(청중 : 개미가 와 그칠 나노?)

새야 새야 녹디새야

녹디낭게(녹두나무에) 앉지 마라

녹디꽃이 떨어지면

청포장사 울고 간대이

달아 달아 밝은 달아

자료코드 : 04_09_MFS_20090211_PKS_ABD_0004

조사장소 : 경상남도 양산시 평산동 877-2번지 장흥마을회관

제보일시 : 2009.2.11

조 사 자 : 박경신, 김구한, 김옥숙, 정아용

제 보 자 : 안복동, 여, 87세

구연상황 : 앞 노래에 이어서 이 노래를 구연하였다. 앞 노래와 마찬가지로 가사를 읊듯
이 구연하였다.

달아 달아 밝은 달아

이태백이 노던 달아

저기 저기 저 달 속에

계수나무 박혔으니

옥도끼로 찍어내어

금도끼로 따듬어서

초가삼간 집을 지아

(청중 : 양친부모 모시다가)

양친부모 모시다가

천 년 만 년 살고지라

9. 하북면

증편 한국구비문학대계 ● 경상남도 양산시

▌조사마을

경상남도 양산시 하북면 지산리 지산·서리·대원마을

조사일시 : 2009.9.25
조 사 자 : 박경신, 김구한, 김옥숙, 정아용

지산마을

하북면(下北面)은 양산시의 최북쪽에 위치했으며, 소재지는 순지리에 있다. 최말단 행정구역이기 때문에 역사적 자료를 상세하게 찾는다는 것은 현실적으로 매우 어렵다.

신라시대는 문무왕 5년(665) 삽량주에 속하였으나 경덕왕 16년(757)에는 행정구역 개편으로 9주 5소경 중 양주의 일부가 되었다.

고려시대는 태조 때 양주에서 양주로 개칭할 때 양주에 소속되었다가 성종 14년에 『고려사지리지』에 영남도, 영동도, 산남도 중에서 영동도에 속해 있었다. 조선시대는 태종 13년(1413)에 지방행정조직으로 현재의 면(面)을 향(鄕) 또는 방(坊)으로 칭하여 양주가 양산군으로 개칭되었고, 하북면은 양산군에 속하게 되었다. 언제부터인지 확실한 기록은 없지만 1897년 이전에는 현재의 상북면 상삼, 좌삼, 신전과 하북면 삼감, 용연, 답곡, 삼수, 초산, 순지의 11개 리를 하북방이라 칭하다가 1897년 상삼과 좌삼, 석장, 신전리를 분할하여 중북방이라고 했다. 일제시대는 1910년 조선총독부 관제 지방제도 개편 때 하북면은 17개 마을에서 8개 법정리 동으로 개편되었다.

위와 같이 8개 법정 리동으로 정비되면서 면사무소를 답곡리 성천 마을에 두었다가 1918년 현 위치에 이전하여 오늘에 이르고 있다.

조사자들이 찾은 하북면 지산리는 영축산이 남으로 뻗어 내린 여러 능선 중 산 밖 등(큰 산 바깥의 등) 능선에 위치한다. 지산리는 지산-평산-서리의 삼각형으로 자연마을이 자리잡고 있고, 또한 통도사 창건 이래 사하촌이 있는 마을이며 그 중심 마을은 평산마을이다. 마을(현 평산)에 처음으로 입촌한 사람은 김해김씨였다고 하는데, 그 기록은 묘지석에 잘 나타나 있다. 지산당(芝山堂) 앞에 있는 그 묘의 입석에 '장사랑 김해김공함풍10년(將仕郞 金海金公咸豊十年)'이라고 씌어 있는 것으로 보아 대략 1800년경으로 추산된다. 또한 조선 철종(1850~1863년)때 남원 양씨가 독작골에 들어와서 살았다고 하는데 기록은 없으나 독작골에는 1950년 초까지는 마을이 형성되어 10호 이상이 살고 있었는데, 6·25사변을 전후하여 거주민이 차츰차츰 줄어져 지금은 사람이 거주한 흔적만 남아 있다.

지산(芝山)마을이라는 마을명칭은 진시황제의 신하 서복이 이곳에서 불로초를 구하러 왔다가 이곳에서 영지를 구했다고 하여 붙여진 이름이라고 한다. 한편 평산마을은 부듸골(부도마을) 또한 당골이라고 부르다가,

1914년에 평탄한 산에 위치한 마을이라고 하여 '평산(平山)'이라 이름 지었다고 한다. 서리(西里)마을은 1914년 이전까지는 초산리에 속해 있다가, 1914년 행정구역 개편으로 지산리에 속하게 되었다.

서리마을

지산리 서리 마을 뒷산에는 국사당이라는 규모가 큰 사당이 있다. 국사당이란 민간에서 말하는 성황당과 같은 역할을 하는 것이다. 서리마을에서는 음력 3월 3일과 9월 9일에 제를 올리고 있지만 그동안 제대로 보존을 하지 못해 허물어져 가는 것을 안타깝게 여긴 하북면민들이 국사당 재건에 나서 1995년에 새롭게 단장했다.

지산리는 농업이 주업이나 관광객이 많이 왕래하는 마을로 관광객을 상대로 한 서비스산업이 크게 발달했으며, 특히 서리에는 1990년 이후 많은 아파트가 건립되어 인구가 급격히 늘어나고 있는 상황이다.

조사자들은 먼저 통도사 뒤편으로 이어진 길을 따라 지산 마을회관에 도착했다. 지산 마을을 찾은 이유는 하북면 사무소에서 오래 근무한 박병구 씨가 추천한 마을이기 때문이었다. 그러나 추천받은 제보자는 벌써 돌아가셨다는 소식을 현장에서 듣게 되었다. 마을회관에 나와 계시던 몇몇 할머니를 통해 설화와 농요를 몇 편 채록하고 서리 마을회관으로 이동했다.

　　서리 마을회관은 지산 마을회관과는 얼마 떨어져 있지 않았다. 지산마을보다는 규모는 작았지만 사람들이 많이 모인다는 소식을 듣고 찾게 되었다. 하지만 대부분의 제보자들이 기억의 한계로 인해 제대로 구연하지 못했다. 여기서는 농요와 단편민요 몇 편을 채록했다.

　　서리 마을에서 내려와 통도사 가까이 오자 아파트 단지들이 많이 눈에 띄었다. 조사자들은 서리 마을에서 소개해 준 대원 마을의 박계생 할머니를 찾아 아파트 단지 안에 있는 대원 경로당을 찾았다. 경로당에는 할머니 서너 명이 텔레비전을 보고 계셨다. 조사자들이 방문한 목적을 말씀 드리자 "내가 한번 해볼까?" 하고 적극적인 반응을 보인 분이 박계생 할머니였다. 연세는 많았지만 목소리가 맑고 깨끗했으며 구연한 모노래는 아침, 점심, 저녁 순으로 또렷하게 기억하여 구연했다. 조사자들이 이해를 못할까봐 중간 중간에 설명을 곁들이며 상세하게 구연했다. 특히 대중가요도 잘 불렀으며 혼자 신명이 나 즐겁게 구연해 주었다. 채록 자료는 농요와 단편 민요 등이다.

김백수, 여, 1922년생

주 소 지 : 경상남도 양산시 하북면 지산리 482번지 지산마을회관
제보일시 : 2009.9.25
조 사 자 : 박경신, 김구한, 김옥숙, 정아용

조사자가 찾아간 지산마을회관에서 만난
분으로, 청중들이 그 중 노래를 잘 한다고
지명한 제보자이다. 그러나 기대와 달리 나
이가 들어 다 잊어버렸다며 시원스럽게 구
연하려 하지 않았다. 또한 평소 노래하기를
즐기는 편은 아닌 듯 보였다. 조사자의 계속
된 요청과 유도로 모심기 노래를 몇 곡 불
렀다. 제보자의 기억을 끌어내기 위해 조사

자와 청중이 도왔는데, 목청도 좋고 노래도 잘 하는 편이었다. 마을에서
노래를 잘 하는 사람들이 모두 저 세상으로 떠났다고 안타까워하며 중간
중간에 시어머니와 의처증 증세가 심한 남편으로부터 겪었던 시집살이의
부당함을 토로하기도 했다.

비교적 건강한 모습이었고, 발음도 정확했으며, 자세도 꼿꼿했다. 희끗
희끗한 파마머리와 둥근 얼굴 모습에서 꾸준한 성격과 강한 정신력이 엿
보였다. 택호는 초산댁이다. 인근 초산마을에서 18세 때에 이 마을로 시
집왔으며, 미국에서 12년을 살다가 온 이후로 노래 가사를 다 잊어버렸다
고 하였다. 81세 쯤 마을 체육대회 때에는 그래도 제법 노래를 잘 불렀다
며 나이듦을 탄식하였다.

제공한 자료는 모심기 노래와 치한을 지혜로 쫓은 경험담 1편이다.

제공 자료 목록

04_09_MPN_20090925_PKS_KBS_0011 김백수의 경험담

04_09_FOS_20090925_PKS_KBS_0003 모심기 노래 (1)

04_09_FOS_20090925_PKS_KBS_0004 모심기 노래 (2)

04_09_FOS_20090925_PKS_KBS_0006 모심기 노래 (3)

04_09_FOS_20090925_PKS_KBS_0007 모심기 노래 (4)

04_09_FOS_20090925_PKS_KBS_0008 모심기 노래 (5)

04_09_FOS_20090925_PKS_KBS_0009 모심기 노래 (6)

04_09_FOS_20090925_PKS_KBS_0010 모심기 노래 (7)

박계생, 여, 1923년생

주 소 지 : 경상남도 양산시 하북면 지산리 대원파크 1007호 대원마을회관

제보일시 : 2009.9.25

조 사 자 : 박경신, 김구한, 김옥숙, 정아용

서리마을에서 추천을 받아 대원경로당으로 찾아가 만난 제보자이다. 노래를 잘 한다는 소문을 듣고 왔다는 조사자를 향해 반기는 웃음을 지었다.

조사장비를 설치하는 동안 이야기를 나누었는데, 제보자의 모심기 노래에 대한 지식이 체계적이며 확실함을 알게 되었다. 모심기 노래에는 이슬 털러 가는 노래와 모찌기 노래, 점심참 노래, 점심 노래, 저녁참 노래 등이 있다고 설명하였다. 모심기 노래를 이왕이면 순서대로 불러주기를 청했다. 모찌는 노래부터 차례대로 부르는데 한 두 곡을 부르고는 다음 순서로 넘어가려 하였다. 조사자가 그 무렵 부르는 노래 중 생각나는 것은 모두 부르고 다음으로 넘어가 주기를 부탁했다. 조사자의 이러한 요구에 제보자는 웬만큼 따라 주

어 보기 드물게 어느 정도 시간 순서대로 모심기 노래를 부르게 되었다. 이로 인해 많은 모심기 노래를 채록할 수 있었다.

제보자는 노래 한 소절을 끝내고 앞소리인지 뒷소리인지를 밝히거나 어떤 시간대에 부르는 노래인지 설명하기를 좋아하였다. 모심기 노래에 대한 전반적이 이해가 풍부하였다. 목소리가 곱고 발음도 정확하였으며, 기쁜 듯이 아주 자신감이 넘치는 모습으로 구연을 시작하였다. 또한 기억력이 아주 좋아 거의 막힘이 없이 구연하였다. 그러나 자주 그만 하려 하였다. 조사자는 구연하지 않은 모심기 노래에 대한 호기심을 드러내며, 제보자에 대한 칭찬과 유도로 계속해서 구연상황을 연장했다. 그럴 때마다 제보자는 자신이 기억하는 자료를 흔쾌히 제공해 주었다. 청중들도 제보자의 구연 능력을 감탄하고 칭찬하며, 나이가 많음을 안타까워하였다.

두서면 서하리 내광에서 20세에 이 마을로 시집을 왔다. 택호는 내광댁이며, 아들 넷에, 딸 둘을 둔 다복한 가정을 이루고 있었다. 흰 커트머리에 앞 가르마를 타서 소녀 같은 분위기를 주었다. 크지 않은 키에 곱상하고 야무진 분위기를 지니고, 아주 부지런한 삶의 자세를 보였다. 그 당시 모심기 노래는 처녀들은 부르지 않았다며, 제보자는 모심기 노래를 시집 와서 어른들을 따라 다니며 듣다보니 저절로 알게 되었다고 한다.

노래 부르는 것을 좋아해 지금도 티브이에서 좋은 노래가 나오면 따라 부른다고 한다. 라디오나 테이프를 자주 듣고 여러 번 따라 부르는 방법으로 노래를 익힌다고 한다. 고복수 노래가 부드러워 아주 좋아한다고 하였으며, 황금심의 '앞강물 흘러 흘러도' 아주 좋은 노래라고 칭찬하였다. 태진아 등 요즘 가수 노래도 잘 알고 있었으며, 실제로 조사가 끝날 무렵 "내 노래 하나 하까."라며 최근 트로트 유행가를 젊은 사람 못지않은 노래 솜씨로 불렀다. 옛날 노래는 사랑이라는 말이 안 들어가도 좋았는데, 요즘 노래는 사랑 타령을 너무 많이 한다고 비판하였다. 여러 이야기를 종합해 보면 제보자는 노래를 열정적으로 좋아하고, 노래 가사나 풍조에 대한 자신만의 견해도 확실히 지니고 있는 분임을 알 수 있다.

　제공한 자료는 모심기 노래 다수와 청춘가, 사랑 타령, 노랫가락 등
이다.

제공 자료 목록

04_09_FOS_20090925_PKS_PGS_0001 모찌기 노래

04_09_FOS_20090925_PKS_PGS_0002 모심기 노래

04_09_FOS_20090925_PKS_PGS_0004 청춘가 (1)

04_09_FOS_20090925_PKS_PGS_0005 노랫가락

04_09_FOS_20090925_PKS_PGS_0006 청춘가 (2)

04_09_MFS_20090925_PKS_PGS_0003 사랑 타령

서순자, 여, 1924년생

주 소 지 : 경상남도 양산시 하북면 지산리 482번지 지산마을회관

제보일시 : 2009.9.25

조 사 자 : 박경신, 김구한, 김옥숙, 정아용

　조사자가 찾아간 지산마을회관에서 만난
제보자이다. 조사자가 모두 할머니들로만
구성된 청중들에게 시집살이 이야기를 청하
자 제보자는 자신이 시집 산 이야기를 해도
되느냐며 조사에 참여하게 되었다. 청춘과
부 외아들에게 시집가서 시어머니의 구박을
받았으나 아들만 세 명을 낳아 기르면서 힘
든 시간에서 벗어날 수 있었음을 담담하나
자신감 넘치는 어조로 구연하였다. 발음도 정확하고, 손짓을 많이 하며
이야기 하였다. 특히 자신을 위해 통도사 서기에서 경찰공무원으로 직업
을 바꿀 정도로 애정과 능력을 보여준 남편에 대한 존경심을 표출하였다.

청중들은 익히 알고 있는 제보자의 이야기를 조용히 경청했으며, 한 청중은 자식이 모두 잘 되니 시집 이야기도 할 만하다고 말했다.

부산이 고향으로, 이 마을로 시집와서 잠깐 살다가 남편의 직장을 따라 부산과 인근 지역을 옮겨 다니며 살았다고 한다. 나름 능력 있는 남편과 자기 앞가림 잘 하는 세 아들과 살았는데, 지금은 손녀들까지 몇 명 두고 다복한 가정을 유지하고 있다. 늘그막에 며느리의 수고를 덜어줄 겸 시댁집이 남아 있고, 친구들이 많은 이곳에 와서 한 동안 지내다 가곤 한다고 했다. 자그마하지만 당찬 외모에 조용한 분위기를 지녔다. 나이보다 젊어 보이고 건강해 보였다.

제공한 자료는 시집살이 체험담 1편이다.

제공 자료 목록
04_09_MPN_20090925_PKS_SSJ_0001 서순자의 생애담

이동수, 여, 1930년생

주 소 지 : 경상남도 양산시 하북면 지산리 195번지 서리마을회관
제보일시 : 2009.9.25
조 사 자 : 박경신, 김구한, 김옥숙, 정아용

지산마을 회관에 계시던 분들이 노래를 잘 한다고 추천하여 찾아가 만난 제보자이다. 그러나 제보자는 직장에 일하러 가고 없는 "마산댁"이가 잘 하는 노래꾼이고, 자신은 잘 못한다고 하며 쉽게 노래 부르려 하지 않았다.

조사자가 아는 노래 몇 곡만이라도 해달라고 요구하고, 기억을 일깨우기 위해 앞 소

절을 조금 부르자 조사자의 성의를 무시할 수 없었는지 모심기 노래를 몇 곡 불러주었다. 마산댁 같은 사람과 함께 부르면 생각도 잘 나고 신도 나서 좀 낫게 부를 수 있었을 것이라며 아쉬워하였다. 방안에는 너댓 명이 화투판을 벌이고 있었는데, 화투판에 끼어들지 않은 청중 한 명도 제보자를 도우려고 애썼다. 그러나 모심기 노래 말고 다른 노래는 알지 못한다고 하였다. 두 손을 맞잡아 무릎 앞에 두고 큰 소리로 노래를 불렀다.

인근 초산마을에서 17세에 이 마을로 시집을 왔으며, 택호가 초산댁이다. 까무잡잡한 피부에 체격이 큰 편으로 다부지고 건강해 보였다. 제보자는 노래를 정말 잘 하는 사람은 아랫마을에 사는 "내광댁"이라며, 그리로 찾아가라고 도움을 주었다.

제공한 자료는 모심기 노래 몇 곡이다.

제공 자료 목록

04_09_FOS_20090925_PKS_LDS_0001 모심기 노래 (1)
04_09_FOS_20090925_PKS_LDS_0002 모심기 노래 (2)
04_09_FOS_20090925_PKS_LDS_0003 모심기 노래 (3)
04_09_FOS_20090925_PKS_LDS_0004 모심기 노래 (4)
04_09_FOS_20090925_PKS_LDS_0005 모심기 노래 (5)
04_09_FOS_20090925_PKS_LDS_0006 모심기 노래 (6)
04_09_FOS_20090925_PKS_LDS_0007 모심기 노래 (7)

김백수의 경험담

자료코드 : 04_09_MPN_20090925_PKS_KBS_0011
조사장소 : 경상남도 양산시 하북면 지산리 523-1번지 지산마을회관
조사일시 : 2009.9.25
조 사 자 : 박경신, 김구한, 김옥숙, 정아용
제 보 자 : 김백수, 여, 88세
구연상황 : 모심기 노래를 더 이상 구연하지 않는 제보자에게 이야기를 청하였다. 제보자
는 예전에 살았던 이야기라면 "이바구가 많지."라고 하면서 그런 것은 해서
안 된다고 하였다. 시집 살면서 고생 많이 한 이야기를 해도 된다고 하자 이
이야기를 구연하였다.
줄 거 리 : 제보자가 열여덟, 열아홉 살 새색시 적에 치도에서도 한참 들어간 외딴 못가
에 살았다. 신랑이었던 영감은 징용을 가기 싫어해 징용을 가지 않아도 된다
는 울산 어디에 일하러 가고, 시어머니는 부산의 딸네집에 가고 집에 없던 어
느 날 밤이었다. 치한이 침을 묻혀 문구멍을 뚫었다. 새색시였던 제보자는 치
도가에 살던 외육촌 아주머니를 부르면서 일어나라며 누가 왔다고 말하는 임
기응변의 재치를 발휘했다. 그러자 치한은 소리 없이 사라지고 할머니는 위기
를 모면하였다고 한다.

예전에 저 여 사다가, 조요(징용) 우리 영감이 조요를 안 갈라 캐. 아
저저 저 안 갈라 캐. 그래가 또 울산을 또 조요 안 뽑는다고 해가, 그 뭐
어데 일하러 가뿌고, 대체 마 그 은자 갔는데, 열여덟 열아홉 살 묵안갑다
(먹어서인가 보다).

그래 갔는데, 시어마씨는 부산을 가뿌고, 부산에 딸네 집에 가고, 시어
마씨는 부산에 딸네 집에 가고, 신랑으느 울산에 어데 갔는데, 내 혼자 그
외딴 데다가 못둑 가새다가(가에다가) 집이 하나 있는데, 외통이집이(왜챗
집이) 하나 쪼매는(조그마한) 게 있는데, 거다가 날로(나를) 놔두고 갔는

기라.

고 은자 치 치도가여서 은지 치도(治道) 질까이(길가에) 어디 쯤 있더라. 고는(거기는) 차가 왔다갔다 하는데, 머시(무엇이) 자이까네(자니까), 밤에 문을 문을 요래(요렇게) 궁을(구멍) 뚫는 기라. 콕콕 뚫버(뚫어) 가주고 춤(침)을 묻혀 문구영(문구멍)을 뚫는 기라.

그래 인자 치도 질깡카(길가와), 외육촌 아지매가 치도 질까(길가) 거 살거든. 우예 열여덟 살 묵는 기 거게 저저저 그기 머리를 ○○, 내 혼차 자거든. 자이까네 그다리다.

"아지매요! 아지매요! 일나소. 일나소. 누구 왔심더." 커이까네,

마 씼천듯이(씻은 듯이) 가뿌고 없어.

아 그제 함분(한번) 놀랜 게 있었데이.

서순자의 생애담

자료코드 : 04_09_MPN_20090925_PKS_SSJ_0001
조사장소 : 경상남도 양산시 하북면 지산리 523-1번지 지산마을회관
조사일시 : 2009.9.25
조 사 자 : 박경신, 김구한, 김옥숙, 정아용
제 보 자 : 서순자, 여, 86세
구연상황 : 조사준비를 마치고 노래를 잘 한다고 하는 제보자에게 노래를 권하였다. 그러다가 며느리 시집살이 하는 이야기나 거짓말 같은 이야기를 청하였다. 그랬더니 김백수 제보자는 어려웠던 시집살이 이야기는 말을 다 못한다고 하였다. 이어 청중들은 노래를 잘 하는 한 사람은 허리가 굽어 못 온다고 하고, 누구는 몇 년 전에 죽었다고 하였다. 이런 와중에 제보자가 시집살이 이야기에 관심을 보였다. 조사자가 적극 권하자 자신의 시집살이 체험담을 순순히 구연하였다.
줄 거 리 : 부산에서, 오빠가 네 명인 집에 늦둥이로 태어난 외동딸이었던 제보자는 호강스럽게 자랐다. 그런데 아버지가 부산 사람에게 시집가면 얻어맞는다고 촌사람에게 시집보내려고 하였다. 언양에 아는 사람이 있어 중신을 하여 이곳 사

람에게 열아홉의 나이로 시집을 오게 되었다. 시어머니는 스물 아홉에 청춘과부가 되었고, 남편은 육대 독자였다. 시어머니는 아들에게 유난히 몸집이 작은 제보자가 아이를 낳지 못해 대가 끊길까봐 제보자와 헤어지라며 친정으로 돌려보낼 것을 채근하였다. 그러나 남편은 처남들도 많고 교육도 어느 정도 받은 처갓집이 마음에 들어 어머니의 말을 듣지 않았다. 제보자는 밥하고 밭일 하는 일도 아주 힘들어하며 시집을 살고 있었는데, 남편은 아내와 헤어지라는 어머니의 성화에 못이겨 하고 있던 통도사 서기일을 그만 두고 부산에 가서 일자리를 잡은 후, 제보자를 데리고 분가해버렸다. 나중에 경찰공무원이 되었다. 할머니는 친정의 도움을 받아 편하게 살림을 살다가 아들만 셋을 나아 모두 대학공부를 시키는 등 자식들을 잘 키웠다. 지금은 손자들도 여럿 두었다. 큰 며느리의 수고도 덜 겸, 자주 친구도 많은 이곳 시댁에 와서 지낸다고 하였다.

나는 오래비가(오빠가) 너이고(네 명이고), 외동딸로 낳아 가주고, 딸로 늦까(늦게) 낳아가 호강시럽기(호강스럽게) 커 가주고, 부산놈 딸주면 뚜디리(두드려) 팬다고, 술묵고 뚜디리 팬다고, 울아부지가 촌사람인데(촌사람에게) 여 은자 아는 사람 있어가 중신이 와 가주고, 우리 영감이 인자 선보러 왔는데, 우리 친정아부지가 말로 시기(시켜) 보이(보니), 한문도 좋고, 글도 좋고, 신체도 좋고, 이렇는데,

엄마가 청춘과부라 열아홉에 시집와가 스물아홉에 혼차(혼자) 됐다 커든강(하든가). 그래가 아들 하나 놓고 딸 둘이 놓고 이래 사는데, 그래

(청중 : 첫빠뚜로[66] 잘못 키았네)

그래가 마 시집을 보고 울아부지가 허락을 해 가지고 시집을 왔는데, 와서 보이 청춘과부가 돼가(되어서), 우리 어무이는 인물도 좋고, 키도 크고, 마 너무너무 그 하는 기라. 이렇는데, 나는 요새 치면 초등학교 인자 한 오륙 학년 뺑이(밖에) 안 되는 기라. 얼굴도 요만하고, 몸피도 요만하고, 인자 이래 늙으이깨네 몸이 늘어 가주고 좀 크는데,

그 오대독 우리 시아바시가 오대 독신으로 내려와 가주고 그 집안에

---

66) 첫 번째로.

은자 대가 끊어진다꼬, 아아 못 놓는다꼬, 내가 이래가 작은 거로(것으로) 구해가 와 가지고 우리 영감이 애 묵었심더. 주라꼬, 대려다 주라케가 안 살, 살지 말고 보내라 커는 기라. 자꾸, 자꾸 보내라 커는데, 우리 영감을 선보러 와 가지고 집안도 좋고, 오래비들은 많고 하이깨네, 마 교육도 많이 받았을 끼고,

그래 덜꼬(데리고) 왔는데, 자 오이깨네 나무로 가 때가, 영감은 통도절에 서기하고 있었는데, 밥을 하이깨네 우리 어무이하고 내하고 우리 시너부하고 서이(세 명) 밥을 하는데 앉히(앉혀) 놓고, 불로 때이깨네 마 밑에는 어떤 제는(때는) 물로 작기(적게) 봐가(부어서) 밥이 타고, 어떤 때는 또 비이 되고 이래가 아무 거도 일을 못하다가 마,

들게(들에) 또 밭 매러 가라 커면, 하루 점두로(종일) 가가(가서) 한 고랑도 못 매고, 그래 보내라고 마, 우리 영감을 보고 이래싸이(이렇게 하니), 우리 영감이 죽어도 나는 이 사람을 보내고 내 머 딴, 이 동네 처녀가 천진데 아무도 딸로 안 줄라 커는 기라. 우리 어무이 무섭다꼬. 둘오면 고생한다꼬.

그래가 와서 보이 그렇대요. 그래도 영감이 마 그거 해가, 영감이 통도절에 서기하다가, 하도 어무이가 보내라 캐사이깨네(하니까), 아도 안 놓제, 이러이 보내라 캐사가, 그래 우리 영감이 마 부산에 나가 가지고, '내가 취적을 해가 더꼬(데리고) 간다.' 커고 부산이 띠가가(뛰어가) 가주고, 그래 인자 취적을 해가 그래 날로 데불러(데리러) 왔대요.

왔는데, 그래 보리쌀 한 되, 쌀 한 되 인자 이런 하꾸[67]에다가 옇가, 이래 밥그릇 한 불(벌) 이래 옇가 이고, 요강 하나 옇고, 이고 이래 내려 가는데 저 구신 밭고래 그 내려가다가 우리 영감이

"너라라(내려라)."

---

67) '하꾸'는 일본어 'はこ(하꼬)'. 상자, 궤짝을 말함.

너루이깨네(내리니까), 돌로 가주고 마 그놈 하꾸로 뚜디리 뿌사(부숴) 가주고 다 내삐리고(내버리고), 인자 쌀 두 되, 보리쌀 한 되 고고만 가주고 그래 날로 인자 뒤에 따라오라 커는 기라.

그래 따라 가이, 그래 차로 타고 부산 너러 가가 방을 하나 얻어놓고 왔대요. 취적을 해가, 그래가 부산 가이까네 친정도 잩에(곁에) 있고, 인자 이라이깨네, 친정서 장이야 뭐 오만 거 다 짐치야(김치야) 담아다 주고 이라이끼네 그래 그럭저럭 살았어요.

그래 일 년을 살다가 얼라가(아기) 들어서가 그래 우리 큰 아들로 하나 낳았어요. 낳아가, 그래 우리 엄마가 거서 놓으며 또 시어마씨가 또 트집 잡는다고 여어 올라가라 커는 기라. 그래 미역 사고, 인자 참지름 짜고, 이래가 은자 쫓기가, 거서 또 여 어무이한테 와가, 오이깨네, 그래마 그 아리바아(아랫방) 거서 낳았다. 큰방아 와가 놓고 이라이,

글찍에(그럴 적에) 인자 그 뒤에 은자 그 고종사촌 시아주바이가 저 살더라꼬. 시가집으로 처가 사는데, 나무하러 가가 나무가 넘어져가 낭심으로('낭심'은 '陰囊'을 가리키는 듯함.) 데려가 죽어가, 그때 그거 저저 중간이 저거 새이(형) 아이가! 그개가 죽었다 아임니꺼(아닙니까)?

(청중 : 우야꼬?)

나는 바-서(방에서) 아-(아기) 튼다고 이래싸이, 어무이가 문을 닫아놓고 샘에 물도 못 가가구로(가져 가게) 하고, 마 날로 출입을 금지로 시기고 그래가 은자 그래쌓는데,

그래 초상나가기 전에 버러(벌써) 얼라로(아기를) 나 가주고, 은자 경구 줄로(금줄을) 이래 치며 꼬치로(고추로) 달아놓이, 와이고 언양댁이 인자 청춘과부가 아들 낳았다꼬, 이래 그래가 거서 은자 반이나 키아(키워) 가주고 신랑이 또 덜러(데리러) 왔는 기라. 또 따라 나가가 알라로 은자 우리 어무이가 업고 나는 뒤따라가고 그래 덜다 주고.

(청중 : 좋아가 벙개벙개 따라 갔다.)

응 그래 뒤로 따라가고 이러거러 살았는데, 그래 우리 영감이 공무원 시험을 쳐 가지고 경찰국에 있었심더. 국에 있으면서 그래 인자 그래 사찰계도 있고, 이래 마 여러 군데로 옮기고 저 밀양도 가가 살고, 마 이사로 마 천군 데 만군 데도 더 가고.

그래 우리 큰 아들로 그거로 놓고 한 서너 살 무께네(먹으니까) 또 아가 들어서가 아들 마 너이로(네 명을) 낳았어요. 딸은 하나도 못 놓고 그래 아들 너이 낳아가 누분(누운) 자락에(자리에) 하나 죽고, 그래 아들 서이(세 명) 대학 시기(시켜) 가주고,

그래 두채(둘째) 아들로 은자 대학 시기고, 이래가 공무원 시험을 쳐가 저 부산진 구청에 거게(거기에) 인자 근무로 하고 댕기고, 아들 하나 딸 하나 놓고 아파드 한 채 사 가주고 이래 살다가,

(청중 : ○○끝이 벌어졌다.)

오십 오십 너이에 죽었어예. 폐암이 걸리가(걸려서) 그래 죽고, 그래 인자 아들 하나 딸 하나가, 이래 인자 고 아들이(손자가) 또 공무원 걸리가(걸려서, 합격해서) 은자 순사, 순사 그거로 쳐가 그래 지끔 거(거기) 거 가가 있고,

(청중 : 아 경찰에 걸렸어요? 요새 경찰도…….)

그래 딸 하나 있고, 그래 메늘이 그 또 연금이 나와 가주고 그거 하고 그래마 이상키(다행히) 돈이 나와 가주고, 한 달에 백만 원썩(원씩) 나오는 것도 있고 이래가 고래 살대요. 살고, 인자 아들 벌고 아파트 사놓은 거 있고 이라이깨네, 인자 사는 거는 그대로 살더라꼬. 살고 이런데,

인자 우리 큰 아들으는 은자 부산대학 나와 가지고 진주 저 대동공업 사라꼬, 거게 가 가주고 인자 내(계속) 근무하고, 그래 살다가 거서 장개 들어(장가들어) 가주고, 그래 또 부산을 와 가주고 그래 지금 그럭저럭 살고, 그래 그럭저럭 내가 나가 많애지고 이렇심더.

그래 인자 아들 서이 대학 시기('공부시켜'의 뜻임) 가주고, 그래 막내

아들 하나는 인자 서울 고려대학 시기 가주고, 그래 저 싱가포르 가 가주고 한 오 년 있다가, 그래 지끔 서울 와 가주고 잘 삽니더. 잘 벌고.

그래 마 나는 은자 내 혼차 은자 큰 아들 집에 있다가 여 고향이라꼬, 그래 여(여기) 집도 있고 이래서, 며느리가 마 아들이 없고, 큰 아들이 딸만 둘이 나가 딸 둘이 치아 가지고 막내이 사우가 한테 둘와(들어와) 가지고, 은자 아들 삼아 마 그래 있을라고. 마 장모가 다 해주이 지가 수월으이깨네, 마느래도 그 인자 직장이 있고 이라이깨네, 나가면 지가(자기가) 해 묵어야 되고 하이 안 나갈라 커고.

그래가 있는데, 그래 내가 마 메늘 대다꼬[68] 이래 따로 나와가 있습니더. 그래가 여 고향이라꼬 여게 와가 이래가 있심더. 친구들도 많고.

[웃음]

뭐 이얘기라 캐야 내 우리 얘기고 뭐 그렇심더.

(청중 : 와따, 이야기 하나도 안 빠지고 잘 하네.)

---

[68] '대다'는 '피곤하다' 또는 '힘들다'를 지칭하는 경상도 방언.

모심기 노래 (1)

자료코드 : 04_09_FOS_20090925_PKS_KBS_0003
조사장소 : 경상남도 양산시 하북면 지산리 523-1번지 지산마을회관
조사일시 : 2009.9.25
조 사 자 : 박경신, 김구한, 김옥숙, 정아용
제 보 자 : 김백수, 여, 88세
구연상황 : 서순자 제보자의 이야기가 끝난 후 청중들은 조사자의 질문에 대한 답으로
　　　　　 당산제와 마을회관이 지어진 내력에 대해서 이야기를 주고받았다. 이어 일하
　　　　　 다가 부르던 노래의 구연을 청하자 청중들은 제보자가 노래도 잘 하고, 잘 넘
　　　　　 어간다며 모심기 노래를 하라고 제보자에게 권했다. 제보자는 모심기와 관련
　　　　　 된 옛날이야기를 하며, 계속해서 머뭇거리는 제보자에게 조사자가 먼저 한 소
　　　　　 절을 불렀더니 노래를 시작하였다. 그러나 이것이 뒷소리라는 사실을 깨달은
　　　　　 제보자는 결국 한 소절만 노래하였다. 청중이 제보자에게 "일월햇님 하소."라
　　　　　 고 권하자 곧바로 구연하였다. 제보자가 뒷소리를 잘못 구연하자 청중이 일러
　　　　　 주어 다시 고쳐 구연하였다. 노래가 끝나고 제보자는 다 잊어버렸다, 평소 경
　　　　　 로당에서조차 부르지 않으니 혼자서 어떻게 하느냐고 했다.

　　　일월아 햇님이가 돋어나와도
　　　이슬이 팰(필) 줄 모르더라
　　　문어야

(청중 : 맹화야 맹화대를 끊어들고)
　응?
(청중 : 맹화대를 꺾어들고)

　　　맹화야 대를 꺽어나 들고
　　　들면 가도 내가 가네

모심기 노래 (2)

자료코드 : 04_09_FOS_20090925_PKS_KBS_0004
조사장소 : 경상남도 양산시 하북면 지산리 523-1번지 지산마을회관
조사일시 : 2009.9.25
조 사 자 : 박경신, 김구한, 김옥숙, 정아용
제 보 자 : 김백수, 여, 88세
구연상황 : 조사자가 청중들에게 생각나는 대로 모심기 노래의 앞머리를 제보자에게 일
          러달라고 부탁하였다. 그러자 제보자가 또 생각난 듯 이 노래를 불렀다. 노래
          부르는 목소리가 낭낭하고 발음도 분명하였다.

　　　새야 새야 원앙새야~

　　　니 어데 가서 자고 나왔노

　(청중 : 이리 흔들 저리 흔들)

　　　언양아 양산 버들 숲에~

　　　이리 흔들 저리 흔들

　　　흐흔들이 자고 나왔소

[웃음]

모심기 노래 (3)

자료코드 : 04_09_FOS_20090925_PKS_KBS_0006
조사장소 : 경상남도 양산시 하북면 지산리 523-1번지 지산마을회관
조사일시 : 2009.9.25
조 사 자 : 박경신, 김구한, 김옥숙, 정아용
제 보 자 : 김백수, 여, 88세
구연상황 : 모를 다 찌고 "모자리깡 숨굴 적에 하는 노래"라는 설명을 한 후 바로 이 노
          래를 신명나게 구연하였다. 구연이 끝나자 제보자는 옛날에 이 노래를 부르며

모심기를 할 때 매우 신이 나고 재미있었다고 하였다. 우리 논에 모를 심다가 막걸리 한잔하고, 모를 심고 있는 다른 집 논에 가서 춤을 한 번 추고, 노래하였다고 설명을 덧붙였다. 그런데 이제 수십 년을 노래도 하지 않고 나이도 많아 모두 잊어버렸다. 같이 부를 친구가 있어 자주 불렀다면 나았을 것이라고 아쉬워하였다.

황샌가 덕샌가

노던가 새론가

나무 남산에 남대롱

서산에 서처사

니리 동산에 빈을 달았다

니리니리쿵 니리니리쿵

어화둥둥 왕거무야

[웃음]

모심기 노래 (4)

자료코드 : 04_09_FOS_20090925_PKS_KBS_0007
조사장소 : 경상남도 양산시 하북면 지산리 523-1번지 지산마을회관
조사일시 : 2009.9.25
조 사 자 : 박경신, 김구한, 김옥숙, 정아용
제 보 자 : 김백수, 여, 88세
구연상황 : 청중에게 모심기 가사의 첫머리를 알려 줌으로써, 제보자의 기억이 살아나게 도왔다. 청중이 "처음에 드갈 적에 일월햇님 안 하는교?"라고 하자 제보자는 이 노래를 다시 부르게 되었다.

일월에 햇님이가 돋어나와도~

이슬이 팰 줄 모르더라

[청중이 박수치면서 같이 불렀다.]

　　　맹화대를 꺾어나 들고~

　　　들면 가도 내가 가네

모심기 노래 (5)

자료코드 : 04_09_FOS_20090925_PKS_KBS_0008
조사장소 : 경상남도 양산시 하북면 지산리 523-1번지 지산마을회관
조사일시 : 2009.9.25
조 사 자 : 박경신, 김구한, 김옥숙, 정아용
제 보 자 : 김백수, 여, 88세
구연상황 : 앞노래와 같은 상황에서 계속 구연하였다.

　　　물낄랑 처정청청 다 흘어놓고~

　　　주인네 양반 어데로 갔노

　　　문어야 대전복 손에다 들고~

　　　첩우야 방에 실어나졌고(쓰러졌고)

모심기 노래 (6)

자료코드 : 04_09_FOS_20090925_PKS_KBS_0009
조사장소 : 경상남도 양산시 하북면 지산리 523-1번지 지산마을회관
조사일시 : 2009.9.25
조 사 자 : 박경신, 김구한, 김옥숙, 정아용
제 보 자 : 김백수, 여, 88세
구연상황 : 앞 노래에 이어 청중이 "해다지고 저문날에 하지?"라고 하자 이 노래를 불렀다.

　　　해 다 지고 저문 날에~

골목 골목이 연개가 나네

우리야 임으는 어더로 가고~

연개낼 줄 모러더라

모심기 노래 (7)

자료코드 : 04_09_FOS_20090925_PKS_KBS_0010

조사장소 : 경상남도 양산시 하북면 지산리 523-1번지 지산마을회관

조사일시 : 2009.9.25

조 사 자 : 박경신, 김구한, 김옥숙, 정아용

제 보 자 : 김백수, 여, 88세

구연상황 : 앞 노래에 이어 계속 구연했다. 제보자는 구연을 끝내고 "순금씨야 깎은배는 맛도좋고 연하도다"도 있는데, 앞소리가 생각나지 않는다고 하였다.

단장 안에다 숨근 화초~

그 꽃 보고도 질(길) 못 가게

(청중 : 단장 밖에도 피어나네)

질 못 가는 호걸양반~

그 꽃 보고 질 몬 가네

모찌기 노래

자료코드 : 04_09_FOS_20090925_PKS_PGS_0001

조사장소 : 경상남도 양산시 하북면 지산리 대원마을회관

조사일시 : 2009.9.25

조 사 자 : 박경신, 김구한, 김옥숙, 정아용

제 보 자 : 박계생, 여, 87세

구연상황: 조사장소인 마을회관에 도착하자 다섯 명의 할머니들이 누워서 티브이를 보고 있었고, 한 분은 싱크대 앞에서 부엌일을 하고 있었다. 조사자들이 "내광댁 할머니"가 노래를 잘 한다는 소문을 듣고 찾아왔다고 하면서 조사취지를 설명하였다. 조사장비를 설치할 동안 주신 차를 마시며, 이런저런 노래를 들먹이며 조사 분위기를 조성하였다. 먼저 모심기 노래를 부탁하자 아주 자신감이 넘치는 모습으로 구연을 시작하였다. 구연을 시작하면서 노래마다 이슬 털러 갈 때 부르는 노래인지, 아침참에 부르는 노래인지, 점심에 부르는 노래인지를 언급하고, 무슨 내용을 담고 있는지 설명하였다. 맨 먼저 모찌기 노래를 부탁하자, "지금 하까요? 내 모찌기 노래부터 한다."며 노래하게 되어 무척 기쁜 듯이 구연을 시작하였다. 두 곡을 끝내고 모심기 노래를 하려고 했다. 조사자는 모찌기 노래 중에 아는 것이 있으면 더 해 주고 모심기 노래를 불러달라고 하자, 원칙은 "일월햇님"부터 해야 맞다며 이 노래를 더 구연했다.

한강에다~ 모를 부아
쪄 내기도 난감하~다
석상에다~ 상추 갈아
초(추어) 내기도 난감하~다

[노래를 끝내고 제보자는 이것은 모찌는 노래라고 설명한 뒤, '이슬 털러 가는 노래'를 하려고 하였다. 조사자가 모찌는 노래 아는 것이 있으면 계속해도 된다고 하며, '이슬 털러 가는 노래'를 부탁하자 다음 노래를 구연하였다.]

바대전걸은 요 모자리~
장구판 만치 남았구나
장구야 판으는 좋다마는~
장구 뜰이가 전히(전혀) 없다.

[노래가 끝나고 제보자는 이제 모심기 노래 할까고 물었다. 제보자가 모찌는 노래 더 해주셔도 좋고, 모심기 노래를 해도 좋다고 했다. "인자

모 숨군데이(심는다)~" 하더니, 곧 원칙은 '일월 햇님'부터 해야 된다며
다음 노래를 구연하였다.]

일월에~

이거는 질게(길게) 하는 노래거든.

햇님이 돋아와도
이슬 댈 줄 모르더라

고담 고담 받는 거는

목맨 화초 꺾어들고
털면 가도 내가 갈래

인자 고거는 아침에 이슬 털고 은자 이실 왔는데 털고 가는 기고.

모심기 노래

자료코드 : 04_09_FOS_20090925_PKS_PGS_0002
조사장소 : 경상남도 양산시 하북면 지산리 대원마을회관
조사일시 : 2009.9.25
조 사 자 : 박경신, 김구한, 김옥숙, 정아용
제 보 자 : 박계생, 여, 87세
구연상황 : 앞 노래에 이어서 계속 구연했다. 거의 막힘이 없이 구연하였으며, 기억력이
아주 좋고, 모심기 노래에 대한 전반적이 이해가 풍부하였다. 그러나 중간 중
간 부르는 순서가 바뀌어 재미도 없고 신이 안 난다며 자꾸 그만 하려 하였
는데, 그때마다 조사자는 제보자를 독려하였다. 청중들은 제보자가 구연하는
내내 차분히 경청하고, 나이에 비해 뛰어난 제보자의 구연능력을 감탄하고 칭
찬하였다. 당시 모심기 노래는 처녀들은 부르지 않아, 제보자는 시집와서 어
른들 따라 다니며 듣다보니 저절로 알게 되었다고 한다.

전에 남산에 시우(細雨)가 와서
풀잎 마줌(마다) 낙화가 되네
낙화는 점점 꽃 아닌강
나우야(나비야) 한쌍 돌고 가네

임이가 죽어서 연자가 되어
추녀 끝에다 돌고 가네
임인 주로(줄을) 알았으면
날먼(날면) 보고 들먼 봤제

[구연을 끝내고 제보자는 '점섬 소리, 참 소리' 등 노래가 많아 하루 종일 해도 다 못한다고 했다.

조사자가 천천히 쉬어가며 아는 노래를 모두 하기를 청하자 또 하라고 하느냐고 했다. 청중이 이제 모를 다 심어갈 때 부르는 노래를 하라고 하고, 조사자는 편하신 대로 생각나는 것을 들려달라고 말했다. '모 숨구는 노래'라며 다음 노래를 불렀다.]

이 논배미 모를 심어
금실금실 장해로다
우리야 부모님 산소등에 모

["아이구!"라고 하며 틀린 부분을 다시 고쳐 구연하였다.]

솔을 심어서 영화로다

소주로 곳고 약주로 떠서
국화정자로 놀러가자
우리는 언제나 환량이(한량이) 되어
국화정자로 놀러 가꼬

고담에는 또 은자

　　물길랑 처저렁 청청 다 헐어놓고
　　주인네 양반 어디로 갔노
　　문에야 대전복 손에 들고
　　첩우야 방에 놀러 갔다

[노래가 끝나고 다음 노래가 이어지길 기다리며 조용히 있는 조사자에게 "또 하라꼬?"라고 했다. 조사자가 "네"라고 하자, 청중과 제보자가 함께 웃었다. 제보자는 난감하다는 듯 "와이구 참말로"라고 했다. 조사자와 청중이 제보자에게 음료수 좀 마시고 하라고 권했다. 제보자는 갑자기 하게 되어 당황스럽다고 하자, 청중이 "마산댁"이 하는 "오로로로~" 하는 것, 모심기가 끝날 무렵에 하는 노래를 해보라고 말했다. 이에 조사자가 할머니는 시간 순서대로 하고 있으니, 하다 보면 끝 무렵에 그 노래가 나올 거라고 했다. 제보자가 이에 동의하고 다음 노래를 불렀다.]

　　주천장

그거는 참 소리거든.

　　모랑이로 썩 돌아서면
　　아니야 묵어도 술래가 나네

커면, 고다음에 답이

　　임우야 적삼 안 고름에
　　고름 마중(마다) 향내가 나네

고다음에는 또

소주로 곳고 약주로 떠서
국화정자로 놀러 가자
우리는 언제나 환량이 되여
국화정자로 놀러 가꼬

저기 가는 저 구름에
어떤 신선이 타고 가노
대국이라 천자국에
놀던 신선이 타고 간다

[노래를 끝내고 제보자는 "그 뭐시(무엇이) 자꾸 잊어버려지네."라며 오랫동안 안 하다가 하니 잘 안 된다고 했다. 조사자가 잘 하시는 거라고 하자, 청중이 "구십 노인이 잘 하지요."라며 칭찬하였다. 청중이 이제 논매는 노래를 하라고 하자, 제보자는 논매는 노래는 남자들이 하는 노래여서 하지 않겠다고 했다. "점심시간에 하는 노래는"라며 다음 노래를 하였다.]

새골 같은 저 밥고래
반달각시가 떠오른다

인자 밥을 해가 이고 가거든.

지가야 무슨 반달인고
초생달이 반달이지

인자 그러면 또

점섬아 시간이 되었

[제보자는 "자꾸 잊어버려지네.", "뭣이 멕히네.", "안 한 지가 몇 십 년이 되었다."며 생각나지 않아 답답해 했다. 조사자가 '오늘 해가 요만

되니 점심 참이 늦어온다, 서른시(서른세) 칸 정지 안에 숟가락 샌다고 늦어온다'는 가사를 언급한 후, 또 반찬 하는 것도 있지 않느냐고 하였다. 제보자는 "반찬 장만하는 거 있고, 쌀 이는 거, 포 삼는 거도 있고, 많다." 고 하였다. 조사자가 그런 것 안 들어봤다고 좀 해달라고 청하자 다음 노래를 불렀다.]

서울이라 남정자여
점섬 참도 늦어오네
찹쌀 닷 말 멥쌀 닷 말
인다고도 늦어온다
서른 시칸 정지 안에
돌고나니 더디 온다

고고는(그것은) 인자 쌀이는 기고, 반찬도 또

동해 바대 새칼치(잔칼치)는
쫑친다고(장만한다고) 더디 온다

고거는 고기고(그것이고)

천방지다 호박나물
뽑는다고 더디 온다
뱅뱅 돌아 돌개나물
뽑는다고 더디 온다

인자 점섬참이 늦어가거든. 그래 인자 뭐 밥을 해가 가먼 저쭉에 있는 사람이

새별 같은 저 밥고래

반달각시가 떠오른다

["밥을 이고 가거든"이라고 한 후 뒷소리 구연함.]

　　지가(자기가) 무슨 반달이라
　　초생달이 반달이지

인자 고라고 나면은 그 많은데 고거는 또 마 잊어뿌고 예전에는 이거
는 은자

　　시너부 남편네 밥 담다가
　　놋주게(놋주걱) 닷 단 다 뿌잤네(부수었네)

그이 시어마씨가

　　야야 아가 우지를 마라
　　나도 닷 단 다 뿌잤다

　　찔레꽃은 장가를 가고
　　석노꼬튼(석류꽃은) 노각간다
　　만인간아 윗지 마라
　　수종자(씨종자) 바래 내가 간다

　　찔레꽃을 살쿰(살짝) 데쳐
　　임오야(임의) 버선에 볼 받었네
　　임을 보고 버선 보니
　　임 줄 생각이 전히(전혀) 없다

어떠쿰(어찌나) 신랑이 더럽어났는지(더러웠는지, 못생겼는지)
[청중 웃음]

그기고 고 담에는(다음에는)

남창 남창 벼리 끝에
무정하다 울 오라배
난도(나도) 죽어 후성(후생) 가서
낭군버텅(낭군부터) 생길라네(섬길라네)

[노래가 끝나고 조사자가 잘 하신다며 목 좀 추기시고 하시라고 하자,
제보자는 "자꾸 안 할란다."고 했다. 조사자가 방금 한 노래가 점심 참에
하는 노래냐고 물었더니 한참 생각하더니 점심 참에 하는 노래는 잊어버
렸다고 대답하였다. 그러면 저녁 무렵에 부르는 노래를 불러달라고 부탁
하고, 청중 중 한 명은 "쪼루자"를 하라고 했다. 제보자는 그것은 아침 모
찌기 노래 아니냐며, 그것은 벌써 지나갔다고 했다. 그리고는 "저녁 때 부
르는 노래?"라고 하고는 잠시 생각하는 듯 하다가, 노래는 "숱하지만(수
없이 많지만) 다 순서도 잊어뿌리고, 가사도 잊어뿌렸다."고 하였다. "저
녁 참에 부르는 노래"라고 하더니 다음 노래를 구연하였다.]

저기 가는 저 구름에
어떤 신선이 타고 가노
대국이라 천자국에
놀던 신선 타고 간다

또 아이구 마 다 잊어뿌리고
(조사자 : 저기 가는 저 선보야 우리 선보 안 오시나)
아 그거는 슬픈 노래? 그거 하까?

서울 갔던 선보님네(선비님네)
우리 선배 아니 오나

오기사 온다마는
칠성판에 실리온다
일산대는 어데 두고
맹전대가(명정대가) 왠일이냐
물맹지라(물명주라) 속적삼에
혼백이나 불러주소

선보님 서울 가 가지고 마 돌아오는 그기고. 그거는 그기고.
해 다 지고 저문 노래 그 저문 날에

해 다 지고 저문 날에
어떤 행상이 떠나가노
이태백이

아이 와 또 멕히노(막히노)?
(조사자 : 본처 죽어)

본처 죽어
이별행상 떠나가네

해 다 지고 저면 날에
골묵 골묵 연개가 나는데
우리 님은 어디 가고
연기낼 줄 모르더라

인자 안 할란다. 인자 마.
[청중, 조사자 : 웃음]
하나만, 내가 '거무 타령'도 있고. 그러면

[빠르고 신나는 소리로]

　　　참나무 시목에

　　　방애 뜨러 가자

　　　물 좋고 정자존데

　　　방아 걸러 가자

　　　판장사는 판을 지고

　　　판판적사로 넘어간다

　　　병장사는 병을 지고

　　　뱅두판사로 넘어간다

　　　독장사는 독을 지고

　　　쿵쿵 절사로 넘어간다

마 그거는 다 했다. [웃음]

(청중 : 장하다. 그래도 할매 장하다. 참.)

[이어 제보자는 "내 거무 타령 할까? 거무 타령 들었어요?"라고 하였다. 조사자가 못 들어봤다고 하자, "그거는 잘 안 하는갑다(하는가 보다). 그 거는 참 아무 데나 하면 안 되는데"라고 한 후 구연을 시작했다.]

　　　거무야 거무야 왕거무야

　　　니 어디 니 어디 자고 와

[틀렸다며 멈추자, 조사자가 '새야 새야 파랑새야 니 어디가 자고 왔노' 라고 언급했다. 제보자는 "아 그것도 하지."라고 했다.]

[청중 웃음]

　　　새야 새야 원앙새야

　　　니 어디 니 어디 자고 왔노

언양 양산 버들숲에
이리 흔들 저리 흔들
키 흔들 자고 왔다

[모심기 노래 가사는 온종일 해도 있을 정도로 많으나, 시간의 흐름에
따른 순서를 바꿔서 구연했다며 조금 흡족하지 않아 했다. 조사자는 제보
자가 조금 전에 하던 노래를 다시 고쳐 '거무야 거무야 왕거무야 줄로 놀
던 왕거무야'라고 하며 구연을 유도하였다. 제보자는 즉시 '니 줄로 놀던
왕거무야 니 환량 내 천룡' "아 맞다!"라며, 하고자 했던 노래가 이 노래
인 듯 기뻐하며 다음 노래를 구연했다.]

[말로 읊조리듯]

거무야 거무야 왕거무야
니 줄로 놀던 왕거무야

[빠른 소리로 이어서]

니 활량 내 천룡
천둥산에 천방우
황샌가 덕샌가 뭣인가
남우 남산에 난대롱
서산에 서처자
닐리동산에 빈을 달아

[다시 곡조로]

니리니리쿵 니리니리쿵
얼싸좋네 왕거무야

설서리는 어디 갔노
설서리는 산에 갔다
있던들 보라더니
오거들랑 보고 가소
앞에는 무자정자
뒤에는 감자정자
어야 그 정자 놀기도 좋다
놀기 좋기는 노다가 가수

[웃음]

[조사자 웃음]

(청중 : 아이구 할매 할매가 장하다. 장해.)

[조사자가 이 노래가 재미있다며, 이것이 마지막에 부르는 노래냐고 물었다. 제보자는 이 노래는 마지막에 모심는 일이 너무나 지겨워서, 모를 양손에 쥐고, 춤을 추며, 신이 나서 아주 빠른 곡조로 '니환량 내천륭 청둥산에 창방우 니활량 내천륭 황샌가 덕샌가 노던가 새론가'라고 노래를 불렀다고 설명했다. 이어서 조사자가 해지고 나서 '애기야 도련님 병이 나서'나, '초롱초롱 영사초롱' 이런 노래는 밤에 부르는 것 아니냐고 하자 다음 가사를 말로 읊었다.]

초롱 초롱 영사초롱
저 임우야 방에 불 밝혀라
임도 눕고 나도 눕고
초롱불을 누가 끄꼬

[조사자가 이 노래는 저녁 노래가 아니냐고 물었더니 저녁노래라고 대답했다. 조사자가 계속해서 저녁에 부르는 노래를 청하자 다음 노래를 불

럼다.]

> 해 다 지고 저문 날에
> 처녀 둘이가 도망가네
> 석자 수건을 목에 걸고
> 총각 둘이가 뒤따리네

[조사자가 '해 다 지고 저문 날에 어떤 수자가 울고 가네'라고 언급하자, 이 노래는 알지 못하는지 같은 노래를 다시 언급하였다. 조사자의 계속된 구연 유도에 청중이 웃으며, "할매 십겁하네."라고 했다. 제보자는 노래는 많은데 갑자기 하라고 하니 잘 안 된다고 말했다. 조사자가 남녀 간의 사랑을 주제로 한 노래 없느냐고 물었다. 제보자는 있다고 하였으나, 갑자기 와서 준비가 안 돼 생각이 잘 안 난다고 했다. 조사자가 그래도 총기가 정말 좋다고 칭찬했다. 이에 청중은 전에 아주 잘 했는데 올봄부터 목이 가서 잘 못하는 것이라고 설명하였다. 청중이 말하는 도중에 제보자는 생각난 듯 다음 노래를 불렀다.]

> 저 건네 청산에
> 시우가 와서

아까 했는가 몰라?

> 풀잎마다 낙화가 지네
> 낙화는 점점 꽃 아닌가
> 나우야 한쌍 돌고 가네

[부르는 순서가 뒤바뀌어서 노래를 해도 신이 안 나고 재미가 없다고 말했다.]

서울이라 유담 안에

해 달 뜨는 구경가자

상주 합천 홍올못에

잉어 노는 구경가자

서울이라 낭기(나무가) 없어

시침바늘 연목 걸고

서울이라 흘키(흙이) 없어

연지분을 백(벽) 맞추네

[노래가 끝나고 제보자는 서울에 예전에 흙이 없어서 그랬던가 보다고 했다. 조사자가 "백 맞춘다"가 무슨 뜻이냐고 하자 "초가집의 벽"이라고 설명해 주었다. 제보자는 또다시 모심기 노래는 순서가 있다면서 아침, 참, 점심 순으로 구성된 노래를 한번만 하는 것이 아니라 "꼽씹고(곱씹고) 꼽십고" 서너 번씩 하면서 온종일 부른다고 했다. 그런데 시간 순서를 바꾸어 구연하게 되어 신이 안 난다며 아쉬워했다. 이어 청중 중 한 명이 "할매, 재주가 보통 재주가 넘네. 연필로 이래 안 쓰고도나 소리마 요리 들고 요리 들고 하―이"라고 하자, 제보자는 노래를 들을 때면 언제나 노래하고 싶다고 했다. 또 다른 청중이 제보자는 요즈음 노래도 다 하는데 이제 목이 갔다고 했다. 제보자는 이제는 목이 안 가서 오르내리는 것이 안 된다며 때가 이미 늦었다고 말하였다. 이에 청중이 순서를 바꿔 불러도 조사자들이 바로 정리할 것이니 생각나면 모두 하라고 웃으면서 권하였다. 조사자가 무슨 '유자줌치'도 있었던 것 같다고 하자 다음 노래들을 말로 구연하였다.]

[말로]

알쏭달쏭 무자줌치(무자주머니)

대구판사 끈을 달아

끈을 달아가 인지나(이제나) 주까(줄까) 전지나(저제나) 줄까 달키(닭이)
울어도 아니 준다

[조사자가 이를 노래로 불러달라며 뒷소리가 뭐냐고 했더니 이를 다시
한번 말로 구연했다.]

[말로]

　　삼베줌치 집어놓고
　　비단줌치 날 쇡이네(속이네)

또
　　총각아 총각아
　　총각의 주문에(주머니에) 잣나무 사채
　　처녀야 품안에 놀어나네
　　낮으로는 밤에

[다시 고쳐서]

　　품에서 놀고
　　밤으로는 머래서(머리에서) 노네

커는 그런 것도 있고.
[말로]

　　지녁을 묵고 썩 나서니

[다시 곡조로]

　　지녁을(저녁을) 묵고 썩 나서니
　　월명당 각씨가 손을 치네

손치는 데는 밤에가고

주모야 집에는 낮에 가자

　[조사자가 노래 가사를 참 유명하게 지어놓았다며, 잣나무 사채가 뭔지를 물었다. 제보자는 비녀인 것 같다며 다시 이 노래를 말로 구연하면서 설명하였다. 청중은 제보자에게 생각해 보고 두어 마디 더 하고 그만 하라고 하고, 조사자는 모찌기 노래 빠진 것 있으면 더 해달라고 청했다. 제보자는 미리 온다고 했으면 준비하고 기다렸을 것이라고 대답했다.]

청춘가 (1)

자료코드 : 04_09_FOS_20090925_PKS_PGS_0004
조사장소 : 경상남도 양산시 하북면 지산리 대원마을회관
조사일시 : 2009.9.25
조 사 자 : 박경신, 김구한, 김옥숙, 정아용
제 보 자 : 박계생, 여, 87세
구연상황 : 청춘가 아는 것 있으면 더 해달라고 청해서 듣게 된 노래이다. 제보자는 이런
　　　　　노래들도 종류별로 조금씩은 할 줄 안다고 하였다.

청천하늘에~

잔별도 많고요~

요네야 가슴에~

수심도 많더라~

이곳에 살라고~

정들이(정들여) 놓았더니~

임 기럽고(그립고) 돈 기러버~

못 살겠더라~

노랫가락

자료코드 : 04_09_FOS_20090925_PKS_PGS_0005
조사장소 : 경상남도 양산시 하북면 지산리 대원마을회관
조사일시 : 2009.9.25
조 사 자 : 박경신, 김구한, 김옥숙, 정아용
제 보 자 : 박계생, 여, 87세
구연상황 : 앞 노래의 구연이 끝나고, "노랫가락은…"라며 이 노래를 불렀다. 다 부르고
"그기 노랫가락이요."라고 하였다. 이런 옛날 노래는 벌써 다 잊어버렸는데
어찌하다가 생각나는 것이 이것이라고 했다.

노사 노세 젊어서 놀아

늙고 병들면 못 노나니

화무는 십일홍이요

달도 차면은 기우나니

인생은 일천춘몽인데

아니 놀고서 무엇 하리

청춘가 (2)

자료코드 : 04_09_FOS_20090925_PKS_PGS_0006
조사장소 : 경상남도 양산시 하북면 지산리 대원마을회관
조사일시 : 2009.9.25
조 사 자 : 박경신, 김구한, 김옥숙, 정아용
제 보 자 : 박계생, 여, 87세
구연상황 : 장시간에 걸친 모심기 노래의 구연이 끝나고 제보자에게 다른 노래를 불러달
라고 청하였다. 요즈음 노래 말고 옛날 노래를 불러달라고 하였더니 유행가를
한 곡조 불렀다. 이어 청춘가를 불러달라고 청하자 이 노래를 불렀다.

청춘 홍안아~

너 자랑 말어라~

덧없는 세월에~ 좋다!

백발이 되었다

언제 언제나~

정든 임 만나서~

한 팽성으로(평생으로)~

잘 살아보겠나~

모심기 노래 (1)

자료코드 : 04_09_FOS_20090925_PKS_LDS_0001

조사장소 : 경상남도 양산시 하북면 지산리 서리마을회관

조사일시 : 2009.9.25

조 사 자 : 박경신, 김구한, 김옥숙, 정아용

제 보 자 : 이동수, 여, 80세

구연상황 : 앞 노래가 끝나자 옆의 청중이 또 하나 하라면서 '한강에다 모를 부아' 모르느냐고 하였다. 청중과 제보자의 권유로 노래를 시작하였다. 노래하는 중간에 잘못 구연하여 다시 고쳐 구연하면서 이제 다 잊어버렸다고 말하였다. 여러 명이 있어 서로 주고받으면 나은데 혼자 하려니 싱겁고 잘 안 된다고 하였다. 또 몇 십 년을 노래하지 않아 잊어버렸다고 아쉬워했다.

한강에다 모를 부아

쪄내기도 난감하다

석산에다 솔을 숨

아이구 그것도 잊어뿌고 모르겠네.

우리 부모 산소 등에

솔을 숨거 영화로다

다 잊어뿌고 모르겠다.

모심기 노래 (2)

자료코드 : 04_09_FOS_20090925_PKS_LDS_0002
조사장소 : 경상남도 양산시 하북면 지산리 서리마을회관
조사일시 : 2009.9.25
조 사 자 : 박경신, 김구한, 김옥숙, 정아용
제 보 자 : 이동수, 여, 80세
구연상황 : 지산리 마을회관에서 제보자가 노래를 잘 한다는 말을 듣고 서리마을을 찾았
다. 한쪽 편에서는 몇 명이서 화투판을 벌여놓고 있었고, 제보자는 다른 한
분과 벽을 등지고 앉아 이야기를 나누고 있었다. 조사자는 이야기와 노래 구
연을 청하다가 이야기를 못한다고 하여 여러 노래를 들먹이며 구연을 유도하
였다. 모심기 노래를 적극 권하다가 "일월에 햇님이"를 언급하자, 청중은 "낭
창낭창 배리끝에"를 해보라고 하였다. 조사자가 박수를 칠 테니 노래해 달라
고 하자 제보자는 이 노래를 구연하였다.

물낄랑 처청청 다 흘어놓고
주인네 양반 어더로 갔노
문에야 대전복 손에다 들고
첩우(첩의) 집에 놀러갔다

[웃음]
그거 밲에 모르겠다.

모심기 노래 (3)

자료코드 : 04_09_FOS_20090925_PKS_LDS_0003
조사장소 : 경상남도 양산시 하북면 지산리 서리마을회관
조사일시 : 2009.9.25
조 사 자 : 박경신, 김구한, 김옥숙, 정아용
제 보 자 : 이동수, 여, 80세
구연상황 : 제보자는 모심기 노래는 가지 수는 많으나 거듭 모두 잊어버렸다고 했다. 아

는 것만이라도 노래해 달라고 청하였다. 이어 '낭창낭창 배리 끝에'를 청하자 이 노래를 구연하였다.

낭창낭창 배리 끝에 무정하다 울 오라바
나도 죽어서 남자가 되어

아이구 그것도 모르겠네.

후성(후생) 가서 낭군님부터 만냅시다

[말로 구연함]

나도 죽어 후성 가서 남자부터 될라

커더나 뭐라커더나
(조사자 : 나도 죽어 후성 가서 낭군님부터 섬길라요.)
(청중 : 나도 죽어 후성 가서 낭군님부터 만낸다. 지그 오빠가 지를 안 껀지주니까네 낭군님부터 만내가 지를 건지주라 그 뜻이라 그거라.)

모심기 노래 (4)

자료코드 : 04_09_FOS_20090925_PKS_LDS_0004
조사장소 : 경상남도 양산시 하북면 지산리 서리마을회관
조사일시 : 2009.9.25
조 사 자 : 박경신, 김구한, 김옥숙, 정아용
제 보 자 : 이동수, 여, 80세
구연상황 : 조사자가 모찌기 노래 "쪼루자"를 해보라고 하자, 다 잊어버리고 어느 게 앞 뒤인지도 모르겠다고 하였다. 또 여러 명 하면 잘 되는데 혼자 하니 싱겁다고 하였다. 계속해서 "내광댁"이가 총기도 있고 잘 하니 그 분께 가라고 추천하 였다. 조사자가 몇 개는 더 해줘야 가겠다고 하자 이 노래를 구연하였다.

오늘아 햇님이 다 졌는가

골목 골목이 연개가 난다

우리야 임으는 어데 가고

연기낼 줄 모르든가

모심기 노래 (5)

자료코드 : 04_09_FOS_20090925_PKS_LDS_0005
조사장소 : 경상남도 양산시 하북면 지산리 서리마을회관
조사일시 : 2009.9.25
조 사 자 : 박경신, 김구한, 김옥숙, 정아용
제 보 자 : 이동수, 여, 80세
구연상황 : 앞 노래에 이어 계속 구연하였다.

오늘아 낮에 점심 반찬

무슨 고기 올랐더노

전라도라 고심청에

마리 반이 올랐더라

모심기 노래 (6)

자료코드 : 04_09_FOS_20090925_PKS_LDS_0006
조사장소 : 경상남도 양산시 하북면 지산리 서리마을회관
조사일시 : 2009.9.25
조 사 자 : 박경신, 김구한, 김옥숙, 정아용
제 보 자 : 이동수, 여, 80세
구연상황 : 조사자가 모심기 노래의 앞구절을 한 두 개 언급하자 이 노래를 구연하였다.

해 다 지고 저문 날에

어떤 행상이 떠나오네

이태백이야 본처 죽어

이별 행상 떠나온다

모심기 노래 (7)

자료코드 : 04_09_FOS_20090925_PKS_LDS_0007
조사장소 : 경상남도 양산시 하북면 지산리 서리마을회관
조사일시 : 2009.9.25
조 사 자 : 박경신, 김구한, 김옥숙, 정아용
제 보 자 : 이동수, 여, 80세
구연상황 : 조사자가 "해 다 졌네 해 다 졌네 양산땅에 해 다 졌네"를 언급하자, 그것도
있지 하고는 이 노래를 구연하였다. "니활량"부터는 빠른 곡조로 신나게 구연
하였다. 노래를 부른 후, 이 노래를 할 때는 춤을 "너불너불" 추면서 한다며,
"노순이 엄마"가 특히 이 노래를 동동거리며 잘 하고, "두동댁"과 "화산할
매", 제보자의 시어머니가 잘 했다고 한다. 제보자는 이 노래를 이런 분들을
따라 다니면서 들었다고 한다. "이후후야~" 하면 "산이 자랑자랑 했지 뭐."
라며, 옛날 사람들이 노래를 참 잘 했다고 했다.

거미야 거미야 왕거무야

니 어디가 니 어디가 자고 왔노

언양

["아이 그거는 또 아이다 딴기다."라고 한 후, 말로 한 소절을 구연하였
다.]

새야 새야 원앙새야

니 어디가 니 어디가 자고 왔노

[다시 창으로]

언양 양산 버들숲에

이리 흔들 저리 흔들 자고 왔다

거미야 거미야 왕거무야

줄로 노던 왕거무야

[아주 빠른 곡조로]

니 환량 내 천릉

천릉산에 청방

황샌가 덕샌가

노덩가 새론가

나무 남산에 남대롱

서산에 서처자

니리니리쿵 니리니리쿵

어화 좋다

[웃음]

(청중 : 잘 하네)

[웃음]

창부 타령

자료코드 : 04_09_MFS_20090925_PKS_PGS_0003
조사장소 : 경상남도 양산시 하북면 지산리 대원마을회관
조사일시 : 2009.9.25
조 사 자 : 박경신, 김구한, 김옥숙, 정아용
제 보 자 : 박계생, 여, 87세
구연상황 : '사랑 사랑'이라고 하는 노래는 무슨 노래인지 조사자에게 물었다. 창부 타령
일 수도 있는데, 들어봐야 알겠다고 해서 이 노래를 부르게 되었다. 중간에
막힌다고 하였으나 끝까지 불렀다.

사랑 사랑 사랑이라니
사랑이라 내 무엇인가
알다가도 모를 사랑
믿다가도 속는 사랑
왈각달각 싸움 사랑
오목조목 오목조록

아이구 그 또 멕히네

무얼상경 깊은 사랑
공산명월 달 밝은 밤에
이별한 임 그림 사랑
요내 정만 뺐어다가고
줄줄도 모리는 얄미운 사랑
이 사랑 저 사랑 다 버리고

아무도 몰래 호젓이 만나

수운 소근 사랑

그거 뭣인동 모르겠다.

▌엮은이 소개

박경신 서울대학교 국어국문학과를 졸업하고 동 대학원에서 문학박사학위를 받았
다. 현재 울산대학교 국어국문학과 교수로 재직 중이다. 울산대학교 부총
장, 한국구비문학회 회장을 역임하였다. 주요 저서와 논문으로 『안성무가』
(공저, 1990), 『역주 병자일기』(공저, 1991), 『동해안 별신굿 무가(1~5권)』
(1993), 『대교 역주 태평환화골계전(1~2권)』(1998), 『한국의 별신굿 무가
(1~12권)』(1999), 『한국의 오구굿 무가(1~10권)』(2009), 「무가의 작시원리
에 대한 현장론적 연구」(1991) 등이 있다.

김구한 울산대학교 국어국문학과를 졸업하고 동 대학원에서 문학박사학위를 받았
다. 현재 울산대학교 연구교수로 재직 중이다. 주요 저서와 논문으로 『울산
지방의 민요 연구』(공저, 2009), 『역동적 소통의 현장과 지역성』(공저,
2012), 「동해안 세습무 김영희의 무가사설 연구」(2008), 「손님굿 무가의 지
속과 변화」(2014) 등이 있다.

김옥숙 울산대학교 국어국문학과를 졸업하고 동 대학원에서 문학박사학위를 받았
다. 현재 울산대학교 한국어문학과 객원교수로 재직 중이다. 주요 논문으로
「여성지혜담 연구」(1997), 「한국 구비지혜담 연구」(2009) 등이 있다.

정아용 울산대학교 국어국문학과를 졸업하고 동 대학원에서 문학석사학위를 받았
다. 주요 논문으로 「무속신화에 나타난 여신의 성격 연구」(2011)가 있다.

증편 한국구비문학대계 8-15
경상남도 양산시

초판 인쇄 2014년 10월 21일
초판 발행 2014년 10월 28일

엮 은 이 박경신 김구한 김옥숙 정아용
엮 은 곳 한국학중앙연구원 어문생활사연구소
출판기획 장노현

펴 낸 이 이대현
펴 낸 곳 도서출판 역락
편   집 권분옥
디 자 인 이홍주

주   소 서울시 서초구 동광로 46길 6-6(반포4동 577-25) 문창빌딩 2층
등   록 1999년 4월 19일 제303-2002-000014호
전   화 02-3409-2058, 2060
팩   스 02-3409-2059
이 메 일 youkrack@hanmail.net

값 40,000원

ISBN 979-11-5686-125-6 94810
      978-89-5556-084-8(세트)